DES GEHEIME LEBEN DER SONNENBLUMEN

MARTA MOLNAR

Erstauflage: 2022

ISBN: 978-1-940627-59-5

DES GEHEIME LEBEN DER SONNENBLUMEN - Urheberrechte © 2022 by Marta
Molnar.

Dieses Buch ist all den Frauen gewidmet, die weiterkämpfen.

Mit meiner aufrichtigen Dankbarkeit für die endlose Geduld und Freundschaft von Sarah Jordan und Diane Flindt. Für die unermüdliche Unterstützung von Jill Marsal. Für die unschätzbare Hilfe von Linda Ingmanson, Toni Lee, Mary-Theresa Hussey und Margie Lawson. Für die unerschütterliche Freundschaft und Unterstützung von Patsy Keller. Für frühzeitiges Feedback von Deb Posey Chudzinski, Marcy Collins, Hilary Powell, Jo Dawson, Judy Wagner, Kaela Stokes, Audrey McDonald, Robin Diebold, Sue Cleereman, Linda Dossett, Sharon Ford, Dalice Peterson, Michelle Cox, Gretchen Coon und Sue Chatterjee. Und ein riesiges Dankeschön an all die wunderbaren Freunde auf FB, die mir bei der Auswahl des Titelbildes geholfen und mich auf dem Weg zum Ziel ermutigt haben.

KAPITEL EINS

Emsley

Das erste Mal, als ich die geheimnisvolle blaue Kiste sah, war das letzte Mal, dass ich mit meiner Großmutter von Angesicht zu Angesicht sprach.

„Wenn du deinen untreuen Freund umbringen willst, bin ich dabei", sagte sie mir. „Ich habe darüber nachgedacht, Emsley. Ich kann dir nicht helfen, seinen Leichnam oder den von Diya zu begraben, aber ich kann dir ein Alibi geben."

Sie rückte ihre blaugrüne Seidenrobe mit dem Monet-Print mit einem Hauch zartvioletter Seerosen zurecht, bis sie gerade richtig über ihren gebrechlichen Körper floss. *Die ruhende Göttin.* Schlaganfall oder nicht, Krankenhausbett oder nicht, sie war immer noch Violet Velar, die Künstlerin, die Diva, die Königin von New York.

Die Wolke aus Desinfektionsmitteln, die wie Hochlandnebel in einem Gemälde von Robinson Hall über dem Pflegezentrum schwebte, wagte es nicht, in ihr Zimmer einzudringen. Ihr Parfüm umarmte mich. *Würzig, hemmungslos, kühn.*

Ich legte einen Stapel Kunstzeitschriften und Auktionskataloge auf ihren Nachttisch. „Wir können Trey noch einen Tag am Leben lassen. Er darf eine Beziehung mit Diya haben, wenn sie das wollen. Wir sind Geschäftspartner. Ich bin bereit, die holprigen Stellen zu überwinden."

„Du könntest zurückkommen."

Ich küsste ihre Wange. „Du weißt, New York ist mein Camelot." Das magische Königreich, nach dem ich mich immer gesehnt habe. „Aber L.A. ist meine Realität."

New Yorker Auktionshäuser schienen eine geheime Charta zu haben, die von Auktionatoren verlangte, wie der Moderator einer britischen Dokumentarserie auszusehen. Man musste sich so anhören, als hätte man in den Sechzigern in Cambridge studiert, um auf die Bühne zu dürfen.

„Ich bin in keinem *distinguierten* Alter, und das zählt hier. Ich habe keine Statur, die Respekt einflößt." Ich klappte das Metallgitter um Violets Bett herunter. Die neue Krankenschwester klappte sie gerne aus Sicherheitsgründen hoch, doch Violet hasste sie. „Und ich bin nicht das bevorzugte Geschlecht. Mir fehlen die baumelnden Teile."

Daraufhin knurrte sie.

Ganz meine Meinung. „Weißt du, was Henry Fullerton mir gesagt hat, als ich um eine Beförderung gebeten habe?"

„Henry ist schon immer ein Arsch gewesen."

„Teure Kunstwerke werden von den Reichen als Wertanlage gekauft. Ein Star-Auktionator muss jemand sein, den der CEO eines Hedgefonds auf den ersten Blick für vertrauenswürdig halten würde. Jemand, mit dem sie sich Sonntage beim Golfspielen vorstellen können." Henrys genaue Worte, seine Erklärung dafür, mich Jahr für Jahr in einer Juniorposition zu halten. „Wenn er kein Arsch wäre, hätte ich nicht angefangen, nach anderen Möglichkeiten Ausschau zu halten." Wenn ich in großzügiger Stimmung war, konnte ich mich fast davon überzeugen, dass Henry Fullerton mir einen Gefallen getan hatte. „Und ich hätte kein eigenes Unternehmen mit Diya und Trey gegründet."

Violets Walkürenblick wurde vor Sorge weicher. „Bist du sicher, dass du weiter mit ihnen zusammenwohnen willst?"

„Es geht nicht ums *Wollen*. Es geht eher darum, dass ich die Lottozahlen nicht vorhersagen kann." Ich setzte mich mit meiner Tasche in den Sessel neben ihrem Bett und zog meinen Laptop aus dem chaotischen Stapel von Unterlagen darin. „Glaub mir, ich will meine eigene Wohnung haben. Und eines Tages werde ich eine haben. Und dann werde ich Diya und Trey als Teilhaber abfinden."

Ich wollte einen Punkt erreichen, an dem ich das Sagen habe, an dem ich auf eigenen Beinen stand, weil ich in Benefiz-Auktionen einsteigen wollte. Ich wollte, dass das Tagesgeschäft genug einbrachte, dass ich kostenlos Benefiz-Auktionen veranstalten konnte. Mein Traum war es, eines Tages einen Millionenscheck an die Schlaganfallforschung zu überreichen. Ich träumte davon, dass diese Forschung Violet helfen würde. Ich wollte nichts mehr, als meine Großmutter wieder wie früher zu sehen.

Unser Nischenauktionshaus Ludington's wickelte politische Spendenaktionen ab und konzentrierte sich ausschließlich auf prominente Spender aus Hollywood. Ich vermisste nicht die stickigen New Yorker Nachlassauktionen mit langweiligen Gemälden von verstaubten Finanziers, die ihre Sammlungen ausschließlich als Investition angehäuft hatten. In L.A. hatten wir es mit Schauspielern oder Produzenten oder Regisseuren zu tun, die ein Wochenende auf ihrer Ranch oder von ihnen geschaffene Kunstwerke, ein Kleid aus einer Oscar-prämierten Rolle oder kleinere Gegenstände wie signierte Drehbücher anboten. Unsere Auktionen machten Spaß. Sie *krachten*.

„Wir sind perfekt positioniert, um von Hollywoods politischem Aktivismus zu profitieren", zitierte ich unsere Aufzugpräsentation, die wir potenziellen Investoren hielten. „Wir werden ernsthaft Geld verdienen. Hoffentlich bald."

Ich hätte an meinem freien Tag nicht über Arbeit sprechen sollen. Mein Handy pingte sofort mit einer SMS.

Heute Abend um zehn im Hotel?

Violet hob ihren Kopf von ihrem Kissen. „Ist das deine Mutter?"

„Mark Selig. Brandneuer Kongressabgeordneter. Wir sind dabei, ihn als Kunden zu gewinnen."

Ich bin heute in New York, schrieb ich zurück. *Montagmorgen um zehn im Büro?*

„Pass auf die auf." Violet wackelte mit den Zehen. „Männer, die früh an die Macht kommen, neigen dazu, ein unverschämtes Anspruchsdenken zu entwickeln."

Damit lag sie nicht falsch. „Wir müssen uns einigen, wann wir uns treffen können. Ich hatte gestern ein Meeting mit ihm, das nicht funktioniert hat." Eine Mittags-Intro-Session bei Ludington's.

Eine Stunde vor dem Meeting hatte er den Termin auf 22:00 Uhr verlegt, ins Restaurant seines Hotels. Als ich dort ankam, teilte mir der Maître d'hôtel mit, dass das Treffen in die Suite des Gentlemans verlegt wurde. Ich hatte so getan, als hätte ich einen dringenden Notruf erhalten und müsste gehen.

Wenn so etwas passierte, bat ich normalerweise Trey, an dem neu angesetzten Treffen teilzunehmen, doch Selig hatte ausdrücklich um mich gebeten, weil er Bedenken wegen unseres Auktionsformats hatte, was mein Bereich war. Also würde ich mich mit ihm auseinandersetzen müssen.

„Oh Honey. Wird dir ein Geschäft entgehen, weil du gekommen bist, um mich zu besuchen?"

„Er ist für ein paar Tage in L.A. Wir treffen uns, wenn ich wieder dort bin." Und mehr Zeit wollte ich nicht damit verschwenden, über Selig zu sprechen. „Hey, rate mal, was ich diese Woche unterm Hammer hatte?"

„Treys Gesicht?"

Violet war immer noch empört um meinetwillen, und dafür liebte ich sie. „Ich habe das verschwitzte Suspensorium eines A-List-Actionstars für hundert Riesen versteigert."

„Hiermit erkläre ich den alten Hollywood-Glamour offiziell für tot." Sie schloss die Augen, als würde ihr allein der Gedanke wehtun oder sie betete für die kollektive Seele Hollywoods. Dann, einen traurigen Moment später, öffneten sich ihre Augen. „Hat es gestunken?"

„Hat definitiv nicht nach Rosen in der Abenddämmerung geduftet." Mein Laptop piepste. „Mom ruft an."

„Erinnere mich später daran, dass ich dir etwas geben möchte", sagte Violet schnell.

Dann wurde der Anruf verbunden, und Mom beherrschte den Bildschirm von Florida aus in all ihrer gebräunten und gestylten Pracht.

„Warum bist du so nah am Bildschirm? Stell den Laptop irgendwo hin, damit ich euch beide sehen kann", war ihre Eröffnung für das Gespräch.

Mom war hervorragend darin, Befehle zu erteilen, und bevorzugte alles Ordentliche. Wenn etwas nicht so war, wie sie es mochte, beseitigte sie diesen Missstand schnell. Sie war als Johanna Velar zur Welt gekommen und hatte ihren Vornamen auf der Highschool in Anna geändert. Und dann heiratete sie Philip Gregory Wilson direkt nach dem Abschluss, um Velar, Violets Mädchennamen, loszuwerden, ein klares Zeichen dafür, dass meine Mutter unehelich geboren worden war. Johanna Velar war ihrer Meinung nach zu exotisch, man würde sie für eine Ausländerin halten, um Himmels willen. Anna Wilson – amerikanisch, traditionell, konservativ, perfekt für die Frau eines Zahnarztes. Und dann, als ich zur Welt kam, nannte sie mich Emily Wilson. Nur, dass mich seit dem Kindergarten alle Emsley nennen mussten, denn das war Violets Spitzname für mich. Was meine Mutter wahnsinnig machte.

Dad tauchte hinter ihr auf, die Golftasche über der Schulter. „Violet." Dann zu mir: „Hi, Knödel." Und dann küsste er Mom auf die Wange. „Warum ist mein Bierkühlschrank in der Garage voller Gesichtscreme?"

„Sie haben die Produktion von Buti Balm eingestellt." Andere Leute müssten ein Glied verlieren, um so gequält auszusehen. „Ich musste Vorräte anlegen. Wo gehst du hin?"

„Bob besiegen." Dad winkte uns zu und verschwand dann aus dem Bild.

Mom hatte die Webcam für meinen Vater verstellt, sodass sie jetzt nicht mehr in der Mitte des Bildschirms war. Es war nur ein Auge zu sehen, das größer wurde, als sie näher an ihren Computer heranrückte. Da ihre Wimperntusche von der Hitze und Feuchtigkeit verlief, hatte ich das Gefühl, Saurons Auge starrte mich an. „Wann bist du angekommen?"

Sie wollte wissen, ob wir hinter ihrem Rücken geredet hatten.

„Bin gerade erst reingekommen."

„Wie geht es deiner gebrochenen Hüfte, Anna?", fragte Violet ihr einziges Kind.

„Heilt. Ich hätte es besser wissen müssen, als barfuß auf den rutschigen Fliesen am Pool zu laufen." Mom ärgerte sich über ihre eigene Nachlässigkeit. „Wir hätten schon vor einer Woche wieder im Norden sein sollen."

Meine Eltern lebten die meiste Zeit des Jahres in Hartford, Connecticut, und besuchten normalerweise jeden Monat das Reha-Zentrum in New York, wenn ich auch zu Besuch dort war. Damit schlugen sie zwei Pflichten mit einer Klappe, der Gipfel der Pragmatik. Pragmatik und Berechenbarkeit waren die höchsten Ideale meiner Mutter. Erzwungene Planänderungen brachten sie aus dem Gleichgewicht. Sie war nicht jemand, der mit den unerwarteten Wendungen des Lebens gut umgehen konnte.

Sie tat mir leid. „Wenn Violet irgendwas braucht, kann ich helfen." Niemand sollte einen dreistündigen Flug mit einer gebrochenen Hüfte durchstehen müssen.

„Danke." Sie schäumte nicht vor Dank über, sondern ging direkt weiter zu „Jetzt sag mir, dass du wieder mit Trey zusammen bist."

„Nicht, wenn alle Männer zum Mars fliegen und alle Batterien dieser Welt mitnehmen würden." Das hatte ich irgendwo in einem Buch gelesen und mir für diesen Moment aufgespart.

„Emsley! Wie kannst du nur so …" Sie wollte *vulgär* sagen, doch sie hielt das Wort vulgär für vulgär, also verstummte sie. „Denk' an eure Firma. Wenn du ihn heiratest, werdet ihr beide Mehrheitsaktionäre sein."

„Ich habe keine Zeit zum Daten."

„Männer fühlen sich nicht zu dir hingezogen, weil du immer Schwarz trägst. Verzichte zumindest auf die Hosen. Und zieh nicht so ein Gesicht. Männer wollen Frauenbeine sehen."

„Wenn ich jemals ein plötzliches, brennendes Bedürfnis entwickle, zu wissen, was Männer wollen, werde ich eine Online-Umfrage veranstalten."

Mom seufzte mit der Verzweiflung von Müttern ungehorsamer Töchter überall, als ob meine stachlige Impertinenz die Fäden aus dem Gewebe der Gesellschaft reißen würde. „Such dir einfach ein Kleid mit Sex-Appeal für das *Fast-Business*-Interview morgen aus. Du weißt nie, wer dich sieht."

„Das ist ein Wirtschaftsmagazin, Anna", mischte sich Violet ein, um mich zu verteidigen. „Keine Verkaufsveranstaltung für Katalogsbräute."

Ich liebte meine Großmutter mit dem Feuer einer Mega-Sonnen-eruption, die Art, die das Internet zusammenbrechen ließ und den Orbit von Satelliten durcheinanderbrachte.

Mom stürzte sich mit der knisternden Energie einer außer Kontrolle geratenen Auktion in ihre Ich-werde-nie-Enkelkinder-haben-Tirade. Dann schlug sie mit ihrem typischen Warum-mache-ich-mir-überhaupt-die-Mühe-Blick wie ein Auktionshammer zu und wechselte abrupt zu „Wie läuft das Geschäft?"

„Es wächst." Ich schickte den hoffnungsvollen Gedanken hinaus ins Universum. Die Wahrheit war, dass unser Überleben von unseren nächsten Verträgen abhing. „Wir nehmen einen neuen Kunden unter Vertrag."

Mein Handy pingte. Eine SMS von Trey. *Vertrag geplatzt.*

Verdammter Selig. Wir haben ihm hervorragenden Service angebo-ten. Er hätte gutes Geld für seine Kampagne bei uns verdient. Warum war das nicht genug? Warum musste meine Anwesenheit in seinem Hotelzimmer Bedingung sein?

Wir brauchten mehr neue Kunden. Wir mussten mehr für PR und Kundenansprache ausgeben. Das schrieb ich Trey per SMS zurück, außer Sichtweite der Laptopkamera. Scheitern war wie Katzenminze für meine Mutter.

Auf meinem Handy blinkten drei kleine Punkte. Trey tippte. Dann verschwanden die Punkte. *Poof!* Nichts. Er dachte über meinen Vorschlag nach. Dass er meine Vorschläge nie ernst nahm, ärgerte mich, doch ich ließ den allzu vertrauten Ärger los. Dass er nachdachte, war besser als ein reflexartiges *Nein.*

„Ich weiß nicht, wie lange ihr durchhalten könnt." Mom rollte gleich mit. „Ihr habt ein Unternehmen aufgebaut, das von den Launen der Politik abhängt. Wie kann man so verantwortungslos sein?"

„Warum eröffne ich nicht einfach einen Cupcake-Laden? Und mache was Feminines?" Ich hatte ihre nächste Zeile geklaut.

„Leute müssen essen" Sie warf mir einen vernichtenden Blick zu und richtete dann ihr Sauron-Auge auf Violet. „Was hat der Arzt gestern gesagt?"

„Ich möchte über etwas anderes mit dir reden." Meine Großmutter lächelte mich schelmisch an, also wusste ich, dass ich mich wappnen musste. „Ich habe das Haus verkauft."

Nein! Der Schock ließ mich mich abrupt aufrichten. Violets vierstöckiges Stadthaus in Greenwich Village war das Nest meiner besten Kindheitserinnerungen gewesen.

„Was meinst du damit, du hast das Haus verkauft?" Moms Stimme schoss in die Höhe. „Wir haben nicht über einen Verkauf gesprochen."

„Das musste nicht besprochen werden", sagte Violet sanft. „Ich war hier mit den Rechnungen im Rückstand, und ich mag es nicht, im Rückstand zu sein."

Sie brauchte unsere Zustimmung nicht. Sie hatte recht. Die Entscheidung machte sie sichtlich glücklich. Ich würde ihr nicht sagen, wie hart mich die Nachricht getroffen hatte.

Doch sie hatte es in meinem Gesicht gelesen. „Unsere Liebe zueinander lebt nicht in diesem Haus, Schatz. Unsere Erinnerungen werden nicht mit den Einrichtungsgegenständen verkauft."

„Ich glaube nicht, dass ich jemals in der Lage sein werde, mir dein Zuhause nur als einen Haufen Ziegelsteine vorzustellen."

„Betrachte es wie ich. Ein Ort voller Behaglichkeit, Liebe und blühender Kreativität. Wir waren lange Zeit damit gesegnet. Und jetzt lassen wir ihn mit Dankbarkeit los. Möge dieses Haus alle erfreuen, die durch diese Türen treten, für mindestens weitere hundert Jahre."

Und da war sie, meine Großmutter, und veränderte die Welt wieder einmal mit einer Handvoll ausgewählter Worte.

„Ich bin froh, dass du eine Lösung gefunden hast."

Ihr schiefes Lächeln kehrte zurück. „Ich habe auch ein neues NYU-Stipendium eingerichtet."

„Jetzt geht das schon wieder los." Sauron blinzelte mit genug Missbilligung, um ganz Mordor erstarren zu lassen. Aber nicht Violet.

„Neunzig Tage bis zur Zahlung", sagte meine Großmutter. „Ich habe Emsley zu meiner Erbin gemacht. Jetzt, wo das Haus nicht mehr da ist, gibt es nur noch den Inhalt. Du hast gesagt, du wolltest nichts davon, Anna. Bram kümmert sich um die Details."

„Ist Bram nicht zu alt, um noch als Anwalt zu praktizieren?"

Violet verwarf Moms Einwand mit einer majestätischen Kopfbewegung. „Du kannst spenden, was du nicht willst, Emsley. Und danach bestellst du bitte die Reinigungskräfte."

Das Schnauben meiner Mutter hatte eine Fülle von Bedeutungen. *Ich kann nicht fassen, dass ich nicht konsultiert wurde. In Eile getroffene Entscheidungen werden mit Muße bereut. Du wirst das später bereuen. Komm nicht weinend zu mir.*

„Möbel sind mir egal", sagt sie. „Aber fürs Protokoll, mir gefällt dieser plötzliche Verkauf nicht. Jetzt sag mir, was die Ärzte gesagt haben."

Violet fasste ihre letzten Tests zusammen, die auf eine leichte Verbesserung hindeuteten. Dann verabschiedete Mom sich. Ihre Knochen schmerzten, wenn sie zu lange stillsaß.

Ich verstaute meinen Laptop. „Ich werde mich nach unten schleichen, um vor dem Abendessen ein paar Süßigkeiten zu stibitzen." Als ich zur Tür ging, sagte ich meiner Großmutter, was ich ihr immer sagte: „Wenn ich verhaftet werde, bitte schick' meine Kaution."

Draußen auf dem Flur traf ich Violets Nachbarin. Sie hatte das Fenster am Ende erreicht, seit sie mir zuvor zugewinkt hatte, und machte sich jetzt auf den Rückweg.

„Wie geht es Ihnen, Mrs. Yang?"

„Lauftraining. Der Boston-Marathon steht bevor", sagte sie trocken. Sie war ein weiterer unbezwingbarer Geist.

Sie beobachtete mich ein paar Sekunden lang schweigend, als überlegte sie, ob sie noch mehr sagen sollte. Ich war mir ziemlich sicher, dass sie es tun würde. Normalerweise tat sie es.

„Sehe ich aus, als würde ich was verstecken?"

Ich betrachtete sie von ihrem gelben Gänseblümchenkleid bis zu ihren Frotteepantoffeln. „Tun Sie das?"

Sie griff in ihre prall gefüllte Tasche, von der ich angenommen hatte, dass sie ein Bündel Taschentücher enthielt. Und mit der dramatischen Geste eines Magiers holte sie ein flauschiges gelbes Küken hervor. „Was denken Sie?"

„Geflügel ist eine interessante Wahl für eine Gesundheitseinrichtung. Ist das hygienisch?"

„Ach. Wir haben zweimal im Monat Therapiehunde hier."

„Wo haben Sie es gefunden?"

„Sie haben ein paar von uns mit dem Bus auf einen Ausflug zum chinesischen Markt gekarrt."

„Und Sie haben einen Freund mit nach Hause gebracht." Wer war ich, mir ein Urteil zu erlauben? Zugegebenermaßen war es nichts, was Violet nicht auch getan hätte, wenn sie hätte laufen können. „Wie heißt es?"

„Lai Fa." Die beiden Silben flossen von Mrs. Yangs Zunge wie von einer Frühlingsbrise geflüstert. „Es bedeutet schöne Blume auf Chinesisch."

Das Küken ähnelte dem Flaum von Löwenzahn. „Sieht sehr süß aus."

Mrs. Yang steckte ihren heimlichen Begleiter mit liebevoller Sorgfalt wieder in ihre Tasche. „Bitte sagen Sie es niemandem."

„Wer würde mir schon glauben?"

In der Küche im Erdgeschoss duftete es nach Lasagne. Als ich mich nach dem Dessert erkundigte, fragte die Frau, die den Abwasch machte, nur: „Mangopudding oder Ahornsirupeis?"

„Mangopudding, bitte."

Sie reichte mir zwei Schalen – keine List nötig. Violet und ich hatten es uns als Einbruch vorgestellt, um das Leben interessant zu halten.

Ich kehrte in ihr Zimmer zurück und sagte: „Beeil dich. Wir müssen die Beweise so schnell wie möglich vernichten."

Das Nachmittagslicht fiel gerade perfekt auf das Bett, Diamantstaub glitzerte in ihrem silbernen Haar. Ihre lebhaften Augen funkelten. Ich rechnete fast damit, dass sie sich vom Bett erheben und erklären würde, dass sie bereit für ihre Staffelei und ihre Farben sei.

„Das nächste Mal, wenn ich komme, bringe ich dich in den Garten."

„Ooh, es ist ewig her, seit ich das letzte Mal da draußen war." Sie legte die Kunstzeitschrift, die sie gelesen hatte, beiseite. „Hat dich jemand erwischt?"

„Beinahe. Sie haben mich den Flur entlang gejagt, doch ich habe sie am Aufzug abgehängt."

„Das ist mein Mädchen." Wir tauschten ein verschwörerisches Grinsen aus und machten es uns dann gemütlich, um unsere Leckereien zu genießen. Wir unterhielten uns über Kunst und spekulierten dann darüber, welche der Pflegekräfte Affären miteinander hatten. Wir schlossen imaginäre Wetten darauf ab, wer mit wem durchbrennen würde.

„Ich wette auf den PT-Typen und die blonde Nachtschwester." Ich wollte gerade erklären, warum, doch dann fiel mein Blick auf die Uhr auf dem Nachttisch.

Hatten wir uns schon so lange unterhalten?

Der halbe Nachmittag war wie im Flug vergangen.

„Du meine Güte. Ich muss los." Ich beugte mich zu einer Umarmung vor.

„Warte, ich habe dir gesagt, dass ich dir etwas geben möchte. Unten im Kleiderschrank ist eine Schachtel."

„Was ist es?"

„Wir reden, sobald du den Inhalt gelesen hast."

Die türkisblaue Schachtel war unter Violets Roben und Kaftanen versteckt, *Tiffany & Co.* stand in silbernen Lettern in der Mitte. Die Seiten wurden wie die Rippen eines Korsetts von Klebestreifen zusammengehalten. Die einst elegante Ballkönigin der Schachteln war zu einer zerzausten alten Dame geworden. Den Farbspritzern nach zu urteilen, die mich an Make-up versagender Augen erinnerten, musste die Schachtel einige Zeit in Violets Atelier gelegen haben.

Der Deckel wollte sich nicht öffnen lassen, doch ich schaffte es. „Briefe?"

Ich nahm eine Handvoll vergilbter Blätter aus den über hundert Seiten heraus, die alle mit schwungvoller Schreibschrift in verblassender Tinte beschrieben waren. „Nächstes Mal bringe ich eine größere Tasche mit. Ich will sie nicht in meine Laptoptasche stopfen und das Papier beschädigen."

„Dann nimm das Tagebuch mit." Violet blickte auf die Kiste, nicht auf mich. „Die Briefe sind sowieso auf Holländisch geschrieben. Das Tagebuch ist auf Englisch."

Ich fischte das kleine grüne Buch aus dem Stapel loser Seiten heraus.

„Ich werde es im Flugzeug lesen." Ich schloss den Deckel und stellte die Schachtel zurück in ihr Versteck. „Bist du sicher, dass es dir gutgeht?" Ich kehrte für eine weitere Umarmung zu Violet zurück. „Ich ruf' dich morgen an. Ich liebe dich."

„Ich liebe dich mehr."

Ihre Stimme war zu brüchig. Ich mochte das Zittern darin nicht. Ich würde nicht einen ganzen Monat warten, um sie das nächste Mal zu besuchen. Ich wollte mir Zeit nehmen und nächste Woche wiederkommen.

Und dann würden wir über das Tagebuch sprechen. Meine Neugier brachte mich fast um.

In einer Stunde war ich am Flughafen, und eine weitere Stunde später saß ich auf meinem Platz und machte mich zum Abflug bereit. Ich hatte das grüne kleine Buch auf meinem Schoß und konnte es kaum erwarten, mit dem Lesen anzufangen. Ich war im Begriff, mehr über Violets skandalöse Vergangenheit zu erfahren.

Ich schlug es auf, doch bevor ich auch nur ein einziges Wort der geschwungenen Schreibschrift lesen konnte, klingelte mein Telefon.

„Hi Mom."

„Du *kannst* keinen Reinigungsdienst beauftragen", sagte sie mit einer Vehemenz, die normalerweise Dingen vorbehalten war, die ich tat und die mich ihrer Meinung nach davon abhielten, einen Mann zu finden. „Ich würde das Haus selbst ausräumen, wenn ich könnte. Und Golfen ist eine Sache, doch es wäre zu viel für das Herz deines Vaters, Kisten all diese Treppen hinunterzutragen. Du kannst dir von der Arbeit freinehmen. Gib Trey Gelegenheit, dich zu vermissen. Wer weiß, was für gewagte Bilder von Violet mit ihren prominenten Freunden im Haus sein könnten. Weißt du, was die Boulevardzeitungen heutzutage für solche schmutzigen Geheimnisse bezahlen? Willst du, dass unsere Familie durch die Schmutzpresse gezogen wird?"

„Ich mach' das schon selbst. Entspann dich, Mom."

„Ich weiß, dass du deine Großmutter vergötterst, aber sie war nicht so perfekt, als ich jung war. All die wilden Partys. Fremde im Haus zu jeder Nachtzeit. Oder sie hat mich in ein Museum geschleppt und ist dann gegangen, verzaubert von einer großartigen neuen Idee für ihre nächste Arbeit. Ich habe dann in der Ecke geweint, umgeben von Menschen, die ich nicht kannte, verloren und verängstigt."

„Das tut mir leid, Mom."

„Zumindest weißt du, wer dein Vater ist. Stell dir vor, ich hätte so viele Liebhaber, dass ich dir nicht sagen könnte, woher du kommst. Wie würde es dir gefallen, den Namen deines Vaters nicht zu wissen?"

„Du weißt, dass ich Dad liebe. Ich kann mir nicht vorstellen, wie schrecklich es für dich gewesen sein muss. Ich liebe euch beide." Und ich liebte Violet auch. Aber ich war bereit, die Möglichkeit in Kauf zu nehmen, dass die Violet, die ich kannte, anders war als die Violet, mit der meine Mutter gelebt hatte.

„Sei nett zu Trey. Er wird erkennen, was für ein Narr er war, und zu dir zurückkommen, du wirst schon sehen."

Aus den Lautsprechern kam eine Durchsage, mit der der Captain alle Passagiere aufforderte, ihre elektronischen Geräte auszuschalten.

„Der Flug geht gleich. Ich muss los. Ich rufe dich morgen an."

Ich hatte noch keine Gelegenheit gehabt, mein Handy auszuschalten, als es pingte – eine SMS von Trey.

Nach all der Zeit, die er sich genommen hatte, um über meinen Vorschlag nachzudenken, musste er meinen Standpunkt verstanden haben. Ich hatte erwartet, dass er mit *„Okay, wir investieren in Marketing"* antworten würde. Stattdessen schrieb er: *Wir müssen dichtmachen.*

Die Worte trafen mich, als wäre ich körperlich geschlagen worden. Der Schock ließ mich erstarren.

Ich bemühte mich, ihm wegen Diya zu vergeben, doch wenn er unser Geschäft versaute, das winzige Baby-Auktionshaus, für dessen Geburt und Wachstum ich jedes Fünkchen meiner Lebensenergie aufgewendet hatte …

Ich schrieb zurück.

Ich gebe nicht auf.

Wir würden uns unterhalten müssen, sobald ich aus dem Flugzeug stieg.

Um mich bis dahin abzulenken, öffnete ich schließlich Violets Tagebuch. Nur um herauszufinden, dass es nicht Violets Tagebuch war.

KAPITEL ZWEI

Johanna

1887, Amsterdam, Niederlande

Wir hatten keinen Besuch erwartet, als es am Freitagnachmittag an der Tür klingelte.

Mama und das Dienstmädchen hatten die Küchenschränke ausgeräumt und ausgewaschen und warteten jetzt darauf, dass sie in der Sommerhitze von Amsterdam trockneten. Die Hintertür stand offen, um die Brise hereinzulassen. Ich saß am Tisch neben meiner Schwester Mien, schrieb mein Tagebuch und hoffte, unbemerkt zu bleiben. Anke, ein ruhiges Mädchen aus dem Dorf, das neu in unseren Diensten war, benutzte Mamas Ehering, um zu erraten, ob Mien eines Tages Jungen oder Mädchen haben würde.

Mamas Ring hing an einem Seidenband – es musste rot sein, damit die Wahrsagerei funktionierte – über Miens offener Handfläche. Wenn sich der Ring nach links drehte, würde sie einen Jungen haben. Wenn sich der Ring nach rechts drehte, ein Mädchen.

„Oh, ein Junge, noch ein Junge!" Mama legte ihre Stickerei hin, und rosige Freude färbte ihre Wangen.

Dann hörte der Ring auf und drehte sich nicht mehr.

„Zehn Kinder, genau wie ich." Mom klatschte. „Du bist dran, Jo."

Ich konnte die purpurroten Tropfen sehen, die mein Herz auf die Seite vor mir blutete, als ob sie echt wären. „Ist mir egal." Ich hätte mein Tagebuch nehmen und mich oben verstecken sollen. „Ich bin nicht in einem gesegneten Zustand."

Mien, die mit neunundzwanzig alt genug war, keine solch kindischen Spiele mehr zu spielen, auch nicht. Keine von uns war verheiratet, obwohl Mien, die vier Jahre älter war als ich, wahrscheinlich vor mir zum Altar geführt werden würde. Meine liebste Freundin Anna hätte am Tisch sitzen sollen – wenigstens war sie verlobt. Leider war Anna, immer die Glückliche, mit ihren Eltern in Scheveningen für ihren jährlichen Urlaub am Meer.

„Willst du nicht wissen, ob du eine Familie haben wirst?"

Miens Missbilligung ging mir unter die Haut, doch ich schluckte eine hitzige Antwort herunter. Ich hatte meinem Tagebuch nur einen Moment zuvor versprochen, ein besserer Mensch zu sein, geduldiger in allen Dingen.

Andererseits hatte ich nicht versprochen, zu schweigen.

„Ich möchte wissen, warum wir leben. Ich möchte meine Bestimmung finden." Am Ende meines Lebens wollte ich zurückblicken und stolz auf das sein, was ich erreicht hatte. Ich wollte … *etwas* hinterlassen.

Miens Stöhnen war so undamenhaft, dass Mom sie schalt. Dann lächelte sie mich an. „Eines Tages wirst du den richtigen Mann treffen und heiraten, Jo."

„Oder ich werde eine unabhängige Frau."

„Gott bewahre. Es gibt keinen Grund, zu verzweifeln."

Anke ließ den Ring auf den Tisch sinken, offensichtlich unbehaglich bei unserem Gezanke. „Ich werde nachsehen, ob die Küchentücher auf der Leine trocken sind."

Sie nahm den Wäschekorb und floh nach draußen. Hinter ihr drang Gelächter herein. Auf dem Kanal fuhr ein von Pferden gezogener *Trekschuit* vorbei. Der antike Lastkahn brachte Touristen zum Rijksmuseum, das im Jahr zuvor in unserer Straße gebaut worden war. Da wäre ich auch viel lieber hingegangen.

Da ich in der Küche festsaß, musste ich Mama ablenken, bevor sie von Träumen von Enkelkindern dazu überging, mich verkuppeln zu wollen.

„Glaubst du, ich werde jemals etwas erreichen?", fragte ich sie. „Wird sich die Geschichte an meinen Namen erinnern?"

„Was für ein Unsinn. Der Sinn des Lebens einer Frau besteht darin, dafür zu sorgen, dass ihr Ehemann glücklich ist." Ihr Ton wechselte zu sanft belehrend, als sie ihre Stickerei wieder aufhob. „Frauen sind wie die Grachten, ruhig und beständig, die Stützen des Lebens. Männer sind wie Lastkähne, die zu den Seehäfen reisen, Abenteuer erleben und ihre Schätze einsammeln. Ehefrauen sind für Ehemänner, was Grachten für Lastkähne sind. *Wichtig.* Das Leben in Amsterdam wäre ohne die Grachten nicht möglich."

Sie sah außerordentlich zufrieden mit sich aus, weil sie es so treffend erklärt hatte.

„Du weißt, wie sehr ich für Eduard wichtig sein *möchte*."

Mien spähte über meine Schulter in mein Tagebuch. „Was hat er dir gesagt, als ihr beide letzte Woche Boot gefahren seid?"

Ich klappte das Buch zu. „Er hat mir jede Ermutigung gegeben."

„Und ist seitdem nicht zurückgekommen."

„Oh, meine Jo." Mom tätschelte meine Wange. „Wie wäre es mit Garrit? Ein Witwer, kaum dreißig, mit fünf kleinen Kindern. Er muss bald heiraten. Er fragt jedes Mal nach dir, wenn ich in seine Metzgerei komme. Ich wette, ehe du dich versiehst, wird er deinen Papa mit einer gewissen Frage besuchen. Dann ist der Sinn deines Lebens endlich für dich definiert. Wäre das nicht großartig?"

Großartige Plackerei.

„Ich habe mich für eine Position als Lehrerin an der Mädchenschule in Utrecht beworben." Ich hatte die Neuigkeit zurückgehalten, weil ich warten wollte, bis Papa zu Hause war, da ich den Kampf nicht zweimal kämpfen wollte, aber Miens Sticheleien waren zu viel.

Ihr Lächeln erblühte siruppartig süß. „In derselben Stadt wie Eduards Universität. Ist das nicht ein –"

Mama unterbrach sie mit einem scharfen Blick. „Hast du Sanne nicht versprochen, mit ihr in den Park zu gehen und ihr mit den Kleinen zu helfen, Mien?"

„Ja, Mama." Sie nahm ihren Hut vom Tisch und eilte zur Haustür hinaus, gerade als Anke mit dem Weidenkorb voller steifem Leinen durch die Hintertür hereinschlüpfte.

„Du kannst anfangen zu bügeln." Mama nahm ihren Ring und fing an, das Band zu lösen, bereit, sich um ihre eigenen Angelegenheiten zu kümmern.

„Garrit riecht nach Schmalzzwiebeln", murmelte ich leise. Ich wollte wissen, ob Eduards Herz wirklich mir gehörte. Wenn der Ring Kinder vorhersagte, wären es seine. Ich hielt Mama meine offene Hand entgegen. „Gut. Bitte zeig' es mir."

Ihr Lächeln war noch nie anerkennender gewesen. Der goldene Ring drehte sich an seinem roten Band und streute Licht in die Küche. Ich wusste nicht, wer von uns mehr die Luft anhielt.

„Zuerst ein Junge." Sie war nicht weniger begeistert über meine Vorhersage als die von Mien. „Dann sehen wir uns jetzt den Rest an."

Eduard liebt mich. Er wird mich heiraten.

Ich wartete wie hypnotisiert darauf, dass sich der goldene Kreis wieder drehte.

In diesem Moment klingelte es an der Tür.

Das Geräusch schnitt durch mich wie die Lichter des Nachtzuges durch die Dunkelheit, dessen scharfes Pfeifen die Menschen aus ihren Träumen riss. Mein Mund, der sich vor Staunen geöffnet hatte, klappte vor Ärger zu.

Mama fing ihren Ring auf. „Ich frage mich, wer das ist."

Jemand mit schrecklichem Timing. Doch was, wenn … Ich schob meinen Stuhl zurück und schob mich an Anke vorbei. „Ich kümmere mich um den Besucher."

Ich strich mein Haar glatt und danach mein Kleid. Dann öffnete ich die Tür, auf Flügeln der Hoffnung schwebend, und stürzte vor harter Enttäuschung zu Boden. „Oh, hallo." *Lächle.* „Was für eine schöne Überraschung. Bitte kommen Sie herein." Ich rief Mama zu: „Theo ist hier! Dries' Freund aus Frankreich."

Er brachte den nicht unangenehmen Geruch von Pfeifentabak herein, sein brauner Anzug zerknittert von der langen Reise. Mein Herz hüpfte vor einer neuen Möglichkeit.

„Wo ist mein Bruder?" Ich spähte an Theo vorbei. Vielleicht bezahlte Dries den Kutscher.

„Mejuffrouw Bonger." Theo nahm seinen Hut ab. „Ich komme allein." Er war so atemlos, wie ich es noch einen Moment zuvor gewesen war, seine blauen Augen wild, seine Finger zuckten am Griff seiner Reisetasche, der Mann war eindeutig aufgewühlt.

„Kommen Sie von einem Besuch bei Ihrer Mutter? Geht es ihr gut?"

Das erste Mal, dass mein Bruder Theo zu uns nach Hause gebracht hatte, war kurz nach dem Tod seines Vaters gewesen. Vielleicht war er wieder in den Niederlanden, weil seine Mutter jetzt auch krank war.

„Ihre Briefe deuten darauf hin, dass sich ihre Stimmung verbessert hat." Theos Blick wanderte von unserer Hutablage aus Ebenholz zu der Vase mit Sonnenblumen und dann zu dem Bild von König William III. neben dem Spiegel – überall hin, nur nicht zu mir. „Ich habe sie seit einigen Monaten nicht gesehen. Ich bin direkt von Paris hierhergereist."

Sorge legte sich um mich zwischen einem Atemzug und dem nächsten. „Stimmt etwas nicht mit meinem Bruder?"

Endlich begegneten Theos Augen kurz meinen. „Dries geht es gut, und er lässt Sie herzlich grüßen."

Gott sei Dank.

Anke nahm Theo schweigend Hut und Tasche ab, dann führte ich ihn zum Sofa, wo er wie vor nervöser Erschöpfung zusammenbrach und dann wieder aufsprang, als er bemerkte, dass ich mich noch nicht gesetzt hatte.

Mom kam aus der Küche und warf mir einen fragenden Blick zu.

Ich konnte ihr nichts sagen.

„Was für eine schöne Überraschung." Sie fuhr mit den Fingern über das alte braune Kleid, das sie zum Putzen angezogen hatte. Sie hatte ihre schmutzige Schürze bereits abgelegt. „Theo, willkommen." Sie blickte zur Tür. „Ist mein Dries auch hier?"

„Dries ist in Paris, bei guter Gesundheit, Mevrouw Bonger." Er küsste ihre Hand einen Atemzug zu spät und richtete sich dann einen Atemzug zu schnell wieder auf. „Ich entschuldige mich für den unan-gekündigten Besuch."

„Jeder Freund meines Sohnes ist in unserem Haus immer willkommen. Bitte nehmen Sie Platz. Ich werde Anke bitten, Ihnen ein Getränk zu bringen." Und damit verließ sie den Raum und ließ mich mit unserem Besucher allein.

Ich setzte mich auf den Sessel neben dem Klavier und faltete meine Hände im Schoß, während Theo sich wieder auf das Sofa sinken ließ, diesmal mit mehr Anstand. Ich konnte die Emotionen, die über sein Gesicht flackerten, nicht entziffern. *Sorge? Irritation? Angst?*

Bei seinem Besuch im Jahr zuvor – als Dries, Theo und ich das Rijksmuseum besucht hatten – war Theo mit seinem Wissen über Geschichte und Kunst, seinen freundlichen und ermutigenden Augen amüsant, ja sogar brillant gewesen. Jetzt brannten sie mit einer beunruhigenden Intensität.

„Geht es Ihnen gut, Johanna? Und der Familie?"

„Es geht uns allen gut. Danke. Papa und Henri arbeiten bei der Versicherungsgesellschaft. Sanne hat die Kinder in den Park gebracht, und Mien ist ihr gerade nachgegangen." Ich hatte schon nach seiner Mutter gefragt, also musste ich mir etwas anderes einfallen lassen. „Wie läuft die Arbeit in der Galerie? Goupil?"

„Ah, Sie erinnern sich." Sein Lächeln funkelte, als hätte ich ihm ein Geschenk gemacht. „Ich schubse sie langsam in Richtung Fortschritt. Sie haben mir noch nicht erlaubt, irgendjemanden außer den Künstlern des Salons auf der Hauptebene auszustellen, aber ich habe endlich ein paar Impressionisten im Obergeschoss. Monet, Degas, Gauguin …"

Er feuerte weitere Namen auf mich ab, doch meine Gedanken glitten in einen Tagtraum, in dem mein Eduard an der Tür erschien, um mir einen Antrag zu machen. Ich stellte mir ein wundervolles gemeinsames Leben vor: ein Zuhause, noch schöner als das von Papa und Mama, einen Sohn und endlose, glückselige Zufriedenheit.

„Und dann ist da noch Guillaumin." Theos aufgeregte Stimme drang in meinen Tagtraum ein. Er zählte weitere Künstler auf, die er bewunderte, einige mir vage bekannt.

„Dries hat mir über die Impressionisten geschrieben."

Theo begann einen noch inbrünstigeren Lobgesang.

Gott sei Dank kam Mama bald, gefolgt von Anke mit dem Tablett.

Anke schenkte uns allen ein, und der Duft von starkem schwarzem Tee und Bergamotte lag in der Luft.

„Versuchen Sie bitte den *Boterkoek*", drängte Mama.

Theo aß den Butterkuchen hastig und lobte ihn noch schneller, dann sprang er wieder auf, was Mama so erschreckte, dass ihre geliebte Delfter Tasse gegen die passende Untertasse klirrte. „Darf ich mit Jo am Kanal spazieren gehen?"

Mama hielt ihre Untertasse in beiden Händen, um weiteres Klirren zu vermeiden. „Natürlich. Endlich ein sonniger Tag nach all dem Regen."

Ich wollte fast Kopfschmerzen vortäuschen, dachte dann aber an Dries. Was, wenn mein Bruder ihm eine private Nachricht für mich mitgegeben hatte? Möglicherweise etwas über Annie, ein zurückhaltendes, langweiliges, blondes Mädchen vom englischen Typ, mit dem er sich letzten Mai heimlich verlobt hatte.

Endlich etwas Interessantes. Ich sprang von meinem Sessel auf.

Theo schlenderte in geheimnisvoller Stille am Wasser entlang, blieb dann plötzlich stehen und drehte sich zu mir um, sagte aber immer noch kein Wort.

„Will Dries seine Verlobung noch einmal überdenken?", fragte ich schließlich.

„Jo." Theo nickte kaum merklich, nicht als Antwort auf meine Frage, sondern als hätte er gerade eine Entscheidung getroffen, als wollte er sich zu etwas verpflichten. „Sie wissen sicher, was ich für Sie empfinde. Sie müssen wissen, dass ich nichts mehr will, als den Rest meines Lebens mit Ihnen zu verbringen und mein ganzes Glück in Ihre Hände zu legen."

Ich war mir nicht sicher, ob ich ihn richtig verstanden hatte, doch ich befürchtete, dass ich es getan hatte, also bat ich ihn nicht, es zu wiederholen.

Ich hätte nicht überraschter sein können, wenn sich die Enten auf dem Kanal in Form einer Tulpe auf dem Wasser aufgestellt und angefangen hätten, das Wilhelmslied zu singen.

Für einen Moment dachte ich sogar, dass Dries Theo zu einem Streich angestiftet hatte, doch die rohen Emotionen in Theos Augen und sein ernster Ausdruck deuteten darauf hin, dass meine Antwort ihm alles bedeutete.

Ich versteckte meine Hände in den Falten meines Kleides. „Ich verstehe nicht."

„Würden Sie mir die Ehre erweisen, meine Frau zu werden, Johanna Bonger?" Er wartete mit einem ernsten, feierlichen Lächeln, seine frühere Nervosität war verschwunden, als könnte er sich endlich entspannen.

Würde ich …

„Warum?", entfleuchte meinen Lippen, bevor ich die erschrockene Antwort zurückhalten konnte. „Wir haben uns in den letzten zwei Jahren gerade zweimal getroffen. Sie kennen mich kaum."

„Sind Sie nicht mehr frei? Dries hat nie jemand anderen erwähnt. Ich frage ihn oft nach Ihnen. Ich habe gehofft …"

„Ich bin frei."

„Wenn Ihr Herz nicht schon vergeben ist …"

„Mein Herz ist *sehr* vergeben."

Theo fing an, schnell zu gehen, drehte sich dann um und trat schnell von einem Fuß auf den anderen, als wollte er in den Kanal springen.

Ich ging auf das Haus zu. „Wir sollten zu Mama zurück."

Trostlosigkeit färbte sein Gesicht aschfahl. Sogar der Himmel hinter ihm wurde grau und warf ein trübes Dunkel über das Wasser. „Gibt es nichts, was ich sagen kann, um Sie davon zu überzeugen, meinen Antrag in Erwägung zu ziehen?"

„Ich weiß zu gut, wie viel Leid unerwiderte Liebe verursachen kann, darum kann ich Ihnen nicht die Antwort geben, die Sie sich wünschen, Theo."

„Im Rijksmuseum, mit Ihrem Bruder, wir drei zusammen. Erinnern Sie sich, welchen Spaß wir hatten?" Sein ganzer Körper flehte, von seinen Augenbrauen bis zu seinen Fingerspitzen. „Sie waren so voller Neugier und Intelligenz. Sie haben mir eine Frage nach der anderen gestellt. Ich wäre für immer glücklich, wenn ich eine Frau wie Sie in meinem Leben hätte."

Ich brachte keine andere Antwort als ein verzweifeltes „Theo, ich kann nicht" heraus.

Er kehrte an meine Seite zurück und ging grimmig neben mir her. Ich fürchtete, er könnte weinen. Ich fürchtete, ich könnte vor lauter Mitgefühl für ihn doch Ja sagen.

„Wie geht es Ihrem Bruder?", beeilte ich mich zu fragen. „Dem Maler." Er hatte zwei Brüder und drei Schwestern. „Wie gefällt ihm Paris? Sie müssen froh sein, dass er sich endlich entschieden hat, dorthin zu ziehen, damit Sie wieder zusammen sein können."

„Nach langem Drängen meinerseits gibt Vincent seinen Gemälden endlich mehr Farbe und Licht. Er hat Paris gebraucht. Er musste den neuen Zeitgeist spüren. Die Tristesse von Antwerpen war weder seiner Gesundheit noch seiner Malerei zuträglich." Theo sprach stockend, als hätte er den Schmerz unseres vorherigen Themas noch nicht ganz verarbeitet, konnte aber nicht widerstehen, mir von seinem Bruder zu erzählen. Sein Gesichtsausdruck wurde weicher. Eine andere Frau, die nicht schon in einen anderen Mann verliebt war, hätte ihn für gutaussehend gehalten.

„Dries hat letztes Jahr über Vincents schreckliche Krankheit und andere Probleme geschrieben." Mein Bruder war überzeugt, dass viele von Vincents Problemen auf seine Sturheit zurückzuführen seien. „Er ist ganz genesen?"

„Vorerst. Leider ist er anfällig für Rückfälle. Ich wünschte, er würde sich ausruhen und mehr essen."

Und weniger trinken. Eine weitere Sache, an den ich mich plötzlich von Dries erinnerte.

„Ich muss ihm helfen, wo immer ich kann." Theo sah mich mit einer beunruhigenden Sehnsucht an, doch er blieb beim Thema Vincent, dem Himmel sei Dank. „Als kleine Jungen haben wir einander unsere Unterstützung und Hingabe für den Rest unseres Lebens versprochen. Wir haben einen Eid geschworen."

Ich hatte meinen Liebling unter meinen Geschwistern, Dries, darum konnte ich das Gefühl nachvollziehen. „Es muss befreiend sein, seine wahre Berufung zu finden."

Und dieser Berufung folgen zu dürfen.

„Er hat sich zuerst für die Kirche entschieden." Theo lächelte beinahe. „Hat Dries Ihnen das gesagt? Vincent hat als Seelsorger für die elendsten Bergleute gesorgt, unten in den dunkelsten Schächten. Er hat all seine Habseligkeiten verschenkt. Wenn er jemanden sah, der ärmer war als er, gab er ihm sein letztes Hemd."

„Ein leuchtendes Beispiel seines Glaubens."

„Die Kirche hat ihn ausgeschlossen, weil er die Lehren der Bibel auf die Spitze getrieben hat." Theo seufzte vor brüderlicher Verzweiflung. „Sein Idealismus passt eher zur Malerei."

Wir erreichten den Garten meiner Eltern. *Nur noch ein paar Schritte.* „Ist seine Kunst in Paris beliebt?"

„Er wird bald seinen ersten Verkauf haben. Sie sollten seine Tulpenfelder sehen. Eine Brücke zwischen den Stilen, seiner Vergangenheit und seiner Zukunft, eine neue Richtung, mit Licht. Als ich es zum ersten Mal gesehen habe, hatte ich das Gefühl, Zeuge der Geburt von Farbe zu werden …", schwärmte er weiter, als wir eintraten.

Er hatte mehr brüderliche Liebe in sich als Wasser in Amsterdams Grachten war, und dafür mochte ich ihn, aber ich konnte ihn nicht lieben.

„Einen angenehmen Spaziergang gehabt?" Mamas Gesichtsausdruck versprach eine Flut von Fragen, sobald wir allein waren. Sie würde nicht glauben, was ich ihr zu sagen hatte. „Noch einen Tee, Theo?"

„Danke, Mevrouw Bonger, aber ich muss mich verabschieden. Meine Mutter wartet."

„Ich bringe Theo zur Tür", bot ich an, bevor Anke sich einmischen konnte. Das war ich ihm schuldig. Außerdem konnte ich dadurch Mamas Verhör noch ein paar Minuten hinauszögern. Ich musste den Vorschlag so präsentieren, dass sie seine Absurdität erkannte, anstatt ein großartiges Angebot zu sehen, auf das ich mich sofort stürzen sollte.

An der Haustür hob Theo seine Reisetasche auf. Und dann stand er einfach da, bis ich mir wünschte, ich hätte ihn doch von Anke hinausbringen lassen. Das endlose Stehen in dem kleinen, engen Raum mit meinem abgewiesenen Verehrer wurde schnell zur Qual.

Was will er noch?

„Johanna, können Sie mir überhaupt keine Hoffnung machen?"

Nur eine grausame Frau würde ihn hinhalten. „Es tut mir leid, Theo."

Sein trauriges Lächeln hätte Engel dazu bringen können, den Regen eines ganzen Frühlings zu weinen. Am Ende brachte er nicht einmal mehr dieses kleine Lächeln zustande. Seine Mundwinkel sanken herunter. Mit ernster Entschlossenheit schob er den Hut über sein dunkelkupferrotes Haar. „Auf Wiedersehen, Johanna Bonger."

„Auf Wiedersehen, Theo van Gogh."

Er ging die Treppe hinunter, doch dann blieb er auf dem Bürgersteig stehen. „Darf ich schreiben?"

Ich konnte ihn nicht noch einmal abweisen, nicht bei einer so kleinen Bitte. „Ja."

Ein einziges Wort. Doch, oh, wie viel Kraft ein einzelnes Wort haben konnte.

Ich hätte mir nie vorstellen können, dass wegen dieses einen Jas, in drei Jahren zwei Menschen, die ich liebte, tot sein würden.

KAPITEL DREI

Emsley

„Ich verrate dir ein Geheimnis, Emsley." Diya ging durch unseren kleinen Pausenraum im Beverly Hills Four Seasons, wo ich mich versteckte, um meine Nervosität vor der Auktion zu überwinden. „Männer wollen drei Dinge von Frauen: Stimulation, Verehrung und Fürsorge. Man muss wissen, was man ihnen wann gibt." Sie füllte ihre Tasse mit Kaffee und senkte ihre Stimme, bis ich sie über den Lärm im Flur kaum hören konnte. „Und du musst es ihnen in Sex verpackt geben."

So weit war ich gefallen: Ich hörte mir Beziehungsratschläge von der neuen Freundin meines Ex-Freundes an. Meine Augäpfel fühlten sich an, als wären sie grob aus Granit gehauen: staubtrocken und zu schwer zum Rollen. Ich hatte im Flugzeug von New York nach L.A. zu wenig geschlafen und mich dann direkt vom Flughafen ins Büro geschleppt. Ich hatte im Fitnessstudio im obersten Stockwerk des Gebäudes geduscht und mich umgezogen, da ich glücklicherweise Wechselgarderobe in einem Kleidersack in meinem Büro aufbewahrte. Beim *Fast-Business*-Interview war ich vielleicht hundemüde gewesen, aber wenigstens hatte ich nicht so ausgesehen, als hätte mich gerade jemand aus dem Gepäckfach gezogen.

„Ich habe keine Zeit für einen Mann." Das hatte ich in letzter Zeit oft gesagt, doch niemand glaubte mir. Ich hatte noch nicht einmal Zeit gehabt, mich mit Trey wegen seiner blöden SMS zu treffen. „Ich hatte heute Morgen das Interview mit dem Magazin, und seitdem bin ich hier und bereite die Auktion für heute Abend vor."

Ich hatte Minuten, bevor die Gäste eintreffen würden, und ich wollte diese Minuten nicht mit Diya verbringen und über Männer reden. Als sie hereingekommen war, hatte ich gerade meine Großmutter anrufen wollen, um sie nach dem grünen Tagebuch zu fragen.

Diya goss Sojamilch in ihren Kaffee und achtete dabei auf ihr türkis schimmerndes Kleid. Designer-Wickelkleider waren ihre Uniform wie meine schwarzen Anzüge. Sie kleidete sich so, dass sie zu den prominenten Kunden passte, die sie betreute. Trey kümmerte sich um die Politiker. Ich war der Auktionator.

Diya warf über meine Schulter einen Blick zur Tür, als sie zum Tisch mit dem Essen ging. „Wie viele neue Events haben wir diese Woche geschrieben?"

„Zwei." *Nicht genug.* „Wenn wir die nächsten zwei Monate überleben, könnten uns die Zwischenwahlen retten. Wir könnten in neuen Verträgen schwimmen."

Sie nahm einen Teller und stellte ihn dann wieder ab, wobei sie darauf achtete, mich *nicht* anzusehen. „Wenn es sein muss, bin ich damit einverstanden, das Geschäft aufzulösen."

Ah. Trey hatte schon mit ihr gesprochen. Natürlich hatte er das. Sie waren zusammen gewesen, als ich in New York war. Ich gab mir große Mühe, mich nicht zu fühlen, als hätten sie sich gegen mich verbündet. Ich unterdrückte meinen Groll.

„Ich will es nicht auflösen." Ich würgte die Idee gedanklich mit beiden Händen. „Wir können unsere Probleme lösen." Ich zog mich zur Tür zurück. „Ich muss raus und Gäste begrüßen." Ein erfolgreiches Auktionshaus war auf Beziehungen und Empfehlungen aufgebaut.

Diya blickte wieder an mir vorbei, und von der Erleichterung in ihren Augen wusste ich, was kommen würde. „Trey!"

Trey gab Diya einen Kuss und begrüßte sie mit einem kratzigen

„Hey", das eines Frauenfilms würdig gewesen wäre. Er würdigte mich kaum eines Blickes. „Emsley."

Ich weigerte mich zuzulassen, dass es wehtat.

Er war zerzaust-kalifornisch-blond, groß und schlaksig, ein adretter Streber auf die richtige Art und Weise. Und mal meiner gewesen. Doch während mein Kopf immer beim Geschäft war, achtete Diya auf die Menschen. Und Trey mochte Aufmerksamkeit.

Ich weigerte mich zuzulassen, dass es wehtat.

Ich führte ein organisiertes Leben, das in zwei Säulen unterteilt war: Aufbau des Geschäfts und *Zeit weg vom Geschäft. ZwvG.*

Alles, was mit ZwvG zu tun hatte, war tunlichst zu vermeiden.

Und dann hatte sich ein anderes Mädchen meinen Typen geschnappt. *Überraschung.*

Ich weigerte mich zuzulassen, dass es wehtat.

„Alles bereit?" Trey inhalierte das Aroma, das aus unseren Tassen wehte. „Lasst mich auch eine Tasse schwarzes Gold holen."

Ich sagte ihm nicht, dass *schwarzes Gold* eine Anspielung auf Rohöl ist. Je weniger wir vor der Auktion sprachen, desto weniger würde er mir auf den letzten Nerv gehen.

„Es muss nicht unbehaglich sein. Stimmt's, Em?" Diya nahm wieder einen Teller und lud ihn mit seinem Lieblingsessen voll: Crab Cakes und Mini-Quiches. „Wir sind alle Freunde. Ich weiß, du willst, dass wir glücklich sind."

Mit wir meinte sie sich und ihn. Ich war zwischen ihren beiden Sätzen verloren gegangen wie der brasilianische Käsepuffer, den sie versehentlich vom Tisch gestoßen hatte.

„Jeder verdient es, glücklich zu sein." Für mich bedeutete das in diesem Moment im Geschäft zu bleiben.

Ich drehte mich zu Trey um und gab mein vorläufiges Gebot ab. „Ich will das Geschäft nicht auflösen. Wenn ihr beide raus wollt, ist das okay. Aber ich lasse Ludington's nicht sterben."

Gemeinsam verließen wir den Pausenraum.

„Würdest du erst einen Monat mit diversen Krisensitzungen verbringen wollen?" Treys Worte hatten einen sarkastischen, herablassenden Unterton. *Hat er früher auch schon so gesprochen? Habe ich es nur nicht gemerkt?* „Das ist nicht die Zeit für eine ausgedehnte Wanderung den Berg des Nichtwahrhabenwollens hinauf, Emsley. Mark Selig ist nach DC zurückgeflogen, weil du ihm nicht entgegenkommen konntest. Wie auch immer, niemand hat gesagt, dass wir wegwerfen sollten, was wir haben. Ich habe mich mit politischer Meinungsforschung beschäftigt. Da gibt es Geld zu verdienen. Ich will, dass wir in Richtung Profit gehen."

Diya bewegte sich näher an ihn heran, sodass sie Schulter an Schulter standen, eine Einheit. „Meinungsforschung ist ein wachsendes Feld."

Ich hatte keine Zeit, zwei Leute zu ersticken, selbst wenn ich praktischerweise über ein verirrtes Stuhlkissen gestolpert wäre. „Ludington's ist ein *Auktionshaus*. Und, tut mir leid, Trey, aber du kannst dir die Richtung nicht aussuchen. Ich bin das Gesicht des Geschäfts, und ich bin Auktionatorin. Ich habe die Idee entwickelt, weil ich das machen möchte. Ich bin keine Meinungsforscherin. Ich mag, was wir tun."

„Also dreht sich alles um dich? Dann ist es eine verdammte Ego-Sache?" Was Ego war, wusste er.

„Es geht nicht um Ego. Es geht um Durchhalten."

Meine früheste Erinnerung an meine Großmutter war ihr Besuch bei uns in Connecticut – ein Überraschungsbesuch. Eine andere Art gab es für sie nicht. Ich hatte sie gefragt, wie sie so berühmt geworden war. Violet Velar hatte ihrem einzigen Enkelkind in die Augen gesehen und gesagt: *„Man hat Erfolg, indem man nicht versagt."*

Schon im Alter von sieben Jahren war mir der Rat wie eine tiefe Wahrheit des Lebens vorgekommen.

Ich würde nicht den Schwanz einziehen und aufgeben. Ich weigerte mich, so jemand zu sein.

Diya beruhigte Trey mit einem Lächeln und sah mich dann an. „Trey hat recht. Wir müssen Geld verdienen."

Für sie war Ludington's immer ein Job gewesen. Sie war dem Unternehmen emotional nicht verbunden. Doch sie war *Trey* emotional verbunden.

„Wenn du glaubst, dass Ludington's den Bach runtergeht und du kündigen willst, dann kündige. Du kannst mir deine Anteile überschreiben." *Fassimmerin Worte, was du willst. Wenn du an der Auktion teilnehmen willst, musst du bieten.*

Diya gehörten zwanzig Prozent von Ludington's, während Trey und ich jeweils vierzig Prozent besaßen, im Verhältnis zu dem, was jeder von uns eingebracht hatte, Bargeld und immaterielle Werte zusammen.

Sie blinzelte. „Ohne Gegenleistung?"

„Was macht es für einen Unterschied, ob wir den Laden dichtmachen und du mit leeren Händen gehst oder du mit leeren Händen gehst und mich weiter versuchen lässt, das Geschäft zu retten? Du haftest nicht mehr. Wenn ich verklagt werde, betrifft es dich nicht. Wenn ich bankrottgehe, betrifft es dich auch nicht. Wir bekommen alle, was wir wollen." *Bitte.* „Trey?"

„Wie gesagt, ich spreche nicht davon, das Geschäft zu schließen. Wenn du die Idee mit der Meinungsforschung so hasst, warum kündigst du dann nicht? Ich bezahle dich aus. Wie hören sich zweihundert Riesen an? Du bekommst zurück, was du investiert hast."

„Nein."

„Dann bezahlst du mich aus. Eine Million Dollar."

„Das Geschäft ist keine Million Dollar wert."

„Ich habe eine Million investiert. Ludington's wäre ohne mich nicht passiert."

„Es wäre auch nicht ohne Diya passiert." Die ihren Finanzabschluss mitgebracht und uns die ganze Zeit über Wasser gehalten hat, zusätzlich zu ihrer einzigartigen Fähigkeit, Prominente an Land zu ziehen. „Genauso wie es ohne mich nicht passiert wäre." Mein Wissen über die Branche und den ursprünglichen Kundenstamm, den ich mitgebracht hatte, und meine anfängliche Investition. „Aber gut. Ich kaufe deine Anteile."

Ich hatte davon geträumt, diese Worte auszusprechen. Am liebsten in einer fernen Zukunft, wenn ich tatsächlich Geld hatte. Diese Auseinandersetzung mit meinen Partnern kam viel zu früh. Ich war nicht bereit.

„Wenn wir schließen, ist Zeit von entscheidender Bedeutung." Diya war die Erste, die sich erholte. Sie wusste, dass ich aus einem Impuls heraus gesprochen hatte, und so ignorierte sie mein unrealistisches Angebot. „Wenn wir mit der Büromiete und den Lohnkosten weitermachen, werden wir noch weiter in die roten Zahlen geraten. Wir wollen nicht bankrottgehen. Wir wollen nicht als finanzielle Katastrophe in Erinnerung bleiben."

„Du hast dreißig Tage, um mich abzufinden." Trey beobachtete mich mit diesem ausdruckslos-höflichen Blick, der bedeutete, dass er sich als künftigen Milliardär sah und einen Haken beköderte. „Ich übertrage dir meine Anteile, wenn du mir innerhalb von dreißig Tagen eine Million Dollar zahlst."

Wir blieben stehen. Die Stille war vollkommen, bis eine vorbeigehende Hotelangestellte einen Teller von ihrem Tablett rutschen ließ. Das Porzellan zerschmetterte auf harten Fliesen, der Klang meiner zerschmetternden Träume.

„Sie kann dich nicht abfinden." Diya blieb die Stimme der Vernunft.

„Wenn sie mich nicht abfinden kann, stimmt sie zu, dass ich ihre Anteile kaufe." Trey war in Fahrt. Und viel zu nah. Er war gut dreißig Zentimeter größer als ich und hatte die Angewohnheit, mit gesenktem Kopf über mir zu stehen. Dadurch kam ich mir immer noch kleiner vor, als ich war. Diya hatte einmal gefragt: *Liebst du es nicht einfach, wie er dir das Gefühl gibt, zierlich zu sein?"*

Er hatte mir nicht das Gefühl gegeben, zierlich zu sein. Er gab mir das Gefühl, überschattet zu werden.

Ich weigerte mich, mich unterkriegen zu lassen. Ludington's war meine Idee gewesen. Mein Traum. Er würde es nur über meine Leiche bekommen. „Deal."

Diya schüttelte den Kopf. „Ihr macht beide einen Fehler."

„Dann sei es so. Ich habe das Recht, Fehler zu machen. Ihr werdet einander haben und ich meine Firma."

„Also gut. Wenn Trey eine Million will, will ich fünfhunderttausend."

„Darüber reden wir später." Wenn sie aufhörte, Zahlen aus ihrem … „Ich habe Gäste zu begrüßen."

Ich eilte davon und wünschte mir nichts sehnlicher, als dass die Nacht ein glänzender Erfolg wurde.

Ich hatte Fingerfood von André Milano, L.A.s neuestem Sternekoch, catern lassen. Es sollte klirrendes Kristall, funkelnde Diamanten und Stars in Designerkleidern geben. Ich hatte eine Veranstaltung ganz nach Violets Geschmack geplant.

Ich rief sie auf dem Weg zum Eingang des Hotels an. „Ich vermisse dich jetzt schon."

„Ich vermisse dich auch, Honey. Wie war das Interview?"

„Gut. Aber sie haben deinen Schlaganfall angesprochen. Tut mir leid. Ich weiß nicht, ob sie in ihrem Artikel über dich schreiben werden. Ich wollte dich sicherheitshalber vorwarnen."

„Haben sie nach meiner schmutzigen Vergangenheit gefragt?"

„Ist die Medienwelt eine Schlangengrube? Zum Glück bin ich ein Experte auf Ninja-Niveau, wenn es darum geht, persönliche Fragen abzuwehren." Ich wollte nicht, dass sie sich Sorgen machte. „Irgendwelche Avancen heute?"

„Einer der Patienten im zweiten Stock, Louis, hat Potenzial. Kubanischer Jazzmusiker. Er hat zur Mittagszeit draußen im Flur ein Konzert gegeben. Er spielt Saxophon wie ein junger Gott und ist ein anständiger Pokerspieler."

„Strip-Poker?"

„Würdest du ablehnen?"

„Nur, wenn er weiße Unterhosen mit Eingriff trägt."

Violet lachte. „Es ist schön, von der Familie unterstützt zu werden."

„Apropos Familie …" Sobald ich den Satz begonnen hatte, bereute ich es, doch jetzt blieb mir nichts anderes übrig, als weiterzumachen. „Hast du Mom jemals irgendwo vergessen, als sie klein war?"

„Sei nicht albern. Natürlich nicht. Hat sie das gesagt?"

„Zum Beispiel in einem Museum?" Ich ging um die Ecke und wäre fast mit dem Kopf voran gegen einen überfüllten Gepäckwagen gelaufen.

„Ich habe sie herumlaufen lassen, damit sie entdecken konnte, was ihr gefiel. Einige Eltern zerren ihre Kinder hinter sich her und halten ihnen Vorträge darüber, was jedes Gemälde bedeutet. Lassen sie Künstler und Titel und – ist das zu fassen? – Maße auswendig lernen, anstatt die Kunst zu diesen aufgeschlossenen jungen Herzen sprechen zu lassen. Ich wollte, dass deine Mutter das Met und das MoMA für ihre Spielplätze hält. Wir sind dorthin gegangen, um Freunde zu besuchen, um Spaß zu haben. Ich habe sie erkunden lassen. Ich hoffe, sie hat dasselbe für dich getan."

„Mom hat meine Hand gehalten, wohin wir auch gegangen sind, bis ich zehn war. Ich hatte mehr Spaß, wenn ich bei dir war. Erinnerst du dich, als du mich in der fünften Klasse ins Met mitgenommen hast? Die Angestellten da haben dich erkannt und uns wie Rockstars behandelt." Ich wollte als Kind genauso sein wie sie.

„Erinnerst du dich an das Guggenheim Museum?"

Oh ja. „Ich habe in das Gästebuch geschrieben, dass ich enttäuscht war, dass sie deine Bilder nicht hatten."

„Und du hast mit Prinzessin Lilian von Lichtenstein unterschrieben."

„Ich wollte meinen Worten Nachdruck verleihen."

Statt Gelächter kam am anderen Ende: „Welche anderen schrecklichen Geschichten hat dir deine Mutter über mich erzählt?"

„Sonst nichts." Ich wollte nach meinem Großvater fragen, doch das hatte ich einmal in der siebten Klasse versucht, mit der Unschuld eines Kindes, das nicht wusste, dass es sensibles Terrain betrat. Der tiefe Schmerz im Gesicht meiner Großmutter hatte mich wünschen lassen, dass ich die Frage zurücknehmen könnte. Ich war erleichtert gewesen, als sie das Thema gewechselt hatte.

Mit zwölf hatte ich den ganzen Sommer damit verbracht, Bilder von Prominenten im Internet zu durchforsten. In Anbetracht der Kreise, in denen Violet verkehrt hatte, war ich überzeugt, dass mein Großvater jemand Berühmtes war. Meine Mutter hatte ein Grübchen am Kinn. Ich habe Bilder von Kirk Douglas gegoogelt, mich dann aber für Timothy Dalton entschieden. Ich träumte davon, dass er auftauchen würde, um mich zu den Oscars mitzunehmen, und dass er mich auf dem roten Teppich als seine Enkelin vorstellen würde.

Er ist nie gekommen, doch immerhin habe ich in der Großmutter-Lotterie gewonnen. „Ich habe unsere Ausflüge geliebt. Du wirst wieder gesund." Ich durchquerte die prächtige Lobby, ließ meine leere Tasse auf einem Beistelltisch stehen und wich Hotelgästen aus, die eincheckten. „Und dann werden wir gemeinsam neue Abenteuer erleben."

„Sehr richtig, das werden wir. Ich laufe vielleicht nicht mehr mit den Stieren in Pamplona, aber gegen einen letzten Flamenco in Andalusien mit einem gutaussehenden Spanier hätte ich nichts einzuwenden. Wir werden uns zwei davon besorgen."

Das klang ganz wie die Violet, die ich kannte.

„Wo wir gerade von unwiderstehlich reden", sagte sie. „Eine der Krankenschwestern stellt Schmuck her. Wenn du das nächste Mal kommst, erinnere mich daran, dass ich dir ein Paar Ohrringe bestellt habe. Sonnenblumen. Du weißt warum?"

„Van Gogh?"

„Daher kommt mein Interesse, aber dann habe ich angefangen, sie um ihrer selbst willen zu mögen. Zum einen sind Sonnenblumen anpassungsfähig. Siebzig Arten. Du pflanzt sie irgendwo, und sie finden einen Weg zu wachsen. Sie wachsen in reicher Lehmerde an Flüssen genauso wie in trockenem, nährstoffarmem Boden. Je schlechter der Boden, desto größer blühen sie. Sie mögen zerfleddert sein, sehen aber immer wie Stars aus."

Ich war fast am Eingang und hatte keine Zeit mehr. Ich würde das Thema meines Großvaters persönlich ansprechen, wenn ich das nächste Mal nach New York flog. Ich wollte die wenigen Sekunden, die mir noch blieben, für eine andere Frage nutzen.

„Wer hat das grüne Tagebuch geschrieben, das du mir gegeben hast? Ich dachte, es wäre deins, aber nachdem ich angefangen habe, es zu lesen …" Ich hatte im Flugzeug nur den ersten Eintrag geschafft. „Vorn in das Buch hat jemand den Namen Clara geschrieben. Aber im Tagebuch nennt sie sich Jo. Sie hat vor etwas über hundert Jahren in den Niederlanden gelebt. Wie ist ihr Tagebuch nach New York gekommen? Warum ist es auf Englisch? Und vor allem, warum hast du es? Bleibt sowas nicht in der Familie? Sind wir irgendwie mit Vincent van Gogh verwandt?"

Die meiste Zeit meines Lebens hatte ich versucht herauszufinden, wer mein Großvater war. Hatte Violet mir stattdessen gezeigt, wer mein Ur-Ur-Ur-Großvater war?

Johanna Bonger hatte Theo van Gogh geheiratet. Ich habe im Internet nachgesehen. Sie hatten einen Sohn. Seine Nachkommen sind gut dokumentiert. Meine Vorfahren waren nicht darunter.

Doch Violet hatte das Tagebuch.

Wenn ich nicht die Ururenkelin von Jo und Theo war, war ich dann vielleicht die von Vincent? Die Theorie packte mich, und ich ließ mich mitreißen. Doch Vincent hatte nie geheiratet, hatte keine Kinder. Zumindest keine, die dokumentiert waren. Er hatte jedoch regelmäßig Freudenhäuser besucht. Er lebte direkt gegenüber von einem, als er in Arles in dem berühmten gelben Haus lebte, das er gemalt hatte. Als er sich das Ohr abgeschnitten hatte, schenkte er es einer der Prostituierten auf der anderen Straßenseite.

Mein nächster Gedanke würde meine Mutter umbringen, wenn ich ihn jemals laut aussprechen würde, aber …

War einer unserer Vorfahren das uneheliche Kind einer französischen Prostituierten und Vincent van Goghs?

KAPITEL VIER

Johanna

Juni 1888, Scheveningen, Niederlande

„Hattest du eine tragische Liebesaffäre in Utrecht? Bist du deswegen so krank geworden? War Theo van Gogh zu Besuch?" Meine beste Freundin Anna bedrängte mich ohne Unterlass, während wir am Strand entlang eilten. Sie hatte Angst, dass ihre Mutter furchtbar böse auf uns sein würde, wenn wir wieder zu spät zum Mittagessen kamen. Ich besuchte ihre Familie, die im Urlaub in Scheveningen war. „Haben sich Theo und Eduard um dein Herz duelliert?"

„Nein. Mein Leben ist kein Shakespeare-Drama!" Ich hielt mit ihr Schritt, angetrieben von der Hoffnung, dass der Brief, den der Postbote erwähnt hatte, als wir ihm auf dem Weg zum Strand begegnet waren, von dem Mann war, den ich liebte. Ich hätte sofort kehrt gemacht, um das Schreiben zu holen und zu lesen, doch ich wollte Annas Tadel entkommen, dass ich von Eduard besessen sei. „Ich habe Theo seit seinem Antrag nicht mehr gesehen."

Der Wind peitschte unsere weißen Leinenröcke wie Fischerbootsegel, und als er uns nicht vom Kurs abbringen konnte, griff er unsere breitkrempigen Strohhüte an. Während wir gegen die Böen ankämpften, sanken unsere Fersen in den weichen Sand. Wir kämpften trotzdem unbeirrt weiter.

„Es muss Herzschmerz im Spiel sein." Annas Stimme klang verletzt. Sie dachte, ich hätte Geheimnisse vor ihr. „Ein dritter Mann? War er *gewaltig* gutaussehend?"

„Du *irrst* dich gewaltig. Utrecht war …" *Unmöglich zu erklären, es sei denn, ich gab zu, dass mein erster Versuch der Unabhängigkeit völlig gescheitert war.* „Ich hatte das Gefühl, als säße die Stadt wie ein riesiger schwarzer Vogel auf meiner Brust. Ich konnte nicht atmen. Nachts konnte ich nicht schlafen. Ich hatte dunkle, schaudernde Vorahnungen, dass etwas Schreckliches passieren würde, und ich konnte fast sehen …" Ich schluckte den Rest herunter. „Ich klinge melodramatischer als die Schulmädchen, die ich unterrichtet habe."

„Hast du Heathcliff im Nebel gesehen?" Anna hakte sich bei mir unter, eine Geste der Akzeptanz. Endlich glaubte sie, dass ich nichts zurückhielt. „Du solltest nicht diese Schauerromane lesen."

„Jetzt hörst du dich an wie der Schularzt. Er sagt, *Lesen beeinträchtigt die geistige Verfassung junger Frauen und verursacht Melancholie.* Er war davon überzeugt, dass Liebesromane die Wurzel allen Übels sind. Er war auch der Meinung, dass der Begriff selbstdenkend, wenn man ihn auf eine Frau anwendet, ein Synonym für Strohkopf sei."

„Was für ein Pulver hat er dir für dein übermäßiges Lesen gegeben?"

„Etwas ganz Abscheuliches, das ich in die Geranien am Fenster gestreut habe. Er hat mir auch Reiten verschrieben, um alles in meinem Gehirn wieder in die richtige Position zu rütteln."

„Wie schlau. Daran hätte ich nicht gedacht. Hat es geholfen?"

„Nein." Ich blieb verloren in einem Meer der Traurigkeit. „Ich konnte kaum aus dem Bett aufstehen. Ich habe weiter auf Eduards Besuch gehofft. Er wusste, dass ich da war, aber er kam nie."

Der Wind erleichterte mein Geständnis, indem er jedes zweite Wort stahl. Ich fühlte mich, als gestand ich alles dem Meer, das sich unermesslich und wohlwollend bis zum Horizont erstreckte und nicht urteilte.

Anna hörte genug, um zu antworten: „Ich bin froh, dass du jetzt hier bist. Die Seeluft und Dr. Hollingers Spezialdiät im Kurhaus werden alles wieder geradebiegen."

Wenn ich nur noch eine Schüssel von der Zwiebel-, Kohl- und Rote-Bete-Suppe des Kurarztes essen muss … Mein Herz war krank vor Sehnsucht. Da Eduard die Quelle meiner Krankheit war, konnte nur er ihre Heilung sein. Ich konnte es kaum erwarten zu lesen, was er geschrieben hatte. Es könnte sogar ein Antrag sein. Sie konnten ganz plötzlich und ohne Vorwarnung passieren, wie Theo van Gogh es mir gezeigt hatte.

„Ich wünschte, ich könnte mir die Monate zurückholen, die ich in Utrecht verbracht habe." So viel Zeit verschwendet. „Dries hat mir etwas Seltsames geschrieben." Ein Wort aus dem letzten Brief meines Bruders tauchte in meinem Kopf auf wie ein Seehund aus dem Meer. „*El Anacronópete.* Ein Buch des spanischen Schriftstellers Enrique Gaspar über eine Maschine, die dich durch die Zeit zurückfliegen kann."

Anna war erstaunt und machte große Augen. „Zu welchem Zweck?"

„Um die Fehler der Vergangenheit zu korrigieren."

Eine Welle klatschte zu nahe an uns heran, und wir sprangen zurück, gingen aber bald wieder so nah ans Wasser, wie wir es wagten.

„Es ist nur, dass …" Es fiel mir immer schrecklich schwer, Gedanken, die mir das Herz brachen, zu artikulieren. Sie setzten sich in meiner Brust fest. Dass mein Korsett mir kaum einen tiefen Atemzug erlaubte, half nicht. „Ich wollte etwas bewegen. Ich dachte, ich würde meine Spuren im Leben meiner Schüler hinterlassen und das würde mein Vermächtnis sein. Aber ich bin nicht die Person, für die ich mich gehalten habe."

Da ist der Kern der Sache. Die schreckliche, enttäuschende Wahrheit.

„Inwiefern?"

„Ich wollte unabhängig sein. Ich dachte, ich wäre bereit, unabhängig zu sein. Dass ich unabhängig *war*, eine erwachsene Frau. Ich hätte in Utrecht zurechtkommen müssen. Dries ist nach Paris gezogen, in ein ganz anderes Land, und er kommt zurecht."

„Die ganze Welt ist für Männer eingerichtet."

Sie lag nicht falsch. Meine Brüder konnten jederzeit überall hingehen und mit jedem reden. Ihre Meinungen wurden gehört und berücksichtigt. In Utrecht hatte ich als unverheiratete Frau nicht allein in einem Restaurant essen, im Park spazieren gehen oder das Museum besuchen können. Wenn ich keine Begleitperson finden konnte, die mit mir kam, war ich in meiner Freizeit in meinem Zimmer eingesperrt gewesen. Und alle meine Vorschläge zur Verbesserung der Ausbildung meiner Schüler und ihrer Wohnsituation waren vom Institutsdirektor kurzerhand abgewiesen worden.

Vor uns schoss eine junge Frau quietschend aus einer gelb gestreiften Cabana.

Anna keuchte: „Meine Güte, sie ist nackt."

Wir wurden langsamer und starrten.

Die blonde Frau trug nichts als knöchelhohe Badeschuhe, blaue Baumwollstrümpfe mit passenden Pumphosen, die knapp unter ihren Knien endeten, ein passendes Badekleid und einen Hut. Ihre Arme unterhalb der Ellbogen waren *vollkommen* nackt.

Sie rannte durch den Sand ins Meer, dann verschwand sie in den Wellen. Sie tauchte wieder auf, einen Wasserstrahl um sich spritzend, wandte sich der Sonne zu und lachte.

Bald stürzten ihr drei andere aus ihren Cabanas hinterher, alle ähnlich unbekleidet, alle ähnlich kühn.

Annas Nasenflügel bebten. „Die Sommersprossen!"

Doch die Schwestern – sie sahen sich alle ähnlich – störten sich weder an der Sonne noch an den neugierigen Augen, die ihnen folgten.

Ich konnte mich auch nicht abwenden. „Wer sind die?"

„Die Newhouse-Mädchen. *Amerikanerinnen*. Ihr Vater ist Gordon Newhouse, der Reeder. Seine Frau ist Holländerin und bringt ihre Töchter jeden Sommer hierher. Mama hat sie an unserem ersten Tag hier, bevor du angekommen bist, beim Mittagessen kennengelernt."

Eine weitere Böe vom Meer her traf uns. Wir eilten weiter.

„Habe ich dir schon gesagt …" Anna drückte sich den Hut auf ihren Kopf. „Dass der Herd, den wir für die Sommerküche bestellt haben, diese Woche geliefert wird? Nur noch ein Monat, und mein wahres Glück beginnt. Etwas, das nur die Ehe einer Frau geben kann."

Ich erwähnte meinen Bruder Dries und seine Braut nicht, beide unglücklich, ihre Ehe sicherlich kein Start in ein glückliches Leben. „Jan liebt dich."

„Und ich werde mich bemühen, ihn zu lieben."

Aus ihrem Mund hörte es sich leicht an. „Aber was, wenn du es nicht kannst?"

„Wir haben genug gemeinsam. Ich habe Kunst studiert. Er ist ein Künstler."

„Eine Verbindung verwandter Geister, wahre Harmonie, ist meine Vorstellung von einer guten Ehe. Doch vor allem wünsche ich mir wahre Liebe."

„Liebe kann einen Menschen auch in den Ruin treiben, oder Herzschmerz." Sie meinte Eduard. Als ich mich sträubte, wechselte sie schnell das Thema. „Meine Tante schenkt uns zwei Daunendecken und vier Daunenkissen." Ihre Finger flatterten in der Luft, als ob sie bereits die Kissen aufschüttelte. „Mama gibt mir noch ein weiteres doppeltes Set, wenn wir Gäste bei uns haben. Glaubst du, das wird reichen?"

„Mmm." Ein Mann und eine Frau kamen die Stufen unseres Resorts herunter und lenkten mich ab. Sie gingen durch den Sand bis zum Rand des Wassers. Sie standen ein paar Sekunden lang dort, der Mann mit den Händen in den Hüften, die Frau mit geradem Rücken und einem Sonnenschirm in der Hand, als würde sie eine Inspektion durchführen. Dann marschierten sie zurück. „Tagesbesucher, mit ‚die See sehen' auf dem Programm. Programmpunkt abgehakt", spekulierte ich und empfand dann einen Anflug von Scham darüber, mich über sie lustig zu machen. *Richte nicht, damit du nicht selbst gerichtet wirst.* „Vielleicht bin ich genauso. Schulabschluss machen, Prüfungen hinter mich bringen, Lehramtsprüfung bestehen – alles abgehakt, eins nach dem anderen. Geduldig auf Eduards Antrag warten. Abgesehen davon, dass ich nie geduldig war. Und jetzt verliere ich sogar die Hoffnung. Werde ich jemals Glück erleben?"

„Ich stelle mir Glück wie Stickerei vor. Farbtupfer, kostbare Momente, die im Laufe der Zeit nebeneinander gestickt werden, kleine Freuden, die über das ganze Leben verteilt sind." Ein verträumtes Lächeln umspielte Annas beneidenswerte, modisch-schmale Lippen. „Nach vierzig oder fünfzig Jahren blickst du zurück und siehst das schönste Bild."

„Ich würde ein Jahr puren Glücks kleinen Momenten, die über ein ganzes Leben verteilt sind, vorziehen." Ich hatte diese Momente jahrelang gesammelt. Ein flüchtiger Blick. Ein Lächeln. Eine geschenkte Blume. Sie weigerten sich hartnäckig, in einem Antrag zu gipfeln. Eduards kleine Gesten waren zu wenige und zu selten, sodass ich geradezu verhungerte. „Mir wäre ungezügelte Leidenschaft lieber."

Wir erreichten die Stufen und eilten hinauf, dann überquerten wir den Holzsteg. Bumm, Bumm, Bumm, unsere Schuhe klopften einen Rhythmus, einen seltsamen Herzschlag.

Der Portier öffnete uns die Eingangstür des Kurhauses. „Mejuffrouw Bonger. Mejuffrouw Dirk."

Wir durchquerten das Foyer mit der hohen Decke und hinterließen eine feine Sandspur auf dem Marmorboden.

Anna rannte um einen Assistenten herum, der einen Wagen mit Vitaminwasser schob. „Mama wird verärgert sein, wenn wir sie warten lassen."

Wir marschierten an einem anderen Assistenten vorbei, der einem älteren Herrn beim Aufstehen half, dann stürmten wir in die Wohnung, Anna zuerst.

Niemand erwartete uns.

„Wir sind nicht zu spät." Sie war atemlos vor Erleichterung.

Ich brodelte vor Ungeduld. Sie stand zwischen mir und dem Flurtisch. „Die Post?"

„Oh. Hier. Zwei für dich. Einer von Dries und einer von Theo." Sie gab mir die Briefe. „Die anderen sind alle für Papa."

Niedergeschlagen überflog ich zuerst den Brief meines Bruders.

„Dries sagt, Theo hat sich komplett in den Lebensstil der Bohème gestürzt", fasste ich beim Lesen zusammen. „Er rennt mit seinen jungen Malerfreunden herum und ruiniert seine Gesundheit. Er meidet Dries' Gesellschaft." Schneidende Schuldgefühle ließen mich den Brief senken. „Ich fürchte, es könnte damit zu tun haben, dass ich letztes Jahr seinen Antrag abgelehnt habe. Ich fühle mich verantwortlich. Dries fühlt sich einsam in Paris. Und jetzt habe ich auch noch diese Freundschaft für ihn ruiniert."

„Und was hat Theo zu sagen?" Anna nahm ihren Hut ab und

streckte ihre Hand nach meiner aus, um sie beide aufzuhängen. „Ich kann nicht glauben, dass er dir immer noch schreibt."

„Häufig. Ich korrespondiere sogar mit einer seiner Schwestern, Wilhelmina. Uns verbindet die gemeinsame Liebe zur Literatur. Theo hat ihr vorgeschlagen, mir zu schreiben."

„Wie typisch für dich, eine neue Freundin zu finden, nur, um über Bücher zu reden." Annas Lachen war nachsichtig. „Bekennt sich Theo immer noch zu seiner Liebe?"

„Er schreibt hauptsächlich über Kunst und Politik. Und Bücher", fügte ich hinzu, weil ich wusste, dass es Anna ein Stöhnen entlocken würde. Und das tat es. „Er fordert meine Ansichten heraus. Seine Freundschaft könnte gut für mich sein. Dries sagt immer, dass Herausforderungen der einzige Weg sind, um zu wachsen." Ich las Dries' Brief zu Ende und blickte auf. „Fordert Jan dich heraus?"

„Meine Güte, nein. Und das sollte er auch nicht. Ich wünsche mir nichts als Frieden und Harmonie in meiner Ehe. Ich möchte mich nicht von wilden Ideen aus der Fassung bringen lassen."

Ich schnitt Theos Brief auf. Er und ich hatten über die Institution der Ehe gesprochen, und er knüpfte dort an, wo er zuletzt aufgehört hatte. „Weißt du, Theo glaubt wie du, dass Liebe und tiefe Zuneigung in einer Ehe Tag für Tag aufgebaut werden."

„Während du dir eine Leidenschaft wünschst, wie sie in diesen albernen Romanen beschrieben wird." Annas nachsichtiges Lächeln wurde breiter. „Du sollst Spaß mit diesen Romanen haben, Jo, nicht glauben, was da geschrieben wird."

„Ich denke, ein Paar sollte verliebt sein, bevor es sich das Ja-Wort gibt."

„So etwas haben, wie du mit Eduard?"

Allein seinen Namen von Annas Lippen zu hören, tat mir in der Seele weh. Ich nickte stumm.

„Aber hast du das, Jo?" Verzweiflung trübte Annas strahlende Augen. „Hast du wirklich irgendetwas mit ihm?"

Ich musste die Zähne zusammenbeißen, um nichts zu sagen, was meine älteste Freundin beleidigen würde.

Es war leicht für sie, meine vereitelte Liebe zu belächeln, wenn sie so kurz vor der Ehe stand. Was wusste sie von der Qual des endlosen

41

Wartens und Hoffens? Der Groll steckte mir in der Kehle wie eines von Dr. Hollingers trockenen, grob gemahlenen Bauernbrötchen. Ich musste arbeiten, um es herunterzuschlucken.

Ich flüchtete mit meinen Briefen zum Fenster, starrte hinaus auf Meer und hatte das Gefühl, als ob die grauen Wellen in mir brandeten.

Anna kam, um ihre schlanke Hand sanft auf meinen Arm zu legen. „Ich wollte dich nicht ärgern."

„Ich muss an der Hoffnung festhalten."

„Bist du in Eduard verliebt oder in die Vorstellung von ihm, die Vorstellung von Liebe? Hältst du an der Hoffnung fest, oder am Elend?"

„Eduard ist der netteste, zuverlässigste …"

„So nett und zuverlässig, dass er dich nie in Utrecht besucht hat? Und er hat seit Ewigkeiten nicht mehr geschrieben."

„Er ist mit seinem Studium beschäftigt. Du weißt, wie süß er vorher war. Er hat mich überallhin begleitet. Er hat Blumen mitgebracht. Er hat mich auf Bootsfahrten mitgenommen. Letzten Sommer, als wir allein waren, hat er mich so nah an sich gezogen … ich hätte genauso gut auf seinem Schoß sitzen können", flüsterte ich. „Er gibt mir Zeit, mich auf eine so große Veränderung in meinem Leben wie die Ehe einzustellen, bevor er mir seine Liebe gesteht. Es besteht eine Verständigung zwischen uns. Ein Verständnis zwischen unseren Familien."

„Und Theo?"

„Er kennt mich kaum."

„Trotzdem hat Theo ernsthaft über dich nachgedacht. Und ihr müsst euch durch eure Briefe besser kennengelernt haben. Er unterstützt deine Liebe zu Büchern. Er hat dir sogar mit seiner Schwester die perfekte Brieffreundin zur Verfügung gestellt. Er weiß, was er will, und er will dich. Er hat keine Angst davor, seine Gefühle oder seine Absichten zu erklären."

Wenn ich Theo nur lieben würde.

Ich hatte seinen Brief in der einen und den meines Bruders in der anderen Hand. „Dries bittet mich, ihn zu Weihnachten in Paris zu besuchen."

„Du musst gehen und Theo vor Absinth und Französinnen retten. Betrachte es als ein Abenteuer."

„Weil Utrecht so gut gelaufen ist? Ich –"

Als Annas Eltern, Mijnheer und Mevrouw Dirk, hereinkamen, schnitten sie den Rest meines Arguments ab.

„Ihr seid hier." Mevrouw Dirks Kopf war unbedeckt, ihr Haar ein wippender Heuhaufen. Der Wind musste ihr den Hut gestohlen haben. „Gut. Ich hatte gehofft, wir könnten heute pünktlich zum Mittagessen gehen."

Mijnheer Dirk bemerkte die Briefe in meiner Hand und ging direkt zu seinem eigenen kleinen Stapel. „Schätzen Sie Ihre Korrespondenz, Mejouffrou Bonger", sagte er, während er seine Post sortierte. „Ich sage voraus, dass mit der Verbreitung dieses höllischen Telefongeräts das Schreiben von Briefen bald zu einer verlorenen Fähigkeit werden wird."

Mevrouw Dirk zog ihre sommerlichen Spitzenhandschuhe aus. „Dazu wird es sicher nicht kommen."

Die Worte seiner Frau beruhigten Annas Vater nicht. Er neigte dazu, jede Opposition als Angriff aufzufassen. „Keine sorgfältig konstruierten Sätze mehr." Er wurde lauter. „Die Leute werden wegen der unbedeutendsten Angelegenheiten anrufen, sobald ihnen der Sinn danach steht. Meine Liebe, ich erwarte von deiner Mutter, dass sie mich mitten in der Lektüre meiner Morgenzeitung anruft, um mir mitzuteilen, was sie zum Frühstück gegessen hat." Er hackte mit dem Umschlag, den er in der Hand hielt, durch die Luft. „Merkt euch meine Worte, meine Damen. Ein Teil der Zivilisation selbst wird verloren gehen."

Anna presste eine Hand an ihre Brust. „Papa. Nicht die Briefkunst!"

Sie warf mir einen schnellen, fröhlichen Blick zu.

Ich verzog keine Miene, lachte aber innerlich, unser Streit war vergessen.

„Wo ist das Dienstmädchen? Brechtje!", rief Annas Mutter und gab es auf, ihren Mann zu beruhigen. Und als das Mädchen, das sie mitgebracht hatten, angerannt kam, deutete Mevrouw Dirk auf ihr Haar. „Du musst dieses schreckliche Durcheinander beseitigen. Ich kann nicht in den Speisesaal gehen und aussehen wie ein …"

„Seeungeheuer?", schlug Annas Vater vor.

„Arnold!"

Ich drehte mich wieder zum Fenster um, damit sie mein Lächeln nicht sahen. Die vier Amerikanerinnen tummelten sich immer noch in der Nordsee. Sie ließen sich von der gelegentlichen Welle, die sie umwarf, nicht einschüchtern.

Alle anderen blieben sicher am Strand.

Mevrouw Dirk ging auf dem Weg zu ihrem Schminktisch an mir vorbei und blickte hinaus. „Wie albern."

Wie frei. Wie mutig.

„Du solltest nach Paris gehen", sagte Anna leise und ging dann in ihr Zimmer, um sich um ihr eigenes Aussehen zu kümmern.

Sie hatte recht. Ich hatte keine Zeitmaschine, um die elenden Monate, die ich in Utrecht verbracht hatte, zurückzubekommen. Ich musste nach vorn blicken. Ich würde nach Frankreich gehen. Ich würde die Reise wagen.

Und wenn ich zufällig Theo van Goghs Gesellschaft begegnen sollte, während ich dort war … Ich würde diese bestimmte Fußgänger-brücke über diese bestimmte Gracht überqueren, wenn ich dorthin kam.

KAPITEL FÜNF

Emsley

Ein leises Geräusch flüsterte durch die Leitung – die Luft, die aus Violets Lungen strömte. „Lass uns darüber reden, nachdem du die ganze Schachtel durchgesehen hast", sagte sie, anstatt auf meine Frage nach der Verbindung unserer Familie zu Vincent van Gogh einzugehen. *Klingt sie bekümmert? Warum sollte sie bekümmert klingen?* Während ich mir Sorgen machte, sagte sie: „Du hab' heute Abend eine großartige Veranstaltung. Ich hoffe, sie bringt euch neue Verträge."

„Ich hoffe, du gewinnst beim Strip-Poker."

„Wenn man Strip-Pokerrichtig spielt, gibt es keine Verlierer."

Wie konnte ich da nicht lachen? „Ich liebe dich."

„Ich dich mehr. Wie viele Gäste erwarten dich?"

Ich trat hinaus in den milden, nach Geißblatt duftenden Abend. „Ungefähr zwei Dutzend A-Lister, zusammen mit genauso vielen Politikern und hundert ihrer reichsten Unterstützer. Nicht, dass ich nervös wäre."

Ich musste den heutigen Abend zu einem durchschlagenden Erfolg machen. Wenn mir das nicht gelang, wäre alles verloren. Das behielt ich jedoch für mich. Ich wollte nicht, dass meine Großmutter erfuhr, wie verzweifelt die Situation war, wie nah ich am Abgrund des völligen Scheiterns stand.

„Lass dein Lächeln aus deiner Seele strahlen." Violets Stimme, in der ihre Liebe mitschwang, hüllte mich ein. „Lass Mut aus deinem Herzen leuchten. Die Nacht gehört dir, Honey. Fahr' diese Auktion, als wäre sie ein Lamborghini."

Fahr sie wie einen Lamborghini. Fahr sie wie einen Lamborghini. Richtig.

Niemand darf vermuten, dass meine Firma im Begriff war, sich in Wohlgefallen aufzulösen.

Auf keinen Fall durfte ich mir den Stress ansehen lassen. Um erfolgreich zu sein, musste ich Erfolg ausstrahlen. Ich durfte mich ausschließlich auf das Positive konzentrieren.

Ich stieß Diya mit dem Ellbogen an. „Arthur Zigler ist mit seiner Geliebten hier."

Wir standen an den Stufen der Auktionsbühne. Mehr als hundert VIPs tummelten sich im Culina Caffè des Beverly Hills Four Seasons, ein Meer aus Vor-Auktionsaufregung umgab uns.

Diya suchte in der Menge nach dem über 60-jährigen Ex-Wrestler, der eine Reihe von Luxusautohäusern in Cali besaß. „Anastasia?"

„Eine Neue." Der Abend sah von Minute zu Minute besser aus, und darauf konzentrierte ich mich. Ich durfte nicht an meinen Deal mit Trey und Diya denken, sie auszubezahlen, sonst würde ich in Panik geraten. Weitere Verhandlungen und vernünftigere Zahlen mussten warten, bis wir heute Abend zu Hause waren. Ein ganz anderer Kampf, für den ich mich wappnen musste.

Endlich fand Diya Ziglers Tisch. „Glaubst du, er wird eines Tages mit Frauen ausgehen, die alt genug sind, um ihren Alkohol nicht mit einem gefälschten Ausweis kaufen zu müssen?"

„Ich bin nur froh, dass er sie mitgebracht hat." Zigler bot immer mehr, wenn er eine Frau am Arm hatte. Und er bot am meisten, wenn die Frau neu war. „Vielleicht ist er ein Charlie-Chaplin-Fan, und er bietet auf die Originalfilmrollen."

„Erinnerst du dich, als er hundert Riesen für diese Guillotine bezahlt hat?"

Eine *funktionierende* Guillotine vom Set eines überraschend beliebten französischen Arthouse-Films. „Ich bin fast von der Bühne gefallen."

Ich gab unserem Tontechniker ein Zeichen, und er wechselte die Musik von ruhigem Jazz zu einer halsbrecherischen Version von Start Me Up von den Rolling Stones. Alle verstummten, einfach, weil sie sich nicht über den lauten Beat hinweg unterhalten konnten.

Ich eroberte die Stufen.

Das ist meine Auktion.

Ich habe den Raum im Griff.

Ich ging weiter.

Die Bühne, mein roter Auktionshammer und die zehn Zentimeter hohen Absätze meiner roten Pumps verliehen mir Autorität. Mit eins fünfundsechzig hatte ich keine imposante Statur, doch ich hatte eine hervorragende Balance. Ich hätte auf Stelzen über diese Bretter laufen können. Das Universum gibt, und das Universum nimmt.

Ein weiteres diskretes Handzeichen, und die Musik verklang. In die plötzliche Stille hinein sagte ich: „Willkommen, verehrte Ladys und Gentlemen. Wir alle sind heute hier, um die Kampagne von Senator Rutger zu unterstützen. Bieten Sie früh, bieten Sie oft. Seien Sie nicht schüchtern."

Die meisten unserer Gäste stellten ihre Gläser ab. Sie waren bereit zu bieten. Mit den wenigen, die es nicht waren, konnte ich umgehen. Wir hatten immer einen gewissen Prozentsatz, der nur der Unterhaltung wegen kam – niemand mochte Freebies mehr als die Reichen. Die Auktion fand im Champagner-und-Häppchen-Format statt. Ich veranstaltete keine aufwändigen Dinner, bei denen sich die Teilnehmer zu sehr auf ihr Essen konzentrierten. Ich mochte es nicht, um ihre Aufmerksamkeit kämpfen zu müssen.

„Ich bin mir sicher, dass Sie im heutigen Katalog schon Ihre Lieblingsstücke gefunden haben." Ich brauste los, bevor jemand abgelenkt werden konnte. „Doch ich freue mich, Ihnen mitteilen zu dürfen, dass wir eine Handvoll Überraschungsstücke haben, die Sie begeistern werden. Lassen Sie uns mit einem davon anfangen."

Ich deutete mit meinem roten Hammer auf den Bildschirm hinter mir, während ich mit der anderen Hand auf die Fernbedienung drückte. Ein Hügel mit endlosen Reihen von Weinreben erschien. „Ein

Wochenende auf dem Weingut des neunmaligen Oscar-Preisträgers Francis Copland im Napa Valley, eine Weinkellerführung durch unseren großzügigen Spender und zwei Kisten Wein Ihrer Wahl zum Mitnehmen."

Das Publikum klatschte.

„Das perfekte Date, das perfekte Überraschungsgeschenk, der perfekte Kurzurlaub. Weil Sie der Typ Mensch sind, der ihrer oder ihrem Liebsten ein Lächeln ins Gesicht zaubern möchte." Ich gab ihnen etwas, das sie sich vorstellen konnten. „Nach diesem Jahr haben Sie sich eine Auszeit verdient." Falls jemand eine Begründung brauchte.

Ich hielt inne, um Spannung zu erzeugen, und sagte dann: „Das Gebot beginnt bei zehntausend Dollar."

Zwei Dutzend Hände schossen in die Luft.

„Höre ich elf? Stellen Sie sich vor, wie Sie bei Sonnenuntergang durch den Weinberg schlendern und sich an den Händen halten. Sie arbeiten hart. Erfolg erfordert viele persönliche Opfer. Wie wäre es also mit dem perfekten Wochenende, um sich wieder nahezukommen, um zu zeigen, dass sie interessiert sind, sich immer wieder neu zu verlieben?" *Erzähle immer eine Geschichte. Geschichten waren das schlagende Verkaufsargument.*

Die Hände schossen wieder hoch, diesmal noch höher.

Am Ende ging das Wochenende an einen Risikoinvestoren aus dem Silicon Valley, für den mein roter Hammer kräftig knallte. „Verkauft für neunzehntausend Dollar an den Gentleman mit der spektakulären grünen Fliege."

Seine Frau küsste ihn auf die Wange und warf mir einen Blick purer Dankbarkeit zu. Sie war Anfang sechzig und ähnelte Audrey Hepburn in diesem Alter, vor allem in ihrem schimmernden silbernen Kleid, das einer Hollywood-Ikone würdig war.

Hier war ein weiterer Grund für meine schlichten schwarzen Outfits. Ich wollte, dass meine Kunden die Stars waren. Ich wollte, dass sie das Gefühl hatten, im Rampenlicht zu stehen, dass die Frauen die Ballköniginnen waren.

Ich drückte auf meine Fernbedienung, und ein lebensgroßes Gemälde erschien auf dem Bildschirm hinter mir. Gleichzeitig brachten zwei weiß behandschuhte Assistenten das Original auf die Bühne und stellten es auf die bereitstehende Staffelei.

„Lydia Lawrence, dreimalige Oscar-Preisträgerin. Selbstporträt." Lawrence trug einen marineblauen Anzug mit einer roten Bluse und stand in einer Power-Pose auf dem Dach eines Hochhauses, als würde sie gleich losfliegen. „Die erste Schauspielerin, die erfolgreich dafür gekämpft hat, in einer großen Action-Produktion genauso bezahlt zu werden wie ihr männlicher Co-Star. Sie ist die Gründerin von StarRise." Ein kleines Studio, das sich auf unterrepräsentierte Geschichten konzentrierte. „Und eine talentierte Künstlerin." Ihre Werke wurden gerade zu Sammlerstücken.

Erfreulich viele Hände hoben sich.

Das Gemälde fand ein Zuhause bei Meredith Meyer, der Studioleiterin, die einst Lawrence' Mentorin gewesen war. „Für fünfzigtausend Dollar an die Lady mit der besten Tiara, die ich je gesehen habe."

Diademe und aufwändige Ballkleider waren Meyers Markenzeichen. Sie war eine Königin, und es störte sie nicht, dass jeder es wusste.

Ich ging weiter zu einem maßgeschneiderten Tag in den Universal Studios. Der nächste erwartete Megahit. Eine All-Star-Besetzung.

Der spektakuläre Set-Besuch ging an eine 19-jährige Social-Media-Influencerin, die wahrscheinlich eine weitere Million Follower gewinnen würde, wenn sie ihren Tag live streamte – für schlappe hundert Riesen. Ich war in gewisser Weise stolz auf sie, dass sie es sich nicht leicht gemacht hatte wie eine ihrer Online-Rivalinnen, die kürzlich ein Sexvideo veröffentlicht hatte, um Klicks zu bekommen.

Als ich meinen Hammer am Ende der Auktion weglegte, hatte Ludington's fast eine Million Dollar für Senator Rutger gesammelt. Unsere Provision würde fünfzehn Prozent davon betragen. Eines Tages, bald, würde ich eine Veranstaltung wie diese zugunsten der Schlaganfallforschung abhalten, und ich würde auf die Gebühr verzichten.

Diya strahlte, als ich von der Bühne kam. „Der Abend ist ein voller Erfolg."

Trey stand neben ihr, die Hände in den Hosentaschen. „Nicht genug. Um es zu schaffen, müssten wir jede Woche so viel einbringen."

„Das werde ich mir für die Zukunft merken. Ich meinte es ernst mit dem Kauf. Lasst uns über realistische Zahlen sprechen." Irgendwie würde ich das Geld aufbringen. „Dann können wir es schriftlich festhalten." Ich wollte alles schriftlich, um zu vermeiden, dass er seine Meinung änderte.

Er öffnete den Mund, um etwas zu sagen, dann klappte er ihn wieder zu und machte sich auf den Weg zu einem letzten Plausch mit dem Senator, der im Begriff war zu gehen.

Diya warf mir ein entschuldigendes Lächeln zu und eilte ihm dann hinterher.

Ich war als Erste gekommen und als Letzte gegangen, zwei Stunden nach Ende der Auktion. Diya und Trey waren schon lange weg. Sie waren mit dem Senator gegangen, der ihnen eine Mitfahrgelegenheit in seiner Limousine angeboten hatte. Ich sorgte dafür, dass nichts im Hotel zurückgelassen wurde, bevor ich mir ein Uber rief.

Das schlichte, gelbe Haus, das Trey, Diya und ich in einer schmalen Einbahnstraße gemietet hatten, war hundert Jahre jünger als seine Nachbarn und von einem scharfäugigen Projektentwickler zwischen zwei normal große Häuser gezwängt worden. Als wir eingezogen waren, hatte ich den spartanischen Stil süß gefunden, mein erstes Haus als Erwachsene. Jetzt wirkte das schmale Haus eingezwängt und deplatziert, eingekeilt, gefangen.

Trey lag auf dem Sofa im Wohnzimmer um Diya gewickelt, als ich hereinkam.

Sie waren nach Hause geeilt, um zusammen zu sein. Weil sie ein Paar waren. Ich hasste, dass es wehtat. „Hey."

Diya entwirrte sich und bot mir die Schüssel mit Popcorn an. „ABC hat einen Horror-Marathon. Willst du abhängen?"

Wir mussten reden, aber ich war ausgelaugt, hatte keine Energie, so zu tun, als wären wir alle gute Freunde. Keine Energie, um den Deal neu zu verhandeln. „Ich bin fertig. Können wir uns gleich morgen früh treffen?"

Morgen war ein anderer Tag.

Ich ging die Treppe hinauf und blieb oben auf dem Absatz stehen.

„Ich werde ausziehen, betrachtet das also als meine Kündigung. Ich ziehe aus, sobald ich meine eigene Wohnung gefunden habe."

Es war längst überfällig. Violet hatte recht.

Diya stand halb vom Sofa auf. „Em ..."

„Wir reden morgen früh darüber. Ich muss schlafen gehen."

Ich ging ins letzte Zimmer auf dem Flur und schloss die Tür hinter mir.

Früher hatte Diya hier gewohnt, Trey und ich im vorderen Zimmer, und das Zimmer dazwischen benutzten wir als Lager. Dann hatten Trey und ich uns getrennt, und ein paar Tage später hatten Diya und ich die Plätze getauscht. Wie das Ersetzen eines Steckdosen-Lufterfrischers, wenn man einen anderen Duft will.

Ich war zu müde, um darüber nachzudenken.

Ich war es leid, darüber nachzudenken.

Ich ließ lange das heiße Wasser in der Dusche über meinen Körper fließen und fiel dann auf meine zerknitterten Baumwolllaken.

Ich wachte fünf kriminell kurze Stunden später auf, als mein Handy klingelte.

„Der Arzt deiner Großmutter hat gerade angerufen." Meine Mutter quietschte, und bevor mein Verstand ihre Worte verarbeitete, dachte ich, sie hörte sich seltsam an, weil meine Batterie am Ende war. Doch dann holte mein Verstand auf, und mein Herz zog sich zusammen. Nichts Gutes fing jemals mit *der Arzt hat angerufen* an. Ich wappnete mich.

„Violet hatte über Nacht einen weiteren Schlaganfall. Ich kann unmöglich reisen. Kannst du nach New York fliegen?"

„Ich buche den ersten Flug." Ich kletterte aus dem Bett und stolperte über meine Schuhe. „Hast du mit ihr gesprochen? Was hat sie gesagt? Wie geht es ihr?"

„Sie ist nicht bei Bewusstsein. Wenn du dort ankommst, sprich mit Dr. Gonzalez", sagte Mom zu mir.

Dr. Gonzales hatte keine ermutigenden Neuigkeiten, die ich Mom weitergeben konnte, als ich sie auf dem Weg in den dritten Stock vom Aufzug aus anrief. Sie stellte einen Haufen Fragen, doch ich konnte ihr nur sagen, was er mir unten gesagt hatte. „Keine wesentliche Änderung."

Violets Zimmer war in ein Krankenhauszimmer umgewandelt worden, mit einem Hightech-Krankenhausbett, Monitoren und Infusionsständern. Maschinen piepten um sie herum, wie Roboter, die miteinander kommunizieren. Es klang nicht so, als hätten sie Gutes zu sagen.

Ich ging auf das Bett zu. Mit den Schläuchen und Kabeln und der Maske konnte ich ihr Gesicht kaum sehen. Meine Brust schmerzte, als würde ich mit jedem Atemzug zerbrochene Rasierklingen einatmen.

Das dumme Gitter war hochgeklappt. Ich klappte es herunter und setzte mich auf die Kante der Matratze. „Ich bin's. Ich bin hier. Wenn du deine Augen aufmachst, bringe ich dir Mangopudding."

Ich ergriff ihre Hand, stellte mir das Trauma in ihrem Gehirn vor und befahl den Zellen, sich selbst zu reparieren. „Du darfst mich nicht verlassen." Ich streichelte ihre blauen Adern mit meinem Daumen. „Ich habe Diya und Trey gesagt, dass ich ausziehe. Die Firma geht vielleicht den Bach runter. Ich brauche deinen Rat für hundert Fragen." Ich versuchte, den Tod in der Frage zu überbieten, wer von uns beiden sie mehr brauchte. „Wahrscheinlich zweihundert. Und du musst mir von Van Gogh erzählen."

Eine Bewegung an der Tür erregte meine Aufmerksamkeit. „Mrs. Yang."

„Ach, Emsley." Sie schob sich zentimeterweise ins Zimmer, halb gebeugt über ihren Rollator, und bewegte sich noch langsamer als sonst. Als sie zu mir kam, drückte sie mich einarmig.

Wir bemühten uns, füreinander ein Lächeln aufzubringen, doch keinem von uns gelang es. Ich nahm meine Tasche vom Sessel, damit sie sich setzen konnte.

Sie tat es nicht. „Kann nicht bleiben. Der Physiotherapeut versohlt mir den Hintern, wenn ich meine Runden nicht drehe."

„Ist das eine Sorge oder eine Hoffnung?"

Zu jeder anderen Gelegenheit hätten wir zusammen darüber gelacht. Jetzt zitterten ihre Lippen.

Wenn sie anfing zu weinen, würde ich es auch tun. Ich gab keinem von uns die Gelegenheit dazu. „Wie geht's Lai Fa?"

Sie tätschelte ihre Tasche. „Wollen Sie sie für eine Minute halten?"

„Oh natürlich. Lassen Sie mich diejenige sein, die mit einem einge-schmuggelten Nutztier in einer Pflegeeinrichtung erwischt wird." Doch ich konnte nicht widerstehen.

Lai Fa war warm und weich, der Flaum des Trostes. Sie gab das süßeste Zwitschern von sich und sah mich mit schwarzen Kulleraugen an, als wollte sie fragen: *Bist du meine Mommy?*

Schritte erklangen im Flur.

Mrs. Yang steckte das eingeschmuggelte Küken wieder in ihre Tasche. „Wie lange glauben Sie, bis Violet zu uns zurückkommt?"

„Bald." Die Schritte gingen vorbei. „Glauben Sie, sie kann hören, was wir zu ihr sagen?"

„Ich hoffe, dass sie das kann." Mrs. Yang streckte die Hand aus und tätschelte Violets Knie. „Du weißt, dass ich dich liebe, als wärst du meine eigene Schwester, aber wenn du nicht aufwachst, mache ich mich an Louis ran." Dann drehte sie sich langsam und schmerzhaft um. „Ich komme bei meiner nächsten Runde wieder rein."

Sie schlurfte hinaus.

Ich zog Violets Decke zurecht.

„Ich glaube, sie hat es ernst gemeint. Du willst das nächste Strip-Pokerspiel sicher nicht verpassen. Ich habe mich so darauf gefreut, die Details danach zu hören. Willst du wirklich, dass Mrs. Yang deinen Platz am Tisch einnimmt?"

Violet öffnete ihre Augen nicht. Ihre Lippen verzogen sich nicht zu einem schiefen Lächeln. Ihre Finger drückten meine nicht.

„Dein Arzt hat gesagt, wir sind in der Abwarten-und-Teetrinken-Phase. Ich würde mich freuen, wenn du uns nicht zu lange warten lässt. Ich möchte dich wieder gesund und munter sehen."

Sie hatte sich vom ersten Schlaganfall fast vollständig und vom zweiten teilweise erholt. Sie könnte es wieder tun. Sie war schließlich Violet Velar.

Ein Mann mit silbernem Haar rollte mit einem Saxophon auf dem Schoß herein und manövrierte seinen Rollstuhl um die Kabel auf dem Boden herum. *Ein Ritter auf seinem Ross, mit seinem Schwert.*

„Ich bin Louis. Sie müssen Emsley sein." Er hatte einen weichen kubanischen Akzent und einen sorgfältig gestutzten Bleistiftschnurrbart. Er konnte Violet nicht aus den Augen lassen. „Es ist meine Schuld. Es tut mir leid."

„Es ist ein Schlaganfall. Niemand ist daran schuld."

„Violet …" Louis' Stimme versagte. „Sie wollte sich zum Whirlpool im Physio-Raum im Ostflügel schleichen. Sie hat mich überredet, sie dorthin zu fahren."

Für einen Moment war ich verwirrt, dann begriff ich, dass er sie *auf seinem Schoß* dorthin hatte fahren wollen.

„Ich habe ihr gesagt, wir sollten die Krankenschwester fragen. Aber zu Violet kann man nicht nein sagen."

Mein Verstand setzte aus. „Sie hatte einen Schlaganfall im Whirlpool?"

„Nachdem wir zurückgekommen sind."

„Wissen die Ärzte davon?"

Nicken. „Ich bin auf Bewährung."

„Einen Moment." Ich schickte meiner Mutter eine SMS. *Wusstest du vom Whirlpool?*

Sie schrieb zurück. *Habe es gerade herausgefunden. Ich bespreche das mit unserem Anwalt.*

Ich wünschte, sie hätte mit mir gesprochen, bevor sie ihren Anwalt angerufen hatte.

„Es tut mir so leid." Louis schrumpfte und sank in sich zusammen.

Vielleicht hatte das heiße Wasser den Schlaganfall meiner Groß-mutter verursacht, vielleicht auch nicht. „Ehrlich gesagt, sich in den Whirlpool zu schleichen ist so typisch für Violet. Sie hat ihr Leben schon immer zu ihren eigenen Bedingungen gelebt. Wirklich, die einzige Überraschung ist, dass so etwas nicht früher passiert ist."

Louis brach in Tränen aus. Er hob sein Saxophon. „Darf ich für sie spielen?"

„Bitte."

Er berührte das Instrument mit seinen Lippen, die fast genauso hingen wie die meiner Großmutter, dann spielte er ein mäandrierendes Jazzstück, aus Zärtlichkeit wurde Melodie.

Als er fertig war, blinzelte ich die Tränen zurück. „Sind Sie Berufs-musiker?"

„Ich bin schon vieles gewesen." Für einen Moment schien er damit zufrieden zu sein, es dabei zu belassen. Dann blickte er von Violet zu mir. „Ich bin mit zehn Jahren in einem Schlauchboot von Kuba nach Florida geflohen. Damals hat man Asyl bekommen, wenn man die Füße auf US-Boden gesetzt hat. Ich wohnte bei einem Onkel, der ein Restaurant in Miami hatte."

Seine knorrigen Finger streichelten das Saxophon. „Ich konnte nicht kochen. Habe alles verbrannt. Als Kellner war ich auch nicht besser. Mein Onkel hat mit zerbrochenen Tellern mehr Geld verloren, als meine Arbeit wert war. Wenn ich nicht in der Küche arbeiten und nicht servieren konnte, musste ich die Gäste unterhalten. Ich habe schon ein bisschen Saxophon gespielt, also habe ich gelernt, besser zu spielen. Bald kamen Leute ins Restaurant, nur um mir zuzuhören. Am Ende hat das Lokal Rekorde gebrochen. Und ich hatte meine fünfzehn Minuten Ruhm."

Er blieb fast eine Stunde und beruhigte meine Seele. Ich hoffte, Violet konnte ihn hören.

Nachdem Louis gegangen war, legte ich meinen Kopf auf Violets Kissen. „Ich könnte dich nicht mehr lieben, wenn du ein Ölbaron wärst, der bei meiner Auktion eine Million für ein Broadway-Ticket bieten würde."

Sie antwortete nicht, *ich liebe dich auch*, doch ich konnte es trotzdem fühlen. Wie wenn man in der Nähe von Wasser war und die Augen schloss und immer noch wusste, dass man in der Nähe von Wasser war, weil die Luft anders war. Ihre Liebe strich über meine Haut, mein Haar, mein Herz.

Ich blieb so, bis mein Nacken fast so sehr schmerzte wie meine Seele, dann ging ich im Zimmer auf und ab. Ich hatte meinen Laptop mitgebracht, doch ich war nicht in der Verfassung zu arbeiten. Das kleine grüne Tagebuch hatte ich auch, doch darauf konnte ich mich genauso wenig konzentrieren. Jos hoffnungslose Schwärmerei für Eduard würde warten müssen.

Diya rief an. „Wie geht's ihr?"

„Unverändert."

„Es tut mir so leid, Em."

„Sie wird bald aufwachen. Ihr Gehirn hat nur den Lärm abgeschaltet, während es sich erholt."

Schweigen. Gefolgt von „Ich rufe an, um dir was zu sagen, und ich weiß, dass es schreckliches Timing ist …" Sie verstummte.

Trey sagte etwas im Hintergrund. Worte, die ich nicht verstehen konnte.

Dann fing Diya sich. „Ich wollte, dass du es von mir hörst. Wir sind Freunde, aber ich muss tun, was das Beste für mich ist. Es tut mir leid. Du kannst das Geld für einen Buyout nicht aufbringen. Das wissen wir beide."

Ich blieb am Fenster stehen und betrachtete die schwarze Nacht und hatte das Gefühl, als würde mich die ganze Dunkelheit durch das Glas saugen. Ich wusste, was sie sagen würde. „Du hast deine Anteile an Trey verkauft." Mein Magen verkrampfte sich. „Er hat sich eine halbe Million von seinem Vater geliehen? Warum hat er es sich nicht ausgeliehen, um uns über Wasser zu halten?"

„Trey und ich haben uns auf zweihunderttausend geeinigt. Du musst verstehen, ich hatte die Wahl zwischen zweihunderttausend oder nichts. Jetzt kann ich meinen Studienkredit zurückbezahlen. Hasst du mich jetzt?"

Ich hatte es nicht in mir, ihre Schuldgefühle zu lindern. „Ich habe jetzt nicht den Kopf, um darüber nachzudenken. Ich muss Schluss machen."

„Es tut mir leid, Em. Gib Violet einen Kuss von mir."

Ich legte auf. Wut explodierte in meinem Magen wie Popcorn, verbrannt und bitter. Trey besaß jetzt sechzig Prozent des Geschäfts, das wir auf *meiner* Idee aufgebaut hatten, mit den Kunden, die *ich* mitgebracht hatte.

Bei dem Gedanken, Ludington's an Trey zu verlieren, wollte ich am liebsten schreiend durch den Flur rennen. Es war all die Monate ein Fehler gewesen, die Spannungen zwischen uns aus geschäftlichen Gründen zu übertünchen.

Ich wollte meinen Kopf gegen das Fenster schlagen. Ich tat es nicht. Ich hatte Angst, ich würde es zu hart machen und das Glas zerbrechen.

Ich durfte nicht zusammenbrechen. Ich war für Violet hier.

„Du musst aufwachen, um mir zu helfen, dieses Schlamassel auseinanderzuklamüsern", flehte ich, als ich mich umdrehte.

Ihre Monitore piepsten in einem gleichmäßigen, beruhigenden

Rhythmus.

„Ich weiß, dass du aufwachen wirst. In ein paar Tagen werden wir Witze darüber machen. Wir werden Pudding essen und darüber reden, warum du wolltest, dass ich dieses alte Tagebuch lese."

Ich ging zu ihrem Kleiderschrank, um die mit Farbe bespritzte Schachtel zu holen, und trug sie zu ihrem Bett. Ich blätterte die holländischen Briefe durch, die alle von Johanna Bonger an dieselbe Frau geschrieben worden waren. „Wer ist Clara? Warum hast du Johanna Bongers Briefe und ihr Tagebuch?"

Jetzt, wo ich die ersten beiden Einträge gelesen hatte, konnte ich es nicht erwarten, mehr zu lesen. Ich konnte nicht fassen, dass ich die Worte las, die eine Frau vor mehr als hundert Jahren geschrieben hatte. Eine Frau, die Vincent van Gogh kannte. *Wenn* das kleine grüne Buch ein Tagebuch war.

„Um ehrlich zu sein, könnte es eine Biografie sein, geschrieben von der mysteriösen Clara." Hier und da gab es Notizen am Rand, die mich an Bearbeitungsnotizen zu Drehbüchern erinnerten, die ich im Laufe der Jahre versteigert hatte.

Ich erreichte den Boden der türkisblauen Schachtel, und meine Finger streiften ein Gemälde in einem einfachen Holzrahmen, das so groß war wie meine beiden offenen Handflächen nebeneinander. Mein Herz machte einen Sprung. „Was ist das?"

Unsigniert. Die Leinwand war auf der Rückseite ausgefranst, das seltsame kleine Gemälde schmutzig und zerkratzt. Der Künstler hatte ein gewickeltes Baby mitten auf dem Bett seiner Eltern gemalt. Das Bild war zu schmutzig, um die Details zu erkennen, doch ich konnte sehen, dass ich kein Meisterwerk in der Hand hielt – die Farben waren blass, der Pinselstrich steif. *Nicht von Vincent.* Alle meine wilden Hoffnungen zerbrachen. Ich hätte das Bild nicht gekauft, wenn ich es in einem Secondhand-Einrichtungshaus gefunden hätte.

Johanna könnte es gemalt haben. Mussten junge Damen damals nicht Musik und Kunst lernen?

Johanna hatte ein Baby gehabt. Ich konnte es kaum erwarten zu lesen, wie Theo sie für sich gewonnen hatte.

Ich hielt das wenig inspirierende Gemälde für Violet hoch. „Weißt du, wer das ist?"

KAPITEL SECHS

Johanna
Dezember 1888, Paris, Frankreich

Ich schlich Theo in Paris hinterher.

Ich hatte ihm aus dem Weg gehen wollen, doch dann war mir klar geworden, dass ich es mir nie verzeihen könnte, wenn ich die Freundschaft zwischen ihm und Dries ruinierte. Ich wollte alle Spannungen zwischen den beiden beseitigen, wenn ich konnte. Um das zu erreichen, musste ich mit Theo sprechen – ohne ihm die falsche Hoffnung zu machen, dass ich ihn aufgesucht hatte, weil ich seinen Antrag noch einmal überdacht hatte. Und ohne ihn sehen zu lassen, dass ich kurz davor war, an Herzschmerz zu zerbrechen.

Ich schlenderte den Boulevard Montmartre entlang und bewunderte die weihnachtlich geschmückten Geschäfte. Als ich endlich die Galerie Goupil erreichte, konnte ich leider nicht an den Gemälden im Fenster vorbeisehen. Das größte in der Mitte – Tänzerinnen auf einer Bühne – reichte aus, um den größten Teil des Innenraums der Galerie zu verdecken. Die Unterschrift lautete Degas, ein mir unbekannter Name.

Die Kälte kroch durch die Sohlen meiner Stiefel und machte es mir unmöglich, allzu lange stillzustehen. Ich musste mich bewegen, schon allein, um Wärme zu erzeugen.

„Excusez-moi, Mademoiselle."

„Pardonnez-moi, Monsieur."

In Paris verschwendete niemand einen zweiten Blick an mich, weil ich allein unterwegs war. Die Franzosen hatten eine entspannte Sicht, was Anstand anging. Oder vielleicht entging ich ihrer Aufmerksamkeit, weil ich die am wenigsten modisch gekleidete Frau auf der Straße war. Das glitzernde Pariser Flair überschattete die protestantische Züchtigkeit Amsterdams, die sich in meiner schlichten Kleidung widerspiegelte. Ich fühlte mich unsichtbar in dem visuellen Gelage, das mich umgab, wie eine traurige Taube zwischen schillernden Papageien.

Ich schlenderte zur Rue de Richelieu und blieb stehen, um ein paar Hansom-Taxis vorbeifahren zu lassen, während das Klappern von Hufeisen auf Kopfsteinpflaster der Musik der Stadt ihren Rhythmus gab.

Der Wind, der um die Ecke wehte, zwang mich, meinen Hals einzuziehen, in den Kragen meines alten braunen Mantels. Anstatt die Straße zu überqueren, drehte ich mich um, um noch einmal zu Goupil zu gehen und noch einmal nachzusehen.

Diesmal war mir das Schicksal gewogen.

„Johanna Bonger!" Theo flog durch die goldbeschriftete Glastür, kräftiger als das letzte Mal, dass ich ihn gesehen hatte, mehr Farbe in seinen Wangen. Er sah nicht aus wie ein Mann, der von Absinth oder nächtlichen Zechereien dahinsiechte. Es musste ihm besser ergangen sein, seit Dries über ihn berichtet hatte.

Er lüftete den eleganten Derbyhut, den er zu seinem Chesterfield-Mantel trug, ein recht schneidiger Gentleman. „Ich wusste nicht, dass Sie nach Paris kommen. Sind Sie gerade erst angekommen? Dries hätte mir sagen sollen, dass Sie kommen." Als er beiseitetrat, um die Tür nicht zu versperren, fiel mir wieder das Bild der anmutigen Tänzerinnen auf, und er bemerkte es. „Möchten Sie mehr sehen? Edgar ist ein Freund von mir. Wir haben auch einige seiner Skulpturen."

Jetzt, da das große Gemälde meine Bemühungen, in den Laden zu spähen, nicht störte, konnte ich die Kunst schätzen. „Seine Tänzerinnen erinnern mich an Feen. Man erwartet fast, dass sie von der Leinwand schweben."

Theo deutete auf die Tür. „Darf ich Sie hereinbitten?"

Ich war noch nicht bereit, den Leuten vorgestellt zu werden, mit denen er arbeitete. Ich wollte nicht, dass jemand falsche Annahmen traf. „Ich bin auf dem Weg zum Palais Garnier." Es war keine Lüge. Ich hatte vorgehabt, als Nächstes dorthin zu gehen. „Ich möchte das berühmte Opernhaus der Stadt sehen, das Napoleon III. hat bauen lassen."

„Das Palais Garnier ist nicht weit von hier. Darf ich Sie begleiten?" Geschmeidig bot er seinen Arm an, mit dem Selbstvertrauen eines Mannes, der in seiner Straße, in seiner Stadt, in seinem Element war.

Ich hatte nicht vorgehabt, so viel Zeit mit ihm zu verbringen, doch ich konnte schlecht ablehnen, ohne unnötig unhöflich zu sein. „Danke. Mama würde eine Begleitung gutheißen. Die Zeitungen sind seit Monaten geradezu hysterisch wegen Jack the Ripper."

„Weiß sie, dass Sie in Paris sind, nicht in London?" Theo ging zu meiner Linken und schützte mich vor dem Wind, eine kleine Geste, die ich zu schätzen wusste.

„Sie denkt, der Mörder könnte genauso leicht hierher reisen wie ich." Sie hatte mir das Versprechen abgenommen, dass ich ihr täglich schreiben würde.

„Wie lange bleiben Sie?"

Theos Stimme war nicht mehr die eines Fremden, sondern ausgesprochen vertraut. Ich hatte die ganze Zeit seine Briefe in meinem Kopf mit seiner Stimme gelesen, wurde mir klar. „Noch zwei Wochen."

Seine Augen funkelten. Ich hatte den Eindruck, er bemühte sich, sich davon abzuhalten, wie Kutschpferde vorzupreschen, wenn sie das Zungenschnalzen ihres Kutschers hörten. „Würden Sie mir die Ehre erweisen, sich von mir die Stadt zeigen zu lassen?"

Ich hatte über diese „zufällige" Begegnung hinaus keine Pläne, was ihn und mich anging, aber … Dries war immer im Büro, und ich hatte wenig gemein mit seiner zurückhaltenden Frau Annie. „Sie müssen viel Arbeit haben."

„Für Sie schaffe ich gerne Zeit."

Einfach so? Die Erregung, die in seinen Augen aufblitzte, schmeichelte mir. Ich konnte mich nicht erinnern, wann Eduard sich das letzte Mal so gefreut hatte, mich zu sehen. Er besuchte mich nicht mehr, brachte keine Geschenke mehr. Wir sprachen nicht mehr über unsere Zukunft. Wir sprachen über nichts mehr. Das letzte Mal, dass ich ihm begegnet war, nachdem ich mit Anna und ihrer Familie vom Urlaub am Meer nach Hause zurückgekehrt war, war ich vorbeigegangen, um seine Mutter zu besuchen.

„Johanna." Er hatte seinen Hut gepackt. *„Leider kann ich nicht bleiben. Ich treffe mich mit ein paar Freunden."*

Als ob wir einander nicht naheständen. Sogar seine Mutter war schockiert gewesen. Sie hatte sich im Namen ihres Sohnes entschuldigt, nachdem er gegangen war.

Theo lächelte mich an, und ich fing mich.

Ich werde in Paris nicht an Eduard denken. Mein wichtigster Vorsatz für diese Reise.

Eduard hatte mir drei Jahre lang offiziell den Hof gemacht, vor seinen und meinen Eltern, vor unseren Freunden, dann hatte er sich unerklärlicherweise abgewandt. Es war sogar mir klar geworden, dass kein Antrag kommen würde. Er tat so, als wären wir nur Freunde gewesen und seine Aufmerksamkeiten – die ausgesprochen romantisch gewesen waren! – hätten nichts bedeutet. Ich war darüber hinweg, untröstlich über ihn zu sein, weil er meine Gefühle in Trümmern hinterlassen hatte. Vollkommen darüber hinweg.

Theo tänzelte fast, während wir gingen. „Ich kann Ihnen gar nicht sagen, wie sehr ich mich freue, dass wir uns hier begegnet sind."

Seine entwaffnende Aufrichtigkeit brachte mich dazu, selbst aufrichtiger sein zu wollen. Unsere Briefe hatten etwas bewirkt. Dank unserer Fernunterhaltung auf Papier waren wir keine Fremden mehr.

„Ich habe Ihnen ein Geständnis zu machen. Ich bin Ihnen nicht zufällig begegnet."

Er sah so glücklich aus wie der Junge, der im Schaufenster, an dem wir gerade vorbeigingen, auf eine Spielzeugeisenbahn zeigte.

Ich wandte den Blick von Theos hoffnungsvollen Augen ab, die genau die Farbe des Pariser Himmels hatten. „Ich möchte mit Ihnen über Dries sprechen. Er hat erwähnt, dass Sie beide keine Zeit mehr miteinander verbringen." Theo war der engste Freund meines Bruders in Paris gewesen, und Dries brauchte seine Unterstützung. Seine unglückliche Ehe wurde von Tag zu Tag schlimmer. „Ich wünschte, er wäre hier nicht so einsam. Wenn ich der Grund für die Kluft zwischen Ihnen beiden bin … vielleicht suchen Sie seine Gesellschaft nicht mehr, weil ich …" Wie erwähnte man diplomatisch einen abgelehnten Heiratsantrag?

Theo verstand meine unausgesprochenen Worte und stolperte, so erschrocken war er. „Ich habe Dries vernachlässigt. Sie haben recht. Ich schätze meine Freundschaft mit Ihrem Bruder, Jo. Nur habe ich in der Galerie mehr Verantwortung bekommen. Und Vincent …"

„Wie geht es ihm? Malt er? Sie haben zuletzt geschrieben, dass er nach Arles gezogen ist und dort glücklich sei."

„Er hat Ärger mit seinen Nachbarn. Und Meinungsverschiedenheiten mit Gauguin. Sie teilen sich ein Haus. Habe ich Ihnen davon erzählt?" Ärger verzerrte Theos Gesichtszüge für einen Moment, bevor er ihn abschüttelte. „Doch Sie sollten die Farben in seiner *Brücke von Langlois* sehen, wie er sein Werk mit Leben und Licht erfüllt hat." Leidenschaft strahlte wieder auf seinem Gesicht, und seine Stimme klang begeistert.

Ich dachte immer, dass ich ihn kaum kannte, aber ich wusste, dass das der wahre Theo war. Hier war ein Mann, der mir sein Herz zeigte. Die Liebe zu seinem Bruder. Die Liebe zur Kunst. Die Liebe zum Leben. „Dann glauben Sie, der Durchbruch steht ihm bevor?"

„Wenn er sich nur nicht in finsteren Gedanken verlieren würde." Frust kehrte zurück. „Ich mache mir ständig Sorgen um ihn. Bloßes Talent reicht heutzutage nicht aus, um erfolgreich zu sein. Man braucht Flair und Charisma und die Fähigkeit, leicht Freunde zu finden. Man muss in der Lage sein, den Anschein von Ruhm zu erwecken, auch wenn man auf Eigenlob zurückgreifen muss. Und Vincent … so hat uns unser Vater nicht erzogen, verstehen Sie?"

Ihr Vater war Pfarrer gewesen.

„Fühlen Sie sich einsam ohne Ihren Bruder?"

Er nickte traurig. „Ich habe einen Untermieter aufgenommen, um Geld zu sparen."

Als Vincent nach Paris gezogen war, hatte Theo eine größere

Wohnung gemietet. Laut Dries keine opulente Unterkunft, nur die zwei Schlafzimmer und ein Badezimmer auf dem Flur, das sie sich mit den anderen Mietern teilten. Die Mieten in Paris waren astronomisch. Vincents Auszug musste Theo in eine Zwickmühle gebracht haben, doch er liebte seinen Bruder zu sehr, um mir das zu sagen.

Stattdessen fragte er mich nach meiner Familie, und wir unterhielten uns bis zum Place de l'Opéra über sie, und die Zeit verging viel angenehmer, als ich erwartet hatte.

Direkt vor uns war das Opernhaus, ein hoch aufragender Palast mit seinen prächtigen Bögen, der majestätischen Kuppel und den goldenen Statuen auf dem Dach. Die Kunstfertigkeit seiner Schöpfer regte meine Fantasie an. „Glauben Sie, es gibt Gebäude im Himmel?"

„Wenn ja, sehen sie so aus. Wollen wir hineingehen? Vielleicht könnte ich den Portier davon überzeugen, uns einen kurzen Rundgang zu erlauben?"

Ich wollte nicht so viele Umstände machen. „Ein andermal? Ich denke, ich genieße lieber diesen seltenen Moment der Wintersonne."

Draußen auf dem offenen Platz warfen die hohen Gebäude keine Schatten mehr über uns. Sogar der Wind, der ohne Rücksicht auf irgendjemandes Wohlbehagen den Boulevard hinuntergesaust war, war hier freundlicher, als würde er zusammen mit den Besuchern der Stadt anhalten, um das prächtige Bauwerk zu bewundern.

„Monsieur Degas!", grüßte Theo einen Mann, der mit einer großen Kamera unter dem Arm in die entgegengesetzte Richtung eilte. „Ich hatte gehofft, Sie heute zu treffen, um Ihnen zu sagen, dass wir vielleicht einen Käufer für eines Ihrer Pastelle haben." Er schüttelte dem Mann die Hand. „Darf ich Ihnen eine gute Freundin aus Amsterdam vorstellen? Das ist Mademoiselle Bonger."

„C'est un plaisir de vous rencontrer." Monsieur Degas küsste meine Hand. Er war mindestens zwanzig Jahre älter als Theo, und so, wie er seine Augen zusammenkniff, fragte ich mich, ob er vielleicht Probleme mit seinem Sehvermögen hatte. „Eine Verwandte von Andries Bonger?"

„Es ist mir auch ein Vergnügen, Sie kennenzulernen, Monsieur. Dries ist mein Bruder." Der Name *Degas* kitzelte meine Erinnerung.

„Ich habe gerade Ihr Bild der Tänzerinnen im Schaufenster von Goupil gesehen. Es ist atemberaubend schön."

Wenn er sich freute, dass ich seine Kunst mochte, zeigte er es nicht.

„Fotografie ist meine neue Leidenschaft. Es ist die Kunst der Zukunft." Er wies auf seine Kamera. Dann sah er Theo wieder an. „Eine Kunst, die ich mir nicht leisten könnte, wenn Monsieur hier Goupil nicht überredet hätte, mich zu vertreten und meine Werke zu verkaufen. Er ist ein guter Freund und ein ehrenwerter Gentleman."

In Theos Augen blitzte so viel Überraschung auf, dass ich vermutete, dass Monsieur Degas seiner Dankbarkeit nicht oft Ausdruck verlieh oder Komplimente machte.

„Sind Sie einer der Impressionisten?", wagte ich zu fragen.

Degas erstarrte. „Sicherlich nicht." Jeder Funken Wärme, den er einen Augenblick zuvor gezeigt hatte, verschwand. „Ich verstehe die Besessenheit, draußen zu arbeiten, nicht. Künstler, die *en plein air* malen, sollten mit Vogelschrot erschossen werden."

Sein heftiger Ausbruch machte mich sprachlos.

Er vollführte eine knappe Verbeugung. „Mademoiselle." Und dann marschierte er mit seiner Kamera weiter und rief Theo zu: „Sie können mich morgen wegen dieses Pastells in meinem Studio besuchen!"

Ich blickte ihm hinterher und prägte mir seine Erscheinung ein, damit ich ihn in meinem Tagebuch genau beschreiben konnte. Er war eine interessante Persönlichkeit.

„Ich entschuldige mich für seine schroffe Art", sagte Theo, als wir weitergingen. „Er zieht es vor, nicht als Impressionist bezeichnet zu werden."

„Das habe ich seiner Reaktion entnommen." Mein trockener Ton brachte ihn zum Lächeln, und dann kämpften wir beide gegen das Lachen an. „Als was bezeichnet er sich dann?"

„Als Realist. Und er ist ein guter. Er hat bereits ein Gemälde in einem Museum. In Pau. *Ein Baumwollbüro in New Orleans.*"

„New Orleans? Es ist ein amerikanisches Gemälde?"

„Er hat jahrelang dort gelebt. Seine Mutter war eine Kreolin aus New Orleans. Sein Großvater stammte aus Haiti."

Als Nächstes unterhielt Theo mich mit Geschichten über einige seiner anderen Künstler. Dann sprachen wir über die Oper. Dann über meine Vorliebe für das Theater und ein Theaterstück, das ich kürzlich gesehen hatte. Ich erkannte erst, dass es Mittag sein musste, als sich die Leute zum Mittagessen in die Restaurants rund um den Platz niederließen.

Ich blieb stehen, erschrocken darüber, wie schnell der Vormittag vergangen war. „Danke, dass Sie mit mir spazieren gegangen sind. Doch bei der Arbeit warten bestimmt wichtige Dinge auf Sie."

Theo ergriff meine Hände. „Für mich gibt es nichts Wichtigeres, als mit Ihnen zusammen zu sein." Seine Finger wärmten meine durch meine Handschuhe. „Meine Gefühle haben sich seit meinem Besuch in Amsterdam nicht geändert."

Ich wandte den Blick ab, verlegen wegen seiner unverhohlenen Bewunderung. Hitze kroch über mein Gesicht. Einige Sekunden vergingen, bevor ich ihm wieder in die Augen sehen konnte. Ich hatte das Gefühl, ihn zum ersten Mal zu sehen.

Liebenswürdig. Charakterfest. Loyal. Seine Familie war ihm sehr wichtig. Sogar Degas, der ein mürrischer Mann zu sein schien, lobte Theo und betrachtete ihn als Freund.

„Darf ich Ihnen morgen früh Goupil zeigen?", fragte er. „Wir haben selten nach dem Aufschließen Kunden. Und darf ich Sie übermorgen in Dries' Wohnung besuchen?"

Sein unerschrockener Eifer machte es unmöglich, nicht zu lächeln. „Bis dahin werden sie mich vielleicht satthaben."

„Eher werden Sonnenblumen der Sonne müde, bevor ich Ihrer müde werde, Johanna Bonger."

Ich betrachtete den Mann, das erwartungsvolle Lächeln auf seinen Lippen und das hoffnungsvolle Leuchten in seinen Augen.

Ich hatte geschafft, was ich mit dieser Begegnung bezweckt hatte. Ich hatte mit ihm über Dries gesprochen.

Wage ich es, weiterzugehen?

Wage ich es, mein Herz noch einmal zu riskieren?

KAPITEL SIEBEN

Emsley

Als ich am Montag zum ersten Mal ins Schlaganfallzentrum gekommen war, waren die Ärzte und Krankenschwestern durchweg sonnig optimistisch gewesen. *Sie könnte jede Minute aufwachen.*

Dienstag machten sie mir immer noch Mut. *Wir sehen für die meisten dieser Fälle einen positiven Ausgang.*

Am Mittwoch sagte die Krankenschwester, die kam, um Violets Vitalwerte zu überprüfen, nur: „Sie ist in Gottes Händen."

Mein Verstand war durch den Schlafentzug alles andere als scharf. Ich hatte keine neuen Fragen zu stellen. Ich hatte im Internet über Schlaganfall und Koma recherchiert und drei Tage und Nächte damit verbracht, medizinische Literatur zu lesen. Ich hätte eine Doktorarbeit über das Thema schreiben können, doch all mein neues Wissen half nicht.

Ich hing in Foren herum. Chattete mit Überlebenden.

Sei geduldig, sagten sie.

Ich hatte zwischenzeitlich mein eigenes Bett im Zimmer. Das geliehene Klappbett war nicht viel bequemer als der Liegesessel, aber zumindest gab es mir die Möglichkeit, horizontal zu liegen, auch wenn ich nicht länger als Minuten am Stück schlafen konnte. Am Donnerstag war ich ein verzweifeltes Häuflein Elend.

„Ich würde gerne unter anderen Umständen mit dir zusammenwohnen. Wie wäre es, wenn du aufwachst und wir eine Kreuzfahrt machen?"

Violet schwieg.

„Hey, ich habe den nächsten Eintrag aus Johannas Tagebuch gelesen. Wir müssen über sie reden. Ich habe viele Fragen."

Keine Antwort.

„Ich denke, ich kann die Firma retten. Wir hatten gerade eine tolle Auktion. Ich werde Trey ausbezahlen. Dann werde ich das Portfolio auf Benefiz-Auktionen ausweiten. Ich werde eine Menge Geld für die Schlaganfallforschung sammeln, die dir helfen wird, hier rauszukommen."

Sie sagte nichts.

„Also gut. Weißt du was? Lass uns unser Lieblingsspiel spielen." Es war ein Spiel, das wir gespielt hatten, als ich ein Kind war.

„Was ich an dir am liebsten mag, ist, dass du dein ganzes Leben lang immer das getan hast, was du wolltest. Erinnerst du dich, was du mir gesagt hast? *Der Sinn des Lebens ist, es zu leben.*"

Bei diesem Spiel wechselten wir uns normalerweise ab, doch angesichts der Umstände, war ich wieder an der Reihe.

„Was ich an dir am meisten mag, ist, dass du immer allen hilfst, denen du helfen kannst."

Sie war so klein in der Mitte ihres Betts, als wäre sie geschrumpft, während ich in L.A. gewesen war. Ich legte mich neben sie und schloss die Augen.

„Was ich an dir am meisten mag, ist, dass du dich von Hindernissen nicht aufhalten lässt. Du hast verlangt, gesehen zu werden, auch wenn die Kunstwelt dich *nur als Frau* betrachtet hat. Du hast nicht angehalten, um gebrochene Knochen zu zählen, während du durch die Barrikaden gestürmt bist. Und du hast deinen Schülern auch gezeigt, wie man kämpft."

Als ich klein war und mir die Ideen ausgegangen waren, erzählte Violet immer und immer wieder, was sie an mir am meisten mochte.

Ich war auf dem College, als mir klar wurde, dass das Spiel ihre Art war, mein Selbstwertgefühl aufzubauen, ein Versuch, dem geistesabwesenden Mangel an Aufmerksamkeit meines Vaters und der häufigen Kritik meiner Mutter entgegenzuwirken.

„Was mir an dir am meisten gefällt, ist, dass du niemals aufgibst, also weiß ich, dass du aufwachen und zu mir zurückkommen wirst. Vergiss den Mangopudding unten. Mach deine Augen auf, und ich überfalle die Cheesecake Factory für dich."

Wir lagen nebeneinander, als wäre ich ein verängstigtes Kind und mitten in der Nacht in ihr Bett geflüchtet. Früher hatte vor ihrem Haus ein alter Robinienbaum gestanden, und wenn der Wind geweht hatte, hatten seine Zweige am Fenster gekratzt, unter dem mein Bett stand. Bei der ersten Böe, dem ersten heftigen Windstoß, war ich so schnell unter meiner Decke hervor und unter Violets verschwunden, dass ich schwöre, dass meine Füße den Boden auf dem Weg zu ihr nicht berührt hatten. Man sagt, Liebe verleiht Flügel, Angst aber auch.

Ich zählte Violets langsame Herzschläge. Echte Angst lebte in den Pausen. Angst, dass ich keinen weiteren Schlag hören würde.

Während ich lauschte, döste ich ein bisschen ein, bis mich piepsende Monitore wachschreckten. Orientierungslos sprang ich aus dem Bett.

Eine Krankenschwester stürzte herein, eine der jungen Neuen, Juliet. „Bitte treten Sie zurück."

Dann drängten sich immer mehr Menschen ins Zimmer, bis ich Violets Gesicht nicht mehr sehen konnte. Mein Herz drehte sich und setzte einen Moment lang aus. Ich stolperte zum Fenster und starrte hinaus in den regnerischen Nachmittag.

Ich betete.

Ich weinte.

Ich betete erneut.

Sie musste es schaffen. Sie musste leben. Ich könnte mir eine Welt ohne Violet nicht vorstellen.

Ich betete.

Ich weinte.

Ich betete wieder.

Juliet erschien neben meiner Schulter. „Es tut mir leid, Emsley. So schrecklich leid."

Ihre Worte waren wie harte Finger in meinem Rücken, die mich auf U-Bahn-Gleise stießen. Ich fiel, dann brach ich zusammen, abrupt, und die schwarze Bestie der Trauer überrannte mich.

Wo waren meine Beine? Wo war die Luft aus meinen Lungen? Wo waren meine Worte?

„Nein." Ich musste um die eine Silbe kämpfen, und der Rest kam nicht leichter. „Bitte, Sie müssen sie retten."

„Wir haben es versucht. Es tut mir leid. Sie können sich jetzt verabschieden, wenn Sie möchten. Nehmen Sie sich so viel Zeit, wie Sie brauchen."

Bevor ich verarbeiten konnte, was gerade passiert war, war ich allein mit Violet. Alles ging so schnell, dass ich kaum atmen konnte. Ich starrte sie nur desorientiert an.

Die Kabel und Schläuche waren weg, ihre Decke bis zum Kinn hochgezogen. Sie sah aus, als schliefe sie, immer noch majestätisch, wenn auch zerzaust. Eine Königin, die sich nach dem Kampf ausruht.

Ich wischte mir mit dem Handrücken über die Augen. „Bitte wach auf. Bitte sprich mit mir. Ich darf dich nicht verlieren. Ich liebe dich."

Doch ausnahmsweise bewies sie diesmal nicht allen das Gegenteil.

„Ich werde dich schrecklich vermissen."

Ich stand da und weinte. Als ich das Gefühl hatte, zusammenhängende Sätze bilden zu können, rief ich Mom an. Und eine Minute, nachdem wir aufgelegt hatten, konnte ich mich nicht mehr erinnern, was einer von uns gesagt hatte.

„Miss Wilson?" Juliet stand in der Tür. „Ich wollte Ihnen nur sagen, dass es im Büro Papierkram für Sie gibt, wenn Sie bereit sind." Sie kam herein und gab mir eine kleine Schachtel aus ihrer Tasche. „Für den Fall, dass ich Sie nicht wiedersehe. Ihre Großmutter hat die für Sie bestellt."

Ich öffnete die Schachtel auf Autopilot, betäubt. „Die Sonnenblumenohrringe." Sterne an einem schwarzen Himmel. Sekunden vergingen, bevor ich „Danke" sagen konnte. Ich machte mir nicht einmal mehr die Mühe, mir die Augen zu wischen, sondern ließ einfach die Tränen laufen. „Sie sind …"

„Sie hat gesagt, dass sie Ihnen gefallen würden." Juliet weinte auch, als sie sich zurückzog. „Vergessen Sie bitte nicht, im Büro vorbeizugehen."

Ich blickte auf die Ohrringe. „Ich werde sie immer schätzen."

Sonnenblumen sind anpassungsfähig, hatte Violet mir vor nicht allzu langer Zeit gesagt. *Du pflanzt sie irgendwo, und sie finden einen Weg zu wachsen. Sie wachsen in reicher Lehmerde an Flüssen genauso wie in trockenem, nährstoffarmem Boden. Je schlechter der Boden, desto größer blühen sie. Sie mögen zerfleddert sein, sehen aber immer wie Stars aus.*

Ich küsste ihre Wange. „Danke, Violet." Ich strich ihre Decke glatt. „Ich weiß, dass das nicht das Ende ist. Du bist nur auf die nächste Party gegangen. Heb mir ein Glas Champagner auf."

Ein Meer aus Dunkelheit und Trauer, Papierkram, dann ein Auto. Als ich Stunden nach ihrem Tod endlich vor Violets Haus stolperte, konnte ich mich nicht erinnern, wie ich dorthin gekommen war. Ein Suchtrupp mit Hunden und Taschenlampen hätte kein Gramm Energie in mir finden können. Ich war am Boden zerstört und erschöpft.

Der Fahrer stellte zwei Koffer neben mich auf den Gehsteig, einen von mir, einen mit Violets Habseligkeiten aus dem Center. Ich hatte nicht einmal bemerkt, wann das Auto abgefahren war. Ich konnte nicht über den Schmerz hinaussehen. Ich hatte die Leute nicht gesehen, die um mich herum gingen. Wenn jemand etwas gesagt hatte – *entschuldigen Sie*, oder *geht es Ihnen gut?* –, habe ich es nicht gehört.

Ich stand vor Violets vierstöckigem Brownstone in Greenwich Village und konnte nicht über den Schmerz hinausdenken. Auf einem rauschenden Bildschirm mitten in meinem Gehirn blinkte *Systemfehler*.

Ein rotes ZU VERKAUFEN-Schild ruinierte das Fenster, eine Wunde an der Stirn des Gebäudes. Ein kleineres VERKAUFT-Schild klebte wie ein Blutegel am unteren Ende des Schildes.

Der Gedanke, dass ich hier niemals wieder ein Wochenende mit Violet verbringen würde, machte mich fertig. Ich war wütend auf die Ungerechtigkeit des Schicksals. Ein Teil von mir hätte lieber das Gebäude angezündet, als es Fremden zu überlassen. War Wut eine der Phasen der Trauer? Ich konnte mich nicht erinnern.

Mein Handy klingelte.

„Ich habe gerade deine SMS gesehen." Diya. „Das tut mir leid. Warum hast du mich nicht angerufen? Trey lässt dir auch sein Beileid ausrichten. Was können wir tun, um zu helfen? Wann kommst du zurück?"

Ich konnte mir gerade nicht vorstellen, in das Haus, in dem wir zusammen wohnten, zurückzukehren. Oder in das Büro. „Ich bleibe eine Weile hier."

„Natürlich. Für die Beerdigung. Wir kommen. Wann ist sie?"

„Am Dienstag. Aber ich bleibe länger."

„Ich kann die Sonntagsauktion für dich übernehmen. Warte. Ziehst du nach New York?" Schock versetzte Diyas Stimme in eine höhere Tonlage. „Was ist mit Ludington's? Was – hat Violet dir ihr Haus hinterlassen?"

„Sie hat es verkauft. Schlaganfallbehandlung könnte Bill Gates in den Bankrott treiben." Wahre Geschichte. „Ich muss mich hier um ein paar Dinge kümmern, bevor ich zurück nach L.A. gehe."

„Ich hasse es, mir vorzustellen, dass du da ganz allein bist."

Hättest mir nicht den Freund stehlen sollen. „Ich werde zu tun haben. Ich muss das Haus ausräumen."

„Weil deine Mutter keine Fremden reinlassen will?"

Diya verstand meine Familie, verstand mich. Das würde ich in meinem Leben vermissen. Ich bezweifelte, dass ich sie und Trey in Zukunft viel sehen würde. Das Schwierigste am Verlust alter Freunde war, dass man sie nicht einfach durch neue ersetzen konnte. Ein Jahrzehnt gemeinsamer Geschichte – unsere College-Jahre, der Umzug nach L.A., die Gründung einer Firma – waren unersetzlich. Ich verlor nicht nur Diya und Trey. Ich verlor auch die Halbsätze, die eine gemeinsame Erinnerung wecken und uns zum Lachen bringen würden. Ich konnte damit umgehen, das zu verlieren. Ich würde mich anpassen. Doch ich konnte nicht damit umgehen, Violet zu verlieren.

„Wie willst du das Geld für Trey auftreiben?", fragte Diya.

In diesem Moment hätte mir nichts mehr egal sein können als Geld.

„Ich weiß nicht. Ich kann gerade nicht denken." Ich freute mich darauf, tagelang allein zu sein in einem riesigen Haus. Trauer brauchte Platz. Ich brauchte Zeit zum Trauern, Zeit, um mich von Violet zu verabschieden. Vielleicht würde ich *ihre* Tagebücher finden und entdecken, wer sie wirklich gewesen war, besser als aus den skandalösen Geschichten auf den Gesellschaftsseiten. Ich hatte noch so viele Fragen. Wie tragisch dumm ich gewesen war, sie nicht zu fragen, als ich die Gelegenheit dazu gehabt hatte.

Ich fühlte mich krank, und mir tat alles weh, als hätte ich mir die Grippe eingefangen, doch anstatt eines Virus floss der dunkle Schlamm der Trauer durch meine Adern. „Ich muss Schluss machen."

Ich legte auf und fischte die Schlüssel aus meiner Tasche.

Die Eingangstür am oberen Ende der Treppe war ein Kunstwerk, ein Geschenk eines prominenten Künstlers, der einer von Violets vielen Bewunderern gewesen war. Geschnitzte Seerosen zierten das schwere Holz. Der Türgriff war eine bronzene Meerjungfrau. Es war die Art von Tür, die man im Architectural Digest finden würde, „umgenutzt" als Kopfteil für das Bett irgendeines Hollywoodstars.

Ich trat aus dem Sonnenlicht in den stillen Schatten des Foyers und in ein magisches Königreich. Oder besser: Königinnenreich. Daran erinnerte ich mich von meinen Besuchen.

Violets Haus war ein Ort, an dem alles passieren konnte und passiert war: Liebesaffären, Streitereien, Skandale. Viele von New Yorks Berühmtheiten waren auf dem ausgetretenen schwarz-weißen Marmor unter meinen Füßen gewandelt. Einige hatten sich danebenbenommen. Es gab Gerüchte über eine Messerstecherei.

Ich stellte das Gepäck ab und schloss die Tür hinter mir. Ich hätte denken sollen: *vollkommene Stille, vollkommener Frieden.* Aber ich konnte nur denken: *Leere, Einsamkeit.*

Mein Handy klingelte wieder.

Bram Dekker. Violets Nachlassanwalt. Ich hatte ihn angerufen, als ich das Schlaganfallzentrum verlassen hatte.

„Ich schaffe es heute leider nicht", sagte er. „Es tut mir leid. Ich bin mit einem Mandanten vor Gericht, und es gibt eine Verzögerung nach der anderen. Können wir uns morgen Vormittag treffen?"

„Ich bin in ihrem Haus. Kommen Sie einfach vorbei, wenn es Ihnen passt."

Ich ging an der Prunktreppe vorbei in den Raum, der ursprünglich der Salon gewesen war. Soweit ich mich erinnern konnte, war das gesamte Erdgeschoss eine Galerie gewesen, die meisten Wände herausgerissen worden. *Nichts, was die Vorstellungskraft einschränken könnte*, hatte Violet gesagt.

Die Gespenster dieser Wände waren einst die Heimat vor Leben sprühender Gemälde gewesen. Jetzt waren die Räume leer. Die Seele hatte das Gebäude verlassen.

Ich öffnete die Kellertür. *Dunkler Keller. Verlassenes Haus. Das ist ein Nein meinerseits.* Ich schloss die Tür wieder. Den Kerker würde ich später in Angriff nehmen.

Da wurde mir bewusst, dass Bram etwas gesagt hatte. „Tut mir leid. Könnten Sie das nochmal wiederholen?"

„Ich muss los. Wir sehen uns morgen um zehn?"

Kopfschmerzen begannen, an meiner Schläfe zu pochen. „Ja, bis dann."

Die Verzögerung würde mir Zeit geben, mich neu zu orientieren, eine Gelegenheit, mich neu zu kalibrieren. Ich musste irgendwie den ersten Geschmack von Trauer herunterschlucken, der in meinem Mund klebte und mir das Atmen schwermachte.

Das Holzschild, das früher draußen gehangen hatte, THE GALLERY VELAR, lehnte an der Wand. Ich strich über die Buchstaben. Das würde ich auf jeden Fall behalten.

Meine Mutter rief an, als ich mit meinem Gepäck die Treppe zum ersten Stock hinaufstieg, der die Fortsetzung der Galerie im ersten Stock war, in ziemlich demselben Zustand.

„Bist du schon da?"

„Ich gehe gerade durchs Haus."

„Du hast keinen Putzdienst bestellt, oder?"

„Ich habe versprochen, dass ich es nicht tun würde. Es sieht nicht schlecht aus. Erdgeschoss und erster Stock sind leer."

Im zweiten Stock lag immer noch Violets Parfum in der Luft. Auf dem Treppenabsatz blieb ich stehen, um mit den Tränen zu kämpfen. Ich holte tief Luft und trug sie mit mir. „Die Wohnräume werden die meiste Arbeit brauchen."

„Früher waren drei Schlafzimmer und ein Bad da oben. Dein Urgroßvater hat eines der ursprünglichen Gästezimmer zu einem Büro umbauen lassen. Er konnte über den Flur gehen und arbeiten, wenn er nachts nicht schlafen konnte, ohne die Treppe rauf und runter stapfen zu müssen."

Violet hatte den Raum mit einigen geringfügigen Änderungen selbst als Büro benutzt.

„Mir gefällt, dass es hier oben eine Küche gibt."

„Das war mal das kleinste Schlafzimmer. Das hatte Violet machen lassen, als sie die beiden unteren Stockwerke in eine Galerie umgebaut hatte."

Ich konnte nachvollziehen, warum Violet die Küche oben gebraucht hatte. Die Teeküche im Erdgeschoss war kaum mehr als ein Ort, an dem sich die Caterer die Hände waschen und ihren Müll entsorgen konnten.

Ihr Schlafzimmer war wie eine Opernkulisse, die Gemächer des Phantoms. Die bordeauxroten Samtvorhänge und die vom Boden bis zur Decke reichenden vergoldeten Spiegel waren die Definition von Drama. Über dem Bett hing ein beeindruckender glitzernder Kristall-Kronleuchter.

„Glaubst du, du schaffst das alles?"

„Ich glaube, ich bin in der Lage, Sachen in Kisten zu packen." Ich ging ins Badezimmer – goldene Badewanne mit Löwenfüßen, groß genug für zwei, rosa Marmorfliesen. Echos der Präsenz meiner Großmutter füllten jeden Winkel des Raums. „Wenn ich diesmal nicht alles schaffe, komme ich zurück und erledige den Rest."

„Wie lange kannst du bleiben?"

„Vier Tage? Fünf, wenn ich ein paar Meetings verschiebe. Diya hat angeboten, die Auktion am Sonntag zu leiten."

„Bitte räume auf jeden Fall alles aus. Du kannst Möbel spenden, aber nichts aus Papier. Wenn du Kleider spendest, kontrolliere zuerst alle Taschen."

„Soll ich nachsehen, ob irgendwo geheime Botschaften eingenäht sind?" Ich schloss meine Augen. „Tut mir leid. Ich bin müde." Und hatte hämmernde Kopfschmerzen.

Nachdem Mom und ich aufgelegt hatten, warf ich zwei Schmerztabletten in meinen Mund und ließ eine Minute lang das Wasser im Waschbecken laufen, bevor ich aus meinen hohlen Händen trank.

Ich wollte mich hinlegen. Ich ging an meinem offenen Koffer

vorbei, meine Klamotten neben Violets türkisblauem Karton zusammengequetscht. Bei meiner Suche nach den Pillen hatte ich den Deckel heruntergestoßen. Das schlecht gemalte mysteriöse Baby lag mit geschlossenen Augen auf seiner schmutzigen Leinwand.

Ich würde nie erfahren, wer das Kind war oder wer es gemalt hatte. Johanna Bonger? Oder Anna Dirk, Johannas Freundin? Im Tagebuch stand, dass Anna Kunst studiert hatte. Oder die mysteriöse Clara, die mit Johanna auf Niederländisch korrespondiert hatte und möglicherweise Jos Biographie geschrieben hatte?

Das hässliche kleine Gemälde war ein Symbol für all die Fragen, die ich Violet nicht hatte stellen können, all die Gespräche, die wir niemals führen würden – über das Tagebuch, die Briefe und meinen Großvater.

Ich wollte es wegwerfen. Stattdessen hielt ich es hoch, als würde meine Großmutter unsichtbar direkt unter der Decke schweben.

„Was soll ich damit machen?", fragte ich Violets stillen, verweilenden Geist.

KAPITEL ACHT

Johanna
24. Dezember 1888, Paris, Frankreich

Ich wusste, dass ich mich in Theo verliebte, als ich sagte: „Ich mag die selbstbewusste Linienführung."

Wir standen vor dem Kamin in Dries' Wohnung und sprachen über das neue Gemälde, das mein Bruder von einem befreundeten Künstler gekauft und über dem Kaminsims aufgehängt hatte. Das Gemälde zeigte einen Mann und eine Frau auf einem Boot auf der Seine; ihre Gesichter spiegelten eine stille und strahlende Freude wider, die die ganze Welt um sie herum rosa färbte.

Ich war in der verzweifelten Hoffnung nach Paris gekommen, dass Theo seinen schlecht durchdachten Vorschlag nicht thematisieren würde. Ich hatte vorgehabt, mit ihm über Dries zu reden und mich dann wieder auf den Weg nach Hause zu machen. Doch jetzt wollte ich, dass unsere Gespräche weitergingen. Ich wollte, dass meine letzten paar Tage in Paris mit Theo für immer andauerten.

Sag, dass du mich wieder in Amsterdam besuchen wirst. Sag, dass du nicht aufgegeben hast. Bitte mich, es noch einmal zu überdenken.

Die Frustration, dass ich das Thema nicht ansprechen konnte, ließ mich fast mit den Füßen scharren. Aber natürlich war es den Männern überlassen, das Werben zu initiieren. Von mir wurde erwartet, gelassen und zurückhaltend dazustehen. Damenhaft. Ein Ausdruck, den ich mehr hasste als eingelegte Aale. Damenhaft zu sein, bedeutete nichts tun, nichts zu sagen, möglichst nichts zu empfinden. Damenhaft zu sein erforderte nicht weniger als die Mona Lisa zu werden. Da ich kein Porträt von heiterer, mysteriöser weiblicher Schönheit war, musste ich etwas anderes anbieten.

Selbstbewusste Linienführung war ein Ausdruck, den ich von Dries gehört hatte. Dass ich ihn gebrauchte, sagte mir, wie sehr ich Theo beeindrucken wollte, wie sehr ich nicht wollte, dass er mich für eine dumme, unwissende junge Frau hielt. Während er mir in den vergangenen zwei Wochen Paris gezeigt und mich mit der Kultur und Kunst der Stadt bekanntgemacht hatte, war seine Meinung über mich wichtig geworden.

„Kennst du den Titel?"

Wenn Dries ihn erwähnt hatte, konnte ich mich nicht daran erinnern.

„Was denken Sie?" Theo musterte mich so eingehend, wie er die Pinselstriche auf der Leinwand untersucht hatte. Er schenkte mir immer seine volle Aufmerksamkeit. Er bot den Nutzen seines Wissens und seiner Erfahrung in Kunst und Leben an. Und er forderte mich auf, tiefer nach meinen Gedanken und Meinungen zu suchen. „Wie würden Sie es nennen?"

Wir waren allein im Zimmer. Der Duft von Weihnachten lag in der Luft: Tannenzweige und Zimt. Im Kamin brannte ein Weihnachtsscheit.

„*Brautwerbung*?" Die Hitze meines Errötens kroch über meine Wangen.

„Oder", sagte Theo, „*Die Freuden der Ehe*."

Ich errötete noch heißer.

„Die Ehe hält viele Freuden bereit", sagte er leise. „Ein Mann und eine Frau entdecken, wer der jeweils andere ist. Sich verlieben, basierend auf dem sicheren Wissen übereinander, anstatt wilder Hoffnungen und Fantasien." Er ergriff meine Hände. „Dann gemeinsam wachsen."

Ich konnte den Blick nicht von seinen Augen abwenden. Das Leben tat sich vor mir auf wie Rosenblätter in hypnotisierenden, geheimnisvollen Wirbeln.

„Meine liebste Johanna, würden Sie meinen Antrag noch einmal überdenken?" Die Worte waren wie ein sanfter Hauch, als kämen sie direkt aus Theos Seele. „Vincent sagt: *Wenn du eine innere Stimme hörst, die sagt, du kannst etwas nicht tun, dann tu es auf jeden Fall, und diese Stimme wird verstummen.* Darum muss ich fragen." Theo trat einen halben Schritt näher. „Würden Sie, Johanna Bonger, mir die Ehre erweisen, meine Frau zu werden?"

Die Gaslichter flackerten in den Wandlampen. Der Raum hielt den Atem an. Ich hatte keinen Atem zu halten, denn mit jedem Wort, das er ausgesprochen hatte, hatte ein kleiner Luftstoß meine Lungen verlassen, bis sie leer gewesen waren.

Ich hatte immer gedacht, Liebe sei ein wahnsinniger Ansturm, ein verzweifeltes Brennen, ein sofortiger Schrei des Herzens nach einem anderen. Doch während meines Aufenthalts in Paris hatte sich die Liebe in langsamen, glitzernden Tropfen wie ein sanfter Sommerregen über mich gelegt. „Ja."

Langsam senkte er den Kopf.

Die Realität des Kusses war völlig anders, als in meinen albernen Romanen, wie meine beste Freundin Anna sie nannte, darüber zu lesen. Die Hitze, die auf meinen Wangen geprickelt hatte, prickelte jetzt dort, wo sich unsere Lippen trafen. Wärme erfüllte mich, aber nicht wie das Feuer im Kamin, das ich nicht mehr spüren würde, sobald ich mich entfernte. Diese Wärme sickerte in mein Herz, in meine Knochen und ließ sich dort nieder.

Zum ersten Mal in meinem Leben hatte ich das Gefühl, am Abgrund der Leidenschaft zu stehen, die meine Bücher versprochen hatten. Ich schwankte auf Theo zu, bis ich mich gegen ihn lehnen konnte, und ergriff seine Arme.

Dann scharrten Dries' Schuhe über den Holzboden im Flur, und wir schraken auseinander.

Theo nutzte unsere letzte Sekunde allein, um zu flüstern: „Würde es dir etwas ausmachen, es noch einmal zu sagen?"

Der Raum drehte sich mit mir. „Ja."

Dries blieb in der Tür stehen und blickte von dem unbändigen Lächeln auf meinem Gesicht zu dem auf Theos, während er verhalten blieb. „Herzlichen Glückwunsch!"

Konnte er es nicht besser sagen als in diesem ausdruckslosen Ton?

Theo schien es nicht zu bemerken. Sein Lächeln wuchs nur. Er hielt meine Hände. „Ich habe um die Erlaubnis deines Bruders gebeten, und ich habe auch Vincent gesagt, was ich vorhabe."

Natürlich. Deshalb hatten uns alle so plötzlich allein gelassen.

Von meinen Gedanken gerufen, erschien Annie in der Küchentür. Ihr blondes Haar war zu einem strengen Knoten hochgesteckt, ihr Kleid ein unauffälliges Braun, mit zusätzlichem Stoff vorn, um zu überspielen, dass sie schwanger war. „Meine besten Glückwünsche an euch beide."

Ihre Schwangerschaft bereitete ihr keine Freude, und unsere Neuigkeiten auch nicht. Ihr Ton war eher grimmig als glücklich.

Ich ermahnte mich, die Frustration und den Schmerz über die wenig begeisterte Reaktion loszulassen. Mein Bruder und seine Frau bedauerten ihre Heirat, und keiner wünschte mir dasselbe Schicksal.

Umso glücklicher strahlte ich. „Danke, Annie."

Dann ließ Dries das Holz, das er hereingebracht hatte, in den Kamin fallen und schüttelte Theo kurz die Hand, bevor er mich umarmte. „Ich wünsche dir alles Glück der Welt, Jo."

Annie verschwand zurück in die Küche und rief über ihre Schulter: „Wir müssen los, wenn wir nicht zu spät zur Kirche kommen wollen."

Keine Zeit zum Feiern.

Nicht einmal für einen Trinkspruch.

Ich entschied mich, mich nicht darüber zu ärgern. Ich war mit einem *guten* Mann verlobt. Meine Zukunft war endlich entschieden, alle Ungewissheit vorbei. Jetzt würden alle meine Fragen über den Sinn des Lebens beantwortet werden.

Meine Begeisterung trieb mich vorwärts. Ich konnte nicht stillstehen. Ich rannte fast in den Flur, um meinen Hut zu holen.

Dries folgte mir. „Bist du sicher?", fragte er in einem gedämpften

Ton. „Oder sehnst du dich nach einer neuen Stadt, in der dich nicht alles an Eduard erinnert?"

Ich warf ihm einen abweisenden Blick zu. „Wenn du mir das ruinierst, werde ich sehr böse auf dich sein. Ich habe die Vergangenheit hinter mir gelassen. Eduard war die Schwärmerei eines geistlosen jungen Mädchens. Ein Tagtraum. Theo ist echt."

Während mein *Verlobter* zum Esstisch ging und seinen Wein austrank, zog Dries eine Augenbraue hoch. „Ich weiß, dass Theo in dich verliebt ist, aber liebst du ihn wirklich, Jo? Glaubst du, dass ihr einander glücklich machen könnt? Es ist nicht so einfach, wie wir uns naiv vorstellen. Ich möchte, dass du in deiner Ehe glücklich wirst."

„Das werde ich. Versprochen." Ich senkte meine Stimme zu einem Flüstern, weil Theo herüberkam. „Ich wünschte, du würdest mir glauben."

Dries ging und gewährte uns Privatsphäre.

„Meine liebste Jo." Theos Lächeln überstrahlte die Gaslampen, als hätten sich all seine Sorgen über das Leben verzogen wie der Morgennebel von der Seine. „Du hast mich zum glücklichsten Mann der Welt gemacht. Wie schnell können wir heiraten? Ich weigere mich, mich wie Dries für zwei endlose Jahre zu verloben. Je früher, desto besser."

„Was würden die Leute denken?" Der gesunde Menschenverstand brach in den Traum ein, in dem ich schwebte. „Himmel, der Klatsch, der schnellen Ehen folgt."

„Ich wusste schon vor drei Jahren, als wir uns das erste Mal begegnet sind, dass ich dich liebe. Muss ich noch länger auf dich warten?"

„Zuerst musst du meine Eltern um meine Hand bitten. Dann, wenn sie einverstanden sind, müssen wir uns offiziell verloben, mit einer Feier im Haus meiner Eltern. Mama würde mir das sonst nie verzeihen."

„Nächsten Monat?"

Konnte das möglich sein? Ein gewagter Schauer durchfuhr mich. „Wenn es sich so schnell arrangieren lässt."

„Und die Hochzeit?"

Seine Ungeduld steckte mich an. „Sobald das Wetter wärmer wird. April? Und wir ziehen gleich danach nach Paris?"

„Sobald wir verheiratet sind, werden wir in den Zug einsteigen", versprach er.

Ich wollte rechtzeitig zur Eröffnung der Weltausstellung im Mai zurück sein, doch Theos Lächeln sagte mir, dass er etwas ganz anderes im Sinn hatte. Das Funkeln in seinen Augen ließ mich wieder rot werden.

Oh. Natürlich. Das!

Damit ich nicht vor Scham starb, lenkte ich meine Gedanken auf praktische Dinge, die wir berücksichtigen mussten. „Wo werden wir wohnen?"

„Ich werde eine passende Wohnung finden. Wir werden sie mit Vincents Gemälden dekorieren. Und wenn wir uns eingerichtet haben, werden wir ihn einladen."

So wusste ich, dass Theo ein Mann war, der zu großer Liebe fähig war. Ich konnte das Meer brüderlicher Liebe in seinem Herzen sehen. Ich konnte einem solchen Mann meine eigenen Gefühle anvertrauen. Er war nie verschlossen, nie kalt, nie abweisend, nie zu verlegen, um seine Gefühle zu zeigen. Seine Leidenschaft brannte hell, ob für mich, seine Arbeit oder seine Familie.

Er wiegte mein Gesicht in seiner Hand. „Meine liebste, liebste Jo. Wie viel Glück ich habe."

Ich dachte, er würde mich vielleicht noch einmal küssen, direkt vor den anderen – Annie und Dries waren gerade zurückgekommen –, doch ein Klopfen an der Haustür unterbrach ihn.

Dries sprach kurz mit einem Mann auf der Treppe und kehrte dann mit einem Telegramm zurück. Er reichte es Theo. „Dein Untermieter hat es weitergeschickt."

Theo las den Inhalt sofort. Falten bildeten sich auf seiner Stirn, ein unsichtbarer Pflug grub Furchen in seine Haut. „Vincent ist schwer erkrankt. Er hatte einen Nervenzusammenbruch." Die Worte kamen in verzweifelter Eile heraus. Er streckte die Arme nach mir aus. „Gauguin rät mir, sofort nach Arles zu reisen."

Ich umarmte ihn, mein Herz hämmerte gegen seines, teilte seinen Rhythmus.

Weder Dries noch Annie sagten etwas über Anstand.

„Ich werde schreiben, sobald ich in Arles ankomme." Theo zog sich zurück, nahm seinen Mantel und Hut und stürzte durch die Tür. Ein letzter Blick – ein Ausdruck seines Schmerzes –, und er war weg.

„Und während ich warte, werde ich für Vincent beten!" Ich stürzte hinaus in die Kälte, in die Nacht und rief ihm nach.

Ich rang mir die Hände und beobachtete meinen Verlobten, bis die Dunkelheit seine geliebte Silhouette verschluckte, dann stand ich desorientiert da. Ich hatte das Gefühl, als hätte dieselbe Dunkelheit mein Herz verschluckt. Wie konnte unser Glücksmoment so schnell enden?

Vor einem Atemzug hatten wir ein Gemälde bewundert. Dann war ich verlobt. Dann war eine Tragödie passiert, und Theo war weg, bevor wir überhaupt richtig feiern konnten. Zitternd vor Kälte sah ich mich nach einem Beweis um, dass der Antrag stattgefunden hatte und nicht einer meiner kindischen Tagträume gewesen war.

Dries zog mich wieder hinein. „Vincent wird sich erholen. Er hat diese Phasen von Zeit zu Zeit."

Annie schnalzte mit der Zunge. „Hoffentlich ist es kein schlechtes Omen." Sie wandte sich dem Spiegel zu und strich ein paar verirrte Haarsträhnen glatt. „Ich bin froh, dass es heute Abend nicht schneit. Ein trockener Winter ist der beste, findest du nicht?"

Oh, wer will schon über das Wetter plaudern!

Ich wollte wieder hinausstürmen und Theo nachlaufen. *Ich komme mit dir!* Aber ich konnte nicht, weil wir nicht verheiratet waren. Weil ich eine Frau war. Ich hätte vor Frustration schreien können.

Selbst als Dries, Annie und ich eine halbe Stunde später in der Kirche saßen, konnte ich mich kaum auf die wundersame Geburt unseres Herrn konzentrieren. Meine Gedanken klammerten sich an Theo, der allein und besorgt im Zug durch Kälte und Dunkelheit fuhr.

Am nächsten Tag und am Tag darauf konnte ich an kaum etwas anderes denken. Ich konnte kaum atmen, bis endlich ein Brief von ihm kam.

„Was schreibt er?" Dries war neben mir, sobald ich die Tür hinter dem Postboten geschlossen hatte.

Wir hatten den Morgen zusammen verbracht, nur wir beide. Annie war bei ihrer Schneiderin.

Meine Augen verschlangen die wahnsinnig kurze Seite. „Theo hat

Vincent mit hohem Fieber im Krankenhaus angetroffen. Die Ärzte sprechen von Wahn und sind sich nicht sicher, ob er geisteskrank bleiben wird. Er …" Ich musste den Satz noch einmal lesen. „Hat sein Ohr mit einem Rasiermesser abgeschnitten? Theo sagt, er wird in ein paar Tagen mehr wissen. Im Moment ist Vincent noch zu aufgeregt."

„Sein Ohr?" Mein Bruder berührte mit verwirrter Stimme sein eigenes Ohrläppchen. „Warum?"

„Das schreibt Theo nicht. Nur, dass ich meine Pläne, nach Amsterdam zurückzukehren, nicht hinauszögern darf. Ich sollte nicht warten, bis er nach Paris zurückkommt." Ich las die kurze Nachricht noch einmal, doch ich konnte nicht mehr herausfinden als beim ersten Mal. „Ich verstehe das nicht."

Und dann *nichts* von Theo für weitere zwei Tage, während ich mir Sorgen machte, und dann endlich ein neuer Brief, diesmal mit einem Zeitungsausschnitt aus der lokalen Wochenzeitung *Le Forum Républicain*.

„Dimanche dernier, à 11 heures ½ du soir, le nommé Vincent van Gogh, peintre, originaire de Hollande, s'est présenté à la maison de tolérance no 1 …"

Ich reichte es Dries. Ich verstand nur ein Minimum an Französisch.

„Letzten Sonntag, um halb zwölf Uhr abends", las er, „erschien ein gewisser Vincent van Gogh, ein Maler und gebürtiger Niederländer, im Bordell Nr. 1, fragte nach einer Rachel und reichte ihr sein Ohr mit den Worten: *Bewahre diesen Gegenstand sorgfältig auf.* Dann verschwand er. Auf diese Tat aufmerksam gemacht, die nur die eines armen Geisteskranken sein konnte, ging die Polizei am nächsten Tag zum Haus dieses Individuums, das sie in seinem Bett liegend vorfanden und zu diesem Zeitpunkt kaum noch ein Lebenszeichen von sich gab. Der Unglückliche wurde umgehend ins Krankenhaus eingeliefert."

Ich brach auf dem nächsten Sessel zusammen, niedergeschlagen von den Worten, die mir völlig unverständlich waren. „Armer Vincent! Und, oh, mein armer, armer Theo."

Ich sah meinen Bruder trostsuchend an, doch ich fand seinen Blick abschätzend. In diesem Moment sah er genauso aus wie Papa. Papa, wenn er bereit war, jemandem die Leviten zu lesen.

„Es kann keine Verlobungsfeier geben, Jo. Das musst du verstehen. Das gibt dir Zeit, über den Antrag nachzudenken."

Die Ungerechtigkeit seines Vorschlags trieb mich auf die Füße. Kampftrommeln schlugen in meinem Kopf. „Ich habe Theo vor wenigen Tagen lebenslange Treue versprochen. Ich empfinde viel zu viel für ihn, als dass ich ihn beim ersten Anzeichen von Not im Stich lassen würde. Du hast selbst gesagt, dass Vincent für seine dunklen Stimmungen bekannt ist. Er erholt sich immer."

„Wenn Trinken und Grübeln alles wäre, aber diese Art von Wahnsinn? Sie liegt im Blut –"

„Theo ist *überhaupt nicht* wie er! Er ist sanft. Und er ist geduldig. Er ist liebevoll …"

Dries' Kinn senkte sich, und er atmete tief ein. Sturheit ließ seine Augen hart werden. „Du hast Theo nicht gesehen, als er letztes Jahr exzessiv gelebt hat."

Nichts, was er mir nicht schon in seinen Briefen erzählt hätte. „Du bist zu konservativ."

„Du bist zu naiv!"

„Wie soll ich lernen und wachsen, wenn ich für immer bei Mama und Papa zu Hause bleibe?", schoss ich zurück und bedauerte dann, dass ich meine Stimme gegenüber meinem lieben Bruder erhoben hatte, also flehte ich. „Bitte, Dries. Ich habe gerade erst das Glück gefunden. Wenn Theo und ich den Segen von Papa und Mama bekommen sollen, brauchen wir deine Unterstützung. Bitte."

„Das ist eine inakzeptable Mesalliance. Ich werde meiner Schwester nicht erlauben, in die Familie eines Geisteskranken einzuheiraten." Und dann, ohne mir eine Gelegenheit zu geben zu antworten, ging er mit großen Schritten davon.

„Dries!" Wenn mein Bruder gegen uns wäre, würden meine Eltern der Heirat niemals zustimmen. Ich musste ihn überzeugen, und zwar schnell, bevor er sich darauf konzentrieren konnte, die Verlobung zu verhindern. Dann würde es noch schwieriger sein, seine Meinung zu ändern. *„Der Himmel helfe einer Frau, wenn ein Mann sich entschieden hat"*, sagte Mama immer, obwohl mein lieber Papa sehr vernünftig war. Meistens.

Ich rannte hinter meinem Bruder her. „Dries!"

KAPITEL NEUN

Emsley

Der Freitag begann mit einem Schreck.

Ich stieg die Treppe zu Violets Studio im dritten Stock hinauf, in derselben Jeans und demselben Pullover, in denen ich auf der Bettdecke eingeschlafen war, nachdem ich einen weiteren Eintrag aus Jos Geschichte gelesen hatte. Der wahre Bericht darüber, wie Vincent, möglicherweise mein Ur-Ur-was-auch-immer-Großvater, sein Ohr verloren und es Rachel geschenkt hatte, möglicherweise meiner Ur-Ur-was-auch-immer-Großmutter.

Nach dem Aufwachen waren ein paar Sekunden vergangen, bis ich mich erinnert hatte, wo ich war, und daran, dass Violet weg war. Und dann hatte ich geweint. Doch ich konnte nicht den ganzen Tag weinen. Bram Dekker, Violets Anwalt, würde vorbeikommen. Ich wollte die Inspektion des Hauses beenden, bevor er kam. Was bedeutete, dass ich mich Violets Studio stellen musste.

Ich hatte schon immer den großen offenen Raum, die klaren Linien und die weißen Wände geliebt. Während der zweite Stock eine dramatische Theaterperformance war, war der dritte purer Frieden, die Art

85

von Raum, in dem man sich neu erfinden und wo man so ziemlich alles erschaffen konnte, einschließlich eines neuen Lebens.

Auf dem Treppenabsatz blieb ich stehen, um mich zu wappnen.

Leise Töne einer dramatischen klassischen Melodie drangen durch die Studiotür vor mir. *Oh.*

Die Haare an meinen Armen stellten sich auf. Die Musik trieb die *Phantom der Oper*-Stimmung eindeutig zu weit.

Reiß dich zusammen. Die Maklerin musste ein Radio auf einen Klassiksender eingestellt haben, als sie das Haus gezeigt hatte, und dann hatte sie vergessen, es auszuschalten. Hatte sie hier oben Oper gespielt? Ziemlich clever, wenn sie es getan hatte. Kein Wunder, dass sie das Haus so schnell verkauft hatte.

Violinen bauten die Spannung auf. Ich stieß die Tür auf und erwartete beinahe einen fremden Mann in einer Halbmaske. Doch was ich fand, war schlimmer. Ich erstarrte, als ich auf die Szene vor mir starrte. Dann schrie ich.

Genauso wie einige der Leute im Studio.

Anstelle von Leinwänden füllten Kameras den Raum aus – ein kleiner Wald aus Stativen, mit einer Lichtung in der Mitte. Wo mehrere Frauen von einer Serienmörderin gefoltert wurden.

Ich rannte. Die Treppe herunter. In Violets Schlafzimmer. Packte die Tür. *Krach!*

„Wer sind Sie?", rief eine Frauenstimme draußen. „Wie sind Sie hier reingekommen?"

Sie war mir gefolgt. Die Serienmörderin. Ja, es gibt sie. Meine Mutter hat sich Dokumentarfilm nach Dokumentarfilm über sie angesehen.

„Wie sind *Sie* hier reingekommen?" Diese Frau war wirklich dreist. „Das ist das Haus meiner Großmutter. Ich gehöre hierher."

„Emsley?" Sie klang überrascht. „Habe ich Sie erschreckt? Wir machen Performance-Kunst. Bevor Sie die Polizei rufen, googeln Sie nach Suugarworks. Zwei U, ein Wort."

Mit zitternden Fingern tippte ich Suugarworks in mein Handy ein.

Wikipedia wurde als bestes Suchergebnis angezeigt. Zuerst war da ihr Bild – mit einer anderen Frisur – neben den Worten *bemerkenswerte zeitgenössische Künstlerin.* Dann ihr Name, Strena. Kein Nachname.

Bumm, Bumm, Bumm. Mein Herz weigerte sich, langsamer zu schlagen. Ein gebrochenes Herz sollte nicht so schnell schlagen müssen.

Laut dem nächsten Absatz erkundete Strenas Arbeit, Körperkunst und die Ausbeutung von Frauen in einer Konsumgesellschaft, Frauenkörper als Konsumgüter. Ich scrollte weiter – endlich aufatmend – zu der langen Liste mit Referenzlinks über sie.

„Googeln Sie mich?"

Ich öffnete die Tür fünf Zentimeter weit und hielt meinen Fuß fest dahinter. „Das ist kein Blut?"

„Geschmolzener Zucker mit Lebensmittelfarbe. Manchmal benutze ich Violets Studio. Wir haben eine Vereinbarung." Sie hielt nicht mehr den Gegenstand in der Hand, der zuvor wie ein schlanker Dolch ausgesehen hatte.

Sie war pures Selbstvertrauen, ganz New York City, in ihren Vierzigern. *Fünfzigern?* Ihre langen schwarzen Zöpfe – mit goldenen Strähnchen an den Spitzen – schwangen bis zu ihrer Taille.

Jetzt, wo ich nicht davonrannte, konnte ich sehen, dass sie dasselbe Charisma hatte wie meine Großmutter, die Aura, die Fremde in einem Raum anzog, weil sie schon auf den ersten Blick erkannten, dass sie jemand war.

„Ich wusste nicht, dass Violet eine Mieterin hat."

„Ich halte meinen Arbeitsplatz gern geheim. Andernfalls taucht unweigerlich ein Fotograf auf, um meine neue Show zu knipsen. Ich bin nur noch etwa eine Woche hier."

Ich öffnete die Tür.

Sie sah mich an. „Sie sehen nicht aus wie Violet."

„Niemand sieht aus wie Violet." Sie war eine einmalige Kombination von Genen gewesen.

„Geht es Ihnen gut?" Strena betrachtete meine geschwollenen Augen.

Sie wusste es nicht.

Natürlich weiß sie es nicht.

Und ich wollte sicher nicht diejenige sein, die es ihr sagte, aber ich musste es tun, auch wenn ich jedes erbärmliche Wort hasste. „Violet ist gestern gestorben."

Jede verdammte Silbe war ein Nagel, der in meine Brust getrieben wurde, durch meine Lungen schlug und mir die Luft raubte.

Strenas Schultern sackten herunter, als ob sie dasselbe empfand. Stille Tränen flossen über ihr Gesicht. Und dann umarmte sie mich, eine echte Umarmung, die anhielt. „Es tut mir so leid." Sie wischte sich über die Augen. Schniefte. Und ging zur Treppe. „Ich muss gehen." Benommen stieg sie seitwärts die Stufen hinauf. Und kurz bevor sie im Studio verschwand, sagte sie: „Mein Zucker wird sonst steif."

Ich wusste nicht, was sie meinte, doch ich ging ihr nicht nach, um zu fragen. Ich hatte meine eigene Arbeit. Ich würde sie ihrer überlassen.

Violets Wohnbereich wartete hinter mir, doch ich war emotional noch nicht bereit, den anzugehen, also machte ich mich auf den Weg nach unten. Ich hatte schon im Dachgeschoss einen Schrecken erlebt – in dem das Studio war –, also konnte ich mich genauso gut dem Keller stellen.

Die Maklerin meiner Großmutter, Beatriz Amoso, rief an, als ich die Treppe hinunter trottete.

„Ich habe gerade Ihre Nachricht gesehen. Es tut mir schrecklich leid. Ich habe Violet geliebt." Sie klang auch, als hätte sie geweint. „Darf ich fragen, ob Sie Violets Erbin sind? Ich muss wissen, was ich mit dem Maklerauftrag machen soll. Violet hat ein Angebot angenommen, doch die Unterzeichnung des Kaufvertrags sollte zum Notartermin nächste Woche erfolgen. Wenn wir nicht sicher sind, wer das Haus erben wird, ist es am besten, es vom Markt zu nehmen, sonst könnten die Erben den Verkauf anfechten. Wenn sie nichts dagegen haben, können wir es wieder anbieten, und der Käufer kann ein neues Angebot abgeben."

„Ich bin die einzige Erbin meiner Großmutter."

Ich öffnete die Kellertür und schaltete das Licht an – keine große Verbesserung. Die Glühbirne hatte nicht mehr als vierzig Watt und war mit Spinnweben bedeckt. *Dunkle Vorahnungen.* Wenn der dritte Stock die Höhle des Phantoms war, war der Keller die Höhle eines Vampirs.

Das Gebäude war 1915 gebaut worden. *Über hundert Jahre alt.* Genau der Gedanke, den ich nicht hätte denken sollen, während ich in einen gruseligen Kerker hinabstieg.

„Werden Sie den Kaufvertrag anfechten?", fragte Beatriz.

„Nein." Je weiter ich hinunterging, desto muffiger wurde die Luft. Die Treppe knarrte, der Soundtrack aus einem Horrorfilm. Ich blieb unten stehen, bis sich meine Augen an das schwache Licht gewöhnt hatten. *Definitiv große Ähnlichkeit mit einem Kerker.* „Ich möchte, dass alles so abläuft, wie Violet es sich gewünscht hat."

Die Kellerwand neben mir war aus Stein, der Boden unter meinen Turnschuhen nur festgestampfter Lehm.

Um besser Gräber auszuheben.

Denk das nicht!

Zu spät.

Ich wandte meinen Kopf, und meine Seele verließ meinen Körper.

Ein zwei Meter großer ausgestopfter Schwarzbär, der auf seinen Hinterbeinen stand, die Pfoten nach mir ausgestreckt, ragte keine drei Schritte entfernt von mir auf. Ich sprang zurück, eine verzögerte Reaktion. Ein echter Bär hätte mir bis dahin den Kopf abgerissen.

„Danke, Violet, dass du mir fünf Jahre meines Lebens genommen hast. Wenn du Angst davor hattest, allein zu gehen, hättest du mir sagen können, dass du eine Doppelbeerdigung haben willst."

„Was war das?", fragte Beatriz.

Ich hob das Telefon wieder an meinen Mund. „Ein Herzinfarkt mitten in einem Nervenzusammenbruch, möglicherweise mit dem Beginn eines Magengeschwürs."

„Tut mir leid. Ich bin sicher, geschäftliche Gespräche sind das Letzte, was Sie jetzt wollen. Alles, was ich brauche, ist eine Kopie der Unterlagen, die bescheinigen, dass Sie jetzt für die Immobilie verantwortlich sind."

„Ich werde Violets Nachlassverwalter bitten, Ihnen eine Kopie des Testaments zu schicken. Ich treffe ihn heute." Ich spähte weiter in den dunklen Keller.

Hinter dem Bären standen an einer Wand etwa hundert Kartons bis unter die Decke gestapelt, gefolgt von etwa drei Dutzend Metallklappstühlen, die Violet bei ihren Vernissagen benutzt hatte. Noch weiter hinten versprach ein uralter Kleiderschrank Passage in ein alternatives Universum durch seine Rückwand. Doch das Pièce de Résistance wartete hinter dem Kleiderschrank.

Während Beatriz über Regeln und Vorschriften sprach, hörte ich nur halb zu, weil … ein Karussell den Rest des Kellers einnahm. Ein echtes Karussell, eine kleinere Version des Karussells im Central Park, mit geschnitzten Pferden und Streitwagen und allem.

Ach, Violet.

Wie hatte sie ein ganzes Karussell die Treppe hinunterbekommen? Und wieso? Und vor allem, wie sollte ich es nach oben bringen?

Bin ich schonmal in ihrem Keller gewesen? Nicht, dass ich mich erinnern konnte. An ein riesiges Karussell *hätte* ich mich erinnert.

Hatte Mom davon gewusst? Ich hätte gern geglaubt, dass sie mich gewarnt hätte. *Bring eine Kettensäge mit, Darling. Es ist nur vernünftig.*

Ein hoffnungsvoller Gedanke erwachte in meinem Kopf zum Leben. „Hat der Käufer zufällig auch den Kellerinhalt gekauft?"

„Nein. Alles muss raus. Zum Notartermin muss das Haus leer sein." Beatriz' nervöses Lachen gurgelte durch das Telefon. „Es ist wild da unten, nicht wahr? Haben Sie eine Idee, was Sie mit all diesen Kuriositäten machen wollen?"

„Craigslist?" Am Ende der Anzeige würde ich schreiben *Der Käufer ist für den Transport verantwortlich.* In Fettschrift.

Nachdem unser Gespräch beendet war, machte ich ein paar Fotos mit meinem Handy, doch das Licht war zu schwach, sogar mit dem Blitz. Ich fügte meiner mentalen Einkaufsliste eine stärkere Glühbirne hinzu.

Auf meinem Weg zum Kistenstapel ging ich um den Bären herum. „Ich schwöre, ich bin nicht hier, um deinen Haferbrei zu essen."

Ich öffnete die erste Schachtel und zog eine Handvoll Flyer heraus, die für Ausstellungen in *The Gallery Velar* warben. Das Grafikdesign war ganz der Stil meiner Großmutter: kräftige Linien, strahlende Farben.

Ich trug die Kiste nach oben. Mehr konnte ich im Haus nicht tun, bis die Kisten geliefert wurden, die ich an diesem Morgen online bestellt hatte.

Mein Magen knurrte.

„Andererseits, wenn du ein bisschen Brei hast …", sagte ich dem Bären auf dem Rückweg für die zweite Kiste. Ich hasste den Gedanken, Lebensmittel einkaufen zu gehen und Menschen ertragen zu müssen.

Ich trug eine weitere Kiste nach oben, dann noch eine und noch eine.

Leute, die sagten, körperliche Arbeit sei meditativ, waren offensichtlich Lügner.

Als ich die fünfte Kiste die Treppe hinauf schleppte, war mein Rücken im Begriff, mir die Freundschaft zu kündigen. Beim zehnten Gang hingen mir die Haare ins Gesicht. Beim Fünfzehnten klebte mein schwarzer Pullover – den ich zwischenzeitlich durchgeschwitzt hatte – wie Schlangenhaut an mir, und ich war von Kopf bis Fuß staubig.

Ich rang oben an der Treppe nach Luft, als es an der Tür klingelte.

Vielleicht würden sie weggehen.

Hoffnungsvolle Sekunden vergingen.

Dann klingelte es erneut.

Bram!

Ich hatte Violets Anwalt vergessen – all mein Blut war in meinen Muskeln anstatt in meinem Gehirn.

Ich ließ die Kiste fallen, rannte los und machte dabei den Fehler, einen Blick auf den vergoldeten Spiegel im Foyer zu werfen, als ich daran vorbeieilte. Ich sah aus wie ein Plüschtier, das in einen Staubsauger gesaugt und dann von einem entsetzten Elternteil gerettet worden war: staubbedeckt, Haare in alle Richtungen abstehend, Kleidung zerknittert. Offensichtlich in vielerlei Hinsicht nicht richtig.

Ich strich mir mit der Hand durchs Haar und zupfte meinen Pullover zurecht. Null Verbesserung. Jede Mutter mit Selbstachtung würde dieses Spielzeug wegwerfen, online ein neues bestellen und so tun, als wäre nichts passiert.

Die Glocke läutete zum dritten Mal.

„Komme!"

Ich zwang mich zu einem Lächeln. Er war hier, um mir zu helfen. Dann steckte ich das Lächeln weg. Zähne waren nicht der richtige Weg. Ach, verdammt.

Tollwütiger Honigdachs. Mitten im Sturm. Offensichtlich durch eine Hecke geweht.

Daran ließ sich jetzt nichts ändern. Ich hatte meine Chance verpasst, zu duschen und mich umzuziehen. Meine einzige Hoffnung war, dass Bram Dekkers Augen in seinem Alter nicht mehr so gut waren wie früher. Vielleicht würde er mein zerzaustes Äußeres nicht bemerken.

„Oh." Desorientiert erstarrte ich in der offenen Tür, ein Honigdachs, der mit seiner Nase einen Elektrozaun berührte.

Der Mann auf der obersten Stufe war nicht siebzig, nicht halb so alt. Er war makellos: perfekt polierte schwarze Lederschuhe, schicker New Yorker Anzug, frisch geschnittenes, dunkles Haar.

Er war weit davon entfernt, der entspannte Kalifornier zu sein – kein Surfertyp, so gar nicht wie Trey – kein Sonnenschein um ihn herum. Kategorie frisch gestärkter und gebügelter New Yorker. Er strahlte *Würde* aus. Das war das Wort. Stabil wie die riesigen Betonsäulen, die die Highways stützten. Als könnte man auf ihn bauen.

„Tut mir leid, dass ich zu früh dran bin. Ich bin Bram."

Er war definitiv nicht Bram.

Er lächelte, ein einfaches, freundliches Lächeln, bar jeder Flirterei, und auch nicht das Lächeln von jemandem, der einem etwas verkaufen wollte. Ein aufrichtiges, dezentes, professionelles New Yorker Lächeln. „Sie haben meinen Großvater erwartet. Er hat sich aus dem Geschäft zurückgezogen. Ich habe seine Mandanten übernommen. Er hat sich immer noch um Violets Angelegenheiten gekümmert, doch das meiste habe ich gemacht."

Ich akzeptierte das als vernünftige Erklärung. „Emsley." An seinem Ringfinger glänzte ein Platinring. Verheiratet. Gut. Ich stampfte ein paar Funken aufkeimender Anziehung aus, die ich sowieso nicht wollte, und entspannte mich. „Bitte kommen Sie herein."

„Mein herzlichstes Beileid. Ich habe Violet einige Male getroffen. Sie war eine besondere Frau unter den Legenden."

Eines Tages würden mir bei der Erwähnung ihres Namens keine Tränen mehr in die Augen steigen, aber dieser Tag war nicht heute. *Tiefer durchatmen.*

Bram sah sich um. „Räumen Sie das Haus selbst aus? Ich kann Ihnen jemanden empfehlen, falls Sie Hilfe brauchen."

Und dann würde meine Mutter mich umbringen. „Ich schaffe das schon."

Ich führte ihn in die Galerie und erinnerte mich dann daran, dass die einzigen Stühle in der winzigen Küche auf der Rückseite waren, viel zu eng. Ich blieb unbeholfen mitten im Schritt stehen.

Während ich überlegte, ob ich ihn dorthin bringen oder unser Geschäft im Stehen abschließen sollte – Papiere auf seinem Rücken unterschreiben? – stellte er seine lederne Umhängetasche neben die Treppe, streifte sein mit Seide gefüttertes Jackett ab und hängte es an das Geländer. Seine Krawatte darüber. Als Nächstes knöpfte er seine Hemdsärmel auf und krempelte sie bis zur Mitte seiner Unterarme hoch.

Das unerwartete Abwerfen seiner Kleidung traf mich unvorbereitet.

Er deutete auf den Kistenstapel und die offene Kellertür. „Sie sind offensichtlich gerade dabei, Kisten aus dem Keller nach oben zu bringen. Ich helfe Ihnen."

Ich wollte sagen, dass ich auch dabei keine Hilfe brauche, doch mein Herz machte einen Sprung bei dem Gedanken, nicht mit dem Bären allein sein zu müssen.

„Danke. Wenn Sie sich sicher sind."

Er ging vor mir die Treppe hinunter, und als er unten ankam, gab er der schwarzen Pfote des Bären ein High-Five. „Was haben Sie mit Tiny Tim hier vor?"

Mit der Bestie? „Versuchen, nicht von ihm zu träumen."

„Und dem Rest?"

„Vielleicht könnte ich den Kleiderschrank an ein Reisebüro verkaufen. Was dieser Tage Ausflüge nach Narnia wohl kosten?"

Er grinste mich an. „Irgendwelche Pläne für das Karussell?"

„Ich denke, die bessere Frage ist, warum *hatte* Violet ein Karussell?"

„Sie hat es vor ein paar Jahren in Einzelteilen gekauft, um es restaurieren zu lassen. Ich glaube, sie wollte es für wohltätige Zwecke versteigern lassen. Es war ihr letztes Projekt, bevor …"

Ich nickte.

Er ging zu den restlichen Kisten. Seine entspannte Art, seine bloße Anwesenheit machten den Keller erträglicher.

„Ich habe einen Cousin, der ein Antiquitätengeschäft in den Hamptons besitzt", erzählte er mir. „Ich gebe Ihnen seine Nummer. Er hat ein paar exzentrische Sammler als Kunden. Er kann Ihnen sicher auch mit dem Kleiderschrank helfen. Es sei denn, Sie sind sicher, dass sie ihn an ein Reisebüro verkaufen möchten?"

„Die Telefonnummer wäre großartig." Er hatte einige meiner dringendsten Probleme in nur fünf Sekunden gelöst. Der Mann war beeindruckend.

Und er machte gleich weiter. Er nahm die erste staubige Kiste und grunzte nicht vor Anstrengung wie ich.

Ich nahm die nächste und eilte ihm hinterher, da ich nicht der Faulpelz im Team sein wollte. „Ich weiß das sehr zu schätzen."

Dann machten wir so weiter. Die Treppe hoch und wieder runter.

Nach einer Weile wechselte er zu zwei Kisten pro Gang und stapelte sie übereinander. Und er wurde nicht schmutzig. Er musste die Kisten nicht wie ich an seinen Körper drücken. Er war stark genug, sie vor sich zu halten.

Wir entwickelten einen Rhythmus, arbeiteten in einer angenehmen Stille, die er erst beim letzten Gang brach, nachdem er die letzten Kartons abgestellt und sich die Hände abgewischt hatte. „Mein Großvater ist untröstlich über Violets Tod. Er würde gerne vorbeikommen und Sie kennenlernen. Ich habe versprochen, dass ich Sie fragen würde."

Ich versuchte zu verbergen, wie erbärmlich schwer ich atmete. „Er ist jederzeit willkommen. Ich werde mindestens eine Woche hier sein. Und nochmal danke für die Hilfe. Ohne Sie hätte ich den Rest des Tages dafür gebraucht. Wie wäre es mit einem Glas Wasser?"

„Danke. Ich glaube, ich habe genug Staub für eine mittelgroße Wüste geschluckt."

Ich ging voran zur Küchenzeile, wo zwei Barhocker einen serviettengroßen Bistrotisch rahmten, drei Schränke mit Glastüren als Stauraum dienten und der winzige Splitter von einem Fenster darüber den kleinen Raum mit natürlichem Licht segnete.

„Ich habe leider nur Leitungswasser. Tut mir wirklich leid. Bin noch nicht zum Einkaufen gekommen."

„Leitungswasser ist okay."

Wir wuschen unsere Hände. Als ich mich bemühte, die Gläser im mittleren Schrank über der Spüle zu erreichen, griff Bram über meinen Kopf und nahm ein Glas herunter und dann noch eins. Er roch nach

Büromaterial, was so ziemlich mein Lieblingsgeruch war. Unter anderen Umständen wäre ich vielleicht versucht gewesen, mich gegen all diese nach Druckerpapier und neuem Radiergummi riechende Wärme und harte Brust zurückzulehnen.

Trey und ich hatten uns vor einem Monat getrennt, doch zuvor waren wir noch viel länger nicht *wirklich* zusammen gewesen. Ich vermisste den Sex nicht, aber ich vermisste die Berührung, die menschliche Verbindung, die warme Haut. Wie auch immer, ich lehnte mich nicht gegen Bram, weil … Platin-Ehering.

„Wie läuft das Geschäft?", fragte er, als wir uns setzten. „Violet hat mir von Ludington's erzählt."

Ich wünschte, sie hätte mir von ihm erzählt. Dann hätte er mich nicht überrascht. „Es läuft großartig."

Ich musste den Rest meiner Würde festhalten. Ich sah schrecklich aus – das Gespenst lang verstorbener Schornsteinfeger. Ich würde ihm nicht sagen, dass mein Freund mich wegen meiner besten Freundin verlassen hatte und dass ich verzweifelt nach Einnahmequellen suchte. Ich wollte nicht, dass diese grauen Augen vor Mitleid weich wurden. „Geschäft ist Geschäft. Ich weiß, ich klinge nicht übermäßig enthusiastisch, es ist nur …"

„Sie vermissen Violet."

„Ja."

„Der Schmerz lässt mit der Zeit nach."

Tut er das? „Ich dachte, wir hätten noch Jahrzehnte. Wir hatten Pläne für die Zeit nach ihrer Genesung."

„Sie fühlen sich, als wären Sie in einem Zug gewesen, der in stetiger Geschwindigkeit gefahren ist, und dann ist das Gleis verschwunden."

Die Wahrheit in seinen Worten traf mich mitten in die Brust, der Schock des Schlags hallte durch meine Knochen. Er hatte genau das ausgesprochen, was ich fühlte.

Andererseits war er Nachlassanwalt. Natürlich kannte er Trauer. Er hatte sie mit unzähligen Mandanten durchlebt.

„Was kann ich tun?"

„Bauen Sie neue Gleise."

„Ich will keine neuen Gleise. Ich will die alten zurück."

Seine Augen zeigten tiefes Verständnis, und statt der üblichen abgenutzten „Alles passiert aus einem Grund"-Plattitüde war alles, was er sagte, ein von Herzen kommendes „Ja".

Und irgendwie war diese Ein-Wort-Antwort alles, was ich brauchte.

Die Stille, die sich zwischen uns ausbreitete, wurde von traurig zu behaglich. Bevor es zu peinlich werden konnte, tauchte Strena auf. Ihre Augen waren geschwollen, als hätte sie oben geweint.

„Hey. Oh, hey, Bram." Dann zu mir: „Die Models sind gegangen. Ich muss los und mich um etwas kümmern. Ich habe heute keine Zeit für eine Unterhaltung. Ich sehe Sie morgen?"

„Sicher."

Als Strena ging, sah Bram auf seine Uhr. „Kann ich Ihnen heute noch mit irgendetwas helfen?"

Ich rutschte von meinem Barhocker. „Ich denke, ich schaffe das von hier aus schon."

Ich folgte ihm durch die Galerie zu seiner Umhängetasche an der Treppe. Er öffnete sie und reichte mir einen großen Umschlag. „Für Sie zum Lesen und Unterschreiben. Rufen Sie an, falls Sie Fragen haben."

„Gibt es irgendetwas, das beweist, dass ich die einzige Erbin bin? Violets Makler braucht eine Bestätigung, damit der Verkauf des Hauses abgeschlossen werden kann."

„Beatriz? Ich kenne sie. Ich kann das mit ihr klären."

„Danke. Und nochmals danke für all Ihre Hilfe."

Er ging ins Foyer. „Es hat mir Spaß gemacht, Sie kennenzulernen, Emsley."

Ich schloss die Tür hinter ihm ab und drehte dann den Umschlag in meiner Hand um. Adressiert, das Porto für die Rücksendung an seine Kanzlei schon bezahlt, bereit, in den nächsten Briefkasten geworfen zu werden, keine weitere persönliche Interaktion erforderlich.

Ich bezweifelte, dass ich Bram Dekker wiedersehen würde.

KAPITEL ZEHN

Johanna
1889 Paris

Theo und ich heirateten am 17. April in Amsterdam.

Die Hochzeit war klein, nur meine Familie, meine Freundin Anna und ihr neuer Ehemann Jan Veth und ein paar der Nachbarn. Theo konnte nicht aufhören zu lächeln. Ich dachte, er könnte abheben und wie ein Vogel unter der Zimmerdecke flattern. Ich war so nervös, dass meine Mutter mich daran erinnern musste, meine Finger zu entspannen.

„Es wird schnell vorbei sein", flüsterte sie und erriet den Grund meiner Angst. „Es ist nichts, worüber man sich Sorgen machen müsste, Liebes."

Ich hielt daran fest und schaffte es, die kirchliche Trauung zu überstehen. Alles, was ich wollte, war, den Rest zu überstehen und den peinlichsten Teil hinter mir zu haben.

Der Empfang im Haus meiner Eltern war kurz: Essen, Trinken, Glückwünsche. Unmittelbar danach brachen Theo und ich nach Paris auf und machten einen Zwischenstopp für einen eintägigen Besuch in Brüssel – unsere Hochzeitsreise.

„Es tut mir leid, dass ich so schnell wieder arbeiten muss", sagte Theo, als wir uns in unserem Hotel niederließen. „Ich habe nicht gewagt, nach mehr als zwei Wochen zu fragen. Wegen Vincents Problemen war ich dieses Jahr schon zu oft von der Galerie weg."

Die Hochzeit am Ende seines Urlaubs anstatt am Anfang anzusetzen war meine Entscheidung gewesen. Ich hatte gehofft, dass wir uns dadurch in unserer Hochzeitsnacht weniger fremd sein würden. Doch jetzt, als ich vor dem großen Bett stand, wurde mir klar, dass selbst ein Monat nicht lang genug gewesen wäre.

„Wollen wir spazieren gehen?" Die Zugfahrt hatte nicht allzu lang gedauert, aber unser Abteil war beengt gewesen.

Theo bot seinen Arm an, und eine Minute später gingen wir hinaus.

„Wenigstens hat uns der Tag mit Sonnenschein beschenkt", plapperte ich. „Ein gutes Omen für unseren Anfang."

„Sollen wir die *Sint-Katelijnekerk* besuchen?"

„Wenn du möchtest." Obwohl ich befürchtete, dass ich sie nicht so bewundern könnte, wie es ihr gebührte. Ich hätte die Stadt wirklich gerne genossen, aber ich war zu nervös, um irgendetwas außer meinem Mann, mit dem ich erst seit ein paar Stunden verheiratet war, neben mir zu bemerken.

Mein ganzes Leben lang war ich einsam gewesen, trotz der Größe meiner Familie. Meine Brüder waren nie zu Hause. Meine Schwestern und ich hatten sehr unterschiedliche Interessen. Von allen meinen Geschwistern stand ich Dries am nächsten, doch seit er nach Paris gezogen war, sah ich ihn kaum noch. Jetzt war ich plötzlich Teil eines Paares. Teil einer winzigen neuen Familie, die weit entfernt von meiner alten großen lebte, in einem fremden Land, in dem ich kaum die Sprache sprach. Ein Haushalt, der ganz mir gehören würde. Und ein Ehemann, den ich erfreuen musste, was *heute Abend* beginnen würde.

Bei diesem letzten Gedanken wurde mein Gesicht heißer als die Sonne.

Gut, dass wir die Kühle der *Sint-Katelijnekerk* betraten.

Ich bemühte mich, fromme Gedanken zu denken. Gerade war keine Messe, aber einige Gläubige knieten in den Kirchenbänken; der

Altar war prächtig. Wir standen hinten und schwiegen, hielten uns aneinander fest und atmeten den einzigartigen Duft von altem Holz und Büchern ein, den alte Kirchen hatten. Ich genoss die Ruhe sehr, doch wir konnten nicht ewig dort bleiben.

Wieder draußen stöberten wir in den bunten kleinen Läden, die Lebensmittel und Souvenirs verkauften. Dann schlenderten wir hinüber zum *Grote Markt* auf dem *Grand Place*, der von barocken Zunfthäusern, dem Rathaus und dem Maison du Roi eingerahmt war.

Theo drehte sich langsam in der Mitte um. „Kaum zu glauben, dass die Franzosen ihn vor zweihundert Jahren niedergebrannt haben."

Ich drehte mich mit ihm um. „Der Wiederaufbau muss eine Ewigkeit gedauert haben."

„Die Zünfte haben es in vier Jahren geschafft. Nur, um hundert Jahre später von den Brabanter Revolutionären geplündert zu werden."

Theo fuhr fort, mich über die Feinheiten der belgischen Geschichte aufzuklären, aber alles verschwamm.

Als er meine Unaufmerksamkeit bemerkte, lächelte er mich an. „Sollen wir zum Abendessen ins Hotel zurückkehren, meine kleine Frau?"

So früh? „Ja, Liebster."

Er beeilte sich, und ich hielt mit ihm Schritt. Als ich dann im Speisesaal saß, konnte ich nicht mehr als ein paar Bissen essen.

Theo leerte seinen ganzen Teller und die Hälfte von meinem. „Bist du bereit, auf unser Zimmer zu gehen?"

Schon? Himmel. Vielleicht könnte ich noch ein paar Löffel mehr essen. Aber Theo war schon auf den Beinen. *Dann ist es wohl Zeit.*

Wir gingen Hand in Hand nach oben, und wieder war alles, was ich denken konnte, dass ich noch nicht bereit war. So ein Kind war ich. Ich würde nichts über diese dumme Panik in mein Tagebuch schreiben.

Mondlicht erhellte das Zimmer wie in einem romantischen Roman. Der süße Duft der roten Rosen, die Theo mir zu unserer Hochzeit geschenkt hatte, lag in der Luft. Ich hatte nur noch eine letzte kurze Verzögerung: ein Besuch des Badezimmers am Ende des Flurs, das wir uns mit anderen Gästen teilten.

Ich ging zuerst. Danach, während Theo an der Reihe war, zog ich meine Nachtwäsche an und versteckte mich unter der Decke. *Mir bleibt nichts anderes übrig, als das jetzt durchzustehen.*

Im Zimmer zu unserer Linken weinte ein Baby, und eine Mutter redete beruhigend auf das Kind ein. Im Raum zu unserer Rechten stritt sich ein Paar lautstark über Wein.

Theo klopfte an.

Es wird leichter, hatte meine Freundin Anna, die letzten August geheiratet hatte, auf meine Frage geantwortet. Ihre Worte deuteten an, dass es anfangs schwierig war. Doch ich konnte es nicht ewig aufschieben. *Oh, warum habe ich nicht genauer nachgefragt?*

Theo klopfte erneut.

„Bereit!" Und dann, nachdem er hereingekommen und neben mir ins Bett geschlüpft war, brachte ich kein Wort mehr heraus.

Plötzlich kam er mir wieder wie ein Fremder vor. Offensichtlich kannten wir uns noch nicht genug *dafür*. Hatte ich die richtige Entscheidung getroffen? Ich kannte ihn noch kaum. Wir hatten vor Weihnachten nur zwei Wochen zusammen in Paris verbracht. Dann zwei Wochen, als wir uns offiziell verlobt hatten und weitere zwei Wochen vor unserer Hochzeit. Unser gemeinsames Leben lag vor uns. Würde ich die Nächte belastend finden? War, was ich tat, angemessen?

Er strich mit seiner warmen Hand über meinen Arm. „Ist dir kalt, Liebste?"

„Nervös. Und ich geniere mich." Ich drückte mein Gesicht in das Kissen. „Ich weiß nicht, was mich erwartet", murmelte ich in die Entendaunen. „Ich kann alles hören, was die Leute auf beiden Seiten von uns sagen." Ich fand es peinlich, dass Fremde uns belauschen könnten.

Theo lächelte im Mondlicht. „Meine Jo, ich bin unaussprechlich glücklich, dass du endlich meine Frau bist. Ich kann warten."

Er strich mit seinem Daumen über meine Wange, dann mit seinen Lippen über meine. Allmählich erwärmte ich mich für seine Berührung. Und diese Küsse waren alles, was er in dieser Nacht nahm.

Dafür würde ich ihn für immer lieben.

Ich entspannte mich in seine Geduld und schlief ein.

Am nächsten Morgen fuhren wir mit dem Zug nach Paris. Dann mit einer offenen Kutsche nach Pigalle, wo wir wohnen sollten.

„So kannst du deine neue Nachbarschaft sehen." Theo wies auf alle Geschäfte hin, die ich besuchen könnte. Er hatte an alles gedacht.

Er konnte nicht aufhören zu reden, als er mich in unsere Wohnung im vierten Stock in unserer kurzen Sackgasse führte. „Ich hoffe, dass dir dein neues Zuhause gefallen wird. Ich habe sehr viele Wohnungen angesehen. Wie ich mir wünschte, du wärst dafür hier gewesen. Diese schien wirklich die Beste zu sein. Und sie ist nah genug bei Goupil, dass ich jeden Tag zum Mittagessen nach Hause kommen kann, Liebste. Es wird unser ruhiges Nest in der Stadt sein."

„All die kleinen Gärten mit den Fliederbäumen sind wunderschön. Im Mai werden wir mit Blüten verwöhnt. War das ein Künstleratelier auf der anderen Straßenseite?"

„Das war es. Ich stelle dich morgen den Nachbarn vor." Er schloss die Tür auf. „Nach dir."

Ich trat zaghaft in mein neues Leben.

In unserem Zuhause zu stehen, ließ unsere Ehe irgendwie realer erscheinen. Unwiderruflicher. Meine Sorgen von vor der Hochzeit kehrten zurück.

„Ich weiß wenig darüber, wie man einen eigenen Haushalt führt." Ich wirbelte zu ihm herum. „Und ich spreche so wenig Französisch. Wie soll ich auf dem Markt zurechtkommen? Und ich bin nicht so süß, wie du vielleicht denkst. Ich hatte dauernd Meinungsverschiedenheiten mit meinen Schwestern. Was ist, wenn ich keine gute Ehefrau bin?"

„Unser Zuhause wird voller Glück sein. Wir werden es dazu machen, Jo. Ich denke, es ist an uns, das zu tun."

Seine selbstbewusste Art hatte mich wieder einmal beruhigt. Er hatte recht. Natürlich hatte er recht. Wir würden hier glücklich werden.

Strahlender Sonnenschein flutete die Wohnstube links und die Küche rechts. So hoch oben warf das Gebäude auf der anderen Straßenseite keinen Schatten auf unsere Fenster.

„Du kannst alles ändern, was du willst." Theo warf seinen Hut neben einen Stapel Bücher und Decken auf das Sofa. „Und kauf' alles, wovon du glaubst, dass wir es noch brauchen. Kurz bevor ich nach Amsterdam gereist bin, habe ich von einem englischen Freund dreihundert Francs als Gegenleistung für einen früheren Gefallen bekommen."

„Wie nett von ihm." Aber wo sollten wir noch mehr hinstellen? Die Wohnung war bereits voll.

Eine Vielzahl von Gemälden hing an den Wänden, eine wilde Mischung aus Himmelblau und Blütenrosa, blühenden Pflaumenbäumen und Pfirsichen. Hier und da glitzerte Gold dazwischen, Vasen über Vasen mit gelbblättrigen Blüten.

„Warum malt Vincent so viele Sonnenblumen?"

„Er hat noch mehr gemalt. Die ersten paar hat er Gauguin gegeben." Theo kam hinter mich und legte mir eine Hand auf die Schulter. „Vincent wollte mit einigen seiner Pariser Freunde eine Künstlerkolonie in Arles gründen. Gauguin ist der Einzige, der bisher dorthin gegangen ist." Theo deutete auf ein Gemälde eines Hauses, dann auf ein weiteres, das das Innere zeigte. „Das gelbe Haus an der Place Lamartine 2. Der gelbe Stuhl und das gelbe Bett meines Bruders. Gelbe Blumen. In Arles hat Vincent das Licht gefunden."

Ich legte meine Hand auf seine. „Dann hoffe ich, dass er zu diesem Licht zurückkehren wird."

Im Februar, zwei Monate nach dem Vorfall mit dem Ohr, war Vincent auf Anordnung der Polizei ins Krankenhaus in Arles eingewiesen worden. Seine Nachbarn hatten eine Petition eingereicht und gesagt, sie fürchteten seinen Geisteszustand. Laut Theo hatte es ihm das Herz gebrochen, dass sie Angst vor ihm hatten. Er hatte niemandem gegenüber etwas anderes als Wohlwollen.

„Er wird bald entlassen", sagte Theo. „Doch er macht sich so schreckliche Sorgen, zurückzukehren, dass er darüber nachdenkt, sich selbst in die Anstalt in Saint-Rémy-de-Provence einzuliefern."

„Ich hoffe, er –"

Schritte im Flur brachten uns dazu, uns gleichzeitig umdrehen.

Der Kutscher, der uns vom Bahnhof abgeholt hatte, stellte unser Gepäck ab. „Monsieur."

Theo dankte ihm und bezahlte.

Dann waren wir allein.

„Dankbarkeit." Theo kam zu mir zurück und legte diesmal seinen Arm um meine Taille. „Sonnenblumen bedeuten *Dankbarkeit* für Vincent. Er verliert nie den Glauben."

Ich lehnte mich an meinen Mann und stellte mir ein ganzes weites Feld aus leuchtend goldenen Blumen vor. Tausende dieser Blumen, ohne eine Sorge auf dieser Welt, ohne Angst vor den Stürmen, wandten sich voller Dankbarkeit dem Licht, der Sonne zu.

Der Gedanke brachte mich zum Lächeln.

„Was hältst du von meinen anderen Schätzen?" Theo deutete auf die vielen Kuriositäten, die den Ort in eine unordentliche Junggesellenwohnung verwandelten.

Er trat zum nächsten Regal und nahm eine kleine Vase. „Vincent hat die gekauft." Dann eine Keramikschale. „Und die fand er interessant."

Für einen Moment fühlte ich mich überwältigt von der Wohnung, von der Lawine seltsamer und unvertrauter Dinge um mich herum, vom Lärm der Stadt draußen – ich konnte die Glocke der Pferdeomnibusse von der Rue Jean-Baptiste und das Klappern der Hufe von hundert Karren und Kutschen auf dem Kopfsteinpflaster hören, vermischt mit den Rufen des Kohlenhändlers.

Dann stand Theo vor mir. „Was für ein Traum, dich endlich hier zu haben."

Das warme Licht in seinen blauen Augen beruhigte meine Nerven.

„Wo hast du die frischen Narzissen herbekommen?" Ein hübsch gebundener Blumenstrauß stand in einem Glas auf der Anrichte.

„Sie sind ein Rätsel." Doch dann erspähte er einen Zettel auf dem Tisch neben uns und hob ihn auf. „Ah. Tante Cornelie. Die Witwe von Onkel Cent. Sie sagt, sie hat auch frische Bettwäsche aufgezogen, und sie wird dir ihr Klavier zur Hochzeit schenken. Der Vermieter muss sie hereingelassen haben."

Die freundliche und großzügige Geste der Frau grub sich in mein Herz, eine warme Glut. „Ich muss ihr einen Dankesbrief schreiben."

Theo nahm meine Hand. „Morgen ist Zeit genug dafür, Liebste." Er zog mich weiter in die Wohnung hinein. „Lass mich dir den Rest zeigen."

Wir hatten zwei Schlafzimmer. Und alles war mit allem verbunden.

„Himmel. Wir haben nicht weniger als zehn Türen."

„Wir können Verstecken spielen." Theo grinste und zog mich in das größere Schlafzimmer, wo das Bett wartete, auf dem tatsächlich frische Bettwäsche aufgezogen war. Weitere gelb-weiße Narzissen strahlten uns aus ihrer kobaltblauen Vase an, die auf dem Nachttisch stand. Die rosa Wände zierten ein weiteres halbes Dutzend lebhafter Gemälde, die das Leben in all seinen Farben feierten.

„Liebste?" Theo griff nach den Knöpfen meines Kleides.

Ich zitterte. „Und wenn ich dich enttäusche?"

„Ich liebe dich, Jo. Ich werde dich für immer lieben." Er küsste mich. „Ich weiß, dass du deine Familie vermissen wirst, aber ich verspreche dir, dass du nicht einsam sein wirst. Meine Freunde werden deine Freunde sein. Pissarro und sein Sohn kommen morgen vorbei, um dich kennenzulernen. Und dann Isaacson und der junge Nibrig. Dein Bruder und seine Frau sind nicht weit. Deine Freunde können zur Weltausstellung kommen und bei uns übernachten. Und du wirst mich haben. Ich werde mein Bestes tun, um dich glücklich zu machen."

In diesem lichtdurchfluteten Raum, umgeben von Kirschblüten, ließ ich mich von ihm auf die Decke ziehen.

Nichts war unbehaglich. Oder schwierig. Es war, als wären wir schon immer zusammen gewesen.

Pures Glück.

Am nächsten Morgen war ich wirklich eine verheiratete Frau. Auch, wenn es mir beim besten Willen nicht gelang, matronenhaft zu wirken. Ganz gleich wie oft ich den Bäcker korrigierte, dass ich eine Madame sei, der dumme Mann bestand darauf, mich Mademoiselle zu nennen.

Theo lachte, als ich mich beschwerte. „Möge das dein größtes Problem bleiben, Liebste."

Das Schicksal erfüllte seinen Wunsch nicht.

Schwierigkeiten kamen auf uns zu, aneinandergereihte Waggons eines Zuges, einer nach dem anderen. Und schnell.

KAPITEL ELF

Emsley

Mein klingelndes Handy schreckte mich auf. Ich stöhnte und nahm den Anruf blind an.

„Ich habe ein paar Minuten vor der Arbeit", sagte ein Mann zu mir, von dem ich glaubte, dass er für eine Spendenaktion in einer Schule an einen Raum voller Mrs. Robinsons versteigert werden sollte. „Ich wollte nur hören, ob Sie die Unterlagen schon unterschrieben haben. Ich könnte sie abholen."

Ich blinzelte meine Augen auf. Es war Samstagmorgen. *Schlafzimmer, das einem Bühnenbild glich. Hupen, Polizeisirenen, Müllwagen. New York.*

Bram Dekker.

Ein benommenes *Nein* bahnte sich seinen Weg in meine Kehle.

„Ich bin vor der Tür. Ich habe Kaffee und einen Bagel mitgebracht."

„Oh, okay." Ich stolperte aus dem Bett. Die Mrs. Robinsons würden jemand anderem die Reifeprüfung abnehmen müssen.

Ich hatte in Yogahosen und T-Shirt geschlafen. Technisch gesehen war ich angezogen. Ich schlurfte für einen schnellen Blick ins Badezimmer, was kaum einen Unterschied machte. Ich war mit nassen Haaren ins Bett gegangen und hatte dann falsch darauf geschlafen. Ich sah zerknautscht aus und tröstete mich damit, dass ich immer noch besser aussah als am Vortag, verschwitzt und verstaubt im Keller.

Bram würde mich vielleicht nicht erkennen, wenn ich nicht wie ein Bergtroll aussähe, der in die Zivilisation gewandert war und seine Finger in eine Lampenfassung gesteckt hatte.

„Einen Moment. Ich komme."

Ich eilte barfuß drei Treppenabsätze hinunter, und vage Erinnerungen an eine nächtliche Suche im Internet kehrten zurück. Bram hatte alle Top-Anwaltspreise gewonnen – an die ich mich nicht namentlich erinnern konnte, aber sie klangen wichtig. Er und sein Großvater leisteten eine Menge ehrenamtlicher Arbeit. Ihre Kanzlei hatte einem örtlichen Krankenhaus, ich konnte mich nicht erinnern, welchem, genug Geld gespendet, dass sie einen Dekker Pavillon hatten, der auf … Blutgerinnsel? … spezialisiert war.

Oh, und auf dem College war er im Schwimmteam gewesen, was seine beeindruckende Oberkörperstärke erklärte. Ich hatte vielleicht mehr Zeit als ratsam mit einem Bild von ihm verbracht, auf dem er breitschultrig in einer Speedo-Badehose eine Goldmedaille hochhält. Kein Wunder, dass ihn das Hochschleppen von Kartons aus dem Keller kaum außer Atem gebracht hatte.

Ich riss die Tür auf. „Hi."

Darauf halluzinierte ich, dass er mich mit „Bob ist cool" begrüßte. Er hielt mir einen dampfenden Becher Kaffee und eine braune Papiertüte mit einem Vollkornbagel entgegen. „Ihr T-Shirt."

Hatte einer von uns über Nacht einen Schlaganfall erlitten? Der Genetik und dem Anschein nach musste ich es sein. Er war so geschniegelt und gebügelt wie immer, in einem weiteren umwerfenden anthrazitgrauen Anzug, der High End flüsterte.

Ich inhalierte den himmlisch duftenden Kaffee, ließ ihn herein und entdeckte mein Spiegelbild im Flurspiegel. *Oh.* Mein SpongeBob Schwammkopf-Shirt. Definitiv nicht mein schlimmstes Problem.

Wer braucht schon einen BH?

Trotz Kaffee und Bagel verschränkte ich die Arme vor der Brust.

Bram beobachtete mein vom Schlaf zerknittertes Gesicht. „Unruhige Nacht?"

„Haben Sie jemals versucht, mit dem Geist von Raoul zu schlafen?"

Humor glitzerte in seinen Augen. „Ich kann ehrlich sagen, dass ich noch nie mit jemandem namens Raoul geschlafen habe." Er hatte meine Bezugnahme auf das Phantom der Oper nicht verstanden. „Verstorben oder nicht."

„Waren Sie jemals im Schlafzimmer meiner Großmutter?"

„Ich habe auch nicht mit Violet geschlafen." Er hob eine Hand. „Ich schwöre. Sie war heiß begehrt, aber sie hat in einer ganz anderen Liga gespielt."

An einem anderen Tag hätte mich das zum Lächeln gebracht. „Folgen Sie mir."

Meine Füße waren kalt auf dem Marmor des Foyers. Ich musste meine Hausschuhe unter Violets Bett finden, und Brams Papierkram war auch da oben.

Unterwegs verschlang ich diskret meinen Bagel. Als wir den zweiten Stock erreichten, hatte ich eine Hand frei, um die Schlafzimmertür aufzustoßen. *Nimm das.*

„Wow." Bram tippte mit der Seite seines Zeigefingers gegen seine Schläfe. „Raoul. Der Vicomte de Chagny?"

Mein erster Impuls war, ihn zu mögen, weil er Raouls vollständigen Namen kannte, aber ich wehrte mich und tat es nicht. Ich war nicht in New York, um einen Mann zu mögen, schon gar nicht einen, der verheiratet war.

Meine Pantoffeln neckten mich schüchtern halb unter dem Bett hervor, wo ich sie hin gekickt hatte. Ich rollte meine Zehen auf den nackten Boden, anstatt mich zu bücken, bis mein Hintern in der Luft wackelte. Bram hatte schon zu viel von mir gesehen. Trotzdem konnte ich mich nicht dazu bringen zu sagen: *Bitte entschuldigen Sie mich, während ich auch einen BH anziehe.* Vielleicht hatte er es nicht bemerkt.

„Lassen Sie uns nebenan reden." Ich führte ihn in Violets Arbeitszimmer, das denselben Parkettboden hatte wie alle oberen Stockwerke des Hauses und dieselben Samtvorhänge. Ein Dutzend lebhafter Gemälde, Geschenke ehemaliger Studenten, balancierten die dunklen Mahagonimöbel aus. Ein richtiges englisches Herrenzimmer.

Ich setzte mich in den schweren Ledersessel hinter Violets Schreibtisch, auf dem ich die vergilbten Briefe aus der geheimnisvollen Schachtel ausgelegt hatte. Ich konnte sie nicht lesen, doch ich hatte sie in chronologischer Reihenfolge sortiert. Das kleine grüne Buch lag neben dem Bett im Schlafzimmer auf dem Nachttisch. Die türkisblaue, mit Farbe bespritzte Schachtel, die nichts als das seltsame Gemälde des hässlichen Babys enthielt, stand neben meinen nackten Füßen auf dem Boden.

Bram nickte in Richtung des Gemäldes. „Wo haben Sie das gefunden? Sieht nicht aus wie eins von Violet."

„Sie hat es mir vor ihrem Tod geschenkt, zusammen mit einem alten Tagebuch und diesen Briefen. Ich nehme nicht an, dass Sie Holländisch sprechen?"

„Leider nicht." Er nahm einen Brief und überflog ihn. „Schade, dass Sie sie nicht lesen können."

„Ich kann das Tagebuch lesen." Ich war zwischenzeitlich wieder davon überzeugt, dass es doch ein Tagebuch sein könnte. „Es ist von Johanna Bonger, einer Holländerin, die Vincent van Goghs Bruder geheiratet hat. Ich bin an der Stelle, wo Vincent sich das Ohr abgeschnitten und dann beschlossen hat, in eine Anstalt zu gehen."

Ich konnte es kaum erwarten, herauszufinden, was als Nächstes passiert war.

Das hätte ich auch googeln können, doch das wollte ich nicht. Ich wollte keine trockene, akademische Zusammenfassung. Ich wollte, dass Jo mir ihre Geschichte in ihren eigenen lebendigen Worten erzählte. Sie gab mir das Gefühl, als wäre ich mit ihr da. Ihr Tagebuch zu haben gab mir das Gefühl, etwas Besonderes zu sein, als ob wir eine Verbindung hätten. Ich bezweifelte, dass außer Violet und mir viele Menschen den Bericht über Jos Leben gelesen hatten.

Bram legte den Brief zu den anderen. „Sie könnten sie übersetzen lassen."

„Das werde ich. Sobald ich eine Minute Zeit habe."

Mein Gesichtsausdruck musste meine widersprüchlichen Gefühle verraten haben, denn er fragte: „Nicht das, was Sie zu erben erwartet haben?"

„Ich habe nichts erwartet. Ich kann nicht verstehen, warum Violet wollte, dass ich irgendetwas davon haben sollte. Ich wünschte, sie hätte mir ..."

„Einen Brief hinterlassen?"

Ja, genau das. „Detaillierte Ratschläge, wie man eine Naturgewalt wird. Oder ihr eigenes Tagebuch, mit genug pikanten Einzelheiten für Erpressung."

„Brauchen Sie Geld?"

„Ich könnte eine Million gebrauchen." Ich trank mehr Kaffee, um mein Gehirn aufzuwecken. Bram Dekker brauchte nichts von meinen geschäftlichen Misserfolgen zu erfahren.

„Hatten Sie auf eine große Erbschaft gehofft?"

„Das war nicht Violets Art. Und ich beschwere mich nicht. Ich denke, sie hat so gelebt, wie das Leben gelebt werden sollte."

„Sie hat große Stücke auf Sie gehalten. Sie müssen einander nahe gestanden haben. Haben Sie viel Zeit miteinander verbracht?"

Ich trank den Kaffee, doch stattdessen füllte sich meine Kehle mit Trauer und drohte, mich zu ersticken. „Ich bin in Connecticut aufgewachsen. Meine Eltern sind nicht mit Violet zurechtgekommen. Sie haben mich als Kind selten bei ihr bleiben lassen." Ich zog meine Füße hoch und schob sie unter mich. „Am Anfang wollte ich sowieso nicht zu ihr. Ich dachte, Greenwich Village wäre *Green Witch Village*."

„Wie die böse Hexe im *Zauberer von Oz*?"

„Früher hatte ich Alpträume von den fliegenden Affen."

„Wir hatten alle Alpträume von den fliegenden Affen." Brams Gelächter erfüllte den Raum und vertrieb das letzte Gefühl des Verlassenseins. „Haben Sie später mehr Zeit mit ihr verbracht?"

„Als ich in der Highschool war, habe ich darum gekämpft, ein paarmal im Jahr mit dem Zug zu fahren. Aber in Stanford habe ich immer zusätzliche Kurse besucht und im Sommer Praktika gemacht. Es war besser, als ich in New York gearbeitet habe, aber Violet hatte immer Leute um sich. Sie hat allen gehört." Und nachdem Diya, Trey und ich unser Start-up gegründet hatten, hatte keiner von uns eine Minute Zeit für etwas anderes gehabt. Vielleicht wären wir nicht in einer Dreiecksbeziehung gelandet, wenn wir Zeit gehabt hätten, mit anderen Menschen auszugehen.

„Was war die Quelle des Konflikts zwischen Ihren Eltern und Ihrer Großmutter?"

„Diametral entgegengesetzte Weltanschauungen. Und Mom fühlte sich von Violet verlassen, sowohl in ihrer Kindheit als auch später."

„Schwer vorstellbar. Die Violet, die ich kannte, war immer für die Menschen da."

Bram hatte natürlich recht. Ich wollte weder meine Mutter noch meine Großmutter in ein schlechtes Licht rücken, also hatte ich das Bedürfnis, es zu erklären.

„Sie waren Violets Anwalt. Sie müssen wissen, dass sie finanziell erfolgreich war. Und dass sie das meiste von dem, was sie jedes Jahr verdient hat, für wohltätige Zwecke gespendet hat."

„Sie hat nicht an das Anhäufen von Reichtümern geglaubt."

Ich tippte mit meinem Becher auf den Tisch und wünschte, ich hätte das Thema vermieden. Doch ich hatte mich darauf eingelassen, und jetzt wartete Bram auf mehr. Vielleicht kannte er die Geschichte auch so schon. Sein Großvater kannte sie mit ziemlicher Sicherheit. Bram Dekker Sr. war ein enger Freund von Violet gewesen.

„Als ich in der Mittelstufe war, hat mein Vater ein heftiges Kunstfehlerurteil serviert bekommen. Ein Patient hat während eines zahnärztlichen Eingriffs schlecht auf ein Sedativum reagiert, eine Reaktion, die extrem selten vorkommt. Meine Mutter hat Violet um Hilfe gebeten. Violet hat gesagt, sie hätte schon den gesamten Gewinn ihrer letzten Ausstellung einer Charity versprochen."

„Ich bin deine Tochter!" war das Argument meiner Mutter gewesen. Violet hatte geantwortet: *„Willst du damit sagen, dass du dieses Geld mehr brauchst als obdachlose Menschen mit AIDS?"*

„Jedenfalls hat mein Vater Berufung gegen das Urteil eingelegt und gewonnen, aber Mom hat Violet das nie verziehen. Ich bin sicher, sie hätte uns gerettet, wenn die Situation zu einem echten Notfall geworden wäre."

„Waren Sie damals wütend auf sie?"

„Ich habe sie vergöttert. Ich träumte davon, dass meine Eltern in eine Einzimmerwohnung ziehen, damit sie mich zu ihr schicken müssten. Ich habe dieses komplexe Fantasieleben in New York aufgebaut. Ganz wie *Eloise im Plaza Hotel*. Ich hatte einen Zeitplan mit allen Prominenten, die ich treffen wollte. Ich hatte Fragen vorbereitet."

„Sie wollten Interviewer werden?"

„Ich wollte ein Star werden, wie Violet."

„Ehrgeizig. Meine Fantasie in diesem Alter war es, alle *Star Wars*-Actionfiguren zu besitzen." Bram sah auf seine Uhr. „Ich habe ein Meeting am anderen Ende der Stadt. Ich sollte wahrscheinlich gehen. Haben Sie die Unterlagen unterschrieben?"

Zeit zu gestehen.

„Ich habe die Tür unter einem falschen Vorwandgeöffnet. Ich wollte unbedingt den Kaffee und den Bagel." Ich kramte den UPS-Umschlag unter meinem Stapel alter Briefe hervor. „Ich unterschreibe gleich."

„Haben Sie alles gelesen?"

„Tut mir leid. Gestern war ein langer Tag. Ich bin eingeschlafen."

Er lächelte entspannt, als er aufstand. „Dann komme ich morgen wieder vorbei."

Ich begleitete ihn nach unten.

Er ging mit einem Lächeln und einem Winken.

Ich wollte gerade die Tür schließen, als ein Lieferwagen an den Straßenrand fuhr. Der Fahrer lud einen Stapel neuer Umzugskartons aus, ohne auch nur ein Hallo zu sagen. Ich schleppte sie ins Haus und schloss die Tür hinter mir ab.

Umzugskartons – *check.*

Koffein – *check.*

Kein Grund, nicht mit dem Packen anzufangen.

Oben klingelte mein Handy, und ich rannte drei Treppen hinauf.

Morgendlicher Sport – *check.*

„Ich habe Neuigkeiten", sagte mir Beatriz, die Maklerin. „Ich bin mir nicht sicher, ob sie gut oder schlecht sind. Ich hatte vor ein paar Minuten einen Anruf vom Käufer. Er hat Violets Nachruf in der Times gesehen. Er will die Abwicklung auf Ende Mai vorziehen."

„Warum?"

„Er wollte immer einen schnellen Kauf. Violet hat um die neunzig Tage gebeten. Ich dachte, sie war vielleicht noch nicht bereit, loszulassen. Oder vielleicht, weil Ihre Mutter sich die Hüfte gebrochen hatte

111

und Violet wusste, wie beschäftigt Sie waren. Vielleicht wollte sie Ihnen so viel Zeit wie möglich geben, um alles zu packen. Kann ich dem Käufer sagen, dass der neue Termin okay ist?"

„Vorläufig ja. Ich glaube, das kann ich schaffen."

Nach dem Anruf stürzte ich mich in die Arbeit, als würde ich in einer Reality-Show namens *House Packers* um den Millionen-Dollar-Hauptpreis konkurrieren. Aber jedes Mal, wenn ich etwas auf den „Spenden"-Stapel legte, tat mir das Herz weh. Ich wollte einfach alles behalten, weil es Violet gehört hatte. Leider hatte ich Platz für nichts.

Konzentriere dich auf das Notwendigste. Kannst du ohne es leben? Ist es unbedingt notwendig?

Ich hörte nur kurz auf, um zum Lebensmittelgeschäft zu rennen, machte dann aber eine richtige Pause, als Strena mit drei Models auftauchte und mich nach oben einlud.

Ich war zu neugierig, um nein zu sagen. Auch mein Rücken, der schweres Heben nicht gewohnt war, brauchte Zeit, um sich zu erholen.

Während die Models, die nur winzige Bikinis trugen, geduldig in der Mitte des Studios im vierten Stock warteten, erhitzte Strena Zucker in einem Kupfertopf auf einer elektrischen Platte auf einem Wagen in der Ecke und rührte mit dem, was sie ihren „Zauberstab" nannte, das spitze Werkzeug, das ich am Vortag für einen Dolch gehalten hatte.

„Sie können mit den Videokameras helfen. Drücken Sie einfach auf den roten Knopf."

Ich tat es.

Sie schob den Wagen zu einem der Models hinüber. „Fertig, Monique?"

Sie rührte die geschmolzene Substanz um, hob dann ihren Zauberstab, zog eine dünne Zuckerschnur in die Luft, wirbelte sie herum, brach sie ab und legte sie auf die Schulter des Models.

„Brennt das nicht?"

Monique blieb regungslos. „Ist genug abgekühlt, wenn es die Haut berührt."

„Warum Zucker?"

Strena erschuf mehr schmückende Schnüre. Wieder antwortete das Model. „Die Zuckerprodukte repräsentieren die klebrigen Bindungen der Vergangenheit, die eine Falle sein können wie ein Spinnennetz. Oder wir können sie in eine Rüstung verwandeln. Oder Flügel."

Strena blickte auf, aber nur für eine Sekunde. „Eine starke, unabhängige Frau zu sein, die die Wahrheit sagt, ist eine revolutionäre Tat in dieser Welt. Und dann sind da noch die Andeutungen auf den Zuckerhandel, der großangelegte Sklaverei ausgelöst hat."

Strena erschuf um Monique herum eine goldene Struktur, die gleichzeitig Rüstung und Käfig war. Atemberaubend. Dann bearbeitete sie die anderen. In einem Moment waren sie drei Göttinnen, dann die drei Grazien, dann drei Harpyien aus dem griechischen Mythos, je nachdem, wie sie sie beleuchtete und aus welchem Blickwinkel ich sie beobachtete.

Sie verlor sich in ihrer Arbeit. Ich dachte, sie hätte vergessen, dass ich überhaupt da war, bis sie sich mir zuwandte. „Das ist Übung für eine Show, die ich bald machen werde. Wollen Sie wissen, wie es sich anfühlt?"

„Sicher."

„Geben Sie mir Ihren Arm."

Ich rollte meine Bluse über meinen Ellbogen hoch.

„Oh." Die erste Berührung ließ mich zusammenzucken. Der Zucker war unangenehm heiß, kühlte dann aber schnell ab.

„Ich werde Sie nicht verbrühen. Ich verwende spezielle Zusätze." Strena zeichnete Muster, die an Henna-Kunst erinnerten, und dann kleine, stehende Schleifen, die sich verfestigten und ihre Kreation dreidimensional machten. „Wie ist das?"

„Atemberaubend. Warum fällt es nicht ab?"

„Geheimrezept." Sie kehrte zu ihren Models zurück.

„Ist es essbar?"

Sie lachte. „Nur zu."

Es schmeckte nach Karamell.

Sie musste den Zucker immer wieder erwärmen. Nachdem sie mit Monique, Vivian und Noemi fertig war, trat Strena zurück und bat mich, das Video abzuschalten. Sie nahm eine altmodische Kamera und machte ein paar Fotos. „Was denken Sie?"

„Sie lassen die Models gleichzeitig niedergeschlagen und triumphierend aussehen. Unterdrückt und siegreich. Geknechtete und Herrscherinnen über alles, was sie überblicken. Ich weiß nicht, wie Sie das gemacht haben."

„Ich erforsche die Dualität der menschlichen Erfahrung. Das Leben ist keine romantische Komödie."

„Wohl wahr. Wenn es so wäre, hätte ich dieses Haus geerbt, anstatt mit seiner Reinigung beauftragt zu werden. Und der brillante Künstler, den ich unterm Dach gefunden habe, wäre ein gutaussehender Typ gewesen. Natürlich würde sich Bram auch unsterblich in mich verlieben. Offensichtlich wäre er Single."

Strena warf mir einen neugierigen Blick zu, dann hob sie ihre Kamera und machte eine letzte Aufnahme. „Danke, Ladys. Und Sie können wieder runtergehen und weiter aufräumen."

Die drei Models trotteten nach hinten ins Badezimmer, und ich ging zur Tür. „Danke, dass ich das miterleben durfte." Auf der Schwelle blieb ich stehen, als mir einfiel, dass ich eigentlich mit Strena über etwas reden wollte. „Der Käufer des Hauses will den Notartermin Ende des Monats abwickeln. Sie sagten, Sie wären fast fertig?"

„Ende des Monats ist in Ordnung für mich." Sie schob ihren Wagen zurück in die Ecke und wischte sich die Hände an einem Lappen ab. „Einen Moment nur."

Sie öffnete einen der Schränke, die an der Wand standen, und zog eine altmodische, braun gestreifte Hutschachtel unter einer Lawine von Malutensilien hervor.

„Ich habe Violet gefragt, ob ich das haben könnte, und sie hat ja gesagt." Strena brachte die Kiste herüber. „Aber Sie können alles durchgehen und Kopien für sich selbst machen, wenn Sie möchten."

Ich öffnete den Deckel. Verblichener Fotos und Zeitungsausschnitte füllten die Kiste bis zum Rand.

„Die sind alle über sie. Ich möchte eine Hommage an Violets Leben zusammenstellen." Strena wandte sich wieder der Reinigung ihrer Werkzeuge zu. „Sobald ich mit meiner Suugarworks-Serie fertig bin. Ich denke an etwas Dreidimensionales. Ein Thema darüber, wie jemand viele Leben berühren kann. Vielleicht hänge ich Bilder von Violet und Artikel über sie in einer bestimmten Formation an die Decke der Galerie, dann Kunstwerke von ihren Schülern an die Wände und verbinde jedes Stück mit verschiedenfarbigen Fäden mit ihr. Und dann Kunst, die von den Schülern ihrer Schüler geschaffen wurde."

Ich drückte die Schachtel weiter an mich, mit einem riesigen Kloß im Hals angesichts des plötzlichen Geschenks, angesichts Strenas Worten. „Ein Regenbogenlabyrinth?"

„Ein Netzwerk. Wie die Venen im menschlichen Körper, die das Herzblut liefern. Oder Saft, der von den Wurzeln eines Baumes zu tausend Blättern aufsteigt. Wie auch immer", sagte sie, wahrscheinlich war es ihr unangenehm, dass mir Tränen über die Wangen liefen. „Es wird eine Weile dauern, bis ich damit anfangen kann. Ich lasse es Sie wissen, wenn ich das Material zurück brauche."

„Danke." Ich überflog die Artikel obenauf und las die Titel vor. *„Warhols neuste Affäre ist selbst Künstlerin. Socialite aus Greenwich, Tochter von Victor Velar, versucht sich als Künstlerin. De Koonings neue Muse kann auch malen.* Klingt, als ob die vom Anfang ihrer Karriere stammten. Ich frage mich, ob die Tatsache, dass die Medien sie über die Männer in ihrem Leben definiert haben, sie jemals dazu gebracht hat, den Leuten ihren Pinsel in die Nase rammen zu wollen."

Strena schnaubte. „So, wie ich Violet kannte, hat sie ihre Rache auf subtilere Weise gefunden."

Ich blätterte Dutzende von Fotos durch, Violet auf glanzvollen Partys mit all der Prominenz der Sechziger und Siebziger und später bei Galerieeröffnungen und Preisverleihungen. Jedes Bild füllte ein Loch in meiner Seele. Sie machten mich ganz, indem sie die Vergangenheit ausfüllten. Mir kamen wieder die Tränen. „Das kommt unerwartet und bedeutet mir viel. Danke. Schon wieder."

Unten klingelte es.

„Ich gehe besser nachsehen, wer das ist." Ich nahm die Hutschachtel und rannte los.

Unten überreichte mir der Postbote einen Umschlag vom Schlaganfallzentrum – die Schlussrechnung. Die Nummer erforderte mehr Kaffee. Gott sei Dank wollte der Käufer den Kauf schneller abwickeln. Der seltsame Zufall war, dass das Geld, das Violet für das Haus erhielt, fast genau dem Betrag ihrer unbezahlten Rechnungen und ihres neuen NYU-Stipendiums entsprach. Die Rechnung ging auf, als hätte sie es geschafft, ihre Lebenserwartung auf den Tag genau und ihre Arztkosten auf den Cent genau vorherzusagen. Sie hinterließ weder Schulden noch Reichtum. Sie starb, wie sie gelebt hatte: zu ihren eigenen Bedingungen.

Ich trug die Hutschachtel mit der Rechnung obendrauf in die Küche. Und während ich Koffein tankte, durchforstete ich den Inhalt noch einmal. Ich nahm mir besonders die Männer unter die Lupe und wollte, dass die Fotos mir meinen mysteriösen Großvater zeigen.

Die Tiffany-Schachtel, die Violet mir gegeben hatte, hatte mir nichts als Fragen gebracht. Doch die Hutschachtel – ja, die Hutschachtel versprach Antworten.

KAPITEL ZWÖLF

Johanna
1890, 17. Mai, Paris, Frankreich

„Ich darf nicht auf sein Ohr starren." Ich goss Wasser über den Reis auf dem Herd, zittrig vor nervöser Erwartung, sprach aber leise.

Das Baby schlief in unserem Schlafzimmer. Ich hatte sein kleines Zimmer für Vincent eingerichtet.

Ich sah Theo über meine Schulter an. „Ich kann nicht glauben, dass wir seit über einem Jahr verheiratet sind und ich erst jetzt deinen Bruder kennenlerne. Hätten wir ihn nicht viel früher besuchen sollen?"

„Du warst schwanger, Liebste." Theos Lächeln war warm vor Liebe. Er bückte sich und band seine Schuhe zu. „Vincent wäre früher gekommen, wenn sich seine Nachbarn nicht in sein Leben eingemischt hätten. Wenn er nicht das Bedürfnis verspürt hätte, in dieser verdammten Anstalt zu bleiben."

„Armer Mann." Ich wischte meine Hände an dem Geschirrtuch ab und faltete es dann zusammen, vielleicht zu genau, aber ich wollte unbedingt einen guten Eindruck machen. „Bist du sicher, dass er nur ein paar Wochen später bereit ist, sie zu verlassen …"

Er hatte seine Farben gegessen, um Selbstmord zu begehen.

„Seitdem hat er sich aus diesem dunklen Loch herausgezogen", versprach Theo.

Ich trat in den Flur, um nach dem Baby zu lauschen, und wünschte mir verzweifelt, dass ich mich aufs Bett legen und ausruhen könnte. „Und sein neuerlicher Nervenzusammenbruch?"

Theo richtete sich auf. „Sie haben für ihn getan, was sie konnten." Traurigkeit lastete auf seiner Stimme. „Ich glaube nicht, dass sich sein Zustand in der Anstalt weiter verbessern wird. Du hast seinen letzten Brief gelesen. *Ich sehe keinen Mut und keine Hoffnung mehr …*"

Ein Husten kratzte an Theos Brust und unterbrach den Rest seiner Worte.

Diese verflixte Erkältung. Ich reichte ihm schnell eine weitere Tasse heißen Tee. „Das sollte helfen."

„Danke. Auvers-sur-Oise wird ein besserer Ort für Vincent sein. Er wird nur eine Stunde mit dem Zug von uns entfernt sein. Wir werden regelmäßig Besuch bekommen. Und Dr. Gachet ist selbst ein Künstler. Cézanne und Pissarro haben ihn wärmstens empfohlen." Theo trank die Tasse aus. „Ich möchte am Bahnhof sein, wenn der Zug einfährt." Er zog mich in eine Umarmung und strich mit seinen Lippen über meine. „Ich liebe dich, meine kleine Frau."

Ich lehnte mich für einen Moment an ihn. „Ich liebe dich auch, Liebster."

Wir waren von Anfang an natürlich miteinander umgegangen, behaglich, als hätten wir schon immer zusammen gelebt. Und im vergangenen Jahr war unsere Liebe nur intensiver geworden. Der Gedanke, jeden Tag meines Lebens mit Theo zu verbringen, erfüllte mich mit unbändiger Freude. Ich wollte nichts mehr, als mit ihm alt werden. Wie glücklich, wie unglaublich glücklich konnte ich mich schätzen, alle meine Träume erfüllt zu haben, so gesegnet zu sein?

Trotzdem konnte ich nicht aufhören, mir Sorgen zu machen. „Und wenn ich das Mittagessen ruiniere?"

„Er wird zu hungrig sein, um es zu bemerken. Keine Sorge, an Madame Guillotine wird man nicht für eine verbrannte Wurst übergeben, nicht einmal in Frankreich."

Er ging die Treppe hinunter und hustete noch mehr. Die vier langen

Treppen waren eine Strapaze, mehr noch auf dem Weg nach oben, auch für mich, wenn ich das Baby und den Kinderwagen hatte. Eine größere Wohnung im Erdgeschoss war frei, aber wir konnten sie uns zusammen mit Vincents zusätzlichen Ausgaben nicht leisten.

Ich schloss die Tür und ging zum Fenster, drückte eine Hand gegen die hartnäckigen Schmerzen in meinem Unterleib. Bald würde auch das vorüber sein.

Dann trat Theo hinaus in die Maisonne und blickte mit einem Lächeln und einem Winken auf, und ich vergaß den Schmerz.

Ich winkte auch. „Komm bald zurück, Liebster."

Er sah gut aus, als er selbstbewusst die Straße hinunter zur Rue Jean-Baptiste ging, um eine Kutsche zur Gare de Lyon anzuhalten. Er war immer so selbstsicher, während ich von einer Vielzahl von Sorgen und Ängsten geplagt wurde.

Oh, warum musste Vincent darauf bestehen, allein nach Paris zu reisen? Was, wenn er im Zug unter Fremden einen weiteren Nervenzusammenbruch erlitt? Und was, wenn er sicher ankam, mich aber nicht mochte?

Mein Sohn schrie in seiner Wiege und rettete mich vor meinen schlimmsten Vorstellungen. „Ich komme, mein Schatz."

Seine intelligenten kleinen Augen, genauso himmelblau wie die seines Vaters, hefteten sich auf mein Gesicht. Seine süßen kleinen Lippen hörten auf zu zittern. Er war ein winziges Kind, aber perfekt, von seinen rosa Ohren bis zu seinen rosa Zehen, pure himmlische Freude, verpackt in einem Bündel.

Ich nahm meinen kleinen Schatz in meine Arme, doch als ich das Fenster erreichte, um ihm seinen Papa zu zeigen, war Theo schon um die Ecke verschwunden. „Er wird bald zurück sein, Schatz." Ich wiegte ihn auf dem Weg zurück in die Küche. „Wir vermissen Victorine, nicht wahr?"

Selbst einen kleinen Haushalt wie unseren zu führen, war eine Herausforderung. Das Mädchen, das mehrmals in der Woche half, hatte nach Hause gemusst, um sich um seine Mutter zu kümmern. Ich hatte mir in meinem Leben wenige Dinge so inbrünstig gewünscht, wie dass sie zurückkam.

„Mittagessen schaffen wir trotzdem", versprach ich Wil. „Wie wird

119

dein Onkel sein, was denkst du? Er ist ein großartiger Künstler. Dein Papa hat dich nach ihm benannt." Ich salzte das Fleisch und betete laut. „Lieber himmlischer Vater, bitte lass Vincents Probleme enden."

Mein kleiner Sohn gab ein ernstes „Ah" von sich, als wollte er *Amen* sagen. Er war so süß. Ich küsste seine rosigen Wangen, bis er sich wand. „Du bist der allerliebste Junge. Und ich bin die glücklichste aller Mütter."

Doch die beste Köchin war ich nicht.

„Hoffen wir, dass ich heute den Reis nicht verbrenne." Ich rührte den Topf noch einmal um. „Wenn das Mittagessen zu einer Katastrophe wird, habe ich möglicherweise nicht genug Energie, um einen Ersatz zu versuchen." Meine Kraft hatte ich mit dem Einkauf auf dem Markt aufgebraucht.

Ich stand mit dem Baby am Herd, das seine flinken Finger in mein Haar schob und sich größte Mühe gab, mich zerzaust aussehen zu lassen. „Was denkst du? Wird deine Mama jemals kompetenter sein?"

Ich deckte den Tisch für drei, dann rührte ich noch einmal den Inhalt des Topfes um und ließ dann mit Wil auf dem Arm den Blick durch die Küche schweifen. Er mochte es am liebsten, wenn wir uns bewegten. Sobald ich mich auf einen Sessel sinken ließ, machte er Aufhebens.

„Schhh." Ich streichelte seinen Rücken. „Dein Onkel Vincent wird bald hier sein."

Ich summte ihm ein altes Kirchenlied vor. Meine Augen fielen zu. Ich blinzelte.

„Ich werde dich nicht fallen lassen. Das würde ich nicht." Ich trug ihn zurück zu seiner Wiege und reichte ihm seine Blechrassel. „Du spielst damit. Ich muss in der Küche fertig werden."

Als ich mich aufrichtete, ergoss sich Blut zwischen meinen Beinen. Ich würde meine Binde wechseln müssen, bevor die Männer kamen, und die schmutzige im Ofen verbrennen. Ich hatte in den letzten dreieinhalb Monaten seit Wils Geburt immer wieder Blutungen gehabt, mal mehr, mal weniger. Der Arzt hatte mir gesagt, dass das Leiden jetzt aufhören sollte, doch das war nicht der Fall. Noch nicht.

„Wenn nur deine Großmutter näher wohnen würde." So wie ich mir die Ermutigung meiner Mutter während meiner Wehen gewünscht hatte, wünschte ich mir jetzt ihren Rat. Mein Problem war nicht von der Art, die man in einem Brief ansprechen konnte, den die ganze Familie nach dem Abendessen lesen würde.

Ich konzentrierte mich auf meine Aufgaben, dann war das Mittagessen bald fertig. Mein kleiner Wil machte ein weiteres Nickerchen, und mir blieb nichts anderes übrig, als zu warten. Ich traute mich nicht, mich hinzusetzen, aus Angst, ich könnte einschlafen. Ich stand am Fenster und musterte die Passagiere der Kutschen.

Ich sprach viele Gebete, bis schließlich ein offener Wagen in die Straße einbog, mit zwei Männern darin, die beide winkten, sobald sie mich im Fenster sahen. Ich winkte zurück, getragen von Erleichterung. „Gott sei Dank."

Ich rannte los, um mich im Spiegel anzusehen, und strich mir übers Haar. Ich hatte ein oder zwei Minuten Zeit, während die Männer die Treppe hinaufstiegen. Ich hatte sogar Gelegenheit, die Küchenstühle geradezurücken. Dann öffnete sich die Wohnungstür, und ich beeilte mich, unseren geschätzten Besucher zu begrüßen, der dieselben blauen Augen und dasselbe kupferfarbene Haar und denselben Schnurrbart wie mein Theo hatte. Auf den ersten Blick war er jedoch ein härterer Mann mit stark gefurchter Stirn und vorstehenden Wangenknochen, was mich an Männer auf den Feldern erinnerte, die Hunger gesehen und ihren Lebensunterhalt mit körperlicher Arbeit verdient hatten.

„Willkommen in unserem Haus."

„Und das muss Jo sein?" Die Brüder klangen sogar ähnlich.

Ich umarmte Vincent unbeholfen. Er konnte meine Umarmung nicht erwidern. Sowohl er als auch Theo waren mit Taschen, Leinwänden und Vincents tragbarer Staffelei beladen, die sie in unsere kleine Wohnung schleppten.

Ich zog mich zurück in die Küche, um ihnen aus dem Weg zu gehen, und stand nervös da, während Theo anfing, den Stapel zu durchsuchen, noch bevor er seinen Hut abnahm. Er gab anerkennende Laute von sich, doch alles, was er sagte, war: „Wo sind deine anderen Bilder? Du hast in deinen Briefen über mehr geschrieben."

„Die meisten habe ich verschenkt, bevor ich gegangen bin." Vincent sank auf den nächsten Küchenstuhl. „Zu umständlich, sie im Zug mitzunehmen."

121

Ich stellte schnell eine Flasche Wein auf den Tisch. „Wie war deine Reise? War es heiß im Zug?"

„Und überfüllt." Er griff nach der Flasche, doch Theo schleifte ihn väterlich stolz strahlend ins Schlafzimmer. „Lass mich dir meinen Sohn vorstellen. Vincent Willem van Gogh."

Ich unterbrach meine Arbeit, um mich hinter die Männer zu stellen. Mein süßer Sohn war wirklich ein kostbares Kind. Sogar Fremde auf der Straße hielten mich an, um ihn zu bewundern.

„Ah, der Kleine." Vincent lächelte kurz und kehrte dann in die Küche zurück. „Du darfst ihn nicht verziehen."

Natürlich waren kleine Babys für niemanden aufregend, außer für ihre Mütter. Vor allem, wenn sie schliefen. Vincent verbrachte die meiste Zeit seines Lebens umgeben von Künstlern und Visionären, war intellektuell anregendere Gesellschaft gewohnt als den kleinen Wil und mich.

Er setzte sich an den Tisch und goss sich Wein ein, während er seine Aufmerksamkeit seinen Gemälden an den Wänden zuwandte. Dann begann er eine Diskussion mit Theo auf Französisch.

Ich bekam nur hier und da ein Wort mit. Vielleicht sprach er davon, dass er es bedauerte, dass er Theo das Porträt von Dr. Rey nicht zeigen konnte, doch er hatte es dem Mann als Bezahlung für seine in Arles geleisteten Dienste geschenkt. Er erwähnte sein Ohr nicht, und ich sah mir was übrig war nicht an, doch ich wusste, dass Dr. Rey derjenige gewesen war, der ihn nach dem Unfall behandelt hatte.

Ich dachte, er sagte auch, er sei unzufrieden damit, wie wir seine Bilder gelagert haben, aber ich konnte nicht verstehen, was genau seine Beschwerden waren.

„Das Mittagessen ist gleich fertig", sagte ich, da ich nicht stumm dastehen wollte, damit Vincent mich nicht unhöflich fand. „Ich entschuldige mich für meine mangelnden Französischkenntnisse."

Ich hatte ein Jahr in Paris verbracht, doch einen großen Teil davon schwanger. Ich war nicht so viel ausgegangen, wie ich hätte tun können. Dann natürlich meine Niederkunft und die Geburt, dann haben mich diese letzten Monate mit dem Baby auch zu Hause gehalten.

Vincent nickte mir kurz zu und nahm dann sein Gespräch mit Theo wieder auf.

„Ich hoffe, ich habe das Lamm gut hinbekommen." Ich hatte das Bedürfnis, mindestens so viel hinzuzufügen, damit Vincent mich nicht für eine schreckliche Gastgeberin hielt.

Die Männer hörten mich nicht, ihre Stimmen leidenschaftlich und laut genug, um den kleinen Wil zum Weinen zu bringen. Ich beeilte mich, ihn zu holen, damit er die Brüder nicht störte, die so lange darauf gewartet hatten, einander zu sehen.

„Komm, komm, mein Schatz." Ich wiegte Wil vom Weinen bis zum Schluckauf, dann küsste und beruhigte ich ihn, bis sogar der Schluckauf verschwand. Ich beobachtete die Männer von der Tür aus. Ihre unkomplizierte Kameradschaft ließ mich meine eigenen Geschwister vermissen, ganz besonders Dries.

„Was ich zuerst tun will", sagte Vincent auf Holländisch, „ist, diesen Buchladen, von dem ich dir geschrieben habe, im gelben Licht der neuen Gaslaternen der Stadt zu malen."

Ich ging zum Herd und drehte das Fleisch um. Die Pfanne wackelte, denn ich hielt das Baby immer noch auf dem Arm, sodass ich sie mit der anderen Hand festhalten konnte. Ich stellte mir mit Schrecken vor, dass ich alles auf den Boden hätte kippen können.

Sei kein nervöser Trottel!

Ich wollte Vincent zeigen, dass Theo nicht schlecht geheiratet hatte. Vincent war für Theos Glück notwendig. Ich musste einen Weg finden, uns zu einer Familie zu machen.

Wil fing an, fröhliche Babylaute von sich zu geben, doch ich setzte ihn nicht ab. Er würde nur wieder weinen. Stattdessen servierte ich das Abendessen mit einer Hand. Dann, als alles auf dem Tisch war, ließ ich mich auf meinen Stuhl fallen, dankbar für den Moment der Ruhe.

Vincent griff nach dem Reislöffel. „Ich habe ein paar Freunde eingeladen, mich morgen hier zu besuchen. Deinen Bruder", sagte er mir, „Toulouse-Lautrec und ein paar andere. Ich hoffe, das ist in Ordnung."

„Wir wollen nichts mehr, als dass du dich bei uns wohlfühlst." Ich überlegte, wie viel ich noch auf dem Haushaltskonto hatte. Wenn ich morgens eine Stunde früher aufstand, könnte ich noch einmal auf den Markt gehen, bevor das Baby aufwachte. Er fiel oft gegen Morgengrauen in einen tieferen Schlaf, nachdem er den Großteil der Nacht nicht geschlafen hatte.

Theo brachte eine Flasche Champagner an den Tisch. „Um Vincents ersten Verkauf auf der siebten Jahresausstellung von Les XX in Brüssel zu feiern."

Er ließ den Korken mit großer Geste knallen, doch ohne viel Lärm zu machen, damit er das Baby nicht erschreckte, dem Himmel sei Dank.

„Der eigentliche Grund, warum ich Toulouse-Lautrec eingeladen habe." Vincent trank seinen Wein aus, um Platz zu schaffen – wir hatten noch keine Champagnergläser gekauft. „Er hat meine Ehre auf der Ausstellung verteidigt."

„Wer würde dich beleidigen wollen?" Theos Stimme überschlug sich fast vor Empörung.

„Henry de Groux, dieser Ochse, hat mein Talent verunglimpft." Vincent sprang auf. „Er hat sich geweigert, seine Bilder neben meinen aufhängen zu lassen. Toulouse-Lautrec hat ihn auf der Stelle zu einem Duell herausgefordert", fügte er voller Genugtuung hinzu. Die nackte Bewunderung in Theos Augen schien ihn zu beflügeln. Er nahm sich mein Nudelholz von der Anrichte und stieß es wie ein Rapier nach vorn. „Und Signac hat den Idioten gewarnt, dass Signac, sollte Toulouse-Lautrec getötet werden, zum Schwert greifen und das Duell selbst beenden würde."

„Was ist passiert?" Ich traute mich kaum zu fragen. „Ein Duell. Meine Güte. Wie französisch."

„De Groux, der Feigling, hat einen Rückzieher gemacht", sagte Vincent verächtlich, dann warf er das Nudelholz weg und ließ sich wieder auf seinen Stuhl fallen.

Und dann wechselte er erneut ins Französische und sagte etwas darüber, dass Theo die Rechnung in der Anstalt bezahlen müsse und wie viel Geld Vincent brauchen würde, um in Auvers-sur-Oise neu anzufangen.

„Ich sollte das Baby füttern gehen." Ich konnte dem Gespräch sowieso kaum folgen, also entschuldigte ich mich.

Ich verbarg mein leichtes Schwanken im Flur, indem ich stehenblieb, um den Kopf des Babys zu küssen. Im Zimmer angekommen ließ ich mich in den Sessel in der Ecke sinken und knöpfte mein Kleid auf, frustriert von meiner Schwäche. „Hier Schatz."

Sein Mund schmatzte gierig auf meiner Brust. *Mein süßes und kostbares Kind.* Ich streichelte seine Wange und flüsterte: „Was hältst du von deinem Onkel?"

Ich hatte einen kranken Mann erwartet, aber der rotgesichtige Mann in unserer Küche war ein kräftiger Mann mit breiten Schultern und gesünder als Theo oder ich.

„Er scheint guten Mutes zu sein." Darüber war ich froh. Vincents Traurigkeit und Melancholie neigten dazu, Theo zu infizieren, sogar durch seine Briefe.

„Dieser Besuch wird deinen Papa glücklich machen." Ich küsste Wils flaumigen Kopf. „Und das wird uns auch glücklich machen." Ich war nur so sehr, sehr müde.

Vincent war von überlebensgroßer Präsenz. Ich konnte ihn in der Küche seine neuesten Stücke preisen hören, seine Leidenschaft eine hell brennende Flamme. Ich bewunderte seine Konzentration, doch als er weiterredete und kaum Luft holte, fand ich ihn auch unerbittlich. Ich konnte mir gut vorstellen, wie ein Leben von solcher Intensität einen Menschen bisweilen krank machen konnte. Feuer wie dieses musste sorgfältig genährt werden. Wenn ich den Holzofen unbeaufsichtigt ließ, weil ich durch das Baby abgelenkt war, brannten die Flammen in kurzer Zeit von selbst aus.

Wil war mit dem Trinken fertig, und ich knöpfte mein Kleid zu, legte dann ein Tuch auf meine Schulter und lehnte ihn an mich. „Ich hoffe, deinen Onkel Vincent viel besser kennenzulernen, bevor er geht. Er ist jetzt genauso mein Bruder wie Dries."

Ich rieb den Rücken des Babys einige Minuten lang, wie der Arzt es empfohlen hatte, und wartete, bis die Luft, die er in seinen kleinen Bauch gesaugt hatte, herauskam. Dann legte ich ihn aufs Bett und wechselte seine nasse Windel. Danach musste ich ihn kaum noch schaukeln, bevor er wieder einschlief. Ich legte ihn in seine Wiege und gesellte mich wieder zu den Männern.

Theo hielt ein großes Gemälde in der Mitte des Salons hoch, sein Gesicht leuchtete vor Stolz. „Sieh dir Vincents Geschenk für unseren Sohn an."

Rosa-weiße Mandelblüten funkelten vor blauem Himmel. Die Farben vibrierten fast von der Leinwand, so intensiv wie der Künstler selbst. „Unglaublich. Tut mir leid, ich bin nicht schlauer und kann es nicht besser beschreiben. Es ist … Danke, Vincent."

„Für über dem Klavier", sagte er auf Französisch.

Und während ich aß, gerade so wach, dass ich nicht vom Stuhl fiel, bestand er darauf, das Bild sofort aufzuhängen. Als Theo den Hammer herausholte, hätte ich weinen können. Natürlich wachte der kleine Wil beim ersten lauten *Bamm* auf! Ich ließ meinen Teller stehen und ging, um ihn zu trösten, doch eine Stunde verging, bis das Kind wieder schlief.

Während Theo und Vincent über eine alte Geschichte lachten, räumte ich die Küche auf. Danach wandte ich mich wieder meinen Näharbeiten zu. Die Männer diskutierten über Galerien und die neuesten künstlerischen Trends.

Sie bemerkten nicht, als ich Stunden später aufstand, um das Abendessen zu machen. Danach fiel ich allein ins Bett und stellte Theos Wecker – eine clevere neue Erfindung – so, dass ich bei Tagesanbruch zum Markt eilen konnte.

Ich hörte sie noch, während ich einschlief, das Gespräch wechselte wieder auf Holländisch.

„Du musst mir die Wahrheit sagen", sagte Vincent. „Bin ich eine Last?"

„Unsinn. Du arbeitest härter als jeder Mann, den ich je getroffen habe. Du wirst den Erfolg sehen."

„Alles, was ich habe, gehört dir." Vincents Stimme war voller Emotionen. „Jedes Bild, das ich mitgebracht habe. Alles, was ich jemals malen werde."

„Ich denke darüber nach, Goupil zu verlassen", sagte Theo zu ihm. „Ich möchte meine eigene Galerie eröffnen."

Darauf folgte eine lange Stille, während der ich einschlief.

Die drei Tage von Vincents Besuch vergingen wie im Flug, meine einzige Erleichterung war, als Dries am zweiten Tag zu Besuch kam. In stillschweigender Übereinkunft erwähnten wir Vincents Ohr oder die Anstalt in Saint-Rémy-de-Provence nicht.

Guillaumin, Toulouse-Lautrec und einige andere von Vincents alten

Pariser Freunden waren ebenfalls zu Besuch. Selbst wenn wir genug Platz gehabt hätten, um mit ihnen an unserem kleinen Tisch zu sitzen, hätte ich es nicht tun können. Das Kochen und Servieren und Aufräumen hielt mich auf den Beinen.

Dann ging Vincent, und meine Beine zitterten vielleicht vor Erschöpfung, aber ich bedauerte, dass er nicht länger bei uns bleiben konnte. Ich brachte die Wohnung wieder in Ordnung und ließ mich dann auf das Sofa fallen.

Theo, der vom Bahnhof zurückkam, fand mich dort. „Geht es dir gut, meine Liebste?" Er setzte sich zu mir, Glück strahlte von ihm aus, als hätte er die Sonne in seiner Brust. „Ich habe Vincent versprochen, dass wir ihn in ein paar Wochen besuchen."

Eine Zugfahrt. Nicht lange, aber bei allem, was ein Baby brauchte – *Nein, ich darf nicht immer nur an Schwierigkeiten und Hindernisse denken.* Ich legte meinen Kopf auf Theos Schulter. „Dann werden wir es tun. Ich hoffe, Vincents Zusammenbruch liegt hinter ihm. Ich hoffe, er wird in Auvers großartige Kunst malen und dort sein Glück finden."

„Unsere gemeinsame Zeit war viel zu schnell vorbei." Theo seufzte zur Decke, dann sprang er auf und stieß mich dabei an. „Die gelbe Buchhandlung im Licht der Gaslaternen!" Er ließ sich wieder fallen. „Wir haben es beide vergessen."

„Er wird wieder nach Paris kommen. Ich werde mich bessern und eine bessere Köchin werden. Und ich werde besser Französisch sprechen. Ich möchte tun, was ich kann, damit er mich mag. Ich möchte, dass er mich als seine Schwester betrachtet."

Leider war uns das vom Schicksal nicht bestimmt.

Zwei Monate, nachdem ich den geliebten Bruder meines Mannes zum ersten Mal getroffen hatte, erschoss er sich. Als die Nachricht kam, dachte ich, es würde unsere dunkelste Stunde sein. Ich irrte mich. Danach wartete eine noch tiefere Hölle auf uns.

KAPITEL DREIZEHN

Emsley

Sonntagmorgen brach Bram Dekker mir das Herz.

„Guten Morgen, Emsley." Er bot mir einen Bagel mit Frischkäse und Kaffee an, als ich die Tür öffnete. Die Sonne war noch nicht über den Gebäuden aufgegangen, das gedämpfte Morgenlicht schimmerte um ihn herum.

Er hatte am Abend zuvor eine SMS geschrieben, dass er gegen 8:00 Uhr morgens vorbeikommen würde, auf dem Weg, seinen Großvater zur Kirche zu bringen.

Er bringt seinen Großvater zur Kirche. Er sah so gut aus, war erfolgreich und hatte einen Sinn für Humor. Und brachte mir Frühstück. Beneidete ich seine Frau? Ja. Aber das behielt ich für mich.

„Danke." Ich nahm die Kombination aus Koffein und Kohlenhydraten entgegen, genau das, was ich brauchte. „Bitte kommen Sie herein."

Sein Großvater folgte ihm. Meine Hände waren voll, also konnte ich ihm nicht anbieten, seine zu schütteln. Ich lächelte stattdessen. „Hi. Ich bin Emsley. Ich habe von Violet so viel über Sie gehört."

Er war die Mr. Rogers-Version seines Enkels: dickes graues Haar, anthrazitgraue Hose, roter Kaschmirpullover und blaue Harvard-Krawatte. Oder besser gesagt, er war Mr. Rogers' New Yorker Anwaltszwilling.

Er legte mir tröstend eine Hand auf den Ellbogen. „Mein herzlichstes Beileid, Emsley. Wir sind alle untröstlich." Seine sanfte Stimme brach mitten im Satz. „Ist eine großväterliche Umarmung in Ordnung?"

„Ich hatte noch nie eine großväterliche Umarmung. Ich könnte mich in Verlegenheit bringen, wenn ich mich an Sie klammere."

„Nur zu." Er umarmte mich, ohne mein Frühstück zu verschütten. „Sie haben keinen Ihrer Großväter gekannt?"

„Die Eltern meines Vaters bekamen ihn spät in ihrem Leben und sind gestorben, bevor er meine Mutter geheiratet hat. Ich kannte sie nur von Fotos. Und Violet … sie hat mir nie gesagt …" Zu meiner großen Enttäuschung hatte auch die Hutschachtel keine brauchbaren Hinweise geliefert.

Ich ging voraus in den ersten Raum der Galerie, der nicht mehr leer stand. Ich hatte am Vortag drei Sessel und ein paar andere leichte Stücke heruntergeschleppt, um den überfüllten dritten Stock auszulichten.

„Das ist neu", bemerkte Bram zu den Möbeln.

„Um es zu verschicken, muss ich sowieso alles im Erdgeschoss haben."

„Brauchen Sie Hilfe?"

„Ich werde nicht alle Möbel selbst herunterschleppen. Welches Antiquitätengeschäft auch immer die Stücke kauft, wird sich darum kümmern. Wenn irgendwas übrig ist, hat Habitat for Humanity versprochen, dass ihre Leute das Schleppen übernehmen werden." Ich musste nur Violets persönliche Sachen ausräumen. Ich stellte mein Frühstück ab, nahm dann den UPS-Umschlag und reichte ihn Bram. „Ich habe alles gelesen und unterschrieben."

Sein Großvater schlenderte an uns vorbei. „Würde es Ihnen etwas ausmachen, wenn ich ein bisschen herumlaufe? Es ist eine Weile her."

„Nur zu. Aber es gibt nicht viel zu sehen."

„Ah." Er betrachtete den fast leeren Raum mit glasigen Augen, als sähe er nicht die Gegenwart, sondern die Vergangenheit. „Aber es gibt viel zu fühlen."

Ich saß da und trank den ersten Koffeinschub des Tages. „Nochmal danke", sagte ich zu Bram. Dann: „Es ist schön, dass Sie Ihrem Großvater nahe stehen."

„Ich habe noch beide. Der andere ist in Pittsburgh. War früher Stahlarbeiter." Er ließ sich auf den Stuhl neben mir fallen. „Großer Footballfan. Grandpa Joe hat mich immer zu allen Spielen mitgeschleppt. Grandpa Bram hat mich mit in den Harvard Club mitgenommen. So bin ich zu einem ausgeglichenen Mann herangewachsen", sagte er trocken.

Ich rollte mit den Augen und kämpfte gegen ein Grinsen an, als ich nach dem Bagel griff. Dann fing ich mich und ließ meine Hand sinken. Ich würde höflich sein und warten.

Bram legte den Umschlag hin und schob mir das Essen entgegen. „Hatten Sie Erfolg beim Übersetzen der alten Briefe?"

„Keine Zeit. Aber ich fange wieder an zu denken, dass das, was ich für Jos Tagebuch gehalten habe, ein Buch ist. Ich glaube, Clara hat über Jo geschrieben. Es ist mehr, als jemand aufschreiben würde, um sich später daran zu erinnern, was in einem bestimmten Jahr passiert ist. Der Autor versucht eindeutig, eine Geschichte zu erzählen. Ich frage mich, warum Clara nicht über Vincent anstatt über seine Schwägerin geschrieben hat. Man sollte meinen, Van Gogh wäre das vermarktbarere Thema."

„Vielleicht war sie eine frühe Feministin." Bram stupste den Bagel erneut an. „Essen Sie."

Ich nahm, wovon ich hoffte, dass es ein damenhafter Bissen war. „Darf ich Sie etwas Geschäftliches fragen?"

„Ich kann nicht versprechen, dass ich eine Antwort habe. Ich bin Immobilienanwalt. Aber ich höre gerne zu."

Ich trank noch einen Schluck Kaffee. „Ich habe vor ein paar Tagen einen Vertrag abgeschlossen." Während ich bei Violet gesessen hatte. „Ich möchte den Partner meines Start-ups ausbezahlen. Trey hat das anfängliche Startkapital von einer Million Dollar gestellt. Er will es zurück. Er hat auch die Anteile unserer dritten Partnerin für zweihunderttausend Dollar gekauft, also müsste ich die auch kaufen. Ich kann zweihunderttausend aus meinen Ersparnissen zusammenkratzen und wenn ich alles verkaufe, was ich besitze. Der Rest …" Ich hasste es, verzweifelt zu klingen, aber die Wahrheit zu beschönigen, half nichts. „Wenn ich ihn bis Ende des Monats nicht ausbezahlen kann, bekommt er die Firma. Für ′nen Appel und ein Ei."

„Warum trennen Sie sich?"

Ich sah Bram Sr. an, der mit den Fingern über eine Fensterbank strich. *Ich frage mich, was da passiert ist.* „Wir sind uns nicht mehr einig, was das Unternehmen tun soll." *Vollständige Ehrlichkeit.* „Wir hatten auch private Probleme. Wir waren eine Weile zusammen, und jetzt sind wir es nicht mehr."

„Wie wollen Sie die Million auftreiben?"

„Ich muss einen Investor finden."

„Wollen Sie mehr Spielraum mit der Deadline? Je nach Vertragsgestaltung ist das möglich. Haben Sie mit Ihrem eigenen Unternehmensanwalt gesprochen?"

„Er ist einer von Treys besten Freunden. Trey hat ihn an Bord gebracht."

„Lassen Sie mich mit einer befreundeten Anwältin sprechen, und sie soll Sie morgen anrufen. Sie können Adele vertrauen."

„Ich weiß nicht, ob ich mir eine neue Anwältin leisten kann."

„Eine Beratung zum Freunde-und-Familien-Tarif können Sie sich leisten. Darf ich Ihren Vertrag mit Trey sehen?"

Ich rannte nach oben und eilte damit wieder hinunter. Während ich weg gewesen war, hatte Bram eine Lesebrille aufgesetzt – dunkel, eckig, ganz sexy Bibliothekar. Er senkte die Brille und sah mich über den Rand hinweg an. Wahrscheinlich fragte er sich, warum ich über meine Füße stolperte.

Für den Bruchteil einer Sekunde blitzte ich in ein alternatives Universum hinüber, wo seine Stimme versagte, als er sagte: *Die Bücher sind überfällig. Kommen Sie nur näher, Miss Wilson. Ich glaube, Sie haben eine Strafe verdient.*

Ich durfte *nicht* weiter derart dummes Zeug denken. Die Unternehmensanwältin, die er empfohlen hatte, könnte seine Frau sein. Wahrscheinlich hatten sie sich an der Uni kennengelernt. Oder in der Firma von Bram Sr.

Ich gab ihm den Vertrag. „Ich freue mich über jeden Rat."

Bram Sr. drehte sich in der Mitte der Galerie langsam im Kreis, einen Arm ausgestreckt. „Sie hätten die Vernissagen sehen sollen, die Violet hier hatte." Sein Ton drückte tiefe Bewunderung aus. „Die Partys. Über alle Stockwerke und den Keller. Bei ihrer letzten Party hatte sie dort unten ein Karussell."

„Das ist immer noch da", sagten sein Enkel und ich gleichzeitig.

Bram Sr. spähte durch die Kellertür. „Ich würde es gerne sehen, aber ich fürchte, meine Knie mögen keine Treppen mehr." Er ließ seinen Blick wieder durch das Erdgeschoss schweifen. „Jeder, der in New York jemand war, war früher hier. Die Zeitungsleute haben draußen gewartet und Fragen geschrien, während Promis kamen und gingen. Stadträte, die mit ihren Geliebten hier waren, haben sich durch die Hintertür rausgeschlichen."

Während sein Enkel meinen Vertrag las, stellte ich mir die Klamotten, die Musik, die schicken Cocktails vor. „Ich wünschte, ich hätte das sehen können."

Er deutete mit seinem Gehstock auf das Fenster auf der Rückseite, das sich zu dem winzigen Garten mit sterbendem Gras und jetzt überquellenden Mülltonnen öffnete. „Wussten Sie, dass ein Nachbar die Polizei gerufen hat, weil Ihre Großmutter sich nackt da draußen gesonnt hat? Der junge Polizist war mit Violet hoffnungslos überfordert. Er entschied, dass der Garten Violets Privateigentum war, in keiner Weise öffentlich, und verhängte gegen den Nachbarn, der sich beschwert hatte, eine Geldstrafe."

Ha! „*Das* hat sie mir nie gesagt."

„Alle haben sie geliebt." Die Stimme von Bram Sr. war voller Nostalgie, die mich mich fragen ließ, ob er sie auch geliebt hatte?

„Wie lange sind Sie befreundet gewesen?"

„Siebenundfünfzig Jahre."

Der letzte Bissen Bagel blieb mir im Hals stecken. Die Zeit blieb stehen. *Mom ist sechsundfünfzig Jahre alt.*

Das Haar von Bram Sr. war grau. Mein Blick wanderte zu seinem Enkel. Braun, ein Farbton ähnlich dem meiner Mutter. Falsche Augenfarbe, aber sowohl meine Mutter als auch ich hatten Violets grüne

Augen geerbt. Ich konzentrierte mich auf Bram Seniors Kinn. War das die Spur eines Grübchens?

Ist eine großväterliche Umarmung in Ordnung?

Wusste er es?

Oh-Gott-oh-Gott-oh-Gott. Ich kämpfte den Bagel endlich hinunter.

Hatte meine Großmutter es ihm erzählt? Oder hatte er es erraten? War er hier, um es mir zu sagen? Warum hatte er mich nicht vorher kontaktiert? Warum nicht meine Mutter? Warum unsere Existenz die ganze Zeit ignorieren? War ich Brams *Cousine*?

Ich trank Kaffee, damit ich mit diesen Fragen nicht herausplatzte, trank ihn zu schnell, und dann zwang mich ein Husten, mit der Hand zu zucken. Schwarze Flüssigkeit spritzte über den ganzen Tisch und hätte fast den UPS-Umschlag mit den Resten meines Frühstücks überschwemmt.

Bram schnappte sich den Umschlag und ließ ihn auf seinen Stuhl fallen, während er aufsprang und meinen Ludington's-Vertrag sicher in der Hand hielt. „Ich hole die Papierhandtücher aus der Küche." Er hatte den Raum halb durchquert, als er fragte: „Macht es Ihnen was aus, wenn ich das Badezimmer hinten benutze? Das Badezimmer in der Kirche ist voller Kruzifixe. Ein unbehaglicher Ort."

„Nein. Nur zu."

Bram Sr. ging an mir vorbei auf die Treppe zu. „Ist es oben noch so wie früher?"

„Wenn Sie damit mehr Drama als am Broadway meinen, dann ja." Sein Enkel würde nur für ein paar Minuten weg sein. Wenn ich den Mann etwas fragen wollte, dann jetzt. „Ich habe mich gefragt…"

„Wissen Sie, ich glaube, ich würde es doch gerne riskieren und mich in den Keller wagen."

Ich ging voraus, öffnete die Tür und schaltete das Licht ein. Nervöse Energie trieb mich an. Ungeduld ließ mich auf halbem Weg innehalten. Das war es, das Geheimnis der Geheimnisse meiner Familie. Ich musste ihn fragen. Vielleicht würde ich keine weitere Gelegenheit bekommen.

„Waren Sie und Violet jemals mehr als nur Freunde? Was ich meine, ist …" Ich wollte ihn nicht beleidigen, doch die Frage brannte in mir.

Die Uhr tickte. Ich wollte dieses Gespräch nur mit ihm führen, ganz privat. „Sind Sie mein Großvater?"

Die Welt hörte auf, sich zu drehen. Sogar die Staubkörner blieben in der Luft stehen. Meine Lunge erstarrte zwischen einem Atemzug und dem nächsten.

Ein Moment außerhalb der Zeit.

Dann begann die Uhr des Universums wieder zu ticken.

Bram Sr. packte das Geländer, als ob meine Frage ein Schlag wäre und er Unterstützung brauchte. „Oh du meine Güte." Seine grauen Brauen zogen sich gequält zusammen. „Oh, ich verstehe. Es tut mir leid. Ich bin nicht Ihr Großvater, Emsley." In seiner Stimme schwang tiefer Traurigkeit mit. „Doch ich würde alles geben, um sagen zu können, dass ich es bin. Bitte glauben Sie mir."

Ein dumpfer Schmerz breitete sich in meiner Brust aus.

Er machte vorsichtig einen Schritt nach unten, dann noch einen, sichtlich erschüttert. Ich ging zu ihm zurück, um ihm zu helfen. Ich hätte nicht zustimmen sollen, ihm den Keller zu zeigen. Ich hätte keine dummen Fragen stellen sollen.

Seine Mundwinkel hingen, als würde er von einem Leben voller Bedauern hinuntergezogen. „Ich hätte alles für Violet getan. Damit wir so hätten zusammen sein können. Ich habe zu viele Jahrzehnte in einer lieblosen Ehe festgesessen. Doch Violet hätte mich sowieso nicht geheiratet. Sie wollte nie heiraten."

„Wissen Sie, warum?"

„Sie wollte sich an niemanden binden. Und ich glaube, sie hat Männern nie ganz vertraut. Kein Wunder natürlich, nach dieser vermaledeiten Vanderbilt-Party." Bram Seniors Augen blitzten, scharf und hart, und für einen Moment war er ein viel jüngerer Mann, einer, der bereit war, in die Schlacht zu ziehen.

„Was ist auf dieser Vanderbilt-Party passiert?"

Er konzentrierte sich auf den nächsten Schritt und sah mich nicht an. „Es steht mir nicht zu, darüber zu reden."

„Ich kann niemanden sonst fragen."

Wir erreichten den Fuß der Treppe, und er wandte sich von mir ab. „Oh, hallo, Tiny Tim. Es ist eine Weile her."

Die LED-Birne, die ich im Supermarkt gekauft hatte, war ihre sechs

Dollar wert. Der Bär sah weniger einschüchternd aus, seine ausgestreckten Pfoten drohten nicht mehr so sehr, uns die Gliedmaßen einzeln auszureißen, sondern sahen eher so aus, als wollte er uns den Kopf tätscheln. Nicht, dass ich mich in diesen Moment für den Bären interessiert hätte.

„Meine Großmutter? Bitte."

„Sie wollte nicht mit mir über diese Nacht reden. Ich dachte, sie hätte es Ihnen vielleicht erzählt. Sie hat Sie mehr als alle anderen geliebt."

„Was soll Sie mir erzählt haben?"

Er wog seine Worte vorsichtig ab. „Sie müssen verstehen, dass ich nur die Folgen erlebt habe."

„Können Sie mir dann einfach den Teil erzählen, den Sie wissen?" *Und schnell.* Sein Enkel würde jeden Moment nach uns suchen. „Bitte."

Schließlich antwortete Bram Sr. mühsam. „Ich habe mit einem der Vanderbilt-Neffen studiert. Ich wäre fast nicht zu dieser Party gegangen. Ich dachte, es war eine Mitleidseinladung. Ich komme aus einfachen Verhältnissen, wissen Sie?" Er stützte sich schwer auf seinen Stock. „Andererseits, wer kommt im Vergleich mit den Vanderbilts nicht aus einfachen Verhältnissen? Haben Sie das Gebäude gesehen?"

„Ich denke schon." Ich hatte ein vages Bild davon in meinem Kopf. „Dreiundsiebzigste Straße?"

„Zweiundsiebzigste. Ein Block vom Central Park entfernt. Was Vanderbilt furchtbar gestört hat. Das Carnegie Mansion liegt nicht nur direkt am Park, sondern überblickt auch das Wasser. Das Jaqueline Kennedy Onassis Reservoir. Damals haben sie es Central Park Reservoir genannt."

„Und die Party?"

„Ich war gerade erst angekommen. Ich stieg die große geschwungene Treppe hinauf, die Champagnerflöte in der Hand. Ich hatte noch nicht einmal den ersten Schluck getrunken." Er hielt inne, als würde ihm das, was er sagen wollte, wehtun, oder er befürchtete, es würde mich verletzen. „Die schönste Frau, die mir je begegnet ist, kam aus der Bibliothek geschossen. Einen Moment lang war sie voller Bewegung, dann blieb sie stehen, als hätte sie sich verirrt, als wüsste sie nicht, wo sie war, wohin sie als Nächstes gehen sollte. Das erste und einzige Mal, dass ich sah, wie Violet nicht Herrin einer Situation war."

„Was ist passiert?"

„Ich bin die Treppe hinauf geeilt und habe gefragt, ob ich helfen kann. Sie wich zurück. Und jeder Instinkt, den ich besitze, hat mir gesagt, dass sie der Typ Frau war, der vor nichts zurückschreckte. Sie hat mich gefragt, ob ich sie da rausholen könnte. Ich stellte mein Glas auf der Stelle am Boden ab und bot ihr meinen Arm an, fragte sie, ob sie ihren Mantel holen müsse. Sie warf einen panischen Blick auf die geschlossene Bibliothekstür und floh dann die Treppe hinunter."

„Hat sie gesagt, warum sie so aufgewühlt war?"

„Hat mir nur ihre Adresse genannt. Ich habe sie in einem Taxi nach Hause eskortiert und bot ihr an zu bleiben, doch sie hat mich wegge-schickt. Ich bin direkt zurück zur Party gefahren und in die Bibliothek gestürmt, bereit, den Mann zu töten, der sie verletzt hatte."

„Warum haben Sie geglaubt, sie sei verletzt?"

„Ihr Kleid war zerknittert." Bram Seniors Stimme wurde leiser. „Ich dachte, ich hätte Blut am Saum gesehen."

Meine Hände ballten sich zu Fäusten. Ich wollte den verdammten Bären schlagen. „Wer ist mit ihr in der Bibliothek gewesen?"

„Ich habe das Zimmer leer vorgefunden. Wer auch immer dort gewesen war, er war weg, als ich zurückgekommen bin."

„Sie hat es Ihnen nie gesagt?"

„Sie hat mich nicht einmal die Frage aussprechen lassen. Wir wurden Freunde. Aber jedes Mal, wenn ich daran dachte, sie zu fragen, wusste sie es, und ihr Gesichtsausdruck hat mich verstummen lassen."

„Danke, dass Sie Violet ein so guter Freund waren."

„Es war mir eine Ehre." Mehr konnte er nicht sagen, denn sein Enkel kam die Treppe heruntergerannt.

„Du kommst zu spät zur Kirche." Der jüngere Bram reichte seinem Großvater die Hand. „Lass mich dir die Stufen hinauf helfen."

Ich folgte ihnen, rohe Emotionen schrien in meinem Kopf wie Todesfeen aus einem altgriechischen Mythos. Ich wollte mit ihnen schreien. *In einer Minute.* Sobald ich allein war.

Als wir an meiner neuen Sitzgruppe vorbeikamen, bemerkte ich geistesabwesend, dass der verschüttete Kaffee vollständig aufgewischt war. Bram hatte meine Sauerei beseitigt.

Er nahm seinen Umschlag vom Stuhl. „Ich kümmere mich darum." Er betrachtete mein Gesicht. „Das Gerede über die Vergangenheit hat Sie aufgewühlt. Tut mir leid."

„Ich vermisse nur meine Großmutter."

Er nickte und gab mir Treys Vertrag. „Das sieht ziemlich wasserdicht aus, aber lassen Sie Adele drüberschauen. Sie ist die Expertin."

„Danke für all Ihre Hilfe."

Ich brachte sie zur Tür. Bram Sr. umarmte mich noch einmal. Der jüngere Bram verabschiedete sich einfach, doch er hatte Fragen in den Augen.

Ich senkte meinen Blick. Durch Zufall landete er auf seiner linken Hand. Kein Platin-Ehering.

„Darf ich Sie später anrufen?", fragte er.

Oh Gott, nein.

Wenn ich jemals eine Spur der Anziehung ihm gegenüber empfunden hatte, war sie sofort gestorben. Vom Himmel gefallen wie eine abgeschossene Taube. *Klatsch* auf die Stufen. Ich konnte solche Typen wirklich nicht ausstehen.

Bram war nett, höflich, amüsant und hilfsbereit gewesen, und ich hatte gedacht, dass er seine Frau liebte. Ich mochte den Mann, für den ich ihn hielt. Mir gefiel die Idee, dass irgendwo da draußen eine Frau einen Mann wie ihn hatte, ein Sieg für die Frauenwelt. Und wenn sie das alles haben könnte, könnte ich es vielleicht eines Tages – wenn ich aus meinem derzeitigen Schlamassel heraus wäre – auch haben.

Nur dass Bram jetzt dastand, den Ring wahrscheinlich in der Tasche, und fragte, ob er mich später anrufen könnte.

„Ich werde den ganzen Tag mit Packen beschäftigt sein." Unser Geschäft war abgeschlossen. „Auf Wiedersehen."

Ich schloss die Tür. Die Welt war scheiße und alle darin auch.

Ich hatte geglaubt, so gut darin gewesen zu sein, keine widersprüchlichen Signale zu senden, nicht auf irgendeine, nicht einmal eine harmlose Art und Weise zu flirten. Ich dachte, wir hätten auf einer Wellenlänge gefunkt. Ich hatte Bram für einen Freund gehalten, als ich einen Freund gebraucht hatte.

Ich hatte es mir nur eingebildet. Wir kannten uns kaum. Er war mir nichts schuldig. Und meine Enttäuschung über ihn war weniger als nichts. Nicht im Vergleich zu den erschreckenden Neuigkeiten, die ich gerade im Keller erfahren hatte.

„Oh Violet."

Ich wirbelte mit einem Aufbranden von Wut auf dem Absatz herum. Ich wusste nicht viel, aber eines wusste ich: Ich würde das Haus auf den Kopf stellen auf der Suche nach jedem Zettel, jedem Brief, jedem letzten Schnipsel. Wer auch immer mit Violet in dieser Bibliothek gewesen war, ich würde diesen Bastard finden.

KAPITEL VIERZEHN

Johanna

1890, 25. Juli, Amsterdam, Niederlande

„Ich möchte, dass du und unser kleiner Sohn euch erholt." Theo umarmte mich zärtlich auf dem Bahnsteig neben seinem Zug. Die Kühle Amsterdams hüllte uns ein. Der langsamere Rhythmus der Stadt fühlte sich beruhigend an, wie ein alles heilender Balsam.

Ich liebte die Sonne von Paris, auch wenn sie mich blendete, wenn das Licht von den weißen Palästen der Champs-Élysées reflektiert wurde. Ich liebte es, in den farbenfrohen Strömungen der großartigsten Stadt der Welt zu schwimmen, wo man, wenn man nachts genau hinhörte, den Herzschlag des Lebens hören konnte. Doch nach einem Jahr war ich als junge Mutter froh, wieder zu Hause zu sein. Nachdem ich allein den Haushalt geführt und mich um Wil gekümmert hatte, brauchte ich die helfenden Hände meiner Mutter und meiner Schwestern.

Theo war mit dem Baby mit mir in die Sommerferien gekommen, doch nach vier kurzen Tagen musste er zur Arbeit nach Paris zurück-

139

kehren. Er hatte einen Käufer für den Diaz, und wir brauchten die Provision aus dem Verkauf.

Theo küsste meine Wange und dann Wils Kopf. „Ich liebe euch beide. Jeder Tag wird elend sein ohne euch. Ich verspreche, mich zu beeilen."

„Bitte. Ich möchte, dass wir den großartigen Urlaub haben, den wir alle brauchen."

Ich klammerte mich an ihn, mein Herz war voll von mehr Liebe, als ich mir jemals als dummes kleines Mädchen hätte vorstellen können. Seit unserer Hochzeit hatten wir keinen Tag getrennt verbracht. Ich wollte nicht, dass er ging. Endlich hatte ich mein Glück gefunden, diesen makellosen Zustand der Freude, von dem ich als junges Mädchen geträumt hatte. Ich war mir sicher, dass wir jetzt endlich bergauf gehen würden.

„Wenn sie uns wiedersehen, verspreche ich dir, dass wir ein Ausbund von Wohlbefinden sein werden. Wils Infektion wird von Tag zu Tag besser. Hast du gesehen, wie herzhaft er zu Mittag gegessen hat?" Und auch mir ging es besser. Mit jedem Tag, den wir in den Niederlanden waren, wurden Wil und ich stärker.

Theo hielt mich fest. Er wollte genauso wenig gehen, wie ich ihn loslassen wollte. „Ich werde zurück sein, bevor du mich vermissen kannst, Liebste. Ruh dich aus, während ich weg bin."

„Ich werde den Rest unseres Urlaubs planen. Lange Bootsfahrten und schöne Spaziergänge entlang der Kanäle, das Rijksmuseum, Den Haag."

Er nahm meine Hand, als könnte er nicht anders. „Und was soll ich dir als Geschenk mitbringen?"

„Ich wünsche mir nichts mehr, als dass sich der Diaz schnell verkauft und dass du dich beeilst." Ich stellte mich auf die Zehenspitzen für einen weiteren schnellen Kuss.

„Die Kommission könnte zu keinem besseren Zeitpunkt kommen." Theos Lächeln war voller Andeutungen.

Hoffnung sollte ein geduldiges Ding sein. Meine war es nicht. Ich fragte: „Wir ziehen um?"

Die Spitzen von Theos Schnurrbart hoben sich. „Ich verspreche es,

Liebste. Und das ist nur der Anfang. Alle unsere Träume werden bald wahr werden."

Ich sprang zurück in seine Arme. „Das Leben wird in der Erdgeschosswohnung so viel einfacher. Oh, bitte schreib' Vincent in Auvers, um es ihm zu sagen. In einer größeren Wohnung können wir seine Bilder genau so lagern, wie er es möchte. Das sollte ihn glücklich machen."

„Du hast seinen letzten Brief gelesen. Er freut sich schon. Er malt jeden Tag. In Dr. Gachet hat er einen guten Freund gefunden. Ich bin mir sicher, dass sich seine neuen Werke verkaufen werden."

„Ich bin nur froh, dass er seine Aussichten wieder optimistisch einschätzt." Vincents Glück war für Theos Glück notwendig.

Beim letzten Warnpfiff sprang mein Mann in den Zug. Ich hielt die Tränen zurück, als das dampfspeiende schwarze Biest meine Liebe davontrug.

Auf dem Weg zurück zu meinem Elternhaus hielt ich meinen Sohn fester. Ich bemühte mich, meine Gefühle unter Kontrolle zu bekommen, doch einige hartnäckige Tränen klebten immer noch an meinen Wimpern, als ich endlich das Haus betrat. Doch dann wartete dort, im Salon, die glücklichste aller Überraschungen.

Meine beste Freundin Anna sprang auf und rannte zu mir. „Jo! Und Wil! Wie süß er ist. Und hier ist meine Saskia." Sie bückte sich nach ihrer eigenen Tochter, die auf dem Teppich saß. Sie war nur wenige Monate jünger als mein Sohn.

Die folgenden drei unbeschwerten Tage waren voller Lachen. Die beiden Kleinen liebten es, miteinander zu spielen. Meine Familie war in uns vernarrt. Theo schrieb, dass er in Kürze zurückkehren würde.

„Mein Leben ist ein Traum, die perfekte Idylle", sagte ich am Dienstagmorgen zu Anna und gab Wil seine Holzkugel zurück, die unter meinen Stuhl gerollt war. „Und deines auch. Was für ein Glück wir haben."

Sie strich Saskias hübsches gelbes Kleid glatt. „Das Problem mit der Geschichte vom Paradies ist natürlich, dass sie immer damit endet, aus dem Paradies vertrieben zu werden."

Ich öffnete den Mund, um zu fragen, ob sie und Jan Probleme hatten, doch es klingelte an der Tür.

Ich beeilte mich zu öffnen und nahm einen Brief vom Postboten entgegen.

„Von Theo. Wahrscheinlich schreibt er, um mir zu sagen, in welchem Zug er morgen früh sitzen wird." Mein Blick blieb an der Absenderadresse hängen.

Anna bemerkte es. „Was ist?"

„Er schreibt aus Auvers-sur-Oise anstatt aus Paris."

Meine Mutter kam von der Küche ins Wohnzimmer geeilt. „Warum ist er dort? Muss er ständig reisen? Deinem Vater wäre nicht im Traum eingefallen, mich und unsere Kinder irgendwo im Stich zu lassen."

„Theo hat uns kaum im Stich gelassen, Mama." Ich öffnete den Brief und überflog die hastig hingekritzelten Zeilen. „Vincent geht es wieder schlecht."

„Was ist mit ihm?" Meine Schwester Mien kam hinter meiner Mutter herein.

„Theo schreibt es nicht." Ich eilte zum Schreibtisch meines Vaters in der Ecke und schrieb sofort zurück. „Ich sende meine besten Wünsche und Gebete für seine Genesung."

Mom stupste mich an der Schulter an. „Und frag' ihn nach Einzelheiten."

Das tat ich. Und dann wartete ich zwei endlose Tage, mein Herz wechselte zwischen der hellsten Hoffnung und der finstersten Sorge, bevor Theos Antwort eintraf.

Anna und ich waren allein zu Hause, mein Vater bei der Arbeit, meine Mutter und ältere Schwestern mit den Kindern spazieren. Es war Annas letzter Tag bei uns, also packte sie. Ich war in ihrem Zimmer, um ihr zu helfen.

Wir planten unser nächstes Treffen in Paris, als das Dienstmädchen die Treppe heraufkam und mir Theos Brief reichte.

Meine Augen flogen über die Worte.

Anna schloss ihren Koffer. „Gute Nachrichten?"

„Die Nachricht könnte nicht schlechter sein." Ich taumelte zum Sessel in der Ecke und ließ mich darauf sinken. Ich konnte meine

Freundin durch meine Tränen kaum sehen. „Vincent ist tot." *Atme.* „Er hat sich erschossen."

Auch Annas Beine gaben nach. Das Bett fing sie auf. „Eine gequälte Seele. Oh, Jo." Sie sprang auf und eilte zu mir, legte ihre Arme um mich. „Es tut mir so leid. Wieso? Sagt Theo, was passiert ist?"

Ich rieb mir mit dem Handballen die Tränen aus den Augen, um den mit dem Brief gelieferten Zeitungsausschnitt aus dem *L'Écho Pontoisien* zu lesen, aber neue Tränen ersetzten die alten schneller, als ich sie wegwischen konnte.

Anna nahm mir den Ausschnitt ab und übersetzte, während sie las. „*Am Sonntag, dem 27. Juli, hat sich ein gewisser Van Gogh, 37 Jahre alt, niederländischer Staatsbürger, Künstler, auf den Feldern mit einem Revolver zu erschießen versucht und ist verletzt in sein Zimmer zurückgekehrt, wo er am übernächsten Tag verstorben ist.*"

Der Artikel flatterte ihr aus der Hand und landete auf dem Saum meines Rocks.

Ich konnte es nicht ertragen, ihn aufzuheben. Nicht einmal, wenn jeder Instinkt danach schrie, ihn abzuschütteln, da alle Frauen darauf gedrillt sind, sich sofort gegen alles zu verteidigen, was unsere Kleidung berührt, damit es nicht ein verirrter Funke ist. Wir trugen nicht mehr die Krinoline-Kleider aus der Jugend meiner Mutter, die jedes Jahr Tausende von Todesfällen forderten, aber viele Frauen starben immer noch, weil ihre Kleider Feuer fingen. Alles, was ich tun konnte, war, auf die dicht gedruckten Worte zu starren und vor der Vorahnung zu schaudern, dass sie nicht weniger gefährlich waren als Glut und die Macht hatten, mein ganzes Leben niederzubrennen.

„Doch Vincent ging es so gut, als wir ihn im Juni in Auvers besucht haben." Wie sehr er den kleinen Wil geliebt hatte, wie er seinem Neffen stolz den Tierhof gezeigt hatte. Er hat Wil sogar ein Vogelnest geschenkt, das er gefunden hatte. „Theo muss am Boden zerstört sein." Ich kämpfte darum, den Schmerz zu überwinden, der meine Lungen zu Stein erstarren ließ. „Ich muss Theo schreiben."

„Du bleibst hier." Anna hob den Zeitungsausschnitt auf. „Ich bringe dir Stift und Papier."

Ich konnte kaum die weiße Seite sehen, die sie mir ein paar

Sekunden später in die Hand drückte. *Wann soll ich kommen?*, schrieb ich in schrecklicher Schrift, mit zitternden Händen.

Zwei qualvolle Tage vergingen, bis eine Antwort eintraf. Anna und ihre süße Tochter waren inzwischen nach Hause zurückgekehrt. Meine Familie umgab mich mit Liebe, doch nichts konnte die dunkle Last der Trauer von meiner Brust nehmen.

„Theo möchte, dass ich in Amsterdam bleibe." Ich saß mit meiner Mutter und meinen Schwestern am Küchentisch, betäubt, unfähig, die Worte auf dem Papier zu verstehen. „Er sagt, ich soll bleiben, wo ich bin."

Doch in einer Zeit wie dieser von ihm getrennt zu sein, war unvorstellbar. Ich sehnte mich danach, bei ihm zu sein, sehnte mich nach dem Trost seiner Umarmung. Unsere gebrochenen Herzen gehörten zusammen.

Ich hatte kaum die Kraft, meinen Stuhl zurückzuschieben, doch ich schaffte es. „Ich gehe nach oben, um zu packen. Wenn das Mädchen vom Markt zurückkommt, schick sie bitte zu mir, damit sie mir hilft."

Am nächsten Morgen fuhren mein kleiner Sohn und ich mit dem ersten Zug nach Paris, da Theos letzter Brief von dort aufgegeben worden war. Ich hatte ein Telegramm geschickt, also wartete mein liebster Mann am Bahnhof auf uns.

„Oh, meine Liebe." Wie seine Kleider an ihm hingen!

Er war vor dieser Tragödie stärker geworden, und ich hatte darauf vertraut, dass unser Urlaub in Amsterdam ihn ganz gesund machen würde. Doch anstatt uns gemeinsam auszuruhen und zu erholen, waren wir getrennt gewesen, und Theo wirkte ausgezehrter denn je. Er sah mich hilflos an, wie ein Kind. Ich konnte mich weder an ihn lehnen, noch mich an seine Brust schmiegen.

Der Anblick des erschöpften Theo brach mir das Herz. Als ich ihn geheiratet hatte, war ich von der Obhut meines Vaters in seine übergeben worden. Er hatte mich beschützt. Vor zwei Wochen hatte er mich nach Amsterdam begleitet. Doch ich war allein zurückgekommen und konnte sehen, dass etwas in ihm zerbrochen war, während wir voneinander getrennt gewesen waren. Ich würde das Gewicht tragen müssen, das er nicht mehr tragen konnte. Ich würde die Führung übernehmen müssen.

Ich war seit über einem Jahr eine verheiratete Frau. Ich hatte ein Kind. Aber auf dem Bahnsteig, in diesem einen Moment wurde ich erwachsen. Ich fühlte, wie das Schicksal mit gnadenloser Hand Falten um meine Augen ritzte. Ich bezweifelte, dass der Bäcker jemals wieder den Fehler machen würde, mich „Mademoiselle" zu nennen.

Ich nahm Theos Hand. „Wartet eine Kutsche?"

„Am Eingang."

Ich steckte dem Kofferträger eine Münze zu und bat ihn, uns mit unseren Koffern und Bündeln zu folgen. Dann, als wir uns in unserer gemieteten Kutsche niedergelassen hatten und unsere Sachen hinten verstaut waren, ergriff ich erneut Theos Hand.

„Sobald ich unseren Sohn in seine Wiege gelegt habe, werde ich zum Markt eilen. Ich werde ein herzhaftes Essen kochen. Wir sind jetzt hier, Liebster. Unsere Familie ist zusammen. Du wirst dich bald besser fühlen."

Er hielt meine Hand und nickte ohne Überzeugung, saß zusammengesunken neben mir, seine Augen glitzerten vor Tränen. Er wandte sich ab, damit ich sie nicht sah.

Die Kutsche rollte unter einem bedrohlichen, stetig dunkler werdenden Himmel vorwärts.

„Wie ist es passiert?"

„Am Montag hat Dr. Gachet mir geschrieben, um mich um einen Besuch zu bitten." Theo vergrub sein Gesicht an meinem Hals, und seine Tränen fielen auf meine Haut. „Er sagte, Vincent habe sich selbst verletzt. Er ist nicht sofort an dem Schuss gestorben. Er hat immer noch gesprochen, als ich angekommen bin. Ich habe erwartet, dass er sich erholt."

Ich hielt unseren kleinen Sohn mit einem Arm auf meinem Schoß, während ich mit dem anderen Theo festhielt.

„Er ist am Dienstag gestorben." Theos Stimme war ein gebrochenes Flüstern. „Kurz nach Mitternacht. Er hat zu mir gesagt, *Ich wollte, dass es so endet.*"

Ich schluckte ein Schluchzen herunter. „Er wollte dich am Ende an seiner Seite haben. Und du warst da. Ihr beide zusammen, immer." Doch oh, wie sehr wünschte ich mir, Vincent hätte Theo all dieses Leid erspart.

„Unsere Mutter ist am Boden zerstört." Theo richtete sich auf und wischte sich die Augen. „Wir haben ihn an einer sonnigen Stelle inmitten der Felder von Auvers beerdigt."

„Endlich hat er Ruhe gefunden." Ich küsste die Schläfe meines Mannes. „Du hast deinen Bruder ohne mich beerdigen müssen, aber du wirst mit deiner Trauer nicht allein sein."

Wir schleppten uns wie im Nebel durch den August und litten unter der erbarmungslosen Hitze der Stadt – unsere Pläne für unseren Urlaub in der Kühle Amsterdams waren vergessen. Wie seltsam, dass der Postbote nicht mehr fast täglich mit Vincents Briefen kam. Immer wieder sah ich seine uniformierte, massige Gestalt vom Fenster aus und fragte mich, was es Neues aus Auvers gab. Und dann erinnerte ich mich.

Wir lebten in Trauer, doch wenigstens ging es unserem geliebten Jungen gut. Meine Blutungen hatten auch aufgehört. Theos Melancholie legte sich, und sein Husten, der sich nach Vincents Tod verschlimmert hatte, ließ wieder nach.

Mitte September sind wir nach unten in die größere Wohnung gezogen. Da Theo Vincent nicht mehr unterstützen musste, konnten wir uns die höhere Miete leisten. Wir verloren zwar das Licht im Obergeschoss, und alles war immer noch chaotisch und würde es auch bleiben, bis wir für jedes Möbelstück den richtigen Platz gefunden hatten, doch weniger Treppen bedeuteten einen leichteren Alltag. Und wir konnten Vincents Gemälde ordentlich lagern, ein wichtiger Aspekt, da weitere aus Auvers auf dem Weg waren.

Wir sprachen darüber, spät in der Nacht im Bett, als Theo eine Idee hatte, die ihm endlich ein kleines bisschen Freude bereitete.

„Ich werde eine Retrospektive für Vincent in unserer alten Wohnung veranstalten, während sie leer steht, bevor sie wieder vermietet wird." Zum ersten Mal seit der Tragödie funkelten seine Augen vor Aufregung, anstatt sich in den Schatten der Traurigkeit zu verlieren. „Ich werde Émile Bernard um Hilfe bitten. Er schreibt Vincents Biographie und will einige eurer Briefe aneinander beifügen. Die Leute reden plötzlich über Vincents großes Talent."

146

„Ich hoffe, er sieht das alles vom Himmel aus."

Theo küsste meine Nasenspitze. „Ich werde ihn doch noch berühmt machen." Und einfach so war mein Mann wieder ein Träumer. Er wiegte mein Gesicht in seinen Händen und küsste dann meine Lippen. „Wirst du mir helfen, meine Liebste?"

„Immer, mein Liebster." Mein Herz füllte sich mit dem schillernden Licht, das Vincent so gut gemalt hatte. Hoffnung entfaltete ihre flüsterweichen Blütenblätter. „Gemeinsam werden du und ich triumphieren. Wir werden alle Dunkelheit hinter uns lassen. Jetzt, wo wir mehr Platz haben …", flüsterte ich zwischen den Küssen.

„Sollte unser Wil einen Bruder oder eine Schwester zum Spielen haben?" Theo lächelte sein erstes Lächeln seit Vincents Tod. „Ja." Er zog mich an sich. „Mein liebster Schatz, ja."

Später schlief ich ein, während ich eines der Gemälde an der Wand betrachtete, dunkler Himmel über einem Weizenfeld. In meinem Traum betrat ich dieses Feld, und als ich darüber schlenderte, lichteten sich die Gewitterwolken. Blumen öffneten ihre Blütenblätter. Die Vögel sangen.

Ich wachte abrupt von einem stechenden Schmerz in meiner Schulter auf. Theo schlug im Schlaf um sich und hatte mich getroffen. Er knirschte mit den Zähnen und gab einen unheimlichen schmerzlichen Laut von sich, bei dem sich die Härchen auf meinen Armen aufrichteten.

Ich schüttelte ihn. „Wach auf, mein Liebster. Du hast einen Alptraum."

Anstatt die Augen zu öffnen, heulte er, ein trauriges Heulen, das unser Zuhause und meinen Kopf erfüllte, ein eindringlicher Laut, den ich nie vergessen werde – wie Geister, die aus der Ferne riefen.

Sanft strich ich ihm die Haare aus der Stirn und spürte die Hitze des Fiebers.

Nein, nein, nein. Nicht jetzt.

Ich sprang aus dem Bett. „Ich muss Hilfe holen."

Dann fiel mir das Fenster ins Auge. Ich sah hinaus in die dunkelste Nacht. Bis zum Morgengrauen konnte ich nicht zum Arzt laufen.

Ich schüttelte Theos Schulter. „Wach auf, Liebster!"

KAPITEL FÜNFZEHN

Emsley

Wie viele Lebensjahre vergeudet der durchschnittliche Mensch damit, ein Idiot zu sein?

Wie viele Stunden hatte ich in der Schule verschwendet – ganze Abende damit verbracht, Timothy Dalton im Internet anzustarren?

Meine Großmutter hatte die Identität meines Großvaters nicht geheim gehalten, um seinen Ruf zu schützen, weil er ein verheirateter Mann war, ein berühmter Mann. Sie hatte nie über ihn gesprochen, weil sie ihn hatte vergessen wollen. Sie hatte es meiner Mutter nie erzählt, weil sie meine Mutter vor der schrecklichen Wahrheit schützen wollte. Doch andererseits hatte die Stille meiner Mutter natürlich trotzdem wehgetan.

Mein Herz schmerzte für sie beide. Und ich war wütend.

Nachdem Bram und sein Großvater am Sonntagmorgen gegangen waren, hatte ich ein weiteres Kapitel aus dem kleinen grünen Buch gelesen, um meine Gedanken zu beruhigen. Stattdessen weinte ich wie ein Kind über Vincents Tod. Sein Tod und der von Violet verschmolzen in meinen Gedanken, und ich trauerte erneut, als wäre ihr Tod gerade erst geschehen.

Dann war da die Offenbarung von Bram Sr., ein Tornado an sich, der durch meinen Wirbelsturm der Gefühle tobte. Den Rest des Tages verbrachte ich mit Wutputzen, mit kleinen Pausen, um Diyas Fragen vor der Auktion zu beantworten. Ich überließ ihr das Geschäft und nahm das Haus auseinander. Aber ich fand keinen Hinweis auf die Identität des Mannes, der Violet in der Bibliothek wehgetan hatte.

Ich hatte noch genug Wut für Montag übrig. Ich nahm die alten Vorhänge ab und warf sie in den Müll.

Die Worte von Bram Sr. gingen mir immer wieder durch den Kopf. Ich war nicht überrascht, dass Violet den Angriff nie gemeldet hatte. 1965 hatte sie am Anfang ihrer Karriere gestanden. Wenn sie Anschuldigungen erhoben hätte, hätte man ihr nicht geglaubt und ihr die Schuld daran gegeben. So war es damals gewesen.

Verdammt, so war es manchmal heute noch.

Ich riss die letzten Samtvorhänge von der Stange und schickte sie mit einem befriedigenden Flattern zu Boden. „Gut so."

Ich kletterte von der Leiter. Das Versteck des Phantoms sah nicht mehr wie das Versteck des Phantoms aus. Ohne die schweren Vorhänge tauchten die beiden nach Süden gerichteten Fenster den Raum in Licht, und er war fast so hell wie das Atelier im obersten Stock.

Ich zerrte die schweren Vorhänge zum oberen Ende der Treppe und warf sie auf den darunter liegenden Treppenabsatz, um meine Frustration mit harter Arbeit zu verbrennen. Klassische Musik drang durch die Studiotür über mir. Strena hatte wieder Models dort oben. Ich überließ sie ihrer Kunst und kehrte zurück ins Schlafzimmer, um zu sehen, was ich als Nächstes angehen musste.

Zeitungsausschnitte und Bilder lagen am Boden verstreut. „Oh verdammt."

Ich musste die Hutschachtel mit den blöden Vorhängen umgeworfen haben.

Ich öffnete das Fenster, um den Staub herauszulassen, der um mich herum in der Luft tanzte, dann setzte ich mich vorsichtig in die Mitte des Chaos und hob das Foto auf, das mir am nächsten lag: Violets altes kirschrotes Mustang-Cabrio.

Eine Taube landete auf der Fensterbank.

„Ich habe hier nicht einen Krümel Essen. Verschwinde."

Sie blieb, wo sie war, und starrte mich an.

Ich wandte mich wieder den Fotos zu, während ich sie im Auge behielt.

Violet, die einen Preis entgegennimmt. Dann ein Bild von Leuten, die ich nicht kannte. Dann eines von Violet um die Dreißig, bei einer Vernissage in einer Galerie, wo sie mit einem attraktiven Mann tanzt. Ich hatte ihn bereits am Vortag obsessiv unter die Lupe genommen, doch ich hatte keine Möglichkeit zu sagen, ob der Mann DER Mann war.

Ich legte das Foto zurück in die Hutschachtel, griff nach einem, das umgedreht war, und stellte fest, dass auf der Rückseite Namen und Daten standen. Und auf vielen anderen auch.

Ich ging alles nochmal durch.

„Die Preisverleihung war 1979 im MoMA", sagte ich der Taube, die interessiert zusah. Der gutaussehende Mann, der mit meiner Groß-mutter getanzt hatte, war der niederländische Botschafter, auf einer Party in der Botschaft, nicht in einer Galerie. Die Fremden, die in die Kamera lächelten, stammten aus Violets Van-Gogh-Klasse.

„Ich frage mich, ob sie ihren Schülern jemals das kleine grüne Buch gezeigt hat."

Ich hob ein weiteres Foto von Violet in Yves Saint Laurents berühmtem Mondrian-Etuikleid auf. Ein Geschenk des Designers, stand auf der Rückseite. Meine Mutter hatte dieses Kleid ein paarmal erwähnt. *Violet hat es zu meiner Abschlussfeier getragen! Kannst du dir das vorstellen? Alle deine Freunde sind da, und deine Mutter kreuzt in einem Minikleid und Go-Go-Stiefeln auf?*

Da ich den Sofatisch und die Schlafzimmersessel nach unten geschleppt hatte, hatte ich im Schlafzimmer Platz, um meinen Schatz auszubreiten.

„Ich werde sie in chronologischer Reihenfolge ordnen." Dann wäre es, als würde man sich einen Film über Violets Leben ansehen.

Das früheste Bild war von 1965, Violet mit achtzehn Jahren, atemberaubend schön, mit einem schiefen Grinsen im Gesicht. Sie war schon an der NYU angenommen worden.

Keine weiteren Fotos von 1965, nur ein Artikel über Violets erste Vernissage. Dann nichts bis 1966, dem Geburtsjahr meiner Mutter. Nichts dazwischen. Nichts von der *vermaledeiten* Vanderbilt-Party.

Ich lehnte mich zurück und starrte frustriert an die Decke. Ich schlug mit dem Kopf auf den Boden, was in sofortiger Reue und besorgtem Gurren der Taube resultierte.

Moment.

„Nur weil Violet keine Fotos von der Party hatte, heißt das nicht, dass auch sonst niemand welche hatte." Und wo landeten alle Fotos? *Im Internet.*

Ich kroch schnell zu meinem Laptop auf dem Nachttisch und machte Google zu meinem besten Freund.

Die opulenten Szenen, die meine Bildersuche fand, hätten aus einem Film des alten Hollywood stammen können, einer dieser aufwendigen Inszenierungen mit Zsa Zsa oder Marilyn: wallende Kleider, Federboas und die gelegentliche Tiara hier und da. Schade, dass die Fotos nicht bunt waren, um die Pracht der Farben sehen zu können.

Ich zoomte die Bilder heran und eines nach dem anderen durch.

„Da ist sie!"

Violet trug ein Kleid mit Empire-Taille, gleichzeitig raffiniert und unschuldig. Ein besticktes Seidentuch bedeckte ihre Schultern, ihr Haar war zu einem weichen Knoten hochgesteckt, ihre Augen voller Heiterkeit.

Sobald ich wusste, nach welchem Kleid und welcher Frisur ich suchen musste, war es leichter, sie wiederzufinden.

Ständig war sie von Männern umgeben. Mein Herz pochte, als ich jeden betrachtete. Sie trugen alle Smokings. „Die eine Hälfte sieht aus wie Daddy Warbucks, die andere wie Fred Astaire."

Ich spürte keine bedrohlichen Schwingungen. Und fand keine Bilder von einer zerzausten Violet.

Ich scrollte immer wieder durch die Fotos, fest entschlossen, den gewissenlosen Bastard zu entdecken, der sich zwischen den Lämmern versteckte.

Und dann fand ich ihn, einen gepflegten Mittzwanziger mit einem selbstgefälligen Lächeln, fotografiert beim Verlassen eines Zimmers. Die Tür hinter ihm stand halb offen und gab den Blick auf Bücherregale frei.

Er war nicht im Fokus der Aufnahme. Er war im Hintergrund, halb versteckt hinter einem glamourösen älteren Paar. Je mehr ich ihn heranzoomte, desto unschärfer wurde das Bild, doch ich konnte eine dunkle Linie an seinem Kiefer erkennen – ein Kratzer? Und etwas Weißes unter seiner Taille, das aussah, als hätte sich der Zipfel seines Hemdes in seinem Reißverschluss verfangen.

Ich klickte auf die Bildbeschreibung und suchte verzweifelt nach einem Namen, doch nur das Paar wurde aufgelistet. „Mr. & Mrs. Wannamaker."

Ich durchforstete noch einmal alle Bilder und suchte nach diesem bestimmten selbstgefälligen Gesicht. Ich fand ihn mit einer scheu aussehenden Frau, mit der er gerade auf die Party gekommen war. Diesmal stand er im Mittelpunkt des Fotos und wurde identifiziert.

„Taylor Wertheim, der junge Senator aus Massachusetts, mit seiner Braut."

Ich googelte ihn sofort.

„Er lebt noch."

KAPITEL SECHZEHN

Johanna
    1890, 12. Oktober, Paris, Frankreich

Sag niemals, dass das Leben nicht schlimmer sein könnte. Sag auch nie, dass sich das Blatt gewendet hat und nichts als blauer Himmel vor dir liegt. Das Schicksal wird es hören und lachen.

Ich hatte meiner Freundin Anna einmal gesagt, dass ich lieber ein Jahr intensiven Glücks haben würde als kleine Momente, die über ein ganzes Leben verteilt sind, und ich bekam ein Jahr, aber nur das. Als der Oktober kam, ging unser Leben so schnell den Bach hinunter, dass ich nicht mehr zu Atem kam.

Theo konnte den Tod seines Bruders nicht verwinden. Eine Krankheit löste die nächste ab, bis auch sein Geist davon betroffen war.

„Du musst essen, Liebling", flehte ich ihn durch unsere Schlafzimmertür an und wollte nichts mehr, als ihn wieder gesundzupflegen. „Komm wenigstens in die Küche."

Er ließ mich nicht mehr hinein. Ich schlief seit einer Weile im Zimmer unseres Sohnes, meine einzige Interaktion mit Theo, wenn er mich ihm einen Teller reichen ließ.

„Vincent hat Besseres verdient!", schrie er. „Wenn ich die Entscheidungen, die ich getroffen habe, nicht getroffen hätte, wenn ich zurückgehen könnte … Was habe ich getan? Er war vollkommen abhängig von mir. Ich wusste das!"

Er schrie auf Holländisch und dann auf Französisch, und dann schrie er Worte, die ich nicht verstand.

Der Arzt war am Tag zuvor da gewesen, doch Theo hatte auch ihn nicht ins Schlafzimmer gelassen. Ich hatte ihm seine Medizin mit der Mahlzeit der vorangegangenen Nacht gebracht, wusste aber nicht, ob er den Trank eingenommen hatte. „Vincent hat jetzt seinen Frieden. Das hast du selbst gesagt. Er hat Frieden."

„Ich habe ihn im Stich gelassen. Und ich bin genau wie er, verstehst du nicht?"

Etwas krachte im Zimmer. Wil fing an zu weinen und kroch zu mir. Ich hob ihn hoch.

„Würdest du mit uns zu Mittag essen?", flehte ich seinen Vater an. „Oder wenigstens einen Teller holen?"

Keine Reaktion, nur Stille.

„Ein Glas Milch?"

„Verstehst du nicht?", schrie er mich an. „Ich werde verrückt."

Mein Herz ertrank in all den Tränen, die ich zurückhielt. „Du trauerst. Der Schmerz wird mit der Zeit nachlassen. Ich verspreche es, Liebster."

„Und wenn du dich irrst?" Theos Stimme brach. „Wenn ich etwas Unverzeihliches tue?"

„Du wirst dir nichts antun. Du bist nicht allein. Du hast mich und deinen Sohn. Dein Leben ist nicht hoffnungslos, Theo. Du bist nicht wie dein Bruder."

„Gleiches Blut, gleiches Fleisch." Den Worten folgte eine lange, dunkle Pause. „Jo, ich habe das Gefühl, mich nicht mehr unter Kontrolle zu haben."

„Versuch es, Liebster."

Ein weiteres Krachen, näher an der Tür, ließ mich zurückspringen. Ich umklammerte Wil und murmelte ein weiteres geflüstertes Gebet in einer endlosen Kette geflüsterter Gebete.

Als die Haustür hinter mir klirrte, sprang ich wieder auf, weil ich nicht wusste, in welche Richtung ich laufen sollte. „Wer ist da?"

„Dries."

Ich beeilte mich, meinen Bruder hereinzulassen, und ging um das Klavier herum, das Theos Tante Cornelie uns geschenkt hatte, das im Weg stand, immer noch an der falschen Stelle, zu nahe am Kamin. Das Sofa stand im falschen Winkel. Halb ausgepackte Kisten enthielten unsere Kleider. Theo war so kurz nach unserem Umzug krank geworden, dass wir keine Gelegenheit gehabt hatten, unsere Habseligkeiten in der neuen Wohnung ganz auszupacken. Wenn unser Wohnzimmer ein Gemälde wäre, hätte es den Titel *Unterbrochenes Leben* tragen können.

Ich öffnete die Tür. „Oh, dem gnädigen Himmel sei Dank."

„Ist es so schlimm?" Dann zerschmetterte Theo wieder etwas, und mein Bruder konnte es selbst hören.

Ich rannte zurück zum Schlafzimmer. „Dries ist hier. Willst du nicht rauskommen, um Hallo zu sagen?"

Nichts als noch mehr verfluchte Stille. Ich hasste dieses Schweigen, die Qual, in der ich mich fragte, ob Theo sich vielleicht etwas angetan hatte.

Dries kam zu mir und stellte sich neben mich. „Wie lange ist er schon so?"

„Zwei Wochen. Aber er hat schon vorher viel abgenommen." Erst war dieser schreckliche Husten, der ihn in den vergangenen zwei Jahren nicht losgelassen hatte, noch schlimmer geworden. Wir hatten in Angst vor der Grippeepidemie gelebt. Und der war er entgangen, doch dann war diese dunkle Melancholie gekommen. „Er hat in der Galerie gekündigt."

„Hat er eine Stellung in Aussicht?"

Ich blinzelte Tränen zurück.

„Wie werdet ihr leben?"

„Ich weiß nicht. Ich weiß nichts. Ich bin so froh, dass du wieder da bist." Mein Bruder war geschäftlich in Belgien unterwegs gewesen. Ich hatte mich zurückgehalten, ihm von Theo zu erzählen, doch in einem verzweifelten Moment am Tag zuvor hatte ich ihm schließlich ein Telegramm geschickt.

Im Schlafzimmer schrie Theo.

„Hat er dir wehgetan?"

„Das würde er nicht tun. Er ist nur von Trauer überwältigt, dass er nicht mehr für Vincent getan hat."

Dries sprach durch die Tür. „Ich sage das als dein Freund, Theo. Du hast mehr für deinen Bruder getan als jeder andere. Und du hättest ihn nicht retten können, wenn du tausendmal mehr getan hättest. Vincent war schon immer kaputt."

Keine Antwort. Zumindest zerbrach Theo nichts mehr.

Dries nahm seinen Hut ab. „Würdest du mich reinlassen? Lass uns was trinken. Über alte Zeiten reden."

Sekunden vergingen, dann öffnete sich die Tür einen Spalt weit.

Ich packte Dries' Arm. „Nimm Essen mit rein. Und Milch."

Ich setzte Wil ab und reichte meinem Bruder schnell den schon vorbereiteten Teller und das Glas, dann stieß ich ihn auf die Tür zu. „Geh! Sonst schließt sich die Tür wieder."

Das tat sie, aber erst als Dries drinnen war – ein erhörtes Gebet.

„Papa." Wil hob seinen Gummiball vom Boden auf und bot ihn mir an, für seinen Vater.

„Dein Papa und dein Onkel werden sich da drin nett unterhalten. Ist das nicht schön? Komm, ich schneide dir einen Apfel, und wir essen den Käse von gestern auf. Und danach könnten wir vielleicht einen Spaziergang machen?"

Ich wollte nicht, dass sich mein kleiner Sohn Sorgen machte. Ich wollte nicht, dass er Angst bekam. „Du darfst dich nicht so an deinen Papa erinnern." Ich brachte ihn in die Küche und wusch unseren größten Apfel. „Wir werden neue Erinnerungen schaffen, gute, wenn er wieder gesund ist."

Theo schrie: „Du verstehst nichts!"

Dann krachte etwas Schweres gegen die Schlafzimmertür, als kämpften die Männer miteinander. Ich ließ den Apfel zurück in die Schüssel fallen, packte Wil und floh.

„Dein Vater ist ein guter Mann. Er ist so ein süßer Mann. Und er liebt uns sehr. Er …" Ich verschluckte mich an roher Angst und zitterte auf der Treppe vor dem Haus. Ich hatte weder meinen Schal noch meinen Hut mitgenommen. Und Wil hatte gegen die Oktoberkälte auch keine Schuhe an seinen kleinen Füßen.

Ich drückte ihn fest an mich. „Alles ist gut, mein Engel. Papa und Dries spielen nur ein Spiel. Alles ist gut."

Ich wartete, bis ich wieder zu Atem kam, bis mein Herz aufhörte, so zu rasen, dass es in meiner Brust schmerzte. Dann ging ich zurück in unsere Wohnung.

Theo schrie Worte, von denen ich mir nie hätte vorstellen können, dass sie aus dem Mund meines Liebsten kommen könnten. Sie ließen mein Herz bluten.

„Das meint er nicht so!", rief ich Dries zu, kurz davor, wieder zu fliehen, weil ich nicht wollte, dass mein Sohn die Schimpftirade seines Vaters hörte. „Könntest du ihn nicht dazu bringen, seinen Trank zu nehmen? Er ist in einer kleinen grünen Flasche."

Dann mehr Gerangel hinter der Tür, gedämpfte Worte von Dries und Theo, die ich nicht verstehen konnte.

„Appel", plapperte Wil und wand sich, bis ich ihn absetzte.

„Ja, ein Apfel. Den habe ich dir versprochen."

Ich schnitt die Frucht mit unsicheren Händen in Schnitze und reichte ihm den kleinsten, den seine kleinen Finger am besten greifen konnten.

„Käe!" Er deutete und kletterte ganz allein auf den Stuhl.

„Und Käse auch." Ich stellte den Teller auf den Tisch, alles in mir angespannt, um zu hören, was die Männer im Schlafzimmer sprachen.

Dass sie redeten, ohne zu schreien, gab mir Hoffnung. Keine Kämpfe mehr. Nichts zerbrach. Dries war ein freundlicher und geduldiger Mann. Er würde zu Theo durchdringen können. Er würde Theos gequälten Verstand mit logischen Argumenten beruhigen.

„Jetzt ist alles gut", sagte ich zu Wil. „Dein Papa kommt zu uns raus. Ich werde ihm ein Bad einlassen. Dadurch wird er sich besser fühlen. Oder vielleicht gehen wir erst einmal auf der Straße spazieren. Würde dir das gefallen? Er braucht wahrscheinlich frische Luft."

Ich eilte in Wils Zimmer und bereitete ein frisches Hemd, eine frische Hose vor. Zum Glück hatte ich eine Ladung in der Wäscherei gehabt, als Theo sich eingeschlossen hatte, Kleider, die inzwischen zurückgekommen waren. Das war der einzige Grund, warum ich etwas zum Anziehen hatte.

Eine halbe Stunde verging in nervenzerreißender Spannung, bevor Dries herauskam. Die Tür fiel hinter ihm zu. Ich konnte nicht einmal einen flüchtigen Blick auf meinen Liebsten erhaschen.

Dries sah mich mit dem bedauernden Ausdruck an, den Leute hatten, wenn sie jemandem sagen mussten, dass ihr geliebter Mensch für immer weg war. „Ihr solltet nicht allein mit ihm sein."

Schmerz und Leugnen schrien in mir. Seine Worte waren keine, die ich akzeptieren konnte. „Er liebt uns."

„Er ist nicht bei Verstand."

„Er würde uns niemals etwas tun. Du kennst ihn", flehte ich. „*Ich* kenne ihn. Ich liebe ihn, Dries."

„Er sollte in einer Anstalt sein." Mein Bruder fuhr in sanfterem Ton fort, doch seine Worte waren nicht weniger hart. „Zu seiner eigenen und eurer Sicherheit. Er sollte unter den wachsamen Augen eines Arztes sein."

„Ich kann ihn nicht einsperren lassen. Ich kann den Gedanken nicht ertragen. Diese Leute wissen nicht, was er braucht. Sie kennen ihn nicht so wie ich, all seine Stimmungen und Ängste und sein Bedauern." Ich ging um den Tisch herum, brachte ihn als Barriere gegen Dries' gnadenlose Meinung zwischen uns. „Die Anstalt hat Vincent nicht gerettet."

„Wirklich nicht? Als er drinnen war, war er sicher. Als er draußen war, hat er sich das Ohr abgeschnitten. Und sich erschossen." Dries, ebenso frustriert, schob einen Stuhl zur Seite. „Wann hast du Theo das letzte Mal gesehen?"

„Als ich ihm gestern Abend sein Essen gereicht habe."

„Ich meine voll und ganz. Nicht durch einen Spalt in der Tür."

„Vor zwei Wochen?"

Dries zuckte zusammen. „Ist dir klar, dass er sich in einen Eimer erleichtert?"

„Aber ich höre, wie er nachts zur Toilette geht."

„Nicht tagsüber?"

Ich bedeckte mein Gesicht mit meinen Händen, weil ich es nicht ertragen konnte, meinem Bruder in die Augen zu sehen. Und ich konnte es nicht ertragen, mir meinen Theo in einem solchen Zustand vorzustellen.

„Sein Verstand kommt nicht gegen die Dunkelheit der Trauer an, Jo. Und körperlich baut er auch ab. Er braucht Hilfe."

„Dann hilf uns."

„Das Beste, was ich tun kann, ist, ihm medizinische Hilfe zu besorgen. Das geht weit über das hinaus, was wir beide für ihn tun können, Jo. Das musst du sehen."

Dries wartete auf meine Antwort, doch ich brachte kein Wort heraus. Das Beste, was ich tun konnte, war, mitten in der Küche zu stehen und nicht zusammenzubrechen.

Ich werde nicht weinen. Ich werde nicht heulen. Ich werde nicht toben.

Schweigend schluckte ich meinen unerträglichen Schmerz herunter.

Mein Bruder nahm seinen Hut und ging zur Tür. „Ich werde einen Arzt finden, der ihn ins Krankenhaus einweist. Das Maison Dubois."

„Reiß uns nicht auseinander, Dries. Das kannst du nicht tun." Ich rannte zu ihm, verzweifelt bemüht, ihn zurückzuhalten. „Könnten wir Dr. Gachet nicht einfach schreiben, dass er kommen soll? Er ist ein Freund. Er hat Vincent behandelt."

„Und wo ist Vincent jetzt?"

Die Worte hallten in meinen Ohren wie eine Ohrfeige.

Mein Bruder löste sich von mir. „Es ist am besten so. Du kannst Theo nicht allein retten, Jo. Nicht in seinem Zustand."

Und dann schloss sich die Tür hinter ihm.

Ich taumelte zurück. Ich wollte aus dem Alptraum aufwachen, mich aus der Taubheit rütteln. *Nicht zusammenbrechen. Das darfst du nicht. Noch nicht.*

„Mama?" Wils süße Stimme riss mich aus den Gedanken. Er hatte aufgegessen.

Ich konnte nicht zulassen, dass sein Vater weggebracht wurde. Unsere Liebe würde Theo heilen. Ich würde ihn nicht aufgeben und an Fremde übergeben. Ich hatte eine schreckliche Vorahnung, dass ich ihn nie zurückbekommen würde, wenn ich ihn gehen ließe.

Ich nahm meinen Sohn und war im nächsten Atemzug mit ihm aus der Tür. „Wir werden deinen Papa von niemandem mitnehmen lassen." Ich hätte Dries nicht gehen lassen sollen. *Was habe ich getan?* „Wir holen deinen Onkel ein."

Ich würde meinen Bruder aufhalten, und wenn ich ihn auf der Straße anflehen müsste.

Ich rannte los.

KAPITEL SIEBZEHN

Emsley

„Ich kann nicht sagen, ob es ein Zirkus oder eine Beerdigung ist."
Meine Mutter rutschte auf ihrem Stuhl hin und her, die Art von scho-
ckiertem Entsetzen in ihrer Stimme, die sie normalerweise für Leute
reserviert hatte, die vollkommen akzeptable Jobs kündigten oder sich
scheiden ließen, um „sich selbst zu finden". Oder als eines der Kinder
ihrer Freunde sich entschied, Geisteswissenschaften zu studieren.
„Was für ein Bestattungsunternehmen würde überhaupt eine Karnevalskapelle erlauben? Ein Akkordeonspieler, um Himmels willen!" Sie
zupfte am Ellbogen meines Vaters. „Philipp, sag' diesem Mann, dass er
aufhören soll."

„Bei schottischen Beerdigungen gibt es Dudelsäcke", sagte Dad
philosophisch.

Mom setzte sich aufrechter hin, keine geringe Leistung, da sie
schon steif genug war, um als Inspiration für einen Ladestock zu
dienen. Sie hatte ihren ernsten Nancy-Reagan-Gesichtsausdruck so
lange bewahrt, dass ich befürchtete, ihre Gesichtszüge könnten auf
Dauer so einfrieren. Ich hatte es fälschlicherweise einen diskret trau-

ernden Jackie-Kennedy-Blick genannt, als sie angekommen war. Sie hatte mich korrigiert mit *„Sei nicht dumm, Emsley. Ich würde niemals wie eine Demokratin aussehen."*

Sie trug einen ihrer schwarzen Nordstrom-Anzüge. Ich hatte Violets blau-rot-gelbes Mondrian-Kleid angezogen, das ich am Tag zuvor im Kleiderschrank im Keller gefunden hatte, zusammen mit ihren weißen Go-Go-Stiefeln und dem marineblauen Pillbox-Hut. Meine neuen Sonnenblumen-Ohrringe funkelten an meinen Ohren.

„Ich kann nicht fassen, dass du dich in diese alten Lumpen gezwängt hast", sagte Mom.

Trotz Brams Bagellieferungen hatte ich ein paar Pfund abgenommen. Ich vergaß immer wieder zu essen. Außerdem war Putzen durchaus eine sportliche Betätigung, wie ich gelernt hatte.

Der Mainachmittag war so schön, dass die Fenster hinten offenstanden und die leise Melodie einer anderen Art von Musik hereindrang. Auf dem Parkplatz des Bestattungsunternehmens drehte sich endlos ein Karussell, ähnlich dem in Violets Keller.

Mom stieß Dad wieder an. „Warum können sie nicht wenigstens die Fenster schließen? Du solltest mit jemandem darüber reden."

Mein Vater tätschelte ihr einfach nur die Hand.

Violet hatte einen detaillierten Plan für die Andacht zur Feier ihres Lebens, vom Bier vom Fass bis hin zu einer Karnevalskapelle und einer Wahrsagerin. Ein Hot-Dog-Verkäufer lieferte das Essen und ein Zuckerwattehersteller bot Desserts an.

Sie hatte ihrem alten Freund und Anwalt die Verantwortung übertragen, und Bram Dekker Sr. hatte Violets Anweisungen buchstabengetreu befolgt. Darunter ein Schild im Foyer, ein Zitat von Stan Laurel: „WENN IRGENDJEMAND VON EUCH BEI MEINER BEERDIGUNG WEINT, WERDE ICH NIE WIEDER MIT IHM SPRECHEN."

Schwarz gekleidete Menschen wanderten in einer endlosen Prozession an uns vorbei, dann an dem Sarg in Kirschrot und Chrom, der an Violets alten Mustang erinnerte. Violet sah friedlich, fabelhaft und mysteriös aus – eine Diva bis zum Schluss.

Ich versuchte, sie nicht anzusehen, um nicht zu weinen. Sie hatte deutlich gemacht, dass sie einen glücklichen Tag haben wollte. *Eine fröhliche Feier*, stand ausdrücklich in ihren Anweisungen.

Ihre Traueranzeige bat darum, dass die Leute anstelle von Blumen für ihren Stipendienfonds spendeten, also hatte ich die Staffeleien, die um sie herum standen, mit ihren eigenen Gemälden anstatt mit Kränzen gefüllt. Die Gemälde stammten aus Privatsammlungen, und ich hatte sie für den Tag ausgeliehen. Die Gesamtwirkung war überwältigend: Farbe und Licht und Leben, Bewegung, Freude, Abenteuer.

Nachdem ich in dem kleinen grünen Buch über Vincent van Goghs Tod gelesen hatte, hatte ich einen Bildband über seine Werke aus Violets Bücherregal genommen. Zwischen den spektakulären Kreationen des Künstlers befand sich eine kurze Biografie, die von seiner Beerdigung erzählte. Er hatte seine Kunst anstatt Blumen an seinem Grab gehabt. Ich dachte, etwas Ähnliches würde zu Violet passen.

„Auf Wiedersehen, liebe Freundin." Eine Frau mittleren Alters, die ich nicht kannte, legte eine Farbtube in den Sarg.

Ein anderer Trauernder sagte zu ihr: „Wir sehen uns wieder."

Und das Nächste: „Ich werde dich vermissen, Violet."

Neben mir rieb meine Mutter ihre Hüfte.

Ich hätte ihr ein Dutzend Mal fast von meinem Verdacht in Bezug auf ihren Vater erzählt. Jedes Mal hielt ich mich zurück. Nicht das richtige Thema für eine Beerdigung, nicht einmal eine wie die meiner Großmutter. Und Violet hatte niemandem von dieser Nacht erzählt. Also musste ich vor allem an diesem Tag ihren Wunsch respektieren.

Louis vom Schlaganfallzentrum fuhr mit Tränen in den Augen zu ihrem Sarg. „Sie war", sagte er mit sanftem kubanischem Akzent, „Liebe auf den ersten Blick."

Ich hatte Mom davon abgeraten, wegen des Vorfalls mit dem Whirlpool zu klagen. Violet hatte immer ihre eigenen Entscheidungen getroffen. Es wäre unfair gewesen, jemand anderem die Schuld dafür zu geben.

Als Nächstes kam Mrs. Yang. „Es tut mir so leid, Emsley. Violet hat ein Loch in unser aller Herzen hinterlassen."

„Danke." Ich blickte auf ihre prall gefüllte Tasche. „Ist Lai Fa hier?"

„Was das angeht …" Sie warf einen verstohlenen Blick in die Runde. „Haben Sie eine Handtasche?"

Ich nickte in Richtung der Umhängetasche zu meinen Füßen.

„Die Krankenschwestern fangen an, uns zu verdächtigen." Sie sah sich noch einmal um. „Das Spiel ist aus."

Sie bückte sich, als wollte sie einen Tennisball am Fuß ihres Rollators zurechtrücken, und steckte das Küken in meine Tasche, wobei sie sich geschickt bewegte, als hätte sie geübt.

„Kommen Sie im Zentrum vorbei und schmuggeln Sie sie zu einem Besuch rein", flüsterte sie und schlurfte dann weiter, bevor ich protestieren konnte.

Krankenschwestern, Pfleger und Physiotherapeuten des Zentrums drückten ihr Beileid aus. Violet hatte das wunderbare Talent gehabt, aus jedem, den sie traf, einen Freund zu machen. Sogar Trey und Diya waren aus L.A. angereist.

„Tut mir wirklich leid, Em."

Sie umarmten mich auch. Ich ließ sie.

Sie gingen nach dem Gottesdienst nicht mit uns auf den Friedhof, doch zweihundert andere Menschen – und natürlich die Karnevalskapelle. Ein aufstrebender Rap-Künstler rappte ein so erhabenes Gebet, dass man Engelsflügel im Rhythmus flattern hörte.

Eine heilige Stille folgte, mehrere Sekunden vergingen, bevor sich jemand bewegte, als würde er aus einem Traum erwachen.

Dad bot Mom seinen Arm an. „Lass mich dir helfen."

Er führte sie zum Grab, wo jeder eine Handvoll Erde auf den Sarg warf.

Dann war ich an der Reihe. Meine Entschlossenheit, nicht zusammenzubrechen, geriet ins Wanken. Ich fühlte mich, als würde ich mein Herz in das dunkle Loch mit der bröckelnden Erde werfen. „Du kannst bei mir spuken, wenn du willst", flüsterte ich. „Ich werde keine Angst haben."

Ich kehrte zu dem Huhn zurück, das in meiner Tasche schlummerte. Nach mir gingen Bram Dekker Sr. und sein Enkel ans Grab. Bram Sr. sprach ein stilles Gebet und warf dann weiße Rosenblätter, die weich und breit wie ein Segen fielen.

Strena warf Pinsel, die sie aus ihrer Tasche zog. „Der Himmel ist deine Leinwand, liebe Freundin. Mach' was Großartiges daraus."

Der große Mann, etwa im Alter von Bram Senior, der vor mir stehen blieb, um als nächster ans Grab zu treten, kam mir bekannt vor. Dunkel gefärbte Haare, um das Grau zu überdecken, das geübte Lächeln eines Gebrauchtwagenverkäufers, gepaart mit den teuren Lederschuhen und dem eleganten Anzug eines Börsenmaklers. Jedes Nicken und jede Geste, die er machte, wirkte einstudiert. Die meisten Freunde meiner Großmutter waren in der Kunst tätig, und sie waren alle extrem authentisch. Dieser Typ war so falsch wie ein Politiker.

Von einem Atemzug auf den anderen wusste ich, wo ich ihn schon einmal gesehen hatte: im Internet. Ich hatte ihn tatsächlich erst gestern Nacht gegoogelt.

Senator Taylor Wertheim.

Ich erstarrte, wie gelähmt von seiner Unverfrorenheit. *Wie kann er es wagen, hierher zu kommen?*

Dann brodelte heiße Wut in mir hoch, und ich taumelte planlos vorwärts. Gleichzeitig schwankte Bram Sr. neben mir und fiel. Er stürzte auf die Knie, bevor sein Enkel ihn auffangen konnte, und sein Spazierstock schoss vor ihm heraus.

Die Karnevalskapelle im Hintergrund stimmte eine weitere muntere Melodie an.

„Rosamunde?" Jemand ein paar Reihen hinter uns bellte vor Lachen.

Die Zeit schien sich zu dehnen, ein Hollywood-Spezialeffekt. In Zeitlupe stolperte Wertheim direkt vor mir über den Spazierstock von Bram Sr. und kopfüber in Violets Grab.

Um uns herum schnappten die Menschen entsetzt nach Luft.

„Hilfe, verdammt!"

Ich war ihm am nächsten. Ich ging in die Hocke und reichte ihm meine Hand. Der ehemalige Senator auf dem Sarg sah nicht mehr vornehm aus, sondern geschockt, mitgenommen und zerzaust. Ich ergriff seine ausgestreckte Hand, während sich andere Hände nach ihm ausstreckten, um ihn von der Seite zu stützen.

Ich keuchte und blickte auf sein nach oben gerichtetes Gesicht. Wut funkelte in seinen Augen, dass irgendein Dummkopf ihm das angetan hatte. Dann sah ich nur noch das alte Foto, das ich im Internet gefunden hatte, sein selbstzufriedenes Grinsen, als er die Bibliothek verließ. Ich ließ seine Hand aus meiner gleiten. Ich hatte den größten

Teil seines Gewichts gehalten, also stürzte er trotz der anderen zurück auf den Sarg.

„Nicht bewegen, Senator!"

Ich wurde aus dem Weg geschoben, als weitere Männer herbeieilten, um zu helfen.

„Seine Nase blutet!"

Das Problem war, dass niemand neben ihm herunterspringen konnte, jedenfalls nicht, ohne auf den Sargdeckel zu treten, was niemand wagte.

Ich schlug mir die Hände vors Gesicht, machte erschrockene Geräusche und wich zurück bis zu meinen Eltern.

Mein Vater murmelte: „Oh, Knödel."

Meine Mutter warf mir einen Blick zu, der besagte, wenn wir nicht auf einer Beerdigung wären, würde sie mich so laut anschreien, dass verdammte Seelen sie bis in die Hölle hören könnten.

Ich ließ den Kopf hängen, der Inbegriff des Bedauerns. „Ich wollte nur helfen. Er ist zu schwer."

Mom drängte nach vorn und rief meinem Vater zu, er solle helfen.

Bram Sr. und ich tauschten einen Blick, beide der Inbegriff von Unschuld.

Totales Chaos rund um uns herum.

Und die Band spielte weiter.

Ich hob meine Augen zum Himmel und schaffte es endlich, mich glücklich zu fühlen und den letzten Wunsch meiner Großmutter zu erfüllen.

Leb wohl, Violet. Leb wohl.

KAPITEL ACHTZEHN

Johanna
    1891, Januar, Utrecht, Niederlande

Theo wurde in das Maison Dubois eingewiesen. Dries war unerbittlich gewesen. Als dann weitere Hilfe für notwendig erachtet wurde, verlegten die Ärzte meinen Geliebten nach Faubourg St. Denis. Und als sich sein Zustand dort nicht besserte, in die Klinik nach Passy. Und schließlich, damit ich in der Nähe meiner Familie und ihrer Hilfe sein konnte, wurde mein geliebter Mann im November in die Willem Arntz Kliniek in Utrecht in den Niederlanden gebracht – im Nachtzug, in einer Zwangsjacke.

Der kleine Wil und ich begleiteten ihn, unter der Aufsicht von zwei Pflegern. Dann wurde Theo weggebracht, und wir reisten weiter nach Amsterdam. Danach begannen Monate herzzerreißender Besuche.

Ich wollte ihm helfen, wieder gesund zu werden. Ich wollte meinen Liebsten zurück.

„Es geht ihm besser", sagte ich zu Mama, als das Jahr zu Ende ging und ein neues begann, von dem ich betete, dass es uns Besserung bringen möge. Ich packte meine Tasche an ihrem Küchentisch, während mein Sohn oben ein Nickerchen machte.

„Du solltest es Dries sagen." Sie stickte ein Taschentuch für eine meiner Schwestern, blaue Kornblumen auf weißem Leinen. „Die gute Nachricht würde ihn aufheitern. Er sagt, du beantwortest seine Briefe nicht."

Ich liebte meinen Bruder von ganzem Herzen, aber ich war mir nicht sicher, ob ich ihm jemals verzeihen könnte, dass er meinen Mann eingewiesen hatte.

„Ich möchte Theo wieder in meiner eigenen liebevollen Obhut haben." Die wöchentlichen Besuche in Utrecht waren ebenso unerträglich trostlos wie unzureichend. Und bei der geringsten Laune seines Arztes wurde ich abgewiesen. „Dem Patienten geht es nicht gut."

„Aber Theos Zustand *hat* sich verbessert. Sie haben gesagt, er sitzt ruhig da und hört zu."

„Er spricht immer noch kaum. Ich will, dass er nach Hause kommt. Er *wird* nach Hause kommen. Heute werde ich den Arzt dazu bringen, einen Entlassungstermin festzulegen."

Mama seufzte und tätschelte meine Hand. „Und dann was? Wie werdet ihr leben? Theo hat seine Anstellung bei Goupil gekündigt."

„Sie wissen, dass er schon krank war, als er seine Kündigung eingereicht hat. Sobald es ihm besser geht, stellen sie ihn wieder ein. Ich kann mir im Moment um nichts Sorgen machen, außer dass er sich erholt."

„Tut mir leid. Natürlich, Liebes."

„Wenn Wil aufwacht …"

Mama lächelte. „Ich habe genug Kinder großgezogen."

Ich nahm meine Tasche und dann die weißen Chrysanthemen, das Symbol für Treue und Liebe. Sie waren aus dem Herbstgarten meiner Mutter. „Ich komme spätestens mit dem Sechs-Uhr-Zug zurück."

„Bist du sicher, dass dich nicht einer deiner Brüder begleiten soll?"

„Ja, Mama. Ich kann das." Endlich war ich eine unabhängige Frau geworden.

Im Zug legte ich mir zurecht, was ich zu meinem Geliebten sagen würde.

Du musst dir keine Sorgen um uns machen. Alles, was du tun musst, ist, wieder gesund zu werden. Und dann wirst du nach Hause kommen, und alles wird wie zuvor sein. Du wirst sehen. Es wird noch besser.

Auf der anderen Seite des Abteils saß ein junges Paar. Sie lächelten einander an und hielten sich bei den Händen. Sie führten ein geflüstertes Gespräch, unterbrochen von häufigem Gelächter.

Ich schloss die Augen. Ich beneidete sie bitterlich um ihr Glück.

Was ich aus Paris höre, ist alles gut, Liebste. Alle großen Namen sprechen mehr denn je über Vincent. Sein Talent ist weithin anerkannt. Er wird vermisst. Er wird nicht vergessen werden.

Ich drückte meine Tasche fest an mich.

Der kleine Wil ist gesund. Und ich auch. Und bald wirst du dich erholt haben, und dann werden wir nach Hause gehen. Wil fragt nach dir. Er sieht sich um und fragt: Papa?

Und dann stellte ich mir vor, was ich zu Theos Arzt sagen würde, welche Fragen ich stellen wollte. Und ich stellte mir vor, was der Arzt antworten würde.

Die Prognose, Mevrouw Van Gogh, ist durchweg günstig.

Ich weigerte mich, irgendetwas anderes zu akzeptieren.

Die Neuigkeiten werden gut sein, die Neuigkeiten werden gut sein, die Neuigkeiten werden gut sein, wiederholte ich immer wieder in meinem Kopf.

Ich stieg mit genau dieser Einstellung aus dem Zug. Als ich den Bahnsteig hinuntereilte und meinen zwischenzeitlich schlaffen Blumenstrauß schützte, war ich von nichts als Optimismus erfüllt. Und ich schwor mir, dass ich danach nie wieder nach Utrecht zurückkehren würde.

Ich ärgerte mich über den grauen Himmel der Stadt, die heimtückischen kalten Winde, die durch die mittelalterlichen Straßen und engen Grachten wehten, den dunklen Domturm, der wie ein bedrohlicher Engel über allem thronte. Ich hatte Utrecht nicht gemocht, als ich drei Jahre zuvor an der dortigen Mädchenschule Englisch unterrichtet hatte, und jetzt mochte ich es noch weniger, weil es mir meinen Theo gestohlen hatte.

Auf dem Weg in die Klinik übte ich mein Lächeln. Theo sollte mich nicht besorgt sehen. Zuerst hatte ich Angst, Passanten könnten mich für verrückt halten, aber niemand schenkte mir Beachtung. Ich musste wie ein altes Weib ausgesehen haben: in Trauer um Vincent ganz in Schwarz gekleidet, mit hochgezogenen Schultern und geröteten Augen.

Und dann, viel zu früh und nicht früh genug, war ich da.

„Mijnheer van Gogh hat einen schwierigen Tag", sagte Theos Arzt zu mir und bot mir in seinem spartanischen Büro einen Metallstuhl an. Weiße Fliesen bedeckten den makellosen Boden, und alles war so sauber geschrubbt, als ob er eine Operation durchzuführen erwartete.

Sein weißer Arztkittel bedeckte ihn bis zu den Knien. Keine bunten Farben waren im Raum erlaubt, alles Leben versiegte. Das Meer des Nichts verschlang mich ganz, weiße Schaumkronen der Sorge spülten über meinen Kopf. „Wie schlimm?"

„Ein Besuch wäre heute nicht empfehlenswert." Der Arzt beobachtete mich mit seinen braunen Knopfaugen, die selten blinzelten, als bemühte er sich, in mich hineinzublicken.

Er konnte mich doch nicht von meinem Mann fernhalten wollen, oder? „Ich habe ihn seit einer Woche nicht gesehen."

„Trotzdem." Der Mann faltete die Hände über seinem dicken Bauch.

„Aber es ging ihm bei meinem letzten Besuch besser."

„Er hat seitdem einen Rückschlag erlitten."

Die Nachrichten werden gut sein, die Nachrichten werden gut sein, die Nachrichten werden gut sein. Das Mantra, das ich mir im Zug endlos wiederholt hatte, hatte sich in mir festgesetzt. Dass der Arzt meine hart erkämpfte Hoffnung an den Wurzeln herausriss, verursachte einen atemberaubenden Schmerz. „Was für einen Rückschlag?"

Der Arzt seufzte. „Ich fürchte, er tobt. Er ist in die Phase zurückgekehrt, in der er angekommen ist. Was er sagt, ergibt keinen Sinn."

Schultern zurück. Wirbelsäule gerade. Ich musste meinen Körper dazu zwingen, zu gehorchen. Dann mein Mund. Ich hatte nur noch Kraft für ein Wort. „Trotzdem …"

„Ich würde es nicht empfehlen." Der Mann breitete seine Hände aus, Ärger blitzte in seiner Stimme auf. Er mochte nicht, dass ich widersprach. „Die Wahrheit ist, dass Ihr Mann Sie nicht sehen möchte, Madam."

Eine gnadenlose Kälte war in meiner Brust gewachsen, seit ich durch die Tür getreten war. Bei den letzten Worten des Arztes brach mein gefrorenes Herz. Theo wollte nicht, dass ich ihn in seinem jetzigen Zustand sehe, wollte nicht, dass ich Zeugin seiner Schwäche wurde, befürchtete, ich würde weniger von ihm denken. Das würde ich nicht. Das könnte ich nicht. *Niemals.*

„Ich muss selbst sehen, in welchem Zustand er ist."

„Das würden Sie nicht beruhigend finden, Mevrouw Van Gogh. Eher das Gegenteil, fürchte ich. Sie sollten nicht wieder hierherkommen." Er beugte sich vor und versuchte ein väterliches Lächeln, das ich als das Gegenteil von Trost empfand. „Wenn ich eine Verbesserung sehe, schicke ich einen Brief."

Ich erhob mich und hielt die schlaffen Blumen so fest umklammert, dass ich die Stängel zerquetschte. Ich würde mich nicht beiseiteschieben lassen. Ich würde nicht wie ein Kind weggeschickt werden. „Ich verlange, meinen Mann zu sehen."

Der Arzt stand ebenfalls auf. „Als ihm gesagt wurde, dass Sie ihn heute besuchen würden, Madam, geriet er in Rage. Er hat sein Zimmer zerstört. Wir mussten ihn wegbringen. Zu seiner eigenen Sicherheit, verstehen Sie."

Meine Kehle brannte, und wenn ich Luft holte, tat es weh, als hätte ich Disteln verschluckt. „Wohin haben Sie ihn gebracht?"

„In einen sichereren Raum." Der Ton des Arztes wurde herablassend. „Wo er nichts finden kann, womit er sich verletzen könnte."

„Ich werde nicht gehen, ohne ihn gesehen zu haben." Sie konnten mich nicht zwingen, oder? „Ich bestehe darauf."

Er biss die Zähne zusammen. „Wie Sie wünschen."

Er stieß seine Bürotür auf, und ich beeilte mich, mit ihm Schritt zu halten, den sterilen weißen Flur hinunter. Als wir eine verriegelte Doppeltür erreichten, riss er einen Schlüsselbund aus seiner Tasche. „Was hinter dieser Tür ist, ist für Damen wie Sie nicht geeignet."

Ich hielt meine Tasche in einer Hand und die Blumen in der anderen. „Ich bin entschlossen, ihn zu sehen."

Er öffnete die Tür, und wir betraten die Hölle.

Der Geruch schlug mir zuerst entgegen, als hätte man mir etwas Fauliges ins Gesicht geschleudert. Ich hielt den Atem an, zu spät. Ich würgte.

Der Arzt ging mir voraus. „Ich empfehle Ihnen, Ihr Taschentuch über Ihre Nase zu halten, Madam."

Ich folgte ihm an einer Reihe von Zellen vorbei … nein, schlimmer noch, *Käfigen*. In mehr als der Hälfte davon waren Männer eingesperrt. Einige der Patienten versteckten sich eilig in Ecken, andere drückten ihre Gesichter an die Gitterstäbe und starrten. Die meisten schwiegen, doch einige stöhnten und riefen um Hilfe.

Ein einziges Wort hallte durch meinen Kopf: *Fegefeuer*. Wenn es existierte, dann war es dieser Ort hier, und ich war mittendrin. Genau wie mein geliebter Mann.

Ich fand Theo ganz am Ende.

In seiner Zelle lag eine fleckige Matratze auf dem Zementboden und eine umgekippte Bettpfanne neben der Rückwand – und das war aller Komfort, der ihm geboten wurde. Ein zerrissenes Nachthemd hing von seinen knochigen Schultern. Er starrte ins Nichts – ein Gespenst, ein Schatten seiner selbst.

„Theo!"

Ich wollte ihn nicht stören, nur einen kurzen Blick auf ihn werfen, um sicherzugehen, dass er nicht misshandelt wurde, doch ich konnte nicht anders. Die Blumen fielen mir aus den Händen, wie Blüten, die auf ein Grab geworfen wurden.

Mein Liebster bewegte langsam den Kopf.

Ein tierischer Schrei kam aus seinem Mund, ein Heulen von Wut und Verzweiflung, ein Laut qualvollen Schmerzes, der in meinen Körper eindrang und sich seinen Weg durch meine Brust bahnte.

„Theo …"

Er hob die Bettpfanne auf und schleuderte sie mit seelenzerschmetterndem Geklirr auf die Gitterstäbe. Ich konnte in seinen Augen weder Liebe noch Fürsorge noch Zuneigung finden. Die sinnlose Wut in ihm richtete sich gegen mich.

Wieso?

War er wütend auf mich?

Ich konnte es nicht begreifen. Ich liebte ihn von ganzem Herzen. Doch was in seinen Augen brannte, war Hass gefährlich nahe.

Am Anfang seiner seelischen Qual hatte er sich die Schuld an Vincents Tod zu geben. Gab er jetzt mir die Schuld daran?

War ich schuld?

Vincent hatte Theos volle Unterstützung, volle Aufmerksamkeit gehabt. Dann war ich in sein Leben gekommen. Und dann der kleine Wil. Und ich hatte um diese größere Wohnung gebeten, um das Leben mit einem Kind leichter zu machen.

In der Nacht von Vincents erstem Besuch bei uns, als ich im Bett gelegen hatte, hatte ich die Brüder in der Küche belauscht.

„Du musst mir die Wahrheit sagen. Bin ich eine Last?", hatte Vincent gefragt.

Meine Knie gaben nach.

Der Arzt trat durch die Stäbe und rollte die Bettpfanne zurück.

„Glück gehabt, dass sie leer war." Sein Ton drückte eine seltsame Befriedigung aus. *Ich habe es Ihnen ja gesagt.*

Ich rang nach Luft.

Theo schrie Worte, die keine Bedeutung hatten, keinen Anfang, kein Ende. Sein Toben brachte die anderen Männer aus der Fassung. Sie fingen an, an ihren Gitterstäben zu rütteln und uns auch anzu-schreien.

„Genug." Der Arzt packte mich am Ellbogen und zog mich stol-pernd weg.

Ich konnte nicht gegen ihn kämpfen. Ich hatte keine Kraft mehr.

Ich darf die Hoffnung nicht verlieren.

Mein Liebster wird zu mir zurückkommen. Er wird zu seiner Frau und seinem Sohn zurückkehren. Wir werden alle zusammen nach Hause, nach Paris, ziehen. Auch diese Dunkelheit wird vergehen.

Ich musste den Glauben bewahren, sowohl für mich selbst als auch für den kleinen Wil.

Das konnte nicht das Ende sein. Wir hatten Vincent verloren. Wir durften nicht auch Theo verlieren. Gott konnte nicht so grausam sein. Ich zwang mich, an Rettung zu glauben.

Der Arzt und ich waren schon weit den Flur hinunter, als ich mich genug gesammelt hatte, um zu fragen: „Wann wird er wieder gesund?"

Meine Seele zitterte, während ich auf die Antwort wartete.

KAPITEL NEUNZEHN

Emsley

Bram Dekker, der Jüngere, rief mich am Tag nach Violets Beerdigung an. „Wollen Sie mir sagen, warum Sie und mein Großvater Senator Wertheim auf dem Friedhof angegriffen haben?"

Ich hatte den Hörer nur abgenommen, weil ich dachte, er rief wegen einer rechtlichen Angelegenheit an. Und weil ich wegen Violet geweint hatte und aufhören musste und von dem hohlen Schmerz in meiner Brust abgelenkt werden wollte. Ich war allein im Haus. Meine Eltern waren nach Hause nach Hartford gefahren. Ich hatte vorgeschlagen, dass sie ein paar Tage bleiben sollten, aber Mom kam mit der Treppe nicht zurecht und konnte es definitiv nicht ertragen, mit einem Huhn unter einem Dach zu wohnen.

„Ein schrecklicher Unfall", sagte ich zu Bram und streichelte Lai Fa auf meinem Schoß. Wir hatten in Violets Arbeitszimmer gearbeitet. „Ich habe keine Zeit mehr fürs Fitnessstudio. Ich habe keine Armmuskeln. Geht es Ihrem Großvater gut?"

So wie Bram Sr. gefallen war, hätte er sich die Knie brechen können.

„Ihm geht's gut. Er behauptet, sich schwach gefühlt zu haben."

„Niedriger Blutdruck, ich verstehe."

„War es das? Ich denke eher an einen koordinierten Angriff."

„Wann hätten wir uns koordiniert haben sollen?"

„Gute Frage."

„Wissen Sie, wie es dem Senator geht?"

„Sie haben die Zeitungen nicht gesehen?"

Ich öffnete ein neues Fenster auf meinem Laptop und googelte die *Times*.

Die Beerdigung meiner Großmutter hatte es nicht auf die Titelseite geschafft, aber auf die Gesellschaftsseiten. Mit Foto. „Taylor Wertheim, ehemaliger Senator, gerettet aus Violet Velars Grab. ,Betrunken', sagt eine anonyme Quelle." Ich räusperte mich. „Wer würde die Zeitung mit einer solchen Behauptung anrufen? Menschen können wirklich gemein sein."

Empörtes Schweigen auf Brams Seite. Dann, nach einigen Sekunden, fragte er: „Hat die Band den Titelsong der Benny Hill Show gespielt?"

„Es war ,Rosamunde'."

„Ich würde ja fragen, woher Sie ,Rosamunde' überhaupt kennen, aber mir fallen ein Dutzend wichtigere Fragen ein."

Ich unterhielt mich gern mit ihm, und das hätte nicht sein sollen. Ich weigerte mich, mir unsere aufkeimende Freundschaft entgehen zu lassen. Er war nicht der Mann, für den ich ihn gehalten hatte. Da war nichts.

„Ich würde Sie gerne auf einen Kaffee einladen", sagte er.

„Danke, aber ich ertrinke in Arbeit."

„Gut." Er drängte nicht, was ich zu schätzen wusste. „Lassen Sie mich wissen, falls Sie einen Anwalt für Strafrecht brauchen."

Ich lächelte nur, weil er mich nicht sehen konnte. „Ich habe nichts getan."

„Vielleicht sollten Sie Gewaltanwendung und Körperverletzung oder sogar versuchten Mord googeln."

„Wie gesagt, ein unglücklicher Unfall."

„Mein Großvater und Sie sollten dabei bleiben. Das ist wahrscheinlich die beste Strategie." Es klang, als würde er am anderen Ende lachen. Dann fragte er: „Wie ist das Van-Gogh-Buch?"

„Es ist ein Jo-Bonger-Buch. Teilweise schwer zu lesen. Sie hatte ein hartes Leben. Ich dachte, Frauen im 18. Jahrhundert haben brav zu Hause gesessen und gestickt. Und wo wir gerade von außergewöhnlichen Frauen sprechen, danke, dass Sie den Kontakt zu Adele hergestellt haben." Die Anwältin hatte an diesem Morgen angerufen. Bram hatte sie gebeten, mich zu kontaktieren. Ich hatte sie gegoogelt, während wir telefoniert hatten – eine der angesehensten Anwältinnen der Stadt, Teil eines Power-Paares. Ihre Frau war im Stadtrat. Es wäre kindisch gewesen, sie nur wegen ihrer Verbindung zu Bram abzulehnen.

„Gern geschehen. Sie sind in guten Händen. Sie weiß, was sie tut."

„Danke nochmal. Ich muss Schluss machen. Ich habe einen Haufen Arbeit vor mir."

„Lassen Sie mich wissen, wenn Sie irgendwas brauchen. Und versuchen Sie, sich aus Ärger rauszuhalten."

„Erwarten Sie nichts, und Sie werden nicht enttäuscht."

Ich legte auf und setzte Lai Fa auf den Boden, damit sie sich die Beine vertreten konnte, doch sie ließ sich auf meinen Fuß fallen.

„Ich hoffe, du entwickelst keine Trennungsangst." Ich streichelte sie. „Ich möchte meine Mutter nicht bitten müssen, ihren Psychologen nach Hühnern mit Trennungsangst zu fragen."

Als Antwort pickte Lai Fa an einem losen Faden meiner Socke.

Ich überließ sie sich selbst und arbeitete bis zum Mittagessen, das ich bei einem nahegelegenen chinesischen Restaurant bestellte, an einer Liste mit Gesprächsthemen für potenzielle Investoren.

„Schau mich nicht so an", sagte ich zu dem Küken. „Das ist Brokkoli-Rindfleisch." Ich attackierte das Essen mit meinen Essstäbchen und katalogisierte gedanklich das Büro.

„Ich werde die Bilder von Violets Schülern behalten. Die Möbel müssen verkauft werden. Und ich muss Violets Papiere durchsehen, um herauszufinden, was ich damit machen soll."

Ich bestellte online einen Aktenvernichter – unter vierzig Dollar, Lieferung über Nacht –, während ich mein Mittagessen aufaß. Ich dachte daran, die Sauce vom Boden des Behälters zu lecken, als Strena hereinplatzte.

Hatte sie gesehen, wie ich meine Zunge in Richtung der leeren

Schachtel ausgestreckt hatte? Ich beschloss, mir darüber keine Sorgen zu machen, es sei denn, sie brachte es zur Sprache. „Hi. Ich wusste nicht, dass du heute vorbeikommst."

„Ich möchte, dass du eines meiner Models wirst. Hallo Lai Fa."

„Um an mir zu üben?"

„Zuerst üben, ja. Aber ich möchte, dass du in meiner nächsten Show dabei bist."

„Die Show, die in zehn Tagen stattfindet?"

„Die danach. Ich arbeite an einem neuen Konzept. Ich kann die gesamte Performance in meinem Kopf sehen. Ich sehe dich im Bild."

„Ich ziehe mich nicht in der Öffentlichkeit nackt aus." Es war wichtig genug, um es zu wiederholen. „Ich ziehe mich nicht in der Öffentlichkeit nackt aus."

„Komm mit mir ins MoMA."

„Jetzt? Ich arbeite."

„Komm nach der Arbeit mit mir ins MoMA. Ich möchte dir eines von Violets Gemälden zeigen."

„Ich habe die Bilder meiner Großmutter gesehen." Darunter auch die im MoMA. Mehrmals.

„Ich möchte, dass du wirklich hinsiehst."

„Das habe ich."

„Du hast nicht genau genug hingesehen."

„Woher willst du das wissen?"

„Wir führen dieses Gespräch."

„Wir könnten einfach auf meinem Laptop nachsehen."

„Das ist nicht dasselbe." Sie warf mir einen ungeduldigen Blick zu, einen Blick, der ausdrückte, dass sie enttäuscht war, dass sie es erklären musste.

„Also gut." Jede Minute, die ich nicht an Arbeit dachte, dachte ich an Violet. Ihre Kunst würde mich dazu bringen, über ihr Leben anstatt über ihren Tod nachzudenken. „Aber ich brauche noch eine Stunde."

„Ich treffe dich dort."

„Ich rufe dich an, wenn ich losgehe."

Sie nickte und ging.

„Aber ich werde mich nicht in der Öffentlichkeit nackt ausziehen!"

Ich machte mich wieder an die Arbeit und las die Wochenberichte und den Kalender von Ludington's. Dann begann ich mit der Recherche nach potenziellen Investoren.

„Es ist schwer, Risikokapital zu finden", sagte ich zu Lai Fa. „Investoren machen in der Regel keine Reklame. Sie wollen nicht rund um die Uhr von Leuten bombardiert werden, die um Geld betteln."

Ich brauchte die Stunde, um einen einzigen Namen auszugraben. Ich hatte dringend eine Pause nötig.

Ich setzte Lai Fa auf die gefaltete Decke in der Badewanne, wo ich glaubte, dass sie sicher war. Ich füllte ihr Essen und Wasser auf, sagte ihr, dass sie eine Weile allein sein würde und sich benehmen sollte, dann schrieb ich Strena, dass ich unterwegs sei.

Ich saß in einem Uber, als Bram wieder anrief. „Ich hatte eine Idee. Anstatt nach einem Investor zu suchen, der eine Million Dollar in Ludington's investiert, könnten Sie nach zehn Leuten mit je hunderttausend suchen. Warum stellen Sie mir das Konzept nicht vor?"

„Danke, aber nein danke."

„Ist alles okay?"

„Ich bin unterwegs."

„Haben Sie je meinen Cousin angerufen?"

Hatte ich nicht, aber ich sollte, also tat ich es, nachdem ich mit Bram aufgelegt hatte.

Ich erzählte Sergej Prokhorov, dem Besitzer des Antiquitätengeschäfts, dass Bram ihn mir empfohlen hatte und was ich in meinem Keller hatte.

„Wann haben Sie Zeit für einen Besuch?", fragte Sergej. „Morgen Vormittag vielleicht?"

„Das wäre toll."

„Ich hoffe, ich kann helfen."

„Ich hoffe, Sie mögen ausgestopfte Bären."

Wir beendeten das Gespräch mit einem Lachen. Seines war amüsiert, meines verzweifelt.

Im MoMA führte mich Strena direkt zu einem Gemälde, das manche Leute Lady Godiva nannten, weil es eine nackte Frau zu Pferd darstellte. *Excalibur*. „Was denkst du?"

„Sichere Pinselstriche, kein Zögern, keine unnötigen Schnörkel – eine Künstlerin in ihrer Blüte, voller Kraft. Energie, Bewegung, Leben."

Violets Kunst unterschied sich so weit wie nur möglich von der Reihe von Stillleben eines anderen Künstlers an der nächsten Wand.

Ich ging näher heran, bis Excalibur mein gesamtes Sichtfeld ausfüllte. Die Frau ritt nicht nur auf ihrem Pferd in die Schlacht, sie genoss es auch und lachte in den Wind. Die Farbstrudel vermittelten etwas, das man im Internet nie wahrnehmen könnte, als hätte Violet ein Stück ihrer Seele auf der Leinwand hinterlassen.

Ich hatte das Gefühl, wenn alle um uns herum leise wären, könnte ich das Gemälde atmen hören. „Ich habe mich immer gefragt, warum sie nicht das Schwert gemalt hat. Das ist doch, was Excalibur bedeutet, nicht wahr? König Arthurs Schwert, das er aus dem Felsen gezogen hat?"

„Wer, glaubst du, ist die Frau auf dem Bild?" Strena beobachtete mich.

„Arthurs Königin, Guinevere?"

„Das ist Violet. Sieh sie genau an. Sie hat es mit dreißig Jahren in ihrer Blüte gemalt. Im Gegensatz zu Arthur, der seine Waffe aus dem Felsen zog, hat Violet ihre Kraft aus sich selbst geschöpft. Sie *ist* Excalibur."

„Okay. Das ist tiefgründig."

Ich hatte das Gemälde schon mehrmals gesehen, aber ich hatte es nie genau untersucht. Man konnte nur begrenzte Zeit auf eine lebensgroße nackte Frau in einem Museum starren, ohne dass die Leute anfingen zu denken, dass man sie zu lange betrachtet hatte.

Mit Strena an meiner Seite untersuchte ich jeden Zentimeter. Es war Violet. Eine jüngere Violet mit viel dunklerem und längerem Haar. Wie hatte ich das übersehen können?

Aus dem Nichts loderte eine unvernünftige Eifersucht auf, dass Strena Einblicke in meine Großmutter hatte, die mir verwehrt waren.

„Was bedeutet *Strena* überhaupt?" Ich klang gereizt, und es war mir egal. „Warum hast du keinen Nachnamen?"

„Strena reicht vollkommen. Es erlaubt mir, ein Privatleben zu haben. Es bedeutet *Sturm* in Papiamentu. Ich wurde während eines Hurrikans auf Aruba geboren. Sonst noch Fragen?"

Ich würde nie so cool sein wie sie. Ich gab auf. „Danke, dass du mir von dem Gemälde erzählt hast."

Auf dem Nachhauseweg dachte ich darüber nach. Da das Wetter warm genug war, ging ich zu Fuß.

Kraft von innen. Du bist das Schwert.

Vergiss, dass Trey mir Ludington's wegnehmen wird. In den letzten Tagen hatte meine Trauer über den Verlust von Violet meine Kräfte geschwächt. Aber diese Auktion war noch nicht vorbei. Ich musste tiefer in mich hineingreifen und mehr finden, womit ich bieten konnte.

Ich war das Schwert. Ich wollte nicht, dass mein Leben ein Stillleben ist. Ich wollte, dass es eines von Violets Gemälden wurde. Ich wollte die Art von Kraft und Freude, die sie hatte. Kraft von innen.

Als ich das Haus erreichte, erfüllt von neu entdecktem Optimismus und fester Entschlossenheit, fand ich einen Besucher vor, der auf mich wartete.

„Hi. Ich bin Beatriz Amoso. Sie müssen Emsley sein." Violets Immobilienmaklerin war ungefähr in meinem Alter, groß und schlank in einem taubengrauen Kleid und dazu passenden Schuhen mit hohen Absätzen. Ein prächtiger Reiher, der eine Pause vom Gleiten über einer silbernen Schlucht einlegte.

Ich rückte meine Bluse gerade. „Hi."

„Hatte eine Besichtigung einen Block weiter." Sie warf mir plötzlich ein manisches Lächeln zu – das das hübsche Bild in meinem Kopf ruinierte – wie jemand, der dringend schlechte Nachrichten überbringen musste. „Ich wollte Sie gerade anrufen."

Ich ließ sie herein. „Was gibt's?"

„Nichts! Nur eine kleine Verzögerung. Vielleicht sogar eine Gelegenheit", zwitscherte sie, als wir in den provisorisch eingerichteten Salon gingen, doch die Art und Weise, wie sie sich in den nächsten Sessel fallen ließ, strafte ihre lebhafte Ausstrahlung Lügen.

„Der Käufer hat gerade angerufen." Sie warf mir einen Bitte-jetzt-nicht-ausflippen-Blick zu.

„Und was sagt er?", fragte ich so ruhig wie möglich. Ihrem Zustand nach zu urteilen, musste sie in der Vergangenheit einige schwierige Kunden gehabt haben.

„Er macht einen Rückzieher."

Hallo, Ruhe. Bye-bye, Ruhe. Ich ließ mich in den Sessel neben ihr fallen. „Kann er das so einfach? Warum?"

„Ich glaube, er ist ein Spekulant. Es tut mir leid. Nachdem ich gerade mit seinem Makler gesprochen habe, hatte ich den Eindruck, dass der Käufer das Haus schnell kaufen und wieder verkaufen wollte. Er hatte selbst einen Käufer aus Übersee an der Hand. Ihr Käufer wollte die Immobilie in Besitz nehmen und dann sofort mit einem Aufschlag verkaufen."

„Warum?"

„Das kann viele Gründe haben. Von Geldwäsche bis dahin, dass der andere Käufer anonym bleiben will."

„Und dann hat sein Käufer seine Meinung geändert, also ist mein Käufer auch abgesprungen?"

„Vielleicht hat er keine Wahl. Vielleicht hatte er nur eine kurzfristige Kreditlinie. Ein paar Monate? Dann hätte er sein Geld bekommen und sie ausgeglichen."

„Ich weiß nicht viel über Immobilienspekulation. Kommt das oft vor?"

„Nicht oft, aber auch nicht selten. Vor allem in New York."

Der Käufer hat das Angebot zurückgezogen. Kein Verkauf. Kein Geld.

Ich dachte an den Stapel Rechnungen vom Schlaganfallzentrum in der Ecke meines Schreibtisches oben und spürte einen stechenden Schmerz in meinem Bauch.

„Wir werden es natürlich sofort wieder anbieten." Beatriz bemühte sich, beruhigend zu klingen. „Falls Sie noch verkaufen möchten."

„Das tue ich."

Sie entschuldigte sich noch einmal, dann wieder und wieder, bevor sie ging.

Ich wollte mich nicht mit Bram auseinandersetzen, rief ihn aber trotzdem an – geschäftlich, rein professionell. Ich erzählte ihm, dass der Käufer des Hauses abgesprungen war. „Muss ich irgendetwas tun, bevor ich es wieder zum Verkauf anbiete?"

„Violets Vermögen muss durch ein Nachlassverfahren gehen. Sie müssen das Haus offiziell erben und auf Ihren Namen übertragen lassen. Das kann ein paar Monate dauern."

Ich ließ den Kopf in meine Hand fallen. „Das Schlaganfallzentrum hat mir die Schlussrechnung schon geschickt."

„Ich könnte in Ihrem Namen verhandeln. Sie könnten kleinen monatlichen Zahlungen zustimmen, bis das Haus verkauft ist. Sie hatten eine ähnliche Vereinbarung mit Ihrer Großmutter."

„Darum werde ich mich kümmern. Aber danke für den Vorschlag."

„Sie wissen, dass ich gerne helfen würde, wo immer ich kann. In dieser Sache oder was es auch immer sonst noch gibt."

Das hatte er mir immer wieder gesagt. Doch was ich von ihm wollte, war, dass er der Mann war, für den ich ihn gehalten hatte. Wenigstens hätten wir Freunde sein können. Ich vermisste Diya und Trey.

„Danke", sagte ich zu ihm. *Aber nein danke.* „Tut mir leid. Ich muss Schluss machen. Ich habe zu viel zu tun."

Ich kochte mehr Kaffee, holte Lai Fa aus der Badewanne und nahm sie mit ins Büro. Ich machte es mir mit meinem Laptop bequem und krempelte meine Ärmel hoch. Ich musste meine magere Liste potenzieller Investoren erweitern, und dann musste ich anfangen zu telefonieren.

Am Ende hatte ich sechs Namen gefunden, von denen ich glaubte, dass sie mir eine faire Chance geben würden. Und nur einer von ihnen musste anbeißen.

Ich rief den Ersten an, Bill Wesner. Sein Vater investierte in Weinberge, der Sohn investierte mit beachtlichem Erfolg in Start-ups. Er war ein häufiger Bieter bei unseren Auktionen, also kannte er mich.

„Und Sie werden der CEO sein?", fragte Wesner.

„Ja."

Weniger als fünf Prozent der CEOs waren Frauen. Ich versuchte nicht, ein Statement zu machen. Im Moment hatte ich kein Geld, um jemand anderen an Bord zu holen.

„Wer ist sonst noch an diesem neuen Projekt beteiligt?" Wesner meinte bekannte Unternehmen, andere Investoren oder seriöse Risikokapitalgesellschaften.

Sein Ton erinnerte mich an den Ich-würde-gern-mit-dem-Herrn-des-Hauses-sprechen-Ton, den ich in meiner ganzen Kindheit von

Verkäufern gehört hatte, die an unsere Tür kamen und mit meiner Mutter konfrontiert waren.

„Sie stehen ganz oben auf meiner Liste, also sind Sie der Erste, den ich angerufen habe."

Er war nicht geschmeichelt. Wir redeten noch zehn Minuten weiter, doch letztlich war Wesners Antwort nein.

Ich wandte mich dem Rest meiner Liste zu. Alle fünf potenziellen Investoren lehnten ab. Nicht einer gewährte mir ein persönliches Treffen. Sie vermittelten mir den deutlichen Eindruck, dass sie lieber mit Trey gesprochen hätten.

Ich strich einen Namen nach dem anderen durch, dann noch einen und noch einen, bis mein Stift durch das Papier stach. Dann warf ich die Liste in den Papierkorb.

Ich brauchte eine Million Dollar, und mir blieben noch zwanzig Tage, sie aufzutreiben.

KAPITEL ZWANZIG

Johanna

1891, 25. Januar, Utrecht, Niederlande

„Niemals, Mevrouw van Gogh. Niemals", hatte mir Theos Arzt gesagt, als ich ihn fragte, wann Theo wieder ganz er selbst und entlassen werden könnte.

Ich weigerte mich, ihm zu glauben. Ich schrieb an unseren Vermieter in Paris und bat ihn, unsere Wohnung nicht zu vermieten. Egal, was ich tun musste, ich würde einen Weg finden, unsere Familie wieder in unser Zuhause zu bringen.

Im Haus meiner Eltern, in meinem Kinderzimmer, als niemand mich sehen konnte, weinte ich, doch ich kehrte immer wieder nach Utrecht zurück, unbeirrt von dem, was mich jedes Mal erwartete.

Als sich der Januar dem Ende zuneigte, ging es Theo wieder besser, was meinen Glauben rechtfertigte. Ich sprach mit ihm über unseren kleinen Sohn. Ich versprach, das Vermächtnis seines Bruders zu schützen und dabei zu helfen, Vincents Namen aufzubauen, sobald Theo aus der Klinik entlassen wurde. Ich tat so, als wäre ich eine von Vincents Sonnenblumen, und wandte mein Gesicht voller Dankbarkeit dem Licht zu. Ich zwang mich, nur Hoffnung zu sehen. Ich umging alle dunklen Ecken der Verzweiflung.

Als ich am fünfundzwanzigsten Januar wieder mit dem Zug nach Utrecht fuhr, hatte ich in meiner Tasche das Foto, das der Fotograf Raoul Saisset von mir mit unserem Sohn in Paris in seinem Atelier in der Rue Frochot aufgenommen hatte. Es würde meinen geliebten Theo daran erinnern, noch mehr zu kämpfen, damit er früher zu uns zurückkehren konnte. Wenn er sich daran erinnerte, wie sehr er uns liebte, würde er vielleicht vergessen, was er in seinen Tiraden geschrien hatte.

„Hier entlang, Mevrouw van Gogh." Der Pfleger führte mich anstatt zu meinem Mann direkt zum Arzt, was normalerweise bedeutete, dass Theo einen schlechten Tag hatte. Ich blieb unbeirrt. Bei jeder Krankheit war es normal, dass der Patient ein paar schlechte Tage hatte, bevor er sich schließlich erholte.

Der Arzt stand auf, als ich eintrat, seine Miene noch finsterer und mitleidiger als sonst.

„Ich bedauere, dass ich schlechte Nachrichten für Sie habe, Mevrouw van Gogh." Er ging um seinen Schreibtisch herum. „Ihr Mann ist auf tragische Weise heute Morgen gestorben."

… ist heute Morgen verstorben.

Der Schock traf mich wie ein Schlag in die Brust, meine Lungen waren wie Feuer, keine Luft mehr im Raum, als ich verzweifelt nach Atem rang. Ich zerrte am Kragen meines Kleides.

… verstorben …

Trauer schnürte mich ein wie ein Korsett aus der Hölle. Das Schicksal hatte mir meine Liebe entrissen. Alle Hoffnung war gestorben. Am Horizont keine schwache Morgendämmerung mehr.

… tot …

Der Raum drehte sich um mich.

Hilfe!

„Ich war gerade dabei, Ihnen einen Brief zu schreiben", fuhr der Mann fort. „Ich möchte Ihnen mein aufrichtiges Beileid ausdrücken. Wir werden natürlich beim Transport des Leichnams für die Beerdigung behilflich sein."

Mein Verstand rang darum, die Worte zu akzeptieren, die wie

Dolche auf mich zuflogen. Mein Herz zerbrach in Scherben, die zu klein waren, um jemals wieder zusammengesetzt zu werden. Wie konnten meine inbrünstigen Gebete so vollkommen vergeblich gewesen sein?

Ich ließ mich auf den Stuhl fallen.

„Ein Glas Wasser?" Der Arzt eilte zur Tür und rief um Hilfe.

Eine Krankenschwester kam, dann kurz darauf noch eine mit Wasser.

„Ein Beruhigungsmittel?" Der Arzt bot mir eine Pille an.

„Ich muss mit dem Zug nach Hause fahren." Ich schüttelte den Kopf. „Ich möchte ihn sehen."

„Der Leichnam wurde bereits in ein anderes Gebäude gebracht."

Der Leichnam. Als hätte mein Mann aufgehört, eine Person zu sein. Aufgehört, mein Theo zu sein.

Ich war zu zerbrochen, um mit dem Arzt zu streiten. Oder vielleicht zu verängstigt, um meinen Mund zu öffnen, aus Angst, ich könnte den Mann anschreien.

„Sie haben einen Schock erlitten, Madam. Sie müssen bleiben, bis Sie sich erholt haben." Seine Worte waren weniger ein Vorschlag als ein Befehl.

Ich gab ihm das Wasserglas zurück und stand auf. Wenn sie mich Theo nicht sehen ließen, hatte ich hier nichts mehr zu tun. „Danke. Ich komme zurecht."

Doch ich tat es nicht. Meine Sicht verschwamm, ich verirrte mich in den engen mittelalterlichen Gassen und landete statt am Bahnhof am Fuße des Domturms. In der Tat ein bedrohlicher dunkler Engel.

Tränen liefen über mein Gesicht. Wie sollte ich meinen Weg durchs Leben finden, wenn ich nicht einmal meinen Weg zum Bahnhof finden konnte?

Mit achtundzwanzig war ich Witwe, mittellos. Mein kleiner Sohn hatte keinen Vater. Was würde aus uns werden?

Denken schmerzte. Atmen schmerzte. Stehen auch.

Jedes Pochen meines Herzens ein schmerzlicher Schlag.

KAPITEL EINUNDZWANZIG

Emsley

Sergej Prokhorov kam am Donnerstagmorgen vorbei, um sich den Inhalt des Hauses anzusehen. Mein Alter, rotblondes Haar, kantige Gesichtszüge. Er sah mich an und sagte: „Hi. Ich bin Sergej, wenn es dir nichts ausmacht, können wir uns duzen."

Ich nickte.

„Hast du geweint?"

„Theo van Gogh ist gestorben. Und so kurz nach Vincent."

„Die Bibliothek von Alexandria ist abgebrannt. Das ist, was mich antreibt."

Er sagte es so ernst, dass ich lachen musste.

Er lachte mit mir. „Bram hat mir viele nette Dinge über dich erzählt."

Ich weigerte mich, ein erfreutes Flattern zu spüren. Bram konnte so beeindruckt von mir sein, wie er wollte. Ich war nicht beeindruckt von ihm.

Lai Fa pickte an meiner Ferse, also hob ich sie hoch. „Das ist Lai Fa.

Komm rein. Bram hat gesagt, ihr seid Cousins. Ihr seht euch nicht ähnlich."

„Ich wurde aus Russland adoptiert. Mit Liebe. Hallo Lai Fa. Bist du aber süß." Sergej streichelte ihren flauschigen Kopf und sah sich dann ehrfürchtig um. „Violet Velars Zuhause. Das Königreich einer Diva. Ich habe mich darauf gefreut, seit Bram mir gesagt hat, dass er dir meine Nummer gegeben hat. Er sagt, das Beste ist unten?"

Lai Fa wand sich, und ich ließ sie auf die Jagd nach streunenden Ameisen gehen, deren Existenz bei der Hintertür sie gerade erst entdeckt hatte.

„Hier entlang." Ich dirigierte Sergej zur Kellertür.

Als wir das Ende der Treppe erreichten, blieb er stehen. „Du hast keine Witze gemacht, als du über den ausgestopften Bären gesprochen hast. Er hat Potenzial. Ich kenne ein paar Innenarchitekten, die sich auf Junggesellenwohnungen für Treuhandfonds-Babys spezialisiert haben."

Ich dachte an die ultramoderne Penthouse-Wohnung, die Treys älterer Bruder im Jahr zuvor als Investition in San Diego gekauft hatte, an den riesigen ausgestopften Elchkopf über dem modernen Marmorkamin „als Kontrast". Sergej hatte recht. Ich konnte mir den Bären im Foyer aus Glas und Stahl vorstellen.

„Wie willst du ihn nach oben bringen?" Ich wollte nicht, dass er auch nur für eine Sekunde dachte, dass ich das tun würde.

„Ich habe Leute dafür." Sergej ging zum Kleiderschrank und strich mit dem Finger über das Holz. „Die Walnuss-Einlegearbeiten sind exquisit. Charles X."

Ich hätte so tun können, als wüsste ich alles über Charles. *Oh, der Typ?* Aber Sergej war so sofort entwaffnend, dass ich nicht glaubte, er würde mich wegen meiner Unwissenheit verurteilen. „Wie alt?"

„Etwa 1830." Er öffnete die Türen und schwenkte mit seiner Handylampe durch die Höhlen im Inneren. „War da was drin?"

„Vintage Mode. Alles meins."

„Ich werde den Schmerz durchstehen. Weil ich ein Profi bin." Er neigte den Kopf, als würde er rechnen. „Der Kleiderschrank allein ist zwischen zehn- und fünfzehntausend Dollar wert, wenn ich den richtigen Käufer finde. Wäre das akzeptabel?"

Für ein einziges Möbelstück? Ich atmete die Anspannung aus, die ich den ganzen Morgen in meinen Schultern gespürt hatte. „Das wäre toll."

„Ah." Er ging schon weiter, auf das Karussell zu. „Du hast eine echte Schönheit hier. Ein Allan Herschell." Seine Nasenlöcher bebten wie die eines Jagdhundes, der eine Spur aufgenommen hatte. „Siehst du die Pferde? Niemand schnitzt so wie Daniel Muller." Er machte Fotos. „Dreißig Fuß Durchmesser. Zweiundzwanzig Pferde, zwei Streitwagen. Aus den frühen Zwanzigern."

„Ist das gut?"

„Ausgezeichnet."

„Was glaubst du, woher es kam?"

„Das muss ich recherchieren. Vielleicht Coney Island?" Sergej sah mir so intensiv in die Augen, als wollte er mich hypnotisieren. „Die Frage ist, würdest du mir diese Schönheit überlassen?"

„Das war mein Gedanke."

„Ich liebe dich. Ich meine es ernst." Er sagte die Worte mit aufrichtiger Leidenschaft. „Das ist der beste Tag meines Lebens."

Er war vollkommen echt und ohne Heuchelei. Er war lustig. Und er wollte mir helfen, das Haus auszuräumen. „Ich mag dich auch."

„Das Leben ist so ungerecht." Seine Lippen verzogen sich. „Bram hat mich schwören lassen, dass ich dich nicht angraben würde. Würdest du mich auf der Stelle heiraten und die vorbereitenden Schritte überspringen?" Er drückte eine Hand auf sein Herz. „Ich habe meinen Aiden. Aber er wird dich auch lieben. Er wird nicht anders können. Wir ziehen nach Utah. Ich werde euch beide heiraten. Ihr werdet Schwestergemahlinnen sein."

„Ich glaube nicht, dass das so funktioniert."

„Polyamorie. Google es."

Violet hätte ihn geliebt.

Er wandte sich wieder den geschnitzten Pferden zu. „Ich sage nur, denk darüber nach." Er testete vorsichtig die Bretter und stieg dann auf. „Der Zustand ist hervorragend. Offensichtlich restauriert, aber das wird sich nicht negativ auf den Preis auswirken. Bei einem Stück, das hundert Jahre alt ist, sind Ausbesserungen zu erwarten."

Er richtete sein Handylicht in die Ecken und Winkel. „Komm her."

Ich kletterte auf das Karussell und folgte seinem ehrfürchtigen Blick. Das Licht beleuchtete ein Datum. „1918?"

„Das", sagte er ehrfürchtig. „Das ist, was wir in der Branche einen Jackpot nennen."

„Ich kann die Spannung nicht ertragen. Sag's mir einfach."

„Mittlerer sechsstelliger Betrag. Ich werde ein paar ernsthafte Sammler anrufen, um zu sehen, ob ich sie zum Bieten animieren kann."

Ich holte scharf Luft, was wie ein Schluchzen klang. „Ich frage mich, warum sie es nicht verkauft hat. Sie hat das Haus verkauft, um ihre Krankenhausrechnungen zu bezahlen."

„Sie wusste vielleicht nicht, dass es ein Herschell war. Oder dass die Malerei von Daniel Muller ist. Ich bezweifle, dass sie sich des wahren Werts bewusst war."

„Bist du dir sicher, dass es so viel wert ist?"

Er schnaubte. „Wofür hältst du mich, einen Amateur?"

„Du bist ein Engel. Du hast mir vielleicht gerade das Leben gerettet. Du sprichst nicht zufällig Holländisch?" In diesem Moment schien nichts unmöglich.

„Würde es einen Unterschied machen, was unsere Heiratsaussichten betrifft? Ich kann es lernen. Es ist noch nicht zu spät, Bram einen Korb zu geben und mit mir durchzubrennen. Mach einfach Schluss mit ihm und *Bamm!*"

„So ist es nicht zwischen mir und Bram. Ich würde nicht …" Ich sprang vom Karussell. „Er ist verheiratet."

Ich hasste die offensichtliche Enttäuschung in meiner Stimme, die mich verriet. Ich hasste es, mich erbärmlich zu fühlen, von einem Mann angezogen zu sein, der nicht verfügbar war. Aber was ich am meisten hasste, war, dass ich ständig an ihn denken musste, obwohl ich wusste, dass er nicht der Mann war, für den ich ihn hielt. Ich hatte Tagträume über uns in einem alternativen Universum.

Sergej folgte mir. „Warum ist es ein Problem, dass er verheiratet war?"

Ich blieb stehen. „War?"

„Seine Frau ist vor zwei Jahren gestorben. Er hat es dir nicht gesagt?"

„Er hat einen Ehering getragen. Ich dachte …"

Sergej beobachtete mich so interessiert, als hätte ich hinter meinem Rücken ein zweites Karussell versteckt. „Eine ganze Reihe von Leuten, die ihn lieben, darunter auch ich, haben seit ihrem ersten Todestag versucht, ihn davon zu überzeugen, den Ring abzunehmen. Wir haben uns Sorgen gemacht, dass er sein Leben nicht weiterlebt. Er hat uns gesagt, wo wir uns unsere unqualifizierten Meinungen hinstecken sollten. Tipp: an den Ort, an dem weder Sonne noch Mond noch Sterne scheinen. Dann ist Bram dir begegnet, und der Ring ist verschwunden." Er hielt inne, um seine Worte wirken zu lassen. „Alle, die das für bedeutsam halten, heben die Hand."

Er warf beide Arme in die Luft.

Später konnte ich mich nicht erinnern, worüber wir nach seiner Offenbarung gesprochen hatten. Alles, woran ich mich erinnern konnte, war, dass Sergej einen Termin hatte, also war er schließlich gegangen.

Während ich mich wieder an die Arbeit machen musste und *nicht* an Bram denken sollte.

KAPITEL ZWEIUNDZWANZIG

Johanna
   Februar 1891, Paris, Frankreich

„Du willst Paris nicht verlassen, weil deine Erinnerungen an Theo hier sind?" Dries' Ton verriet seine Ungeduld. Wir gingen nah genug beieinander, dass unsere Schultern sich berührten, während wir die Rue Jean-Baptiste Pigalle hinuntereilten.

   „Seine *Träume* sind hier. Ich muss diese Träume wahr werden sehen. Ich muss dafür sorgen."

   Theos Träume für Vincents Vermächtnis waren meine geworden und lebten hartnäckig in meinem halbtoten Herzen. Meine Träume waren Teil von Paris, wie das Kopfsteinpflaster der Stadt Teil der Straßen war. Meine Hoffnungen waren Kutschen, die die Avenue des Champs-Élysées hinunter rasten. Endlich hatte ich meine Lebensaufgabe gefunden.

   In meiner Trauer hatte ich meinem Bruder vergeben. Wenn eines meiner Geschwister mich je verstanden hatte, war es immer Dries gewesen. Seine Anwesenheit machte sogar die bittere Kälte erträglicher. Mit ihm an meiner Seite würde alles gut werden. Er würde mir helfen, einen Weg aus meiner schrecklichen Situation heraus zu finden.

„Was soll ich tun?" Ich würde seinem Rat folgen. Ich musste nur das tun, vorwärts stolpern und dem Licht folgen, das er hochhalten würde, um meinen Weg durch die Dunkelheit der Trauer zu erleuchten. „Wie soll ich all diese Gemälde verwalten? Vincents ganze Kunst?"

Meine Zehen waren taub und prickelten, als wir uns trennten, um eine dick eingepackte Wäscherin zwischen uns passieren zu lassen, die ihren überladenen Korb trug und vor sich hin sang. Dann ging sie an uns vorbei, mit dem süßen Duft von Absinth in ihrem Atem, und ich hörte nur den Schnee unter unseren Stiefeln knirschen und den Wind über die Dächer pfeifen.

„Dries?"

Er beobachtete die schlammigen Fußabdrücke der Frau im Schnee, anstatt mich anzusehen. „Verbrenn sie."

Eine Bö traf uns, als wir um eine Ecke bogen. Wir mussten nur zum nächsten Markt laufen, ein paar Blocks entfernt. Wil hatte an diesem Morgen meine letzte Milchflasche ausgeschüttet, erschrocken von Dries' dröhnender Stimme bei seiner Ankunft.

Ich zog den Wollschal fester um meinen schlafenden Sohn in meinen Armen. Dries zog seinen Kragen hoch, ohne zu wissen, dass er mir das Herz brach.

„*Et tu, Brute?*" Ich flüsterte die Worte geschockt, doch die Bö starb, und er hörte mich.

Sein Gesicht war rot vor Kälte. Frustriert hob er eine ebenso rote Hand. „Ich steche dir kaum in den Rücken, Jo. Ich gebe dir Ratschläge, ganz deiner Bitte entsprechend."

„Aber du warst ein Freund von Theo und Vincent."

„Wir können die Zeit nicht zurückdrehen. Wir können nicht zurück. Die Maschine, die in die Vergangenheit reisen kann, existiert nur in Geschichten."

„*Anacronópete.*" Ich erinnerte mich an den Namen aus dem Buch von Enrique Gaspar. „Wenn wir nur eine hätten."

Der eisige Wind schleuderte uns erneut Schnee entgegen und trieb mir Tränen in die Augen. Ich ging schneller.

„Wir hätten auf den Omnibus warten oder eine Kutsche nehmen sollen." Dries hielt durch. „Du musst lernen, die Gegenwart zu akzeptieren. Sei vernünftig." Er drehte sich, um dem Wind zu entgehen, der die Richtung geändert hatte. „Du musst dich von diesem Gerümpel befreien. Dein Zimmer zu Hause hat nicht genug Platz für all den Kram, den du hast."

„Mein altes Zimmer hat nicht genug Platz für *mich*."

Ich konnte nicht in mein altes Leben zurückkehren, aus dem einfachen Grund, dass man nicht in die Vergangenheit zurückkehren konnte. Ich konnte nicht wieder mit meinen jüngeren Schwestern Duette auf dem Klavier spielen und wieder eine von ihnen werden. Sie hatten noch keine Ahnung von der wahren Härte des Lebens, wie es einem das Herz brechen konnte. Ich wollte ihre glückselige Unwissenheit nicht ruinieren.

Ich war nicht mehr dieselbe wie früher. Ich hatte die Liebe eines guten Mannes, die erstaunliche Brillanz eines anderen kennengelernt und wie sich mein Baby in meinen Armen anfühlt. Niemals würde ich in die Zeit davor zurückkehren. Einmal geöffnete Augen ließen sich nicht wieder schließen.

„Ich möchte tun, was Theo sich vorgenommen hat. Vincents Arbeit braucht einen anderen Agenten, und meine beste Chance, einen zu finden, ist hier. Dachtest du, ich wäre zum Packen nach Paris zurückgekommen? Das Missverständnis tut mir leid. Du musst mein Leben nicht für mich entscheiden." Wir erreichten das Haus, und ich tastete mit eisigen Fingern nach meinem Schlüssel. „Ich brauche deine Hilfe, um einen Weg zu finden, wie ich Vincents Vermächtnis am besten bewahren kann."

Dries warf die Hände in die Höhe. „Ich würde verstehen, wie viel dir an ihnen liegt, wenn Theo die Bilder gemalt hätte."

„Er hat sie vielleicht nicht selbst gemalt, aber er hat sie in seinem Herzen getragen."

„Sie sind nicht viel wert. Niemand will sie haben." Das sanfte Leuchten in Dries' Augen bat mich, zur Vernunft zu kommen. „Du musst sie loslassen, Jo."

Ich wollte widersprechen, doch jeder Kunsthändler, mit dem ich gesprochen hatte, stimmte den Worten meines Bruders zu. Tatsächlich hatten sie mir alle denselben Rat gegeben. Ich weigerte mich, diesen Leuten zu glauben. Ich entschied mich, meinem Mann zu glauben. „Vincent hat kurz davorgestanden, entdeckt zu werden, als er starb. Letzten Monat hatte er seine erste Einzelausstellung."

„In deiner Wohnung."

„Anna Boch hat *Roter Weinberg* für vierhundert Francs gekauft. Sie erkennt große Kunst, wenn sie sie sieht. Sie ist selbst Künstlerin."

„Sie ist die Erbin des Keramikimperiums Villeroy & Boch. Sie kann es sich leisten, Freunden unter die Arme zu greifen."

Endlich schaffte ich es, die Tür aufzuschließen. „Das wird sich herumsprechen. Ich werde kein einziges Bild wegwerfen."

„Du hast einen ganzen Berg Leinwände, Jo. Sei vernünftig."

Ich lachte bitter. Das Leben hatte mir den Mann, den ich am meisten liebte, auf die grausamste Weise gestohlen. Und ich sollte vernünftig sein?

Eine gebückte alte Frau ging an uns vorbei und warf mir einen scharfen Blick zu. Ich trug das schwarze Kleid einer Witwe und lachte mit einem gutaussehenden jungen Mann auf dem Treppenabsatz meines Mietshauses. Ich wandte ihr den Rücken zu, ging hinein und trat endlich aus dem Wind.

„Theo war Kunsthändler." Dries klopfte sich auf der Matte den Schnee von den Stiefeln, bevor er durch das kleine Foyer ging. „Mit einer ganzen Liste von Sammlern als Kunden. Erinnerst du dich, wie viele von Vincents Gemälden er insgesamt an sie verkauft hat?"

„Theo ist die Zeit davongelaufen. Ich kann einen anderen Agenten für Vincent finden."

„Ich werde nicht hier sein, um zu helfen. Ich habe gekündigt, Jo. Annie und ich kehren nach Amsterdam zurück."

Die Nachricht brachte mich aus dem Gleichgewicht. „Warum?"

„Vater hat eine Stelle für mich bei der Versicherung arrangiert. Nächsten Monat fange ich in Amsterdam an." Er nahm seinen Hut ab und klopfte den Schnee ab, besser auf den schwarz-weißen Fliesen als in der Wohnung. „Sieh mich nicht so an. Dass sie ihre Kinder um sich haben will, macht unsere Mutter nicht zu einem Monster. Ich möchte dich nicht allein in Paris lassen."

„Ich bin durchaus fähig, allein zurechtzukommen."

„Ich mache mir Sorgen wegen der die Anarchisten." Dann strich er sich über die Schultern.

Als sich hinter uns die Haustür öffnete, nahm Dries seinen Hut wieder ab. „Madame Biset."

„Monsieur Bonger", erwiderte die Frau des Wirts seinen Gruß und konzentrierte sich dann auf mich. „Madame van Gogh."

Sag es bitte nicht. Nicht jetzt. Nicht vor Dries.

Natürlich tat sie es. *„Le loyer?"* Die Miete.

„Bien entendu." Natürlich. Ich kratzte meine Ausreden zusammen und starb fast vor Scham darüber, dass mein Bruder Zeuge eines solchen Moments wurde und es vielleicht unseren Eltern erzählen würde.

„Gestatten Sie, Madame." Dries reichte Madame Biset schwungvoll eine Handvoll Scheine aus seiner Tasche, als hätte er das Geld dort gehabt, in der Hoffnung, ihr über den Weg zu laufen.

„Merci beaucoup, Monsieur." Sie warf mir einen unbeeindruckten Blick zu, der sagte *„war aber auch Zeit"*, zählte das Geld und eilte dann in ihre eigene Wohnung.

Dries' freundlicher Gesichtsausdruck verschwand. „Theo hätte dich nicht ohne ausreichende Mittel zurücklassen sollen."

„Danke. Ich meine die Miete. Ich werde es dir zurückzahlen, sobald ich dazu in der Lage bin." Ich presste meine Lippen aufeinander, als ich die Wohnungstür aufschloss, konnte den Rest aber nicht länger als zwei Sekunden zurückhalten, sobald wir drinnen waren. „Theo war kein verantwortungsloser Mann."

„Er hat Vincents Unterkunft bezahlt, jede seiner Mahlzeiten, seine medizinische Versorgung, die Farben, die Leinwände, jeden letzten Beutel Pfeifentabak. Wenn er weniger für Vincent ausgegeben hätte, wäre vielleicht mehr für dich übrig." Dries schnalzte mit der Zunge. „Ich habe euch einander vorgestellt. Ich fühle mich verantwortlich."

Seine Schultern hingen, und ich konnte beinahe die Wolke aus Schuldgefühlen sehen, die auf ihnen lastete, zu viel Schuldgefühle für die Enge der Küche. Nicht genug Platz für alles, nicht mit meinen Bergen von Schuld, die schon dort waren, den Raum überfüllten, die Luft verdrängten.

„Ich hätte mehr tun sollen", hatte Theo geschrien, als er getobt hatte.

Die Worte hatten sich in meinem eigenen Herzen festgesetzt. *Ich hätte mehr tun sollen.* Ich war es Theo schuldig, dass sein Lebenswerk von Erfolg gekrönt war. Ich musste seine Mission beenden, um mich von der Schuld zu befreien.

Die Gemälde an den Wänden erinnerten mich täglich daran, warum Theo an Vincent geglaubt hatte. Draußen mochte Winter sein, aber unser Zuhause war im Sommer gebadet. Zum blassen Rosa der Mandelblüten gesellten sich das kräftige Blau der Schwertlilien und das unbezähmbare Gelb der Sonnenblumen. Manchmal hatte ich das Gefühl, als würden die Farben zusammen singen und mich zum Tanzen auffordern. Ich schwor, dass das Wunder von Vincents Gemälden nicht für immer in unserer Wohnung eingesperrt bleiben würde.

„Theo war der beste Ehemann, den ich mir hätte erträumen können. Ich bin eine bessere Frau, weil er in meinem Leben war. Er hat mich wahrgenommen, wie ich war, und mich als das gesehen, was ich werden könnte. Er hat mich ausgebildet. Er hat mir die Augen für so viel Kultur und Kunst geöffnet …" Ich legte meine Hand für einen Moment auf die von Dries. „Theo hat für die Pflege seines Bruders bezahlt. Und ich würde es auch tun, wenn du es brauchtest und ich die Mittel hätte. Und als er selbst krank wurde … Den Rest unseres Geldes haben die Krankenhäuser aufgefressen."

Eine *Hirninfektion* war die offizielle Todesursache gewesen, nicht, dass er wahnsinnig geworden war, um das Vermächtnis eines guten Mannes zu schonen.

Wil wand sich, und ich küsste seine rosige Wange, dann setzte ich ihn auf den Teppich zu meinen Füßen. Ich drückte seine Hände, um mich zu vergewissern, dass ihm nicht zu kalt war, doch seine winzigen Finger waren warm. Ich überprüfte auch seine Füße und zog das zweite Paar Socken aus, das ich ihm für unseren Ausflug angezogen hatte. Dann nahm ich ihm die weiße Mütze und die Jacke ab, die ich für ihn gestrickt hatte. Es gefiel ihm nicht, hin- und hergezogen zu werden, aber sobald ich fertig war, nahm er einen Holzklotz, um damit zu spielen, und war sofort zufrieden. Er war ein Jahr alt. Ich schwor mir, dafür zu sorgen, dass er gesund und glücklich blieb.

„Ich muss in Paris bleiben", sagte ich zu meinem Bruder. „Theos Freunde werden mir helfen, sein Werk zu Ende zu bringen."

„Haben sie bisher helfen können?" Ein schmerzerfüllter Seufzer entfuhr ihm. „Theos Künstlerfreunde stellen vielleicht die brillanteste Entwicklung in der Kunst unserer Zeit dar, aber sie selbst wurden noch nicht entdeckt. Sie können sich nicht einmal selbst helfen. Sie können dir nicht helfen, Jo."

„Und du? Könntest du mir nicht genug Geld leihen, um das Jahr zu überstehen?" Ich hätte nicht fragen sollen. Er hatte jetzt seine eigene Frau, seine eigenen Kinder. Und er hatte mir gerade erst gesagt, dass er seinen Job in Paris aufgegeben hatte und den in Amsterdam erst in ein paar Wochen anfangen würde. „Tut mir leid. Bitte vergiss, dass ich das gesagt habe."

Er bückte sich, um mit den Fingern über Wils seidig blondes Haar zu streichen. „Ich werde helfen, wo immer ich kann. Aber in Amsterdam ist es leichter für mich. Wäre zu Hause so schlimm? Du kümmerst dich um unsere Eltern, wenn sie alt werden. Und vielleicht triffst du dort einen Witwer, der eine Mutter für seine Kinder braucht. Darin würde doch sicherlich etwas Erfüllung liegen? Mama sagt, Garrit fragt immer noch nach dir."

Weil ich meinen Bruder liebte, versuchte ich, mir die Zukunft vorzustellen, die er sich für mich ausmalte, doch alles in mir protestierte. Mein Verstand würde stumpf werden, jeder letzte Funke in mir sterben, einer nach dem anderen. Keine Zeit, meine Bücher zu lesen, keine Zeit zum Nachdenken und Schreiben, keine Zeit, eine Galerie oder eine Ausstellung zu besuchen, keine Zeit, die große Aufgabe zu erfüllen, die Theo mir hinterlassen hatte, eine Aufgabe für ein ganzes Leben.

„Ich glaube, ich würde den Verstand verlieren."

„Mama war immer zufrieden."

Frustration brachte mich dazu, meine Mütze mit Gewalt vom Kopf zu ziehen und ein paar Haare auszureißen, die sich in der Schleife verheddert hatten. „Ich liebe unsere Mutter, aber ich möchte nicht werden wie sie." Ich legte meine schneenasse Mütze und meinen Schal auf den Stuhl neben dem warmen Ofen. „Gibt es keinen anderen Weg?"

Dries hängte seinen eigenen Hut und Mantel auf und rieb sich dann die Hände über dem Feuer. „Du bist eine Witwe mit einem Baby in einem fremden Land, ohne die Spur einer Möglichkeit, selbst für deinen Lebensunterhalt zu sorgen."

„Ich habe über hundert Gemälde von meinem Mann geerbt." Die meisten von Vincent, einige von anderen, leider keine von großem Wert. Die Künstler, die Theo am meisten bewundert hatte, waren diejenigen, die die Kunstwelt am wenigsten anerkannte.

Die Wände hingen voll mit Stillleben, Landschaften und Porträts, und wir hatten noch mehr in jedem Schrank und unter dem Bett gestapelt. In mehr als einer Ecke türmten sie sich bis zur Decke. Sie waren zur Struktur unseres Lebens geworden und definierten die Grenzen.

„Was hast du sonst noch?", fragte Dries.

„Um die vierhundert Skizzen? Auch von Vincent."

Mein Bruder schüttelte den Kopf. „Nichts wert." Er sah sich um. „Du kannst dir nicht ernsthaft wünschen, in diesem Chaos zu leben."

„Ich werde alles so einrichten, wie Theo es beabsichtigt hatte. Und ich kann sparsam leben."

Dries antwortete nicht, doch seine Augen sagten, dass ich mir das Unmögliche erträumte.

„Ich ziehe wieder in den vierten Stock", sagte ich, als mir die Lösung einfiel, aber Dries hatte sich bereits abgewandt. Trotzdem konnte ich nicht aufhören. Ich ließ meinen tiefsten, dunkelsten Schmerz heraus. „Ohne Theo brauche ich den Platz nicht. Es wird keine Kinder mehr geben."

Kälte breitete sich über meiner Brust aus, und ich strich über mein Kleid, weil ich dachte, Schnee würde in dem schwarzen Stoff schmelzen, aber da war nichts.

Ich beschäftigte mich, damit ich nicht die Ungerechtigkeit des Lebens herausschrie. Ich goss etwas Eselsmilch in einen Topf, stellte ihn dann zum Erwärmen auf den Herd und streute eine Prise Zucker hinein. „Ich bin immer noch davon überzeugt, dass Wils Krankheit im letzten Sommer von kontaminierter Kuhmilch herrührte." Wie mich Dries' Frau Annie wegen dieser Meinung verspottet hatte. „Sobald wir dafür gesorgt hatten, dass eine Frau ihren Esel jeden Tag zur Hintertür brachte, und wir frische Milch bekommen haben, hat er sich schnell erholt."

Mein Sohn war heute gesund, wie man nur sein konnte, doch ich kaufte immer noch Eselsmilch, wann immer ich konnte – jetzt auf dem Markt. Ich rührte die schaumige weiße Flüssigkeit ein paar Augenblicke lang um. So lange brauchte ich, bis ich meinen Bruder wieder ansehen konnte.

Dries sagte: „Ich möchte dich mit nach Hause nehmen, wenn ich Ende der Woche gehe."

Die Niederlage raubte mir die Worte.

Natürlich.

Er war nicht nur vorbeigekommen, um sich zu vergewissern, dass ich nicht in den turbulenten Wellen der Verzweiflung des Witwendaseins unterging.

„Du hast Glück erlebt", sagte er leise.

Ich konnte nicht widersprechen. Ich hatte Freude an meiner Ehe gehabt, mehr als die meisten anderen. In dieser Wohnung und der drei Stockwerke darüber war ich jeden Tag mit dem Mann aufgewacht, den ich liebte. Wir waren zusammen aufgestanden, hatten zusammen Eier und Tee gekocht, zusammen gelacht. Wenn er zur Arbeit ging – wo er die Gemälde aller verkaufte, außer denen von Vincent, weil Goupil sie trotz seiner wiederholten Bitten nicht anbieten wollte – konnte ich es kaum erwarten, ihn zum Mittagessen wiederzusehen.

„Ich habe wahre Liebe kennengelernt. Und du hattest keine." Annie machte ihn nach wie vor unglücklich. Selbst Kinder hatten nicht geholfen.

„Du könntest Vincents Vermächtnis einem seiner anderen Geschwister überlassen."

„Ich glaube nicht, dass Cor in absehbarer Zeit aus Südafrika zurückkommt." Cor war der dritte Van-Gogh-Bruder.

„Dann Wilhelmina. Sie war Vincents Lieblingsschwester."

„Sie arbeitet als Krankenschwester und kann sich kaum selbst ernähren. Sie hat weder Verbindungen zur Kunst noch die Zeit oder die Mittel, um sich einer solchen Aufgabe zu stellen."

Ich wartete darauf, dass mein Bruder endlich akzeptierte, dass mein Weg der richtige Weg war, der einzige Weg, doch stattdessen sagte er, seine Gedanken immer bei praktischen Dingen: „Wir könnten die Leinwände abziehen. Das dünne Holz, das zum Spannen verwendet wird, kann ich leicht über meinem Knie brechen und zu Kleinholz machen. Du kannst es deinen Nachbarn schenken. Die gefalteten Leinwände kannst du einzeln im Ofen verbrennen. Sie werden dir eine Nacht der Wärme bescheren. Der Akt allein könnte dich von der Vergangenheit befreien. Betrachte es als eine Art, dich zu verabschieden."

Aus irgendeinem Grund konnte mein betäubter Verstand nur denken, dass zumindest seine Leinwände eine vernünftige Größe hatten, da Vincent es vorzog, draußen auf seiner Staffelei zu malen. „Stell dir vor, du versuchst, eines der riesigen Bilder von Claude Monet zu verbrennen."

„Oh, viele Leute stellen sich das vor", sagte Dries voller Ironie. „Er wird immer noch für das unfertige Aussehen seiner Arbeit kritisiert, weil er seine Linien nicht präzisiert." Er winkte den Gedanken an Monet ab. „Wenn er nur nicht dieses Haus gekauft und sich in Giverny verschanzt hätte. Jetzt verschwendet er die Hälfte seiner Zeit mit Gartenarbeit. Weißt du, dass er Teiche graben lässt und plant, Seerosen zu malen? Das wird sein berufliches Ende sein."

„Wie traurig." Monet war der erfolgreichste der Gruppe von Pariser Künstlern, die mit der akademischen Tradition gebrochen hatten. Er hatte Armut und sogar Bankrott gekostet, doch seine Bilder fingen an, sich zu verkaufen. Sein Haus lag weit entfernt von Paris auf dem Land, war aber dennoch unerhörter Reichtum im Vergleich zu Vincents Erfolgen, die ihm nicht einen einzigen Monat Miete eingebracht hatten. „Ich freue mich über Monets Erfolg."

Ich hoffte, dass es nicht so vorübergehend sein würde, wie mein Bruder prophezeit hatte.

Wil packte meinen Knöchel. „Milli."

„Ja, Schatz. Mehr Milch."

Er sprach noch keine klaren Worte, aber bald. Diese Worte würden jedoch – wenn es nach Dries ginge – woanders ausgesprochen werden.

Der Raum drehte sich, die Wände kamen auf mich zu. Ich blickte aus dem Fenster. Ich musste die vertrauten roten Backsteinhäuser der Cité Pigalle sehen, um mich zu vergewissern, dass ich noch in Paris war. Doch draußen brach die gnadenlose Dämmerung herein, deckte die Stadt und meine Träume zu und raubte sie mir bereits.

Wil schmatzte, und ich lächelte ihn durch meine Tränen an. „Gibst du deiner Mama ein Küsschen?"

Ich hob ihn hoch, weich und warm, die lebendige Hälfte meines Herzens. Als wir in der Mitte der Küche standen, sah ich das glückliche Zuhause, das die Wohnung hätte sein können, das Zuhause, das Theo und ich aus Hoffnungen und Träumen aufgebaut hatten. Nur begannen diese Hoffnungen und Träume nach und nach zu erlöschen, wie die Gaslaternen von Paris am Morgen.

Nein. Ich weigerte mich, das zuzulassen.

Wenn auf den Straßen die Lichter ausgingen, ging die Sonne auf.

Ich sah an der Wand von einem Sonnenblumenbild zum anderen. Ich würde keine Wurzeln in Sorge und Angst schlagen. Ich würde mich mit Dankbarkeit dem Licht zuwenden.

Ich hatte meinen Sohn, ich hatte meine Gesundheit und ich hatte Vincents Kunst.

„Danke für deine Sorge und deinen Rat", sagte ich zu Dries und hielt Wil fest an mich gedrückt. „Trotzdem kann ich nicht zu Mama und Papa zurückziehen. Und ohne die Bilder gehe ich nirgendwo hin."

„Sei kein Narr, Jo." Verzweiflung grub tiefe Falten um die Augen meines Bruders.

Ich wollte nicht mit ihm streiten, also schwieg ich.

Er seufzte. „Was gedenkst du zu tun?"

KAPITEL DREIUNDZWANZIG

Emsley

Ich rief Bram an.

Nachdem Sergej sich verabschiedet hatte, war ich zurück ins Büro gegangen, um zu arbeiten, fest entschlossen, nicht an seinen Cousin zu denken. Doch dann entschied ich, dass ich beruflich über Bram nachdenken durfte. Und ich überdachte seinen Vorschlag mit den Kleinanlegern noch einmal.

Start-ups tendierten dazu, sie zu meiden.

Wer Geld einzahlte, wollte ein Mitspracherecht haben und musste zufriedengestellt werden. *ZwvG. Zeit weg vom Geschäft.* Ein Typ, der eine Million Dollar investierte, war leichter zu handhaben als zehn, die jeweils hunderttausend investierten.

Doch Startup-Bettler durften bei ihren Risikokapitalgebern nicht wählerisch sein. Johanna hatte ihren Lebenszweck gefunden, und ich auch. Sie hatte ihre Schlachten geschlagen, und ich würde meine schlagen.

Bram meldete sich beim ersten Klingeln. „Emsley. Alles okay?"

„Sergej war gerade hier. Danke, dass Sie mir seine Nummer gegeben haben." Ich streichelte Lai Fa zu meinen Füßen und hoffte halb, sie würde mir ausreden, was ich als Nächstes sagen würde. Sie warf mir einen Blick zu, der eher einem selbstgefälligen Lächeln ähnelte, als ich es von einem Huhn erwartet hatte. Also gut. „Sind Sie immer noch daran interessiert, mein Investorenangebot zu hören?"

„Unbedingt."

„Ich habe noch keine professionelle Präsentation vorbereitet."

„Ich brauche nichts Professionelles. Darf ich meinen Großvater mitbringen? Er wird wahrscheinlich auch interessiert sein."

„Ja, bitte."

Ich hatte überlegt, wie ich ein weiteres Treffen mit ihm arrangieren könnte. Ich wollte nach dem „Unfall" fragen, das zum „versehentlichen" Stolpern des Senators geführt hatte. Ich vermutete, dass Bram Sr. mehr über den Vorfall in der Bibliothek wusste, als er zugegeben hatte.

„Ist sieben zu spät?", fragte Bram. „Ich habe zwar ein Meeting davor, aber ich glaube nicht, dass es lange dauern wird."

„Sieben ist perfekt."

Er antwortete ein paar Sekunden lang nicht, dann: „Tut mir leid. Ich bin bei Gericht. Wir müssen wieder rein."

„Nein, tut mir leid, dass ich Sie bei der Arbeit gestört habe."

„Sie können jederzeit anrufen. Sie sind nie lästig. Bis heute Abend."

Wir beendeten das Gespräch und ich hob Lai Fa auf und küsste sie auf den Kopf. „Er kommt heute Abend."

Ich wollte eine Präsentation halten. Trey tat das normalerweise – groß und selbstbewusst stand ihm *der nächste Bezos* ins Gesicht geschrieben. Meine Aufgabe war es, die Auktionen zu leiten und, wenn nötig, unsere Kunden zu verhätscheln. Ich war sowas von keine Verkäuferin.

Für die Telefongespräche, die ich bisher von New York aus gemacht hatte, hatte ich nur handschriftliche Notizen verwendet. Ich hatte keine Folien. Keine Charts. Keinen Projektor.

Ich setzte Lai Fa auf den Boden. „Halt deine flauschigen Federn fest. Uns steht ein arbeitsreicher Nachmittag bevor."

Ich schaltete Violets uralten Drucker in der Ecke ein, und er erwachte mit einem Surren zum Leben. Lai Fa warf einen neugierigen

Blick darauf. Sie war nicht erschrocken, zeigte keine Angst. Und wenn sie mutig sein konnte, konnte ich das auch.

„Ich kann nicht feiger sein als ein echtes Huhn. Nicht wahr?"

Während Lai Fa sich für ein Nickerchen auf meine Füße legte, ging ich die Zahlen von Ludington's für das vergangene Jahr durch. Dann arbeitete ich einen neuen, aggressiven Marketingplan aus.

Strena steckte ihren Kopf durch die Tür, während zwei ihrer Models, Monique und Vivian, hinter ihr lächelten.

Lai Fa rannte hinüber, und sie gingen auf die Knie und begrüßten sie überschwänglich. Ich fühlte mich wie eine stolze Mutter.

„Wir werden ein paar Stunden arbeiten." Strena richtete sich auf. „Hast du über die Show nachgedacht?"

„Nachgedacht, ja. Eine Entscheidung getroffen, nein."

Sie drängte mich nicht, sondern nahm ihre Models mit nach oben.

Ich brauchte eine Pause, also packte ich Violets Badezimmer – antike Parfümflaschen, Kerzenhalter, Keramikstatuen griechischer Göttinnen – für den Goodwill-Laden zusammen. Lai Fa pirschte sich unter der Wanne an eine kleine Spinne heran. Als sie sie schließlich schnappte, gackerte sie triumphierend.

„Und deshalb sind wir ein unaufhaltsames Team."

Die Stunde, die wir mit Putzen verbracht hatten, hatten meinen Kopf frei gemacht. Ich sah mir meine Präsentation mit frischen Augen an. Diesmal schien Lai Fa interessiert zu sein und neigte den Kopf. Vielleicht hatte sie durch die Spinnenjagd genug Selbstvertrauen gewonnen, um als Nächstes das Unternehmertum in Angriff zu nehmen.

Ich vereinfachte meine Tabellenkalkulationen in eine Handvoll leicht verständlicher Diagramme. „Visuals werden immer geschätzt."

Um sechs richtete ich mich unten ein, duschte schnell und zog dann eine schwarze Hose im Stil von Audrey Hepburn und eine weiße Bluse an – beides aus dem Kleiderschrank im Keller gerettet.

Die Frau im Spiegel konnte ein CEO sein. Sie konnte alles sein, was sie wollte.

„Stärke von innen", sagte ich zu Lai Fa. „Die Kraft kommt aus mir."

Ich holte meine Ausdrucke aus dem Büro, dann klingelte es an der

Tür, und ich beeilte mich, meine potenziellen Investoren hereinzulassen. Ich hatte Lai Fa die Treppe hinauf und hinunter getragen, doch bevor ich sie diesmal hochheben konnte, rannte sie los und flatterte mit den Flügeln. „Hey, deine Federn wachsen!"

Wir öffneten die Tür zusammen. Bram, sein Großvater und sein Cousin kamen herein.

„Danke fürs Kommen."

„Ich hoffe, es macht dir nichts aus, dass ich mitgekommen bin." Sergej ließ dieses bezaubernde Lächeln aufblitzen, bei dem es mir überhaupt nichts ausmachte, egal, was er tat. „Der Antiquitätenhandel kann unbeständig sein. In einem Jahr sind Antiquitäten im Trend, im nächsten wollen alle Designer handgefertigte, fair gehandelte Volkskunst aus Übersee. Ich versuche, wenn möglich, etwas abseits meines eigenen Geschäfts zu investieren."

Bram hob Lai Fa hoch und schmiegte sie in seine Armbeuge. „Sergej hat uns erzählt, dass Sie ein Huhn haben. Meine Tante in Jersey hält ein halbes Dutzend der Eier wegen."

„Ihr Name ist Lai Fa." Da er ein Anwalt war, der mein Huhn hielt, dachte ich zum ersten Mal an die Regelungen zu Geflügelhaltung in der Stadt. „Gibt es in New York irgendwelche Einschränkungen zur Nutztierhaltung?"

„Hühner sind in allen Distrikten erlaubt, solange es Hühner sind. Keine Hähne."

„Offensichtliche Diskriminierung", schnaubte Sergej.

Bram tätschelte Lai Fas flauschigen Kopf. „Ist Strena hier? Ich habe ihren Lieferwagen vor dem Haus gesehen."

„Sie ist oben."

Dann dachte ich mir, *warum habe ich sie nicht eingeladen?*

„Nehmen Sie schonmal Platz", sagte ich meinen potenziellen Investoren. „Ich bin gleich wieder da."

Ich lud Strena *und* die Models ein. Die Models lehnten höflich ab. Strena sagte: „Ich bin in ein paar Minuten unten. Wir sind gerade beim Aufräumen."

Ich eilte wieder nach unten und verteilte die Handouts, dann servierte ich Kaffee zu meinen aus einem Impuls heraus gekauften Schokoladenkeksen, die ich noch von meinem ersten Einkauf hatte. Es war sowieso besser, wenn jemand anderes sie aß. Ich wollte das Mondrian-Kleid mindestens noch einmal tragen, bevor ich unweigerlich meine verlorenen Pfunde wieder zunahm.

Sergej erzählte Bram Sr. von Daniel Muller, dem Künstler, der die Pferde für das Karussell geschnitzt hatte. Bram gab Lai Fa aus einem Wasserflaschenverschluss zu trinken. Ich war froh und dankbar für jeden einzelnen im Raum, doch mein Blick kehrte immer wieder zu Bram zurück.

Es gab Details an ihm, die ich mir vorher nicht zu bemerken erlaubt hatte. Zum Beispiel hatte er sinnliche Hände, kurze, gepflegte Fingernägel, keine haarigen Finger – kräftige Hände mit Venen und Sehnen, die hervortraten, wenn er seine Muskeln anspannte. Ich hatte mich noch nie von den Händen eines Mannes angezogen gefühlt. Gott sei Dank kam Strena mit ihren Models die Treppe hinunter, bevor irgendjemand meinen peinlichen Moment der Besessenheit bemerken konnte.

Vivian winkte zum Abschied und ging.

Monique lächelte schüchtern. „Ist es okay, wenn ich meine Meinung ändere und bleibe? Ich hatte darüber nachgedacht, eine Modelagentur für Plus-Size und farbige Models zu gründen. Wenn ich es tue, werde ich sie promoten müssen, aber ich weiß nicht wie. Ich würde gern sehen, wie du das machst. Würde es dir was ausmachen?"

„Je mehr, desto besser. Vergiss nur nicht, dass ich das auch noch nie gemacht habe."

Bram Sr. und Sergej standen sofort auf, um den Damen ihre Plätze anzubieten.

Bram setzte Lai Fa ab, dann stand er auch auf. „Ich hole die Hocker aus der Küche."

Ich stellte alle einander vor. Dann nahmen alle ihre Handouts, während Lai Fa auf dem Boden nach Bagelkrümeln suchte.

Als Bram mit den Barhockern zurückkam, fragte er: „Wie geht's Jo Bonger?"

„Am Boden, aber nicht am Ende. Sie hatte Mut."

„Hatten Sie Glück bei der Suche nach einem holländischen Übersetzer?"

Strena antwortete. „Ich spreche Holländisch." Angesichts meines

überraschten Blicks verdrehte sie die Augen. „Geboren und aufgewachsen auf Aruba. Aruba ist Teil des Königreichs der Niederlande?"

„Die Niederländer haben einen König?"

„Willem-Alexander. *Guter Gott. Amerikaner!*"

„Da ich mich jetzt nicht viel mehr blamieren kann, stürze ich mich
einfach in meine Präsentation." Ich setzte ein strahlendes Lächeln auf.
„Danke, dass Sie alle gekommen sind."

Dann erklärte ich meinem Publikum, wie Ludington's begonnen
hatte und dass wir einen Nischenmarkt anvisiert hatten. Wie wir
unsere derzeitige Kundenliste aufgebaut hatten. Ich bat sie, ihre
Handouts aufzuschlagen, und verwies auf die entsprechenden Seiten.

Ich schloss mit „Noch Fragen?"

Bram Sr. meldete sich zuerst. „Ist das Geschäft nach Sybil
Ludington benannt?"

„Ja. Ihre Geschichte ist eine patriotische Geschichte, die unsere poli-
tischen Kunden anspricht. Außerdem ist sie ein Symbol dafür, dass
man nicht groß und wichtig sein muss, um gute Arbeit zu leisten. Sybil
war zum Zeitpunkt von Paul Reveres Ritt sechzehn Jahre alt. Paul
Revere ritt zwölf Meilen. Sybil ritt vierzig durch dunkle, feindselige
Wälder, wehrte einen Straßenräuber ab und alarmierte die Truppen,
dass die Briten kamen."

Violet hatte mir von ihr erzählt. Ich hatte in der Mittelstufe eine
Arbeit über Sybil geschrieben, mit all meiner jugendlichen Empörung
darüber, dass Revere immer noch gefeiert wurde, während sie
vergessen war. Früher hatte ich davon geträumt, Sybil zu sein und wie
eine Walküre durch die Nacht zu reiten.

Bram Sr. hatte eine weitere Frage, die ich auch beantwortete. Und
dann antwortete ich auf noch eine.

„Ich denke, wir werden noch eine Weile hier sein." Sergej zückte
sein Handy. „Wie wäre es mit Abendessen? Ein Freund von mir hat ein
paar Blocks weiter ein russisches Restaurant."

Bis er Essen erwähnt hatte, war mir nicht klar gewesen, dass ich
das Mittagessen vergessen hatte. „Was ist gutes russisches Essen?"

„Was ist es nicht?"

Strena, ihre Nase in den Handouts, sagte: „Ich stimme mit Ja."

Als es zwanzig Minuten später an der Tür klingelte, dachte ich, es sei die Essenslieferung. Sergej ging, um zu öffnen, und rief von der Tür zurück: „Jemand ist hier, um dich zu sehen, Emsley!"

Und dann kam Trey herein, eine Hand in der Tasche.

„Feierst du eine Party?" Auf der Schwelle der Galerie blieb er in seiner üblichen „Freizeitkleidung" stehen: 500-Dollar-Turnschuhe, Jeans, das neuste Marken-Hoodie.

Früher mochte ich seinen Stil. Früher dachte ich, er hätte Stil. Doch für einen Mann von dreißig Jahren, der ein CEO war, war der Kumpel-Vibe zu angestrengt.

Bram, nur ein paar Jahre älter, wirkte unendlich reifer. Bram war erwachsen. Trey tat so als ob.

„Warum bist du immer noch in New York?" Ich ging zu Trey ins Foyer, während Sergej zum Sofatisch zurückkehrte, wo sich meine potenziellen Investoren unterhielten, um uns Privatsphäre zu gewähren. „Ich hatte gedacht, du und Diya wärt nach Violets Beerdigung nach L.A. zurückgeflogen."

„Wir haben beschlossen, den Rest der Woche in der Wohnung meines Vaters zu bleiben. Diya will shoppen gehen."

Es klang, als hätte Diya schon einen neuen Job gelandet, einen mit Antrittsbonus. Wie lange hatte sie gesucht? Ich fragte nicht danach. Ich wollte nicht zickig oder kindisch klingen. Mein Ziel für den Abend war eher der Vibe einer *erwachsenen Geschäftsfrau/CEO*.

Dann bemerkte ich mit Verspätung, dass Trey leiser gesprochen hatte, als er gesagt hatte, sie wolle shoppen gehen. Oh. „Ringe kaufen?"

Er senkte den Kopf und ragte wieder seltsam wie immer über mich auf. „Willst du so tun, als würdest du das Ende unserer Beziehung bedauern?"

„Was habe ich zu bedauern? Ich bin nicht fremdgegangen", sagte ich zwischen zusammengebissenen Zähnen hervor.

„Wie du willst. Wenn du es mir nicht verzeihen willst, dann gib wenigstens Diya eine Chance. Sie will immer noch deine Freundin sein. Kannst du die Vergangenheit nicht einfach auf sich beruhen lassen?" Er schüttelte den Kopf, als hätte ich ihn enttäuscht. „Aber ich bin nicht deswegen hier." Er ließ den Blick schweifen, bis er auf etwas hängen blieb. „Warum sitzt ein Huhn auf dem Treppengeländer?"

„Sie hat heute erst Fliegen gelernt. Trey, darf ich dir Lai Fa vorstellen. Lai Fa, das ist Trey", stellte ich sie vor, weil ich wusste, dass es ihn ärgern würde, wenn er einem Huhn vorgestellt würde.

Sein Blick wanderte an Lai Fa vorbei. „Wer sind diese Leute?"

„Ein spontanes Investorentreffen. Willst du reinkommen?"

„Können wir uns unter vier Augen unterhalten?"

Bevor ich antworten konnte, meldete sich Bram zu Wort: „Ich bin ihr Anwalt."

„Geschäftspartner", warf Bram Sr. ein.

„Dito", fügte Sergej hinzu.

„Ich auch." Strena stand auf und trat hinter mich. Wahrscheinlich hatte sie die Anspannung in meinen Schultern bemerkt.

Monique spürte die Unterströmungen auch. Ihre Augen telegrafierten: *Darf ich bitte bleiben und mir die Kernschmelze ansehen?*

Ich hatte nicht vor, jemanden wegzuschicken, trotz Treys angespannter Miene, die verriet, wie sehr ihn das Publikum ärgerte. Oder vielleicht, *weil* ich wusste, dass ihn das Publikum ärgerte.

Er trat näher an mich heran. „Ich habe gehört, dass du bei Investoren herumtelefoniert hast, ohne Erfolg."

„L.A. hat nicht funktioniert. Aber New York scheint interessiert zu sein."

„Ich habe einen Vertrag für eine vorzeitige Übergabe erstellen lassen. Wir wissen beide, dass du das Geld nicht aufbringen kannst. Lass uns auf den Punkt kommen und ein bisschen Stress von deinen Schultern nehmen. Du musst mit dem Haus hier wahnsinnig beschäftigt sein."

„Übergabe?"

„Du kannst mich nicht ausbezahlen, also bezahle ich dich aus. Das Unternehmen selbst hat einen Wert über das Auktionsgeschäft hinaus. Es ist eine Marke, die mit Politik in Verbindung gebracht wird. Ich kann genug Geld von meiner Familie bekommen, um das Büro in ein Umfrageinstitut umzurüsten." Er zog eine Mappe aus seiner Tasche. „Hier ist der Vertrag."

„Wir können ihn uns ansehen, aber eine Übergabe wird es nicht geben."

Treys selbstbewusstes Lächeln geriet nicht einen Moment ins Wanken. „Du willst wirklich im Auktionsgeschäft bleiben und die Firma allein führen? Dass mit deinem Namen eine Pleite in Verbindung gebracht wird?"

„Ja."

„Komm schon, Emsley. Sei vernünftig."

Er klang wie meine Mutter, und das war so ziemlich der schlechteste Moment, wie sie zu klingen.

Meine Stimmung schlug von verärgert zu wütend um. „Warum kümmert es dich?"

„Ich mag es nicht mitanzusehen, wie du eine schlechte Geschäftsentscheidung triffst."

„Aber es ist eine gute Entscheidung, Ludington's für dich zu behalten?"

„Ich habe genug Verstand, um es in eine profitable Richtung zu lenken."

„Ludington's war meine Idee. Ich gebe es nicht auf."

Er warf Bram einen Blick zu, dann Bram Senior, dann Sergej. „Wer von Ihnen wird das Geld aufbringen, um mich auszubezahlen?" Er ignorierte Strena und Monique.

Für einen schrecklichen Moment hing die Frage in der Luft wie die Klinge einer Guillotine, nachdem die Sperre gelöst worden war, und das Gewicht des Metalls nur darauf wartete, dass die Schwerkraft es auf den Hals des Opfers fallen ließ.

Dann beugte sich Bram in seinem Sitz vor. „Ich zahle hunderttausend."

„Ich auch." Das war Bram Sr.

„Ich auch." Strenas kühles Lächeln sagte, dass sie es nicht schätzte, ignoriert zu werden.

„Ich investiere zwei", sagte Sergej. „Zweihunderttausend."

„Und ungefähr so viel kann ich auch zusammenkratzen", sagte ich.

Trey wartete noch einen Moment, doch Monique schwieg. „Das ist alles?" Er lachte mich aus. „Du hast die Hälfte?"

Mir kam eine Idee. Ich war in den letzten paar Tagen damit beschäftigt gewesen, Violets Habseligkeiten durchzugehen, und hatte alles mit dem Filter *Was ist das Minimum, das ich unbedingt behalten will,* betrachtet.

Ich musste denselben Filter auf Ludington's anwenden. Ich ging schweigend ein paar Szenarien in meinem Kopf durch und fragte dann: „Wie wäre es mit der Hälfte?"

„Die Hälfte ist nicht genug. Ich will die 1,2 Millionen, wie in unserem Vertrag festgelegt. Sonst verlierst du deinen Anspruch."

„Ich habe bis Ende Mai Zeit. Ich habe die Hälfte an einem Tag aufgebracht. Ich werde eine weitere Präsentation einrichten und den Rest bekommen. Dann gehört Ludington's ganz mir." Ich bluffte. „Aber was ich hier und jetzt anbiete, ist die Hälfte des Unternehmens und sechshunderttausend Dollar. Du wirst das Büro in L.A. haben. Ich eröffne ein Büro in New York."

Er lachte. „Glaubst du, du kannst mit den großen Häusern mithalten?"

„Die machen alles. Ihre Namen sind nicht gleichbedeutend mit Auktionen für politische Spendenaktionen. Das wird Ludington's sein. Ich werde sie bei den Provisionen unterbieten. Sie nehmen fünfzehn bis zwanzig Prozent, ich nehme zehn."

„Vor vier Jahren hast du es in New York auch nicht geschafft."

„Als Neuling. Jetzt habe ich ein Auktionshaus, das einen bekannten Namen in einer Nische hat."

„Natürlich muss ich das mit meinem Anwalt besprechen. Es ist nicht der Deal, den ich im Sinn hatte, als ich hergekommen bin." Der Ausdruck in seinen Augen verriet, dass er mich für einen Narren hielt. „Würdest du mich nach draußen begleiten, Emsley?"

Ich trat mit ihm auf die Treppe hinaus und rieb mir die Oberarme. Kalter Nebel sank vom Nachthimmel. In der Luft lag ein Hauch von nassem Hund, der Geruch der Straßen der Stadt im Regen.

Trey schien die Kälte nicht zu spüren. Seine Wangen waren vor Hitze gerötet. „Bei der Konkurrenz in New York wirst du hier nie Geld verdienen. Und ich dachte, du wärst klüger, als Fremden zu vertrauen. Ich habe keine Ahnung, wer diese Leute sind oder warum sie dich dazu überredet haben. Sie nutzen dich aus."

„Wofür? Mein riesiges Vermögen?"

„Deine Ideen."

„Du bist derjenige, der mit der Hälfte meiner Firma geht."

„Das ist alles, was dich jemals interessiert hat, nicht wahr? Die Firma. Ich war nur eine Annehmlichkeit. Ich war da, im Haus, und du musstest nicht weit gehen, musstest keine Zeit für das Date verschwenden. Minimale ZwvG, Zeit weg vom Geschäft. Ich war nur eine bequeme Lösung für ein Problem."

„Warst du nicht." Ich schüttelte seine Worte ab. Ich würde seinen Köder nicht schlucken, während ich im Nieselregen auf der Treppe vor dem Haus stand. „Spielt das jetzt noch eine Rolle?"

Er zog sich zurück. „Du hast recht. Früher war es mir wichtig, aber jetzt nicht mehr. Diya sieht mich auf eine Weise, auf die du mich nie gesehen hast."

„Ich freue mich für euch beide." Meine Antwort kam bissig heraus, also versuchte ich es noch einmal. „Ich meine es so."

Trey starrte die halboffene Tür hinter mir an. „Werden sie wirklich das Geld ausspucken, oder war das nur Bluff und Prahlerei da hinten? Unterschreib' den Vertrag, Emsley. Dann bist du draußen, wie Diya, frei und ohne Verpflichtungen. Solange du unbedingt in New York bleiben möchtest, warum nicht ganz von vorn anfangen? Such dir was, wo die Konkurrenz nicht so stark ist."

„Warum leiste ich dann nicht gleich Freiwilligenarbeit? Warum halten sich Frauen nicht weit von Machtarenen wie der Politik fern? Ich weiß, was ich will. Hör auf, mich unter Druck zu setzen."

„Hör auf, dir mehr aufzubürden, als du bewältigen kannst. Hör auf, beschissenen Ratschlägen von Fünf-Minuten-Bekanntschaften zu folgen." Er packte mich an den Schultern. „Wir sind schon lange befreundet. Ich will nur das Beste für dich."

„Bitte sag mir nicht, was das Beste für mich ist."

„Und nehmen Sie Ihre Hände von ihr", sagte Bram hinter mir mit einer Stimme wie Pittsburgh-Stahl.

„Ich würde mich nicht mit ihr anlegen", fügte Strena hinzu. „Sie hat diese Woche schon einen Senator ins Grab gebracht."

Trey ließ die Hände sinken. „Wovon redet sie?"

Ich erklärte es nicht. „Du bekommst das Büro in L.A und sechshunderttausend Dollar", wiederholte ich. „Oder steck 1,2 Millionen ein und Ludington's gehört ganz mir."

Eine Ewigkeit verging, bevor er nickte. Natürlich konnte er es nicht dabei lassen. „Du wirst in New York scheitern. Du wirst es bereuen."

„Meine Firma. Meine Reue."

Der Regen nahm zu. Trey rannte die Stufen hinunter und warf mir einen *Du-hast-sie-nicht-mehr-alle* Blick über die Schulter zu.

Hinter mir sagte Sergej: „Bamm! Der Typ hat den Hintern versohlt bekommen und ist mit rotem Arsch abgezogen."

Ich ging rückwärts ins Foyer und schloss die Tür, damit Trey mich nicht lachen hörte.

Bram und sein Großvater, Sergej, Strena und Monique standen um mich herum. Bram hatte Lai Fa wieder in seiner Armbeuge. Er setzte sie ab, zog sein Jackett aus und legte es mir um die Schultern, dann hob er das Huhn wieder auf. Und Lai Fa ließ ihn gewähren, als wären sie eine Zirkusnummer.

Meine Bluse klebte feucht und kalt an meiner Haut, doch das Jackett übertrug Brams Wärme auf mich. Der Stoff roch nach frisch gespitzten Bleistiften und neuen Notizbüchern, als hätte er bei der Arbeit seine Jacke im Büromittelschrank aufbewahrt.

Monique machte eine scheuchende Geste in Richtung Tür. „Der Junge ist davongeflogen wie eine lästige Fliege."

„Mit eingezogenem Schwanz wie ein Biber mit Verstopfung", korrigierte Strena.

Das letzte Mal, dass ich so laut gelacht hatte, war über einen schmutzigen Witz gewesen, den Violet mir erzählt hatte. Ich hatte damit gerechnet, lange nicht wieder so zu lachen. Wenn ich Strena nicht schon gemocht hätte, hätte ich sie allein für diesen Satz geliebt.

„Danke. Danke euch allen. Ich weiß die Unterstützung zu schätzen. Und die Investition. Ich hoffe, ihr habt das alle so gemeint."

„Jedes Wort. Und jetzt, wo wir Geschäftspartner sind, sollten wir uns vielleicht endlich duzen", sagte Bram.

Sein Großvater nickte.

Strena blinzelte mich an. „Was? Glaubst du nicht, dass ich so viel Geld habe?"

„Ich habe keine Ahnung, wie viel Geld irgendjemand hat. Ich bin euch allen einfach dankbar. Und erleichtert."

Ich hatte ungefähr eine halbe Sekunde Zeit, diese Erleichterung zu genießen, bevor Sergej sich räusperte. „Ich habe nur die Hälfte von dem flüssig, was ich zugesagt habe. Aber ich habe eine Idee, wie ich die andere Hälfte aufbringen kann."

Strena stieß ihn an der Schulter an. „Erklär es besser gleich, bevor sie anfängt, zu hyperventilieren."

Sie übertrieben nicht. Zwischen einem Atemzug und dem nächsten war ich auf halbem Weg zu einer Panikattacke.

Sergej deutete hinter sich auf den Kistenstapel, den Bram mit mir aus dem Keller hochgetragen hatte. „Was machst du mit diesen Flyern?"

„Ich habe darüber nachgedacht, sie als Tapete zu verwenden, wenn ich eine Wohnung finde."

„Wie wäre es, wenn du sie verkaufst?"

„Wer würde sie kaufen wollen?"

„Wer nicht? Das sind hochwertige Drucke von Violet Velar. Sie haben alle ihre Markenzeichen, die Farbe, die Bewegung, die Kühnheit. Und …" Er räusperte sich wieder, sein Gesichtsausdruck wurde entschuldigend. „Violet ist nicht mehr da. Es tut mir leid. Es ist bedauerlich unsensibel, das zu sagen, doch sie wird keine Kunst mehr schaffen. Alles, was sie in der Vergangenheit geschaffen hat, ist schon in Museen oder Privatsammlungen. Die Flyer sind eine Möglichkeit für neue Sammler, ein Stück ihres Vermächtnisses zu besitzen. Die Leute würden einen von der Familie autorisierten Verkauf mit Echtheitszertifikaten auffressen. Sie war die Quintessenz einer New Yorker Künstlerin."

Strena ging zu den Kartons und betrachtete eine Handvoll Flyer. „Er hat recht. Und wenn er nicht alles verkaufen kann, habe ich Freunde, die das können. Der Museumsshop im MoMA zum Beispiel würde sie sicher gern ins Sortiment aufnehmen. Wie viele verschiedene Designs gibt es?"

„Ein paar Dutzend? Aber nicht alle Kisten sind in gutem Zustand. Die Untersten haben einen Wasserschaden."

„Noch besser." Sergejs Augen glitzerten. „Je weniger Exemplare es von jedem Design gibt, desto mehr sind sie wert. Ich –"

Die Türklingel unterbrach ihn.

Ich dachte in diesem Moment nur, dass Trey besser nicht zurückgekommen war. Eine weitere Runde mit ihm würde ich nicht ertragen. Da würde ich lieber die Nacht im Keller mit dem Bären verbringen.

KAPITEL VIERUNDZWANZIG

Johanna

    August 1891, Bussum, Niederlande

Am Ende verließ ich Paris. Ich wollte, dass Vincents Talent anerkannt und gefeiert wurde, aber ich wollte auch meinen Sohn glücklich und gesund großziehen. Mit einem Kind im Schlepptau und meinem unvollkommenen Französisch konnte ich in Frankreich keine anständige Arbeit finden. Ich kehrte in die Niederlande zurück, aber nicht zu meinen Eltern. Ich wollte auf eigenen Beinen stehen. Ich blickte der Zukunft mit geradem Rücken entgegen, bereit, auf die Probe gestellt zu werden.

„Ich habe Janus heute Morgen beim Bäcker gesehen", erzählte mir meine Freundin Anna mit bedeutungsvollem Blick, als sie mit einem Topf unter dem einen Arm und ihrer Tochter Saskia auf dem anderen durch meine Küchentür trat. „Er sagte, ich solle dir ausrichten, dass er heute vorbeikommen werde, um dich zu sehen."

Anna und ihr Mann, Jan Veth, hatten sich im Dorf Bussum niedergelassen und mich dorthin gelockt.

217

Sie setzte ihre Tochter ab und hielt mir dann lächelnd den Topf entgegen. „Das Sauerkraut, wie bestellt."

Ich schob meine Schatzkiste weiter von Wil weg, der am Küchentisch gerade Rübenpüree in den Mund löffelte, und beeilte mich dann, ihr den Topf abzunehmen. Einer von Annas Nachbarn verkaufte Sauerkraut auf dem Wochenmarkt.

„Danke. Ich mache *Zuurkoolstamppot* zum Abendessen."

„Du könntest einen Schlechteren abbekommen als Janus. Er mag dich, und du brauchst einen Ehemann."

„Seit Theos Tod sind erst sieben Monate vergangen. Ich brauche keinen Ehemann. Hast du den Postboten gesehen?"

Saskia stolperte vorwärts. „Pi-pi!"

„Der Postbote ist mit einer alten englischen Krähe verheiratet. Ehrlich gesagt …" Anna fing sich. „Oh. Erwartest du etwas in der Post?"

„Ich habe letzte Woche einen Brief an Goupil in Paris geschickt. Theo hat so viele Jahre lang so hart für sie gearbeitet. Ich hoffe, sie erkennen Vincents Wert und seine Arbeiten endlich an. Seine Kunst braucht eine Galerie."

„Hm." Anna streifte ihren Seidenschal ab und hängte ihn an den Haken neben der Tür, dann neigte sie den Kopf zur Treppe. „Ist heute ruhig hier."

„Alle sind unterwegs"

Meine Pension in Bussum, die *Villa Helma*, hatte bisher nur wenige Mieter: die Kerkhovens, die schon im anderen Flügel eingemietet waren, als ich im Mai ankam, und eine Witwe.

„Du musst ein paar nette Junggesellen für die leeren Zimmer finden." Anna hob ihre Tochter auf einen Stuhl, damit sich die Kinder den Rübenbrei teilen konnten, und dann küsste sie Wil auf den Kopf.

Ihr kobaltblaues Kleid, ein Kontrast zu meinem Witwenschwarz, flatterte um ihre Knöchel. Die Frühlingsbrise hatte ein paar kastanienbraune Haarsträhnen um ihr perfekt ovales Gesicht gezupft. Sie war schön, sogar schwanger mit ihrem nächsten Kind, oder vielleicht sogar noch schöner wegen des Strahlens, das einige glückliche werdende Mütter besaßen. Vincent hätte sie gerne malen wollen. Er hätte das

Kobalt ihres Kleides gemocht, weil es den Pfirsichton ihrer Haut unterstrich.

Die Kinder begannen, in Babysprache miteinander zu plappern.

„Sasa, nein!" Wil zog seine Schüssel weg und änderte dann sofort seine Meinung. „Sasa da."

Anna und ich lächelten einander an.

Ich zog einen Stuhl für sie heraus. „Komm, setz dich."

„Mein Rücken tut weniger weh, wenn ich stehe und gehe." Ihr Blick glitt über die Kiste auf dem Tisch, ihre lebhaften dunklen Augen funkelten. „Und was ist das? Liebesbriefe?"

„Vincents Briefe an Theo. Theo hat sie alle aufbewahrt."

„Und wo sind Theos Briefe an Vincent?"

Mein Herz hatte im vergangenen Jahr seit Vincents Tod ununterbrochen geschmerzt, und kurz danach auch über Theo Tod, doch jetzt schaffte es, frisches Blut zu bluten. Ich fuhr mit den Fingern über den Rand der Kiste. „Vincent war selbst in seinen besten Zeiten chaotisch und unorganisiert. Er hatte größere Träume."

Wir schwiegen beide für einen Moment.

Ich hob den gefalteten Brief oben auf dem Stapel auf. „Er war kein schlechter Mensch. Wenn die Leute ihn nur kennen würden …" Ich klang erbärmlich, wie ich Anna um Verständnis anflehte. Ich ließ den Brief fallen. „Vor ein paar Wochen, am ersten Jahrestag seines Todes, habe ich keine Ruhe gefunden, nachdem ich ins Bett gegangen war." Meine Stimmung war düster gewesen. Die Luft hatte eine traurige Unruhe in sich gehabt, die mir den Schlaf aus den Augen und mich aus meinem Zimmer vertrieben hatte. „Während Wil geschlafen hat, bin ich im Nieselregen spazieren gegangen."

„Du hättest dich erkälten können."

„Vincent ist viel spazieren gegangen, habe ich dir das je gesagt? Ungesund viel, sagte Theo manchmal. Er ist tagelang zu Fuß in andere Orte gewandert, wo er einen Freund besuchen wollte, durch Stürme oder klirrende Kälte, hat hier und da nur eine Scheibe Brot gegessen und seine Nächte im Freien verbracht."

„Er war körperlich gesünder als im Geist."

Anna könnte damit recht gehabt haben. „Als ich allein durch den Abend schlenderte, bemerkte ich die erleuchteten Fenster um mich herum. Ich konnte die glücklichen Familien darin sehen. Endlich verstand ich, wie einsam sich Vincent gefühlt haben musste. Theo wusste es natürlich. Ich jedoch bis zu diesem Zeitpunkt nicht."

„Ach, Jo. Das hast du nicht wissen können."

„Es hat mir das Herz gebrochen. Vincent war immer ein Außenseiter, verloren für alle. Ich möchte nicht, dass er verloren bleibt. Wenn die Leute seine Briefe lesen könnten, würden sie ihn genauso lieben wie Theo und ich. Sogar Fremde würden in der Lage sein, die Gedanken und Emotionen zu verstehen, die in seine Werke eingeflossen sind. Wie seine Sonnenblumen Dankbarkeit und seine Weizenfelder Einsamkeit sind. Wenn ich nur klug genug wäre, es zu erklären."

„Du bist die klügste Frau, die ich kenne. Klug genug zu wissen, dass es nicht gut ist, in alten Erinnerungen zu leben."

„Aber seine Worte sind so voller Zärtlichkeit und Brillanz und Wut und Verzweiflung. Und, Anna, so viel Vertrauen." Ich stellte meine Schatzkiste oben auf den Schrank, wo sie den Boden von Vincents Hafen verdeckte, der an der Wand hing, aber zumindest vor klebrigen kleinen Händen sicher war. „Vincent erinnerte sich in seinen Briefen oft an die Zeit, die er und Theo zusammen verbracht haben."

Anna drehte sich in der Küche um, eine Hand auf ihren unteren Rücken gedrückt, doch sie blieb stehen, um mich neugierig zu beobachten.

Meine Finger bewegten sich in einem hilflosen Flattern. „Ich weiß nicht, wie ich es erklären soll."

„Vincents Briefe geben einem das Gefühl, als wäre Theo immer noch da." Ihre Stimme wurde weicher.

„Ja."

„Ich weiß, dass du Paris schrecklich ungern verlassen hast, aber vielleicht ist es besser so. Alles dort hätte dich immer wieder an ihn erinnert."

„Ich möchte, dass mich alles an ihn erinnert." Und alles tat es, auch hier.

Als ich unsere Pariser Wohnung verlassen hatte, hatte ich Theos Präsenz verloren, die dort um mich herum verweilt war. Doch ich hatte Theo an dem Tag wiedergefunden, an dem unsere Möbel endlich aus Frankreich angekommen waren. Unser Bett konnte nicht sofort aufgebaut werden, da jemand die Schrauben verlegt hatte. Die erste Nacht, die ich in der Villa verbracht habe, habe ich auf dem Boden geschlafen, im Bettrahmen, unter Theos Decke. Und er war wieder bei mir. Seine Präsenz war so stark, als hätte er neben mir gelegen.

Ich stellte unsere Möbel genau so auf, wie sie in Paris gestanden hatten. Und ich hängte alle Bilder genauso auf, was mich den ganzen Frühling gekostet hat. Die ganze Zeit habe ich mir Theo an meiner Seite vorgestellt.

Ich sagte Anna nicht, dass ich manchmal so tat, als wäre mein Mann noch am Leben, bei der Arbeit, und er würde in der Mittagspause nach Hause kommen.

Alles Leben ist ein Traum.

„Natürlich vermisst du deinen Theo." Anna begann wieder auf- und abzugehen. „Er war ein liebevoller Ehemann."

„Er ist nicht so friedlich gestorben, wie ich alle glauben gemacht habe." Meine Stimme wurde zu einem Flüstern.

„Was meinst du?"

Ich schwieg.

„Jo?"

„Ich glaube nicht, dass Vincent Selbstmord begangen hat, weil er plötzlich die Hoffnung für seine Arbeit verloren hat." Da sprudelten die Worte aus mir heraus. „Ja, die meiste Zeit seines Lebens hat er mit solch dunklen Qualen gelebt. Und er ist in verschiedenen Anstalten ein und aus gegangen. Doch sein Leben hatte sich zum Besseren gewendet. Monet selbst sprach in den höchsten Tönen von ihm und hat seine Arbeit gelobt. Vincent stand kurz vor dem Durchbruch."

„Warum sollte er sich dann umbringen?"

„Nachdem Theo mich geheiratet hat, nachdem wir das Baby bekommen haben …" Meine Stimme brach.

„Vincent muss Wil geliebt haben."

„Natürlich hat er das. Aber du weißt, dass wir Wil nach ihm benannt haben. Vincent Willem van Gogh."

„Um ihn zu ehren. Das Gefühl muss ihn glücklich gemacht haben."

„Ich bin nicht sicher." Ich presste meine Lippen aufeinander. Ich verfluchte mich dafür, dass ich das Thema jemals angeschnitten hatte.

Anna beobachtete mich mit endloser Geduld.

„Vincent hatte einen älteren Bruder, der tot zur Welt gekommen ist. Vincent wurde nach ihm benannt, als wäre er nur ein Ersatz gewesen. Und er wusste es. Seine Mutter hat ihn oft genug zum Grab seines Bruders mitgenommen. Wie muss es sich für ein Kind angefühlt haben, seinen eigenen Namen auf einem Grabstein zu sehen?" Ich schauderte. „Als unser Sohn geboren wurde, wollte Theo denselben Namen. Wollten wir Vincent ersetzen? Natürlich nicht. So haben wir das nicht gemeint. Aber hat Vincent unsere gut gemeinte Geste so aufgenommen? Er war krank. Er war so lange in der Anstalt. Und hier kam eine neuere, bessere, gesündere Version, bereit für alles, was das Leben zu bieten hat. Hat Vincent das als Signal gesehen, dass es Zeit für ihn war zu gehen?"

„Hat er etwas gesagt?"

„Nein. Aber je mehr seiner Briefe ich lese …" Ich faltete meine Hände in meinem Schoß. „Früher habe ich nur die Teile gelesen, in denen er sich an die Vergangenheit mit Theo erinnerte. Doch diese Woche habe ich sie ganz gelesen. Und ich kann seine Angst *spüren*."

„Er muss gewusst haben, wie sehr du dich um ihn sorgst. Ich weiß es, weil du dich immer noch um ihn sorgst."

„Alles, was ich jemals wollte, war, eine weitere Schwester für ihn zu sein. Aber hat er das verstanden? Er hat die Last, von Theo gestützt zu werden, brennend gespürt. Hatte er Angst, dass es zu viel war? Dass er für Theo mit Frau und Kind eine Bürde war? Hat er sich umgebracht, um uns davon zu befreien?" Ich sprach die Frage aus, die mich die letzten beiden Nächte wachgehalten hatte.

„Ach, Jo."

„Theo sprach davon, dass er Goupil verlassen wollte, um seine eigene Galerie zu eröffnen. Wir haben es als Chance gesehen, mehr zu verdienen. Doch Vincent sah darin den Austausch eines sicheren Einkommens gegen ein unsicheres. Er fühlte sich in seiner Existenz bedroht. Das sagt er auch in einem seiner Briefe." *War alles meine Schuld?* „Theo war bereit, für ein höheres Verdienst ein Risiko einzugehen, damit wir uns die größere Wohnung besser leisten konnten. Die ich mir gewünscht hatte. Hätte ich Theo nicht geheiratet, hätte Vincent sich vielleicht nicht das Leben genommen. Und wäre Vincent nicht gestorben, wäre Theo nicht so verzweifelt gewesen, dass er seiner Krankheit erlegen wäre. Sie wären ohne mich am Leben und glücklich."

„Denk nicht so, Jo. Schuld ist ein langsam wirkendes Gift."

Ich konnte die Schuld nicht loslassen, aber ich schob sie beiseite und flüsterte meine bisher dunkelste Angst. „Was, wenn Wil Vincents und Theos Geisteskrankheit geerbt hat?"

„Hat er nicht", sagte Anna so fest wie möglich. „Er ist ein freundliches Kind, süß und schlau. Und er hat die außergewöhnlichste Frau in ganz Holland als Mutter."

„Ich vermisse Theo", schniefte ich.

„Sein Grab zu besuchen hilft nicht? Es hilft mir, wenn ich meine Schwester besuche."

Wil und ich waren mit dem Zug nach Utrecht gefahren und hatten rote Rosen auf das Grab seines Vaters gelegt. Theo hatte mir an unserem Hochzeitstag rote Rosen geschenkt.

Trauer lag dicht wie Nebel um uns herum, Erschöpfung lastete schwer auf meinen Schultern. Ich hatte das große Haus in Bussum satt und die Arbeit und die Einsamkeit der kommenden Jahre. Ich wollte mich auf den kalten Boden legen. Ich wollte mich hinlegen und bleiben.

Am Ende hatte mich mein kleiner Sohn weggeführt.

Anna legte sanft eine Hand auf meinen Arm. „Flüchte dich nicht zu lang in diese Briefe, Jo. Du willst dich nicht vollkommen in der Vergangenheit verlieren."

„Will ich nicht?" *Trotz des Endes?*

„Die Zukunft hat so viel zu bieten."

Sie hatte leicht reden. Ihr Mann lebt noch, und sie warten auf die Geburt eines weiteren Kindes.

Ich freute mich für sie, das tat ich wirklich, doch ich trauerte immer noch um alles, was ich verloren hatte. Sie hatte jedoch recht. Ich durfte nicht im Sumpf dieser Schmerzen stecken bleiben. Ich erinnerte mich immer wieder an die Sonnenblumen. *Fürchte keine Stürme, wende dich dankbar dem Licht zu.*

Ich wischte mir die Augen und stellte die gusseiserne Pfanne auf den Herd, da ich gelernt hatte, dass Beschäftigung die beste Medizin ist. „Émile Bernard hat nach Vincents Tod eine Biografie über ihn geschrieben. Er hat sogar einige der Briefe, die sie ausgetauscht haben. Ich habe ihm noch einmal geschrieben, um ihm zu danken." Ich nickte zum Regal neben der Küchentür, wo mein Brief auf den Postboten wartete. „Als sie veröffentlicht wurden, haben Émiles Worte für eine Weile das Interesse an Vincents Kunst geweckt. Vielleicht ist er wieder bereit zu helfen. Alles, was ich möchte, ist, die Aufgabe zu erfüllen, die Theo mir hinterlassen hat."

„Ich denke, es muss einfacher sein, lebende Künstler bekanntzumachen." Anna ging wieder auf und ab. „Die können mit Interessenten sprechen und ihnen ihre Leidenschaft für ihre Kunst vermitteln. Sie können bei Veranstaltungen auftreten und Erklärungen abgeben, die in den Zeitungen gedruckt werden können. Sie können sich bei Sammlern beliebt machen, indem sie ihnen persönliche Aufmerksamkeit schenken."

„Vincent eher nicht. Er hatte eine komplizierte Persönlichkeit." Das konnte ich eingestehen. „Manchmal ist sogar Theo verzweifelt. Er hat nicht geglaubt, dass ich es wusste, aber er hat Gauguin dafür *bezahlt*, dass er mit Vincent in Arles gelebt hat, damit Vincent nicht so allein war."

„Die Brüder müssen eine tiefe und beständige Liebe gehabt haben."

„Die hatten sie. In ihren Briefen …" Ich hatte nach dem Holzlöffel gegriffen, doch ich wirbelte herum und starrte Anna an. „Ihre Briefe!" Ich holte die Kiste vom Regal. Wo ich zuvor abgegriffene Seiten gesehen hatte, sah ich jetzt Goldschätze. Die dunklen Wolken aus Trauer und Schuld lichteten sich. „Das ist die Antwort. Émiles Veröffentlichung von Vincents Biografie und einer Handvoll ihrer Briefe hat etwas bewirkt. Die Leute haben über Vincents Kunst gesprochen. Ich kann das Gespräch wiederbeleben. Ich werde auch Briefe veröffentlichen. Ich habe viel mehr davon als Émile."

Anna betrachtete den Stapel. „Du könntest –"

„Ich werde damit anfangen, zu bearbeiten, zu organisieren und zu veröffentlichen, was ich hier habe." Plötzlich erfüllte mich Selbstvertrauen und gab mir Halt wie Fischbein einem Korsett. „Und dann werde ich eine neue Biographie über Vincent schreiben. Ich werde ihn so darstellen, wie ich ihn kannte."

„Ein Buch zu schreiben ist nicht wie ein Tagebuch zu schreiben. Wie viele Briefe sind es?"

„Siebenhundert."

Sie starrte mich geschockt an, doch sie sagte mir nicht, dass die Aufgabe unmöglich sei. Natürlich wusste sie nicht das Schlimmste über die Briefe.

„Es ist bedauerlich", sagte ich ihr, „dass Vincent sich selten die Mühe gemacht hat, sie zu datieren."

„Wie willst du sie sortieren?"

„Ich muss anhand der jeweils beschriebenen Ereignisse raten."

Anna rieb ihren Rücken. „Du hast eine Pension zu führen und ein Kind zu versorgen. Niemand würde es dir verdenken, wenn du aufgeben würdest. Wenn es keine Hoffnung gibt ..."

„Ich glaube mit allem, was ich bin, dass Theo recht hatte, was Vincent anging", sagte ich eilig. Ich wollte nicht, dass die Worte *keine Hoffnung* in der Luft hingen.

„Mamaaa!"

Ich nahm das Geschirrtuch und wischte Wil den Rübenbrei aus den Augen. „Bitte schön, mein Süßer."

Saskia kicherte. Sie war das sauberste Kind, das ich je gesehen hatte. Sie hatte ihre Finger in das Essen getaucht, doch nicht ein Fleck war auf ihrem Gesicht oder ihrem Kleid zu sehen.

Ich küsste ihre rosige Wange, dann nahm ich wieder den Holzlöffel von seinem Haken an der Wand und ging in die Speisekammer, um einen Löffel Schmalz zu holen.

Für das Schmalz in der Pfanne holte ich eine Schüssel Kartoffeln. Ich hatte das Schälen für den Zuurkoolstamppot aufgeschoben, falls Anna das Sauerkraut nicht mitbringen konnte. Allerdings hatte ich keine Ahnung, was ich stattdessen gekocht hätte.

Sie schlenderte zur Hintertür und sah in den Garten hinaus, dann warf sie einen Blick auf den Korb mit den nassen Kleidern, die ich vergessen hatte, als sie hereingekommen war. „Willst du nicht die Wäsche aufhängen?"

„Ich muss zuerst das Essen auf den Herd bringen."

„Jedes Mal, wenn ich dich sehe, jonglierst du mindestens zwei Aufgaben, wenn nicht sogar drei."

„Ich lerne noch, wie man eine Pension führt. Vielleicht wird es mit etwas Übung leichter", sagte ich zu ihr, dann „Nein, Wil", zu meinem Sohn, der versuchte, sich seinen Löffel in die Nase zu schieben. Dann wieder zu Anna: „Hat Janus dir gesagt, *wann* er kommt?"

Ich musste Stoff besorgen, um ein paar Sommerhemden für Wil zu nähen, der schnell wuchs, doch ich wollte zu Hause sein, wenn Janus kam, falls er irgendwelche Fragen zu meiner Arbeit für ihn hatte.

„Nein. Er hat mir auch nicht gesagt, warum er kommt." Anna spähte ins Wohnzimmer, wo Theos Sofa einen Ehrenplatz einnahm, mit einem Orientteppich darüber, wie es die neueste Mode war. Abends saß ich dort, wenn mein Herz es ertragen konnte.

Hinter dem Sofa hing ein Gauguin – in den leuchtenden Farben Martiniques –, doch Anna warf nur einen flüchtigen Blick darauf. Sie ging zum Kaminsims und blieb vor Vincents *Die Kartoffelesser* stehen, seiner *Vase mit Blumen* daneben, dann ging sie weiter zum *Boulevard de Clichy* über der Tür, bevor sie zu den vier Monticellis zurückkehrte, die über dem Klavier von Theos Tante hingen.

Abgesehen von Gauguin und den Monticellis waren die Selbstporträts von Guillaumin und Bernard neben dem Schrank meine letzten verbliebenen Kunstwerke von Theos Freunden. Den Rest hatte ich verkaufen müssen, um die Villa Helma zu mieten und uns eine Chance auf ein unabhängiges Leben zu geben.

„Ich freue mich, dass du die Pension gewagt hast." Anna las meine Gedanken. „Ich liebe es, dich hier zu haben."

Ich füllte meinen großen Topf mit Wasser. „Ich hatte die Idee von Theo. Er hat einen Untermieter aufgenommen, nachdem Vincent aus ihrer gemeinsamen Pariser Wohnung nach Arles gezogen war. Doch ich lerne langsam, dass die Verwaltung einer Pension etwas ganz anderes ist als die Verwaltung einer Wohnung. Die Villa kommt mit einer Liste endloser Probleme."

Wil fing an, Saskia mit dem Löffel zu füttern – besser als er selbst gegessen hatte, da er ihren Mund sehen konnte, aber seinen eigenen nicht.

„Sag danke, Saskia", Anna tätschelte den kleinen Kopf ihrer Tochter, bevor sie sich wieder mir zuwandte. „Was ist jetzt schiefgelaufen, das Janus' Hilfe erfordert? Wieder Witwe Ballot, die sich über ihre zugigen Fenster beschwert?"

Ich ließ das Wasser auf dem Herd kochen und setzte mich dann neben die Kartoffeln an den Tisch. „Alles repariert. Jetzt klagt sie über Mäuse."

Anna nahm meine Ersatzschürze vom Haken neben dem Ofen, zog sie an, setzte sich dann auf den Stuhl mir gegenüber an den Tisch und streckte ihre Hand aus. „Sie hat sechs Katzen."

Ich reichte ihr ein Schälmesser aus der Schublade. „Sie will eine siebte."

„Und du wirst es ihr erlauben?"

„Sie zahlt die Miete. Das Zimmer gehört ihr. Ich kann schlecht ablehnen. Dinge, mit denen man sich herumschlagen muss, wenn man eine Pension führt, fürchte ich."

„Aber du bereust es nicht, hierher gezogen zu sein?"

„Es gibt Gewalt in Paris." Dries hatte recht gehabt. Nur wenige Tage, bevor ich nach Bussum gezogen war, hatten Truppen am 1. Mai auf die Menschenmenge geschossen, die für einen Achtstundentag demonstrierte. Die Kugeln töteten neun Menschen und verletzten dreißig. „Die Zeitungen haben weitere Probleme vorausgesagt. Und hier bin ich meiner Familie näher." Nur fünfundzwanzig Kilometer von Amsterdam entfernt.

„Und deine Eltern können sich auch nicht beklagen."

„Mama tut, als wäre ich nach Sankt Petersburg gezogen."

Anna lachte. „Also ich bin froh, dass du gekommen bist."

„Ich auch. Danke, dass du mich aus meiner Melancholie geholt hast."

Sie kam oft mit Saskia vorbei. Und ich wurde zu ihr nach Hause eingeladen, das immer voll war von Künstlern und Dichtern. Es hatte mein Herz geheilt, an ihren lebhaften Zusammenkünften beteiligt zu sein. Anders als in Paris sprachen alle Holländisch, also konnte ich alles verstehen.

Ich bildete mich weiter, lernte.

„Habe ich dir gesagt, dass mein Hunger nach Büchern gestillt ist? Martha und Frederik van Eeden haben mir die unbegrenzte Nutzung ihrer Bibliothek angeboten."

Martha war Schriftstellerin und Übersetzerin, während Frederik der Chefredakteur des *New Guide* war, der Publikation, mit der die meisten Mitglieder unserer Intellektuellengruppe auf die eine oder andere Weise in Verbindung standen.

„Sind sie nicht ein schönes Paar?" Anna schob die Kartoffelschalen von der Tischkante zurück, damit sie ihr nicht auf den Schoß fielen, und blinzelte dabei in die dunkelste Ecke der Küche. „Hast du wirklich Mäuse?"

„Wer weiß? Könnte sein."

Sie beobachtete mich argwöhnisch, während sie die nächste Kartoffel schälte. „Und du hast den Zimmermann des Dorfes gerufen, um sie zu fangen?" Sie neckte mich wieder. „Janus würde alles für dich tun. Ich wage zu behaupten, dass er diese Mäuse für ein Lächeln mit bloßen Händen fangen wird. Vielleicht bleibe ich, um mir das anzusehen."

Ich schüttelte den Kopf und legte eine wurmlöchrige Kartoffel neben die Schalen, die ich für das Schwein des Nachbarn aufhob. „Ich habe ihn gebeten, weitere Gemälde zu rahmen."

Meine Worte konnten Anna, eine unheilbare Romantikerin, nicht von der Spur abbringen. „Wie viele Bilder musst du rahmen lassen?"

„Alle. Galerien nehmen keine ungerahmte Leinwand." Ich ließ die Arbeit in Etappen erledigen. Die Zahlungen meiner Mieter deckten die Reparaturen am alten Haus und boten ein kleines Einkommen, um für mich und Wil zu sorgen, doch das Geld reichte kaum für die Art von Rahmen, die Vincents Gemälde verdient hatten, und ich weigerte mich, schlechtere zu akzeptieren.

„Wird Janus den ganzen Nachmittag hier sein?" Annas Ton war verdächtig unschuldig.

„Es ist nicht so, wie du denkst."

„Hat er sich nicht in dich verguckt?", fragte sie gerade, als es an der Tür klopfte, Janus' schwungvolles, männliches Anklopfen.

Meine Freundin sprang mit einem gedämpften Kreischen auf, um zu öffnen, und hielt nur inne, um sich die Hände abzuwischen und ihre Schürze abzustreifen.

„Anna!"

Sie legte ihren Finger auf ihre Lippen, ein stilles Versprechen, dass sie keine Andeutungen machen und mich nicht in Verlegenheit bringen würde. Dann flog sie in den Flur, um den Zimmermann hereinzulassen, mit einer Geschwindigkeit, die ihren Zustand Lügen strafte, als ob mich zu foltern ihr Energie gab.

„Guten Tag, Janus."

„Die Damen. G-guten Tag."

Anna drückte eine Hand auf ihr Herz. „Meine Güte. Ich muss mich beeilen. Mir fällt gerade ein, ich habe den Schinken im Ofen gelassen."

Sie eilte zurück zu Saskia, dann nahm sie ihren Schal und fegte mit dem Flair einer ausgebildeten Schauspielerin aus dem Zimmer.

Janus schloss die Tür hinter ihr, den Hut in der Hand, die Hemdsärmel bis zu den Ellbogen hochgerollt. Er trug sein Material, das Holz auf die Schultern geschnallt, seine Werkzeugkiste unter einem Arm. Er hatte Zimmermannsarme, Muskeln, die dafür gebaut waren, den Hammer zu schwingen. Ich war weichere, zivilisiertere Männer gewohnt.

Janus' beeindruckende Gestalt wurde nur durch seine hellen Haare, die wie die eines Kindes in alle Richtungen abstanden, davor bewahrt, einschüchternd zu wirken. Ich musste mich einen Moment umdrehen, um mein Lächeln zu verbergen, als er eintrat.

„Das Gartentor … h-hat wieder geklemmt. Ich h-hab's auf dem Weg rein repariert." Er blieb am Tisch stehen, zog eine in Wachspapier gewickelte Pumpernickelsemmel aus der Tasche und legte sie neben mich. „Für den Kleinen." Dann ging er weiter. „Ich b-bin hinten."

„Danke."

Er hatte freundliche Augen und schwielige Hände, die Art von unkompliziertem Mann, zu dem Landjungen heranwuchsen. Ich hätte nicht gedacht, dass er jemals weiter von seiner Heimatstadt entfernt gewesen war als Amsterdam. Er hatte keine blumigen Worte, keine Gentleman-Komplimente. Die wenigen Worte, die er sprach, betrafen normalerweise seine Arbeit. Er hatte etwas Rohes an sich, wie grob geschnittenes Holz, das nicht mit dem Hobel zu einem glatten Finish geschliffen worden war.

Er blieb an der Tür des Zimmers stehen, um hineinzuspähen. „Nur die fünf? Ich könnte alles r-rahmen, was Sie brauchen. Sie können mich später bezahlen, w-wenn Sie welche verkauft haben."

„Danke, aber fünf reichen erstmal." Ich würde nicht von der Wohltätigkeit des Dorfschreiners leben.

Ich hatte vor, die Bilder an Goupil in Paris zu schicken, falls sie die letzte Sendung, die ich ihnen geschickt hatte, ablehnten.

„Mamaaa!", klagte Wil erneut, ein weiterer Löffel Brei in den Augen und diesmal auch in der Nase.

„Was machst du nur, du dummer Junge?" Ich hob ihn vom Stuhl, brachte ihn zum Spülstein und spritzte ihm Wasser ins Gesicht. Er wand sich wie ein Aal in einer Falle.

„Oh, du bist schwer. Ja, ja, schon fertig." Ich ließ ihn zurück auf seinen Stuhl plumpsen.

Als ich mich umdrehte, war Janus im Zimmer nebenan verschwunden. Wil machte sich genüsslich über die Pumpernickelsemmel her. Ich goss Milch in seine Schüssel, damit er das Brot eintauchen konnte, was er auch tat. Er hatte erst sechs Zähne.

„Mama auch." Er hielt mir das matschige Brötchen entgegen.

Er sagte das jedes Mal, wenn er etwas zu essen hatte. *Mama auch.*

„Danke, Schatz, aber im Moment bin ich satt."

Ich hob mein Messer und die letzte Kartoffel auf und hätte mich beinahe selbst erstochen, als die Witwe Ballot durch die Tür hereinstürmte. „Sie müssen sich diese süßen Kätzchen ansehen!"

„*Zwei*, Mevrouw Ballot?"

Sie hielt mir die getigerten Katzen entgegen, ihre Mütze schief, eine Locke ihres grauen Haares fiel ihr auf die Schulter. „Sie sind Brüder. Der Letzte des Wurfes. Ich konnte sie nicht trennen."

Zwei zappelnde Kätzchen waren mehr, als Wil ertragen konnte. Er ließ sein halb zerkautes Brötchen in seine Schüssel fallen, stand von seinem Stuhl auf und rannte mit ausgestreckten Armen auf sie zu. „Miau! Miau!"

Man musste der Frau zugutehalten, dass seine klebrigen Finger sie nicht einschüchterten. „Wisch dir die Hände an meiner Schürze ab, Wil." Sie half. „Das Kind kann gerne bei mir vorbeikommen, um zu sehen, wie sich die Kätzchen eingelebt haben. Ich behalte ihn gern im Auge."

„Dafür wäre ich Ihnen dankbar." Ich ließ die letzte Kartoffel in meine weiß-blaue Emailleschüssel fallen.

Als die Witwe hinausgehen wollte, entdeckte sie den Umschlag auf dem Regal neben der Tür. Ihre Augen wurden groß wie die einer Henne, die ein goldenes Maiskorn entdeckt hatte. „Und für wen ist der Brief? Wer ist dieser Herr namens Émile Bernard?" Sie sah mich an. „Ich sehe, die Adresse ist Paris. Ein Künstler?"

„Ein Freund." Ich wusch die Kartoffeln.

„Glauben Sie, er könnte helfen?" Wie alle anderen, die auch nur eine Minute in meiner Gesellschaft verbracht hatten, war sie sich meiner Mission bewusst. „Ist er in Frankreich bekannt?"

„Er wird bekannt." Ich warf die Kartoffeln in das kochende Wasser und achtete darauf, mir nicht die Hände zu bespritzen. „Er stellte auf dem Salon aus."

„Oh, er hat Verbindungen. Worum bitten Sie ihn? Und ist ein Brief nicht zu kühn? Einen solchen Mann aus heiterem Himmel mit einer persönlichen Bitte anzuschreiben?"

„Ich habe ihm geschrieben, um ihm für die freundlichen Worte zu danken, die er über Vincent gesagt hat. Ich fragte – aber nur in einem Satz –, ob er vielleicht in der Galerie vorbeischauen könnte, in der mein Mann gearbeitet hat, um eine Ausstellung von Vincents Gemälden zu unterstützen. Seine Empfehlung könnte viel bewirken."

„Ich verstehe." Sie reichte dem bettelnden und brabbelnden Wil eines der Kätzchen, bevor sie mich wieder ansah. „Seien Sie vorsichtig, fremde Männer um Gefallen zu bitten."

„Natürlich, Mevrouw Ballot."

Ich hatte George Seurat auch gebeten, doch dann einige Wochen später gehört, dass er verstorben war. Ein weiterer Visionär von uns gegangen. Ein weiterer Visionär, den es zu betrauern galt.

„Oh, fast hätte ich es vergessen!" Die Witwe klopfte auf ihre Tasche und zog dann zwei Umschläge heraus. „Ich habe den Postboten am Tor getroffen. Sie haben Briefe aus Paris. Einer von einem Matisse und einen von einem Goupil."

„Danke." Ich nahm sie ihr ab und legte sie auf eine trockene Ecke des Tischs, während mein Herz vor Hoffnung raste.

Ich war mir sicher, dass der Brief von Goupil bedeutete, dass sie Theos Andenken ehren und mir helfen würden, und das sogar, ohne dass Émile Bernard ein gutes Wort einlegen musste. Ich würde seinen

Brief umschreiben und meine Bitte weglassen. Mein Schreiben konnte dann ein reiner Dankesbrief sein.

Goupil!

War das Leben nicht einfach so? In genau dem Moment, in dem man fast aufgeben will, ein Durchbruch.

„Nun?" Die Witwe wartete auf eine Erklärung für die Briefe, die ich nicht gab. Ich wünschte nur, der Postbote könnte eines Tages lernen, mir meine Briefe direkt zu übergeben, anstatt sie meinen Mietern anzuvertrauen.

„Ich werde sie später lesen."

Sie bewegte sich nicht von der Stelle, obwohl Wil mit einem ihrer Kätzchen den Flur entlang schwankte.

„Benimm dich bei Mevrouw Ballot, hörst du mich?", rief ich ihm nach, doch er war zu aufgeregt, um zu antworten. Ich schlüpfte in meine Straßenschuhe. „Ich sollte die Wäsche aufhängen gehen."

Der Mund der Witwe verzog sich, als hätte ihr jemand einen eingelegten Hering zwischen die Lippen gesteckt. Sie konnte nicht fassen, dass ich so unhöflich war, sie nicht in meine Privatangelegenheiten einzuweihen.

„Hm. Wir sehen uns beim Abendessen." Sie marschierte mit unverhohlener Enttäuschung hinaus.

Ich nahm den Korb mit den nassen Kleidern und meine Tasche mit den Holzklammern.

Ich hängte zuerst die Kissenbezüge auf, machte mich dann an die Laken und war fast fertig, als Wil nach mir suchte. „Mama!"

„Ich bin hier, mein Schatz."

Er mochte es nicht, lange von mir getrennt zu sein. Erinnerte sich mein kleiner Sohn daran, dass sein Vater ohne Vorwarnung aus seinem Leben verschwunden war? Ich sagte mir, dass das unmöglich sein konnte. Er war kaum ein Jahr alt gewesen, als Theo gestorben war.

„Miau. Miau." Wil hielt immer noch das Kätzchen, das ihm die Witwe in die Arme gelegt hatte.

Er rannte mit der Katze durch den Garten und untersuchte jede Blume und Ameise, während ich den Rest der Wäsche auf die Leine zwischen zwei Pflaumenbäumen hängte und so schnell ich konnte arbeitete, da mich die Ungeduld zurück in die Küche trieb, zu diesen Briefen.

Ich trug einen lachenden Wil und ein verschlafenes Kätzchen im leeren Korb zurück. „Du bist so schwer. Du wächst zu schnell."

Ich setzte sie hinter der Tür ab, und sie blieben dort. Wil tat, als wäre er ein Bootskapitän und das Kätzchen seine Mannschaft. Ich nahm die Korrespondenz.

Oh, ich hätte warten sollen. Ich hätte länger in dieser Phase freudiger Erwartung leben sollen. Meine Hoffnungen verflogen mit dem ersten Satz.

Mit Bedauern teilen wir Ihnen mit … So fing der Brief von Goupil an, und die Nachricht wurde nicht besser, je weiter ich las. Ich sank auf einen Stuhl.

Goupil weigerte sich, Vincent zu vertreten. Und wenn die Galerie, zu der ich die persönlichste Verbindung hatte, mir nicht helfen wollte, dann würde es auch niemand sonst tun, flüsterte die dunkle Stimme der Verzweiflung.

Die rauen Geräusche der Handsäge verklangen im Zimmer nebenan, ersetzt durch die sanften Schläge des Gummihammers. *Bumm, Bumm, Bumm,* wie ein Herzschlag, *Bumm, Bumm, Bumm.*

Ich wollte weinen, doch mit Janus im Haus konnte ich das nicht.

Und auch nicht vor Wil, obwohl er im Korb im Halbschlaf döste.

Danach öffnete ich den Brief von Matisse. Ich hätte ihn stattdessen ins Feuer werfen sollen. *Verdammt.*

Ich schälte die Zwiebeln, versunken in meinem Elend, bis Anna wieder zur Tür hereinkam.

Sie lauschte dem Hämmern nebenan. „Er ist immer noch hier." Dann sagte sie: „Ich habe gesehen, wie der Postbote Mevrouw Ballot ein paar Briefe überreicht hat, während ich mit der Hutmacherin an der Ecke geplaudert habe. Gute Nachrichten?"

„Goupil schickt die Bilder zurück, die ich ihnen geschickt habe, und bittet mich, keine weiteren zu schicken."

„Es tut mir so leid, Jo. Und nach allem, was Theo für sie getan hat. All die Jahre Arbeit und das Geld, das er für sie verdient hat."

Ihre mitfühlende Empörung war Balsam für meine angeschlagene Seele.

„Ich hatte auch einen Brief von Matisse." Ich konnte die Worte kaum wiederholen. „Er ist auf Vincents Spuren gereist. Sie sind in Paris Freunde gewesen. Jedenfalls hat er eines von Vincents Gemälden in Arles gefunden, das Porträt von Dr. Rey. Vincent hat es als Bezahlung für den Arzt gemalt, der ihn nach seinem unglücklichen Vorfall mit dem Ohr behandelt hat."

„So?"

„Matisse hat das Porträt gekauft."

„Dem Arzt hat es nicht gefallen?"

Meine Wimpern zitterten vor Empörung. „Dr. Reys Mutter hat damit ein Loch in ihrem Hühnerstall zugehängt."

„Ach, Jo."

„Ich kann nicht aufgeben", sagte ich, bevor Anna genau das vorschlagen konnte. „Ich muss weitermachen."

„Aber was kannst du noch tun? Paris ist zu weit weg. Wie kann man aus der Ferne Krieg führen?"

„Du hast recht. Paris ist jetzt außerhalb meiner Reichweite. Ich muss mich in der Nähe umsehen." Ich sank auf meinen Stuhl zurück, und sie setzte sich neben mich, mir zugewandt. Eine Idee blühte langsam in meinem Kopf auf. „Wer könnte Vincents Talent besser würdigen als die Niederländer, die Niederlande, das Land seiner Geburt? Ich fange gleich hier von vorn an."

„In Bussum?" Anna lehnte sich zurück. „Natürlich kommt Jan hier zurecht, aber Bussum ist keine Hochburg der Kunst. Wenn Vincent zu fortschrittlich war, als dass Paris ihn wertschätzen könnte, wie werden sie seiner Kunst dann hier begegnen? Sogar Jan hat Probleme und malt Porträts, die sich leichter verkaufen lassen. Die Reichen neigen dazu, in sich selbst verliebt zu sein, sagt er. Und doch reichen seine Bilder nicht, um die Rechnungen zu bezahlen. Er muss auch unterrichten und seine Gedichte verkaufen, wenn er kann."

„Vielleicht nicht Bussum." Inspiration traf mich. „Aber wie wäre es mit Den Haag? Theo ist es gelungen, Vincents Arbeiten zweimal in Ausstellungen in Den Haag unterzubringen. Sie müssen sich an ihn erinnern."

Anna dachte einige Sekunden lang sorgfältig über meinen Vorschlag nach. „Jan hat dort einen guten Freund. Richard Roland

Holst, einen Auftragskünstler. Er hat ein Wandbild in Den Haag gemalt."

Mein Herz überschlug sich. „Dann hat er Einfluss."

„Du solltest ihm einen Brief schreiben. Und ich werde Jan auch eine Empfehlung schreiben lassen." Das Lächeln meiner Freundin glich dem Lächeln des Frühlings. Sie stand aufrecht und selbstbewusst da, bereit, für mich in die Schlacht zu ziehen.

Ich stand bei ihr und umarmte sie heftig, bevor ich sie losließ.

Wil kam zu uns herüber gestolpert. Unsere Stimmen mussten ihn geweckt haben. Diesmal ließ er das Kätzchen im Korb zurück. „Sasa?"

Ich sah von ihm zu Anna. „Wo ist Saskia?"

Ich hatte noch nie jemanden gesehen, der so schnell so bleich wurde. „Ich habe sie bei der Hutmacherin gelassen …"

Und dann rannte sie.

Ich beobachtete sie vom Fenster aus und tätschelte Wils Kopf. Die Hutmacherin war vierfache Mutter, ihre beiden älteren Töchter waren immer mit im Geschäft und lernten das Handwerk. Ich hatte keinen Zweifel, dass die süße Saskia in Annas Abwesenheit verhätschelt und verwöhnt worden war.

Ich hob meinen kleinen Sohn auf. „Ihr geht's sicher gut. Aber ich bin froh, dass du an sie gedacht hast."

„Sasa liebhab."

„Ich weiß, mein Süßer. Nun, wie wäre es, wenn du dein Nickerchen beendest?"

Ich setzte ihn ab, und er krabbelte auf das Kätzchen im Korb zu.

„Wie wäre es, wenn du dein Nickerchen in deinem eigenen Bett beendest? Du kannst das Kätzchen mitnehmen."

Das Lächeln, das er mir schenkte, enthielt mehr Sonnenschein, als irgendein Künstler jemals einfangen könnte. Sein Strahlen erwärmte mein Herz. Sosehr ich auch mit allem anderen stolperte, zumindest war ich in der Mutterschaft erfolgreich. Mein Sohn war ein glückliches Kind.

Ich trug ihn in unser Schlafzimmer, während er das Kätzchen wiegte. Wir gingen an einem Gemälde nach dem anderen vorbei, während mein Gespräch mit Anna in meinen Gedanken nachhallte. *Holland. Den Haag. Vincent, ein gefeiertes Genie in seinem eigenen Land.*

„Dieser neue Weg fühlt sich richtig an", sagte ich zu meinem Sohn. „Ich wünschte nur, ich hätte früher daran gedacht."

Holst musste die richtigen Verbindungen haben. Er würde sich für Vincent einsetzen. Warum sollte er es nicht tun, sein eigener Landsmann?

Ich lächelte und küsste Wils Kopf. „Ich denke, wir könnten kurz vor dem Erfolg stehen."

Sobald ich meinen Sohn beruhigt hatte, ging ich wieder hinunter und schrieb Holst einen herzlichen Brief. Dann rannte ich die Straße hinunter, um ihn dem Postboten zu geben.

Und dann wartete ich mit angehaltenem Atem auf die Antwort.

KAPITEL FÜNFUNDZWANZIG

Emsley

Trey war nicht zurückgekommen. Als es nach meiner Investorenpräsentation zum zweiten Mal an der Tür klingelte, war es die Essenslieferung.

Unser russisches Festmahl umfasste Salat Olivier, Borschtsch, Pelmeni (die russische Version von Tortellini), Blini (Crêpe mit Räucherlachs), Beef Stroganoff, Pirogi, Golubtsy (gefüllter Kohl) und Plov (ein Reis- und Fleischgericht). Sergej hatte recht gehabt – es war *spektakulär*. Liebes russisches Essen, wo warst du mein ganzes Leben lang?

„Wenn du an dem Punkt angelangt bist, an dem du Rechtsberatung für deine Agentur brauchst, lass es mich wissen", sagte Bram zu Monique neben sich. „Ich habe ein paar Freunde, die vielleicht helfen können." Er gab ihr eine Karte.

„Danke."

Sergej sah mich über den Tisch hinweg an. „Würden dir und Trey die Büros in L.A. und New York gemeinsam gehören?"

„Nein. Stell dir die beiden Büros als zwei Restaurants derselben

Franchisekette vor. Doch ich nehme die Kundenliste mit. Und zunächst leihe ich mir vielleicht ein paar Mitarbeiter aus. Ich brauche das IT-Personal, um mich hier einzurichten. Ich verhandele das in den Vertrag."

Das brachte weitere Fragen und einige ausgezeichnete Vorschläge mit sich. Ich aß mit meinen neuen Investoren zu Abend. Nur fühlte es sich an, als würde ich mit neuen Freunden zu Abend essen, auch wenn sich das Gespräch hauptsächlich ums Geschäftliche drehte.

Monique war die Erste, die gehen musste, da sie am frühen Morgen einen Model-Gig hatte. Dann verabschiedete sich Strena. Und dann fuhr Sergej Bram Sr. nach Hause, weil er einige alte Bücher aus der Wohnung von Bram Sr. abholen musste.

„Ich helfe dir beim Aufräumen." Bram sammelte die leeren Essensbehälter ein und brachte sie in den Müll, während ich die Reste im Kühlschrank der winzigen Küche verstaute.

Lai Fa verweigerte jegliche Teilnahme am Aufräumdienst. Sie beaufsichtigte sie von ihrem Küchennest aus, einer alten Keksdose, die ich mit einem Handtuch ausgelegt hatte.

„Wie hast du Trey kennengelernt?", fragte Bram.

„Stanford, Graduiertenschule, durch seinen Mitbewohner Christopher." Ein sonnengebleichter Surfertyp, der in Wirtschaftsstatistik neben mir saß. „Ich mochte Chris. Aber dann hat Diya, meine beste Freundin, ihn kennengelernt. Sie sagte, es sei Liebe auf den ersten Blick. Eine Woche, nachdem ich sie vorgestellt hatte, waren sie offiziell ein Paar. Eine Woche später gingen wir alle zusammen aus, einschließlich Chris' Mitbewohner Trey. Trey fragte nach meiner Nummer. Vielleicht war es einfach bequem." Ich dachte zum ersten Mal an die Möglichkeit. „Zwei Paare bester Freunde."

Piep. Lai Fa hüpfte aus ihrer Keksdose, pickte an einem dunklen Fleck auf der Fliese, hüpfte dann wieder hinein und ließ sich nieder.

Bram lehnte an der Theke. „Ist das ihr Nest?"

„Ich habe auf jeder Etage welche für sie aufgestellt. Sie wandert gern herum." Bisher hatte ich nur minimal hinter ihr her putzen müssen, und es war die Gesellschaft wert. Ich legte das feuchte Geschirrtuch über die Lehne des Barhockers neben mir. „Ich muss mich bei dir entschuldigen. Anfang der Woche war ich unhöflich. Du hast versucht, mir zu helfen, und ich habe dich immer wieder weggestoßen."

„Die Investition, die ich Ludington's zugesagt habe, ist nicht davon abhängig, dass wir beide Zeit miteinander verbringen."

„Das hatte ich auch nicht angenommen."

Bram beobachtete mich so genau, als müsste er später einen juristischen Schriftsatz über mich schreiben. Er sagte nichts. Er wartete, bis ich die richtigen Worte fand und sie in die richtige Reihenfolge brachte.

„Als ich dir das erste Mal begegnet bin, hast du einen Ehering getragen. Und dann plötzlich nicht mehr."

„Du dachtest, ich sei ein opportunistischer Bastard."

„Ich hätte keine voreiligen Schlüsse ziehen sollen."

„Das ist verständlich. Du kennst mich nicht so gut." Er nahm eine Flasche Wasser von der Theke und stellte sie wieder hin. Er rieb sich mit der Hand übers Gesicht. „Meine Frau Tessa ist vor zwei Jahren gestorben."

„Das tut mir leid. Sergej hat es mir erzählt, als er gestern hier war. Aber nur das", fügte ich hastig hinzu. „Nicht mehr. Ich habe nicht versucht, dein Privatleben auszuschnüffeln, das schwöre ich."

„Das ist kein Geheimnis." Er nahm die Flasche wieder. „Sie ist auf ein Skiwochenende mit ihren Freundinnen nach Colorado geflogen und hat sich da das Bein gebrochen. Auf dem Nachhauseflug ist ein Blutgerinnsel in die Lunge gewandert." Brams Ton war heiser, als hätten die Worte eine Schicht von seinen Stimmbändern abgeschliffen. „Als das Flugzeug landen konnte, war sie schon tot." Er trank.

Der Tod seiner Frau erklärte, warum er so viel über Trauer wusste. Was er gesagt hatte, als Violet gestorben war, über den Zug des Lebens, dem die Gleise ausgingen, war nicht nur etwas gewesen, das er irgendwo gehört hatte. Er verstand Verlust auf einer persönlichen Ebene.

„Das tut mir leid." Ich wusste nicht, was ich sonst sagen sollte.

Ich hatte schon zu viel gesagt. Ich hatte zugegeben, dass ich ihn auf Armeslänge gehalten hatte, weil ich dachte, er sei verheiratet. Ich hatte zugegeben, dass ich mich zu ihm hingezogen fühlte. Ich hatte zugegeben, dass ich den Ring bemerkt und dass ich seinen Cousin nach ihm gefragt hatte. Ich hätte ihm genauso gut sagen können, dass ich seit unserer Begegnung heimlich in ihn verknallt war.

Wir standen zu nah beieinander in der kleinen Küchenzeile. Mein Herz pochte zu schnell. Ich wich zurück.

Bram folgte mir und weigerte sich, Abstand zwischen uns zuzulassen. „Als Trey hier war, habe ich gemeint, was ich gesagt habe. Außer einer Sache. Du kannst nicht meine Mandantin sein. Du musst mit Adele zusammenarbeiten. Ich habe ein nicht-professionelles Interesse an dir. Ich möchte keine Ethikkodizes brechen."

Mein Rücken stieß gegen die Wand. Eine prickelnde Wärme breitete sich in meinem Körper aus. „Adele ist wunderbar."

Schweigen. Dann mehr Schweigen. Ich konnte den Blick nicht von ihm abwenden.

„Ich bin bereit, mein Leben weiterzuleben", sagte er ernst, mit einer Endgültigkeit, wie es nur ein Anwalt konnte, als würden seine Worte in Gerichtsakten eingetragen. „Was hältst du davon, mit mir auf ein Kaffee-Date zu gehen?"

Hatte er Date gesagt, oder hatte ich gehört, was ich hören wollte? „Klingt, als würde es draußen in Strömen regnen." Dann setzte mein gesunder Menschenverstand ein. „Du hast nicht jetzt sofort gemeint."

Natürlich nicht. Gut gemacht. Jetzt sehe ich übereifrig aus.

„Ich kenne den perfekten Laden dafür. Es sei denn, es ist für dich zu spät für Koffein?"

„Ich kann um Mitternacht Koffein trinken und schlafen wie ein Baby."

Er steckte eine Kapsel in die Kaffeemaschine auf der Theke. Als der Kaffee eine Minute später fertig war, machte er noch einen – mit Zucker und Sahne –, er erinnerte sich, was ich mochte. „Komm mit."

Überraschung, ich folgte ihm.

„In den Keller?" Aber ich ging hinter ihm her, die Treppe hinunter.

Er ging direkt zum Karussell. „Ich wollte unbedingt ausprobieren, ob es funktioniert."

„Was, wenn wir es kaputt machen?"

„Im schlimmsten Fall springt die Sicherung raus. Ich habe Sergej gefragt, was passieren würde, wenn jemand es einschalten würde. Er hat gesagt, darauf zu sitzen ist in Ordnung, aber nichts Wildes. Er hat auch gesagt, wenn wir seinem Baby Schaden zufügen, wird er uns im Schlaf ermorden."

„Das klingt nach Sergej."

Bram ging um die Rückwand herum und steckte ein dickes Kabel in die Steckdose. „Ich wusste, dass ich neulich hier drüben eine Starkstrom-Steckdose gesehen habe."

Ich griff nach meiner Tasse, zu nervös, um auch nur an meinem Kaffee zu nippen. Zuerst flackerten die Lichter. Wurlitzermusik dröhnte durch den Keller. Dann ruckten die Pferde vorwärts. „Ich kann nicht glauben, dass es funktioniert!"

Bram sah begeistert aus. „Mein Großvater hat mir erzählt, dass er es hier unten auf einer Party in Betrieb gesehen hat. Er erinnert sich unter anderem an einen Billardtisch und eine Jukebox. Und eine Popcornmaschine wie im Kino." Er sah sich um. „Ich frage mich, wo die hingekommen sind?"

„Manchmal hat Violet Dinge verkauft, um Künstlerbedarf für ihre Studenten zu kaufen."

Bram streckte die Hand aus. Sein Griff um meine Hand war warm und sanft.

Ich folgte ihm auf das sich langsam drehende Karussell. „Pferd oder Streitwagen?"

„In einem Streitwagen ist Küssen leichter." Er zog mich zum nächsten und half mir hinein.

Dann verließ er mich. Er ging durch den Keller zum Lichtschalter neben der Treppe, und plötzlich war es dunkel.

Mein Herz pochte. „Stolpere über nichts."

„Ich bin da." Er sprang hinter mir auf die Drehscheibe und ließ sich nieder. „Wie findest du es?"

„Magisch."

Der Keller um uns herum war schwarz, die kleinen farbigen Glühbirnen des Karussells das einzige Licht.

„Wie ein Märchen." Ich stellte meine Tasse auf die flache Vorderkante des Streitwagens und lehnte mich zurück.

Er stellte seine Tasse neben meine, rutschte näher und legte seinen Arm um mich. Unsere Umgebung war unsichtbar. Die ganze Welt außerhalb des Karussells verschwunden. Wir waren in der Nacht allein. *Und Bram hat angedeutet, mich küssen zu wollen.*

„Wie kommst du zurecht?", fragte er. „Ich meine, abgesehen von jetzt gerade. Es war eine anstrengende Woche."

„Ich vermisse Violet sehr. Mein Herz ist gebrochen. Und ich habe Angst. Alles geht zu schnell. Ich gründe eine neue Firma. In New York."

„Ich glaube an dich. Sonst hätte ich nicht investiert. Du wirst dich schnell zurechtfinden."

„Woher weißt du das?"

„Du wusstest schon beim ersten Mal, was du tust, als du New York verlassen hast und nach L.A. gegangen bist."

„Ich denke, du solltest mich küssen."

Die Lichter spiegelten sich in seinen Augen. „Sollte ich?"

„Die Spannung bringt mich um."

Er strich mit seinem Daumen über meine Schulter. Dann beugte er sich zu mir herunter.

KAPITEL SECHSUNDZWANZIG

Johanna

Oktober 1891, Den Haag, Niederlande

Ich weigerte mich zuzulassen, dass Vincents Kunst auf dem Müllhaufen der Geschichte landete. Ich ging mutig hinaus in die Welt und kämpfte wie die Amazonen der alten Mythen. Oder zumindest gegen die Menge auf dem Bahnsteig am Bahnhof in Den Haag.

„Entschuldigung. Ich muss hier durch."

Ich reiste, um Holst um seine Unterstützung zu bitten, fest entschlossen, sie noch vor Ende des Tages zu gewinnen, doch als ich endlich die Straße erreichte, dachte ich wieder an Gauguins ungelesenen Brief in meiner Tasche.

Ich hatte Paul Gauguin, den Künstlerfreund, mit dem Vincent das gelbe Haus in Arles geteilt hatte, um Hilfe gebeten, bevor ich Frankreich aufgegeben hatte. Er hatte nie geantwortet, und ich dachte, er wäre vielleicht zurück nach Martinique gereist, um die Sarong-Frauen zu malen. Als wir uns das letzte Mal getroffen hatten, hatte er davon gesprochen, für immer auf die Inseln zu ziehen.

Ich hatte ihn weitgehend vergessen, bis sein Brief ankam, gerade als ich losgeeilt war, um zum Zug zu kommen.

Egal, wie seine Antwort ausfiel, ich fürchtete, meine Reaktion nicht kontrollieren zu können, also hatte ich es nicht gewagt, ihn unter meinen Mitreisenden zu lesen. Ich wollte nicht vor Fremden weinen – weder vor Erleichterung noch vor Verzweiflung.

Doch was, wenn die Antwort positiv war? Ich könnte es benutzen, um meine Argumentation bei Holst zu untermauern.

Sehen Sie? Prominente französische Künstler arrangieren eine Ausstellung unter anderem mit Vincents Bildern. Sicherlich sollte Den Haag dasselbe tun oder riskieren, dass die Leute denken, dass die geschätzten Torwächter hier große Kunst nicht erkennen, wenn sie sie sehen.

Ein mit Gepäck beladener Dienstbote drängte sich an mir vorbei. „Aus dem Weg!", schrie er das halbe Dutzend Straßenkinder an, die zerknitterte Zeitungen verkauften. Dann sagte er zu mir: „Entschuldigen Sie, Madam."

Ich wich zur Seite und wechselte meine schwere Tasche von einer Hand in die andere. Eines war sicher, ich konnte den Brief nicht lesen, während ich an einer Ecke stand, aus den gleichen Gründen, aus denen ich ihn im Zug nicht hatte lesen können.

Vor allem, wenn es eine weitere Absage war. Ich könnte laut fluchen. Ich wünschte, ich könnte Theo fragen, wie er damit umgegangen war, immer wieder abgewiesen zu werden. Er hatte es immer geschafft, stark zu bleiben. Er hatte nie seinen Glauben verloren.

Ich vermisste ihn so sehr, meine Seele schmerzte. Wenn ich an ihn dachte, erinnerte ich mich an den perfekten Ort, um den Brief zu lesen. Ich ging los und stieß sofort mit einem Mann zusammen, der um mich herumgegangen war, da ich stillgestanden hatte. „Oh, Entschuldigung." Dann richtete ich meinen Blick auf sein Gesicht. „Janus?" Ich blinzelte den Dorfzimmermann aus Bussum an. „Was machen Sie denn hier?"

Er riss sich seinen Hut vom Kopf, während seine Wangen rot wurden. „Ich h-hole Werkzeug ab. Ich habe letzte Woche mein bestes Schnitzeisen zerbrochen." Wir nutzten eine Flaute im Verkehr und überquerten die Straße. Er hatte eine zusammengerollte Zeitung in seiner Tasche, und sie blieb ständig an seinem Ärmel hängen, also steckte er sie auf die andere Seite. „Wo ist Wil?"

„Anna passt heute auf ihn auf."

Hinter uns donnerte eine Kutsche vorbei. Ich musste einem Damenschirm ausweichen; Janus blieb stehen, um einen kleinen Jungen und seinen Kohlenkarren vorbeifahren zu lassen.

„Zu viele L-Leute", murmelte er. „Sie sind hergekommen, um mit diesem H-Holst zu sprechen?"

Ich klopfte auf meine Reisetasche. „Ich habe ihm ein paar kleine Gemälde mitgebracht."

„Von denen, die ich gerahmt habe?"

Himmel, nein. Mit Rahmen hätten ich sie nicht schleppen können.

„Das mit dem Mandelblütenzweig in einem Glas und Gauguins Porträt." Um Holst besser daran zu erinnern, dass angesehene Künstler in Frankreich Vincent als ihresgleichen betrachteten. Wenn ich dem Ganzen nur einen positiven Brief von Gauguin hinzufügen könnte. „Theo hat immer persönlich mit den Leuten gesprochen." Doch ich hatte die ganze Zeit Briefe und Skizzen und Gemälde geschickt. Kein Wunder, dass ich so viele Absagen bekommen hatte. Ich war fest entschlossen, das zu ändern. „Er hat immer gesagt, Beziehungen sind wichtig."

Ich erwähnte Theo oft in Gesprächen mit Janus, um sicherzustellen, dass er verstand, dass mein Mann immer noch in meinem Herzen lebte. „Ich dachte mir, ich würde den Polder, den Trekweg am alten Kanal entlanglaufen, bevor ich zu Holst gehe. Wissen Sie, wie ich da von hier aus hinkomme?"

„Ich kann es Ihnen zeigen. Nach dem Zug hätte ich nichts gegen etwas Seeluft." Janus streckte seine Hand aus. „Darf ich?"

Ich ließ ihn meine Tasche nehmen und dankte ihm für seine Hilfe. Mein Handgelenk schmerzte vom Bodenschrubben am Tag zuvor, und die schwere Tasche tat den geschundenen Bändern keinen Gefallen. Eine fünfköpfige Familie war eingezogen, viel Arbeit, doch ich verdiente endlich genug Geld.

Janus und ich sprachen über die Familie und die Arbeit, die in der Villa erledigt werden musste, bis wir das Meer erreichten.

„Es ist schön, im Oktober so sonnige Tage zu haben." Ich brauchte kaum meinen Wollschal. „Die Amerikaner nennen es *Indian Summer*." Das hatte ich von Frederik van Eeden erfahren, als ich ihn und Martha das letzte Mal besucht hatte, um einen neuen Stapel Bücher aus ihrer Bibliothek auszuleihen.

„Meine katholische Großmutter hat es immer *Sint-Lucas' beetje zomer* genannt – St. Lukas' kleinen Sommer", sagte Janus, als wir an ein paar Möwen vorbeikamen, die sich um eine leere Krabbenschale stritten. „Warum der Trekweg?"

„Als Theo fünfzehn war, war er mit Vincent hier." Ich konnte den Polder nicht mit meinem Geliebten besuchen, aber ich konnte mit dem Geist seiner Erinnerungen spazieren gehen. „Nachdem Vincent die Schule abgebrochen hatte, hat ihm sein Onkel zu einem Job in Den Haag verholfen. Theo hat mir erzählt, dass sie hierhergelaufen sind, im Regen. Irgendwo hier auf dem Polder haben sie sich geschworen, sich immer gegenseitig zu unterstützen."

Vincent hatte Theo aus der Stadt herausgebracht, in dieses von Menschenhand geschaffene Land, das mit Deichen, Dämmen und Trockenlegung dem Meer abgerungen worden war – eine ewige Aufgabe, denn das Meer würde immer darum kämpfen, es zurückzuerobern. *Land in ständiger Gefahr.*

Manchmal denke ich, Vincent war Theos Polder. Theo hat immer wieder versucht, ihn von Unwohlsein und Unzufriedenheit und sogar Wahnsinn zu befreien, immer in der Hoffnung, Vincent wieder glücklich zu sehen. Doch am Ende war Theo nicht in der Lage, seinen Bruder zurückzuerobern. Und die Kugel, die Vincent getötet hat, hat auch Theo getötet. Das wusste ich mit Sicherheit.

Und jetzt bin ich hier und kämpfe darum, die Erinnerung beider Männer in einer Welt zu erhalten, die sie allzu leicht vergessen würde. Das war meine Sühne.

Ich atmete die Luft, die Theo und Vincent geatmet hatten. Ich ging auf demselben Boden. Ich ließ den Schlamm an meinen Stiefeln haften, weil derselbe Schlamm an ihren haften geblieben war.

Janus ging neben mir her, ein stiller Begleiter. Er beanspruchte meine Aufmerksamkeit nicht. Er war damit zufrieden, mir zu erlauben, das zu fühlen, was zu fühlen ich hierhergekommen war.

Wir gingen zur nächsten Windmühle, die sich unermüdlich drehte und Wasser pumpte. Vincent hatte Theo in einem seiner Briefe daran erinnert.

Meine Kehle brannte. „Früher haben sie hier Milch und gebratene Aale verkauft."

Jetzt war die Tür der Windmühle abgeschlossen, das von Sonne und Salz gebleichte Schild hing an seinem letzten verbliebenen Nagel.

„Es ist schwierig, ein erfolgreiches Geschäft zu führen", sinnierte ich. „Auch für etwas so Einfaches wie Essen, das jeder täglich braucht." *Wie viel schwieriger ist es dann, Kunst zu verkaufen?*

Ich stellte mir vor, in dem kleinen Windmühlenladen zu stehen und Vincents Gemälde an Passanten zu verkaufen. Nur, dass seine Kunst nicht wie Milch und Aale war, oder? Sobald die Sammlung verkauft war, konnte sie nicht wieder aufgefüllt werden.

Das Erbe meines kleinen Sohnes wäre weg.

Vincents Gemälde würden eines nach dem anderen in Privathäusern verstreut. Wil würde sich vielleicht nicht einmal mehr an sie erinnern, wenn er erwachsen war. Vielleicht sehen wir keines von ihnen wieder. Und die Welt auch nicht.

Was würde mit Vincents Vermächtnis geschehen, das Theo unbedingt bewahren wollte? Wie sehr wünschte ich mir, er wäre hier bei mir, um meine Fragen zu beantworten.

Ich ging zu einer Bank, auf der die Brüder gesessen haben könnten. „Ein Brief ist gekommen, als ich gegangen bin. Ich habe ihn mitgebracht. Hätten Sie etwas dagegen, wenn ich ihn lese?"

„Ich werde um die M-Mühle herumgehen. Die Verbindungen der Schoren sehen interessant aus." Janus stellte meine Tasche neben mich und trottete davon.

Ich zog Gauguins verspätete Antwort mit einer Welle von Optimismus aus der Tasche. Er hatte mich nicht ignoriert. Wahrscheinlich war er auf Reisen gewesen und hatte erst kürzlich meine Nachricht erhalten. Er muss immer noch liebevolle Erinnerungen an Vincent haben. Und er würde Theo gegenüber sicherlich eine gewisse Dankbarkeit empfinden. Theo hatte mehrere von Gauguins Gemälden gekauft, um ihn zu unterstützen. Gauguin würde mir helfen.

Selbst wenn der Brief nur ein paar vage Versprechungen und höfliches Lob für Vincent enthielte – was die guten Manieren sicherlich verlangten –, könnte das ausreichen, um meine Position bei Holst zu untermauern.

Ich atmete die salzhaltige Luft in meine Lungen und entfaltete dann das Papier.

Sehr geehrte Madame van Gogh,

danke, dass Sie an mich gedacht haben. Unglücklicherweise … Sie wissen, dass er meinen Rat nie angenommen hat … stur … äußerst abweisend konstruktiver Kritik gegenüber …

Wut ließ mich aufspringen. Ich zerriss den Brief und warf ihn in den Wind, zufrieden, als eine Böe die Stücke in den Schlamm schlug.

Ich würde keine Niederlage eingestehen. Nicht auf diesem Stück Land, das den niederländischen Einfallsreichtum und seine Beharrlichkeit symbolisierte. Ich weigerte mich, zu scheitern.

Janus kam wieder um die Windmühle herum und sah mich stehen. „Bereit?"

Als wir zurückgingen, peitschte eine Bö vom Meer her um uns herum und stieß mich fast gegen ihn. Ich brachte mehr Abstand zwischen uns, dann erkannte ich, was ich tat, als das, was es war: Feigheit. Ein bisschen Abstand, kleine Andeutungen, dass mein Herz niemals frei sein würde. Ehrliche Worte waren das, was der Mann brauchte. Wenn ich wie die Amazonen sein wollte, musste ich Mut haben.

Ich sah ihn an. „Mein Wunsch ist es, mein Leben Vincents Vermächtnis und dem Andenken meines Mannes zu widmen."

Er nickte und wandte den Blick ab.

Als er mich Minuten später vor Holsts Büro zurückließ, war in seinem düsteren Blick Verständnis, jedoch keine Wut oder Schuld, nur Akzeptanz. Er war ein guter Mann. Ich ging hinein und betete, dass er eine Frau finden würde, die seine Liebe erwidern würde.

Ich hob meine Tasche hoch und ging direkt zum Sekretär hinter dem Schreibtisch, einem jungen Mann, der die Schule noch nicht lange verlassen haben konnte. „Ich würde gerne mit Mijnheer Holst sprechen."

„Erwartet er Sie?"

„Ich bin eine Freundin von Jan Veth aus Bussum."

Der junge Mann ging davon, mit geradem Rücken und einer Ausstrahlung, die verriet, dass er sich für wichtig hielt.

Ich wartete und zwang mich in eine hoffnungsvolle Stimmung. Richard Roland Holst war ein angesehener niederländischer Künstler. Er würde Talent erkennen, wenn er es sah. Und sobald Vincents Gemälde Holsts Unterstützung hatten, würden sich Türen öffnen.

Als ich jedoch in Holsts Büro saß, war mir klar, dass der Besuch nicht gut verlaufen würde. Er sah mich an, wie man einen Käfer betrachtet, den man zwischen den Bettlaken gefunden hatte.

„Mevrouw van Gogh. Womit kann ich Ihnen helfen?", fragte er in einem Ton, der sich eher anhörte, als wollte er sagen: *Wie werde ich Sie am schnellsten los?*

Er war ein paar Jahre jünger als ich, trug einen hübschen hellen Anzug, und sein Gesicht wirkte durch einen Schnurrbart reifer. Sein Schreibtisch aus Mahagoni sprach von seiner Wichtigkeit, ebenso die Uhr mit Intarsien an der Wand hinter ihm. Er trug einen goldenen Siegelring und eine Rubinnadel in seiner Krawatte, Insignien seines Erfolgs.

„Danke, dass Sie sich Zeit für mich nehmen, Mijnheer Holst. Ich weiß, dass Sie ein vielbeschäftigter Mann sind. Ich dachte, anstatt darauf zu warten, dass Sie auf meine Briefe antworten, könnte es Ihnen am meisten nützen, wenn ich Ihnen selbst einige von Vincent van Goghs Gemälden bringe."

Ich zog meine Tasche auf meinen Schoß und holte die Gemälde heraus, legte sie vor mir auf den Schreibtisch, Seite an Seite, als wären sie Brüder.

„Sie können die brillante Art und Weise sehen, wie der Künstler Licht auf den Mandelblüten und durch die Glasvase eingesetzt hat, wie das Bild einen nicht nur sehen, sondern auch fühlen lässt. Wenn Sie sich freundlicherweise für seine Sache als Unterstützer seiner Kunst einsetzen würden, könnten andere seine Arbeit sehen und bewundern."

Holsts Miene blieb unverändert, als würde ich ihm Kohle für den Winter verkaufen und die Vorzüge kleinerer Klumpen gegenüber größeren anpreisen.

Ich würde mir meine Verzweiflung nicht anmerken lassen. „Und in

Gauguins Porträt ..." Was sollte ich dazu sagen? Ich war kaum ein Experte. „Vincent hat ihn gemalt, während Gauguin Kürbisse gemalt hat. Sehen Sie die Spur von Gelb hier? Ich habe Monsieur Gauguin selbst kennengelernt. Er hatte großen Respekt vor Vincents Talent. Seine Impastotechnik ..."

Holst würdigte die Gemälde kaum eines Blickes. Er blieb während meines Flehens stehen, genoss seine Position und faltete seine Hände wie ein Professor, der dabei war, einen fehlgeleiteten Studenten zurechtzuweisen.

„Vincent hat vor seinem Tod zweimal in Den Haag ausgestellt", fügte ich schnell hinzu. „Im Rahmen von Gruppenausstellungen." Ausstellungen, die Theo mit viel Mühe aufgebaut hatte.

„Ich glaube, mich an Sonnenblumen zu erinnern." Holst machte eine abweisende Geste. „Aufdringlich. Gewöhnlich. Bauernmaterial."

„Alle aufregendsten neuen Künstler in Paris sehen ihn als einen der Ihren."

„Wie viele Gemälde hat er dort verkauft?"

„Eines." Nun, in Belgien und an eine Freundin, aber der wichtige Punkt war, dass Vincent tatsächlich ein Gemälde verkauft *hatte*.

„Und bei den Gruppenausstellungen hier in Den Haag?"

Ich schwieg.

Holst nahm seine Pfeife und konzentrierte sich darauf, sie zu stopfen, als könnte er es nicht ertragen, die Gemälde anzusehen. „Sie werden sie niemals verkaufen." Er zündete den Tabak an. „Wenn Ihr Traum plötzlicher Reichtum ist", spie er in vernichtendem Ton, „können Sie ihn genauso gut aufgeben, Madam."

„Ich will sie nicht verkaufen." Ich hatte genau in diesem Moment eine Entscheidung getroffen. Theo hatte zu Unrecht versucht, die Gemälde als Werke eines neuen Künstlers als Schnäppchen zu verkaufen. Geschmack musste erwachsen werden, um Vincents Genie zu erkennen.

„Ich bin verwirrt." Holst paffte seine Pfeife. „Was wollen Sie dann damit machen?"

„Ich möchte Sie bitten, mir dabei zu helfen, die Gemälde an die besten Museen für Ausstellungen auszuleihen."

„Damit sie neben den Werken der Meister aufgehängt werden?" Er lachte. „Wissen Sie, ich bewundere Sie fast für Ihre Kühnheit, Madam."

Ich ballte meine Hände in die Falten meines Kleides zu Fäusten. „Ich möchte, dass Vincents Werke an ihrem rechtmäßigen Platz gezeigt werden."

„In einem Ihrer Briefe", Holst sog an seiner Pfeife, „haben Sie über hundert Werke erwähnt. Sind die Leinwände aufgezogen? Gerahmt?"

„Alle aufgezogen und etwa die Hälfte gerahmt." Teuer.

„Ich könnte sie nehmen." Sein Gesichtsausdruck wurde großmütig. „Für die Materialkosten. Ich könnte die Leinwände abkratzen und wiederverwenden, obwohl das Impasto viel Arbeit erfordern würde."

Mehr Arbeit, als es wert ist, deutete sein Ton an.

„Ich würde Ihnen gerne helfen können", fügte er hinzu, „aber ich fürchte, das ist die größte Hilfe, die ich anbieten kann."

Die Uhr an der Wand tickte laut in der Stille, die seinen Worten folgte.

Ich musste das Schweigen brechen, damit er nicht dachte, ich würde über seinen lächerlichen und beleidigenden Vorschlag nachdenken.

„Danke für das Angebot." Ich stand auf. „Aber nein."

„Meine liebe Mevrouw van Gogh", sagte Holst, als wir uns gegenüberstanden. „Sie sind eine bezaubernde kleine Frau, nicht wahr? Und so viel Begeisterung für Kunst. Sehr lobenswert. Ich fürchte jedoch, dass Sie von Sentimentalität geblendet sind. Ich verstehe Ihre Trauer über den Verlust Ihres Mannes und seines Bruders. Dass Sie in Ihrer verstörten weiblichen Gemütsverfassung die Kunst falsch einschätzen, ist sicherlich verzeihlich und höchst verständlich. Aber als Experte kann ich es mir nicht leisten, denselben Fehler zu machen …"

Den Rest hörte ich kaum.

Er beendete den Satz und beobachtete mich mit einem nachdenklichen Funkeln in seinen Augen. „Man hört Gerüchte über die Umstände von Vincents Tod. Und die seines Bruders auch. Ich habe mich gefragt …"

Versuchte er, und das auch noch auf ausgesprochen schamlose Weise, nach Klatsch zu fischen?

Ich nahm die Gemälde und wollte sie so schnell wie möglich in meine Tasche stecken, doch ich holte tief Luft und behandelte sie vorsichtig. Ich verabschiedete mich kaum, als ich zur Tür hinausstürmte.

Den ganzen Morgen über von Bussum nach Den Haag in dem überfüllten, stinkenden Waggon war ich mir so sicher gewesen, dass Holst helfen würde. Ich hatte mir vorgestellt, triumphierend nach Bussum zurückzukehren. Ich hatte gehofft, Vincents großartige Kunst weltbekannt zu machen und Theos Glauben an seinen Bruder zu rechtfertigen. Aber wie Gauguin lehnte Holst meine Bitten ab, und nicht nur das. Er hatte mich nicht nur abgewiesen, er hatte mich gedemütigt und es genossen.

Mein Gesicht brannte. Ich stolperte durch das Marmorfoyer und hinaus auf die Straße. Während ich drinnen gewesen war, war St. Lukas' kleiner Sommer zu Ende gegangen; die Sonne war verschwunden. Kalter Wind peitschte meinen Rock um meine Beine. Ich ging weiter, trug meine Tasche mit einer Hand und hielt meinen Wollschal mit der anderen fest um meinen Hals.

Janus fand mich im Zug.

„Wie ist es mit dem Holst gelaufen?"

Ich schüttelte nur den Kopf, zu entmutigt für Worte.

Er setzte sich mir gegenüber und zog seine zusammengerollte Zeitung aus der Tasche. „Möchten Sie lesen?"

„Danke."

Auf der Titelseite war das Bild eines Mannes zu sehen. *Der amerikanische Erfinder Thomas Edison demonstriert sein Kinetoskop für die National Federation of Women.*

„Was ist ein Kinetoskop?", fragte ich Janus.

„Ein A-Apparat, der bewegte Bilder zeigt. Eine K-Kiste, wenn man so will, mit einem Loch. Sie d-drücken ein Auge an das Loch und sehen ein Bild darin, aber die L-Leute auf dem Bild bewegen sich."

Solch ein Wunder, und er hatte es einem *Frauenclub* vorgeführt! In den Niederlanden wurde ich wegen meines Geschlechts verspottet, weil ich es wagte, eine Meinung zu haben.

Ich blätterte um, doch anstatt des nächsten Artikels sah ich nur die leuchtenden Gemälde, die ich so sehr schätzte, in einem dunklen Meer der Unbekanntheit versinken.

Wenn selbst unsere eigenen Landsleute sich weigerten, Vincents Genie anzuerkennen, würde ich mich woanders umsehen. Ich würde … ich würde …

Ich sah Janus in die Augen und kündigte meinen nächsten großen Plan an. „Ich gehe nach Amerika."

Ich würde Vincent nicht aufgeben.

KAPITEL
SIEBENUNDZWANZIG

Emsley

„Also …" Sergej beobachtete mich über Violets Kisten mit Galerieflyern hinweg. Er würde am Freitagmorgen mit seinen Leuten vorbeikommen. „Hat mein Cousin endlich seine Cojones gefunden und dich verführt."

Ich nippte an meinem Kaffee und biss dann in meinen Frischkäse-Bagel, den Bram mir über Sergej geschickt hatte. „Das weißt du nicht."

„Hör zu, ich bin ein großer Fan von Borschtsch. Aber ich habe noch nie jemanden am Morgen nach roter Rübensuppe so breit grinsen gesehen."

„Vielleicht waren es die Piroggen."

„Vielleicht war es Bram."

Arbeiter schoben einen riesigen Handwagen mit dem Narnia-Kleiderschrank an uns vorbei und dann durch die offene Haustür. Ich hatte Lai Fa im Büro eingesperrt, um sicherzugehen, dass sie nicht auf die Straße lief.

Der Bär war schon im Umzugswagen. *Auf Wiedersehen, Tiny Tim.* Ich würde ihn nicht vermissen. Allerdings würde ich das Karussell vermissen. Ich hatte einige außergewöhnlich gute Erinnerungen an einen gewissen blau-weißen Streitwagen.

Sergej kramte in einer anderen Kiste. „Vielleicht habe ich einen Käufer für das Herschell."

Die beiden Restaurierungsexperten, die er mitgebracht hatte, zerlegten das Fahrgeschäft im Keller, da es nur stückweise hochgebracht werden konnte. Wir hatten nicht herausfinden können, warum Violet es dort unten aufgebaut hatte. Es würde eines ihrer Geheimnisse bleiben müssen.

„Wie sieht das Angebot aus?"

„Zu früh, um über Geld zu reden. Ich habe ihm noch nicht einmal Bilder gezeigt. Ich möchte warten, bis unsere Schönheit in einem Ausstellungsraum steht, entstaubt, vollständig restauriert, und im richtigen Licht präsentiert. Ich will Liebe auf den ersten Blick." Er machte ein Foto von dem rot-blauen Flyer in seiner Hand. „Wenn ich das Karussell zu einem guten Preis verkaufe, bin ich dann noch im Rennen? Ziehst du es in Erwägung, meine zweite Frau zu werden?"

„Verlockend, aber nein."

„Bram, dieser schmutzige Bastard."

Ich lachte. „Er hat nichts Schmutziges getan. Ich schwöre."

Wir hatten uns geküsst. Okay, mehr als geküsst. Er hatte seine Hand unter meiner Bluse gehabt. Er war … mir fehlten die Worte, um es zu beschreiben.

Diya war eine großartige Köchin. Sie konnte aus allem ein Gourmetessen machen. Sie könnte eine Karotte und zwei Kartoffeln im Kühlschrank finden, und Diya würde sich ein Drei-Gänge-Menü ausdenken. Sie sagte, sie habe das von ihrer eingewanderten Großmutter gelernt.

Genauso konnte Bram aus Küssen und Vorspiel eine ganze Orgie machen. Mein Gehirn versank im Dampf, wenn ich an ihn dachte.

Sergej murmelte: „Weiß nicht einmal, wie man eine Frau richtig verführt."

Ich widersprach ihm nicht, denn mein Abend mit Bram war privat. Er gehörte ganz uns, funkelnd und glänzend, eine heiße Glut in meinem Herzen. „Und du bist ein Experte auf dem Gebiet?"

Er dachte darüber nach. „Ich bin besser mit Männern als mit

Frauen. Aber ich bin ziemlich gut in beidem. Es ist, als wäre man Rechts- und Linkshänder gleichzeitig."

„Ein angeborenes Talent?"

„Genau. Deshalb mag ich dich. Du verstehst mich."

„Freunde?"

„Wenn du dich für Bram entscheiden *musst*." Er seufzte theatralisch. „Wer überrascht ist, möge die Hand heben."

Keiner von uns tat es.

Er warf mir einen beleidigten Blick zu, doch dann grinste er. „Solltest du nicht oben am Aufbau deines neuen Geschäfts arbeiten?"

„Ich habe Angst um das Karussell."

„Dem wird nichts Schlimmes passieren. Geh nur." Er scheuchte mich weg. „Um der Liebe willen. Ich bin ein Profi."

Das war er. Ich vertraute ihm. „Wenn es dir nichts ausmacht, hier die Stellung zu halten, würde ich gerne spazieren gehen."

Die Gefahren beim Transport des Karussells waren nicht das Einzige, was mich beschäftigte. Nach dem Aufwachen hatte ich die aktuelle Anschrift von Senator Wertheim gesucht und gefunden. Der distinguierte Gentleman aus Massachusetts hatte sich entschieden, seinen Lebensabend in Manhattan zu verbringen.

Ich hatte mir gesagt, dass ich ihn nicht besuchen würde.

Normalerweise war ich gut darin, Vorsätze einzuhalten. Wenn es nicht gerade darum ging, den zweiten Cupcake nicht zu essen. Nicht verhaftet zu werden scheinbar auch.

Ich nahm meine Tasche vom Geländer und überließ Sergej seiner Arbeit. Wenn Jo Bonger losmarschieren und sich Drachen stellen konnte, dann konnte ich das auch. Was ich jeden Abend über sie las, kam mir tagsüber immer wieder in den Sinn. Sie war nach Amerika gegangen. Das würde erklären, wie das kleine grüne Buch in New York gelandet war. Vielleicht hatte sie Vincents heimliches Kind gefunden und ihn oder sie auch mitgebracht. Ich hielt immer noch an dem Tagtraum fest, dass Vincent mein Ur-Ur-Ur-Großvater war.

Ich dachte viel über Jo nach.

Ihre Kämpfe. Violets. Meine.

Johanna Bonger hat hundert Jahre vor mir gelebt.

Und doch …

Je mehr sich die Dinge veränderten, desto mehr blieben sie gleich.

Eine halbe Stunde zügigen Gehens brachten mich zum richtigen Gebäude. Dann musste ich nur noch an Fred, dem Empfangsportier, der wirkte wie ein königlicher Butler, vorbeikommen. Seinen Namen hatte mir sein Namensschild verraten.

„Ich bin hier, um Mr. Wertheim zu besuchen. Emsley Wilson. Violet Velars Enkelin."

Freds finstere Miene sagte mir, dass er mich anhand meiner Yogahose beurteilte, doch er rief dennoch an. „Mr. Wertheim freut sich auf Ihren Besuch. Wohnung sechsunddreißig."

Der Aufzug hatte genug Messingbeschläge, um eine Blaskapelle auszustatten, und genug Spiegel, um mich dazu zu bringen, die Yogahosen zu überdenken und Fred zuzustimmen. Ich zog meinen Pullover über meinen Po, bevor ich an der Tür mit der Aufschrift *36* klopfte.

Schlurfen dahinter, dann öffnete sich die Tür. „Miss Wilson."

„Mr. Wertheim."

Er ließ mich ein, mit einem blauen Auge und steifem Gang. Seine Wohnung hatte den muffigen Geruch alter Leute.

„Eine Entschuldigung ist nicht nötig." Er lud mich ein, auf einem braunen Chesterfield-Ledersofa Platz zu nehmen. „Unfälle passieren."

Ich blieb stehen. „Ich bin nicht hier, um mich zu entschuldigen. Ich bin hier, um Ihnen zu sagen, dass ich weiß, was Sie meiner Großmutter angetan hast."

Er zögerte. „Ich bin mir nicht sicher, ob ich verstehe, was Sie meinen."

„1965. Silvesterparty im Vanderbilt-Haus. Sie und Violet in der Bibliothek."

Ein kurzes Funkeln in seinen Augen. „Was ist damit?"

„Dafür hätten Sie ins Gefängnis gehen sollen."

Er musterte mich eingehender und schien mich einzuschätzen. „Ich versichere Ihnen, es war völlig einvernehmlich. Sie können sich Ihren MeToo-Unsinn sparen. Ich habe keine politische Karriere mehr. Sie können mich nicht wegen fünf Minuten Spaß erpressen, die ich vor fünfzig Jahren hatte." Er schnaubte. „Ich habe sie unterstützt. Ich habe mehrere ihrer Galerieeröffnungen besucht."

„Wie sehr sie sich darüber gefreut haben muss. Haben Sie ihre Kunst gekauft?"

Er presste seine Lippen aufeinander.

Ich wollte ihm auf den Mund schlagen. „Man unterstützt einen Künstler, indem man seine Werke kauft."

„Sie wollen Geld?"

„Ich bin nicht hier, um Sie zu erpressen. Ich bin hier, weil ich nicht wollte, dass Sie sterben und denken, Sie sind mit dem, was Sie getan haben, davongekommen, ohne dass jemand weiß, was für ein Stück Scheiße Sie sind. Ich weiß es, und andere wissen auch."

Während er mich anstarrte, nahm sein Gesicht einen Purpurton an, der mich an eines von Violets Gemälden erinnerte.

Laut seiner Online-Biografie hatte er nie Kinder gehabt. Ich hätte ihm sagen können, dass er eine Tochter hatte, dass ich seine Enkelin war, doch ich tat es nicht.

Violet hatte ihm nichts gesagt, und ich würde ihre Wünsche respektieren. Ich verließ Wertheims Wohnung, ohne mich noch einmal umzudrehen. Ich war fertig mit ihm. Ich wollte nie wieder an ihn denken.

Draußen flüsterte ich in den wolkenlosen Himmel. „Ich musste herkommen. Ich hoffe, es macht dir nichts aus, Violet." Dann ich ging mit beschwingten Schritten davon.

Wieder in Violets Haus angekommen, rief ich in den Keller nach Sergej. „Ich bin wieder da!"

Dann sprintete ich nach oben. Sobald ich die Bürotür öffnete, eilte Lai Fa zu mir, flatterte mit den Flügeln und streckte ihren Hals.

„Hast du mich vermisst?"

Ich setzte mich an Violets Schreibtisch und hob Lai Fa auf meinen Schoß. Sie hüpfte auf den Tisch, kletterte dann an meinem Arm hoch und ließ sich in meiner Halsbeuge nieder. Sie war ein winziger Hauch von Liebe, doch er bedeutete mir viel. Fast so, als hätte Liebe keine Größe. Wie wenn man eine Kerze hatte – egal, wie klein die Flamme war, man war nicht mehr im Dunkeln.

„Ich hab' dich auch lieb. Lass uns arbeiten."

Piep.

Ich unterteilte meine Herausforderungen in zwei Kategorien: Ludington's Geschäft und Probleme, die durch das Scheitern des Verkaufs des Hauses entstanden waren. Ich war gut darin, methodisch vorzugehen. Bram hatte recht. Ich würde es schaffen.

„Lass uns zuerst das Haus in Angriff nehmen."

Ich öffnete das Paket mit den Dokumenten, die ich von Bram bekommen hatte, als wir uns das erste Mal getroffen hatten, und blätterte die Papiere durch, bis ich die Zusammenfassung der Hypothek fand.

Violet hatte das Haus von ihren Eltern geerbt, aber sie hatte im Laufe der Jahre Hypotheken aufgenommen, um verschiedene Initiativen im Bereich der Kunst zu finanzieren. Wenn Violet an eine Sache geglaubt hat, hat sie alles getan, um zu helfen.

Der geschätzte Wert des Hauses – der erwartete Verkaufspreis nach dem endgültigen Verkauf – entsprach ungefähr der Hypothek plus den Arztrechnungen, wobei noch genug übrig war für das NYU-Stipendium, das sie kurz vor ihrem Tod eingerichtet hatte. Ich schrieb dem Dekan eine E-Mail und erklärte, dass es zu einer vorübergehenden Verzögerung kommen könnte.

Danach sah ich mir die Hypothek an. Ich hatte genügend gespart, um Zahlungen für mehrere Monate leisten zu können. „Das Haus ist toll. Findest du nicht?"

Piep.

„Genau. Beatriz wird einen neuen Käufer finden, bevor uns das Geld ausgeht."

Das beruhigte mich. Als ich die Buchhaltung des Schlaganfallzentrums anrief, war ich zuversichtlich.

„Oh, Sie sind Violets Enkelin!", gurrte eine Frau namens Maribel. „Es tut mir so leid wegen Ihrer Großmutter, Liebes. Wie kann ich helfen?"

„Meine Großmutter hatte eine Vereinbarung mit dem Zentrum. Sie wollte ihre Rechnungen bezahlen, sobald ihr Haus verkauft worden ist."

„Ja?"

„Doch dann wurde die Zahlung sofort nach ihrem Tod fällig. Und der Hausverkauf ist geplatzt. Ich würde gerne eine neue Zahlungsvereinbarung mit Ihnen besprechen."

Maribels Tastatur klapperte am anderen Ende der Leitung. „Wie viel könnten Sie sich pro Monat leisten?"

„Fünfhundert Dollar?" Ich setze meine Hoffnungen in Sergejs Verkaufstalent. „Es wäre nur für ein paar Monate."

Ein paar Sekunden vergingen schweigend, dann noch ein paar und noch ein paar. War mein Angebot zu niedrig? Hatte ich sie beleidigt?

Dann, bevor ich mehr versprechen konnte, als ich mir leisten konnte, sagte sie: „Wie wäre es mit vierhundert? Wie gesagt, Sie werden einen anderen Käufer finden. Violet hat mir Fotos Ihres Hauses gezeigt. Es ist wunderschön. Ich wünschte, ich könnte es mir leisten."

„Ich auch. Vierhundert wären toll. Danke."

„Gern geschehen, Emsley. Hat Violet Ihnen jemals erzählt, dass sie meiner Enkelin geholfen hat, an der School of Art der Temple University angenommen zu werden? Sie hat meiner Gracie eine Empfehlung geschrieben und sogar ein paar Anrufe getätigt."

Wie Sergej sagen würde: *Wer überrascht ist, hebe die Hand.*

Als ich das Gespräch mit Maribel beendete, fiel mir eine riesige Last von den Schultern. Ich hakte einen Punkt nach dem anderen ab.

„Okay, Wunderhuhn. Als Nächstes kommt Ludington's."

Ich rief unseren letzten Finanzbericht auf und brütete über Tabellenkalkulationen und Zahlen. „Wir sind nicht gerade in Topform."

Lai Fa neigte ihren Kopf auf eine Weise, die andeutete, dass sie mir die Hälfte geben würde, wenn sie einen Wurm hätte.

Ich sah mir die Personalsituation an. „Siebzehn Angestellte."

Ich erstellte eine Liste der Leute, die ich brauchte, um mir beim Aufbau des New Yorker Büros zu helfen, und schickte Trey dann eine Mail mit allem, was ich wollte: IT-Support, der aus der Ferne für mich arbeiten könnte usw. Ich ließ ihn auch wissen, dass ich, wenn er in Richtung politische Meinungsforschung gehen wollte, und wenn unsere auktionsspezifischen Angestellten bereit wären, umzuziehen, ich sie bei mir haben wollte.

Und wir würden die Kundenliste teilen.

Zwei Minuten später hatte ich seine Antwort. *Deal.* Er fügte einen Vertragsentwurf bei, den sein Anwalt erstellt hatte.

Ich lehnte mich in meinem Stuhl zurück, wenn auch nicht überschwänglich, so doch wenigstens optimistisch. Ich schloss die Augen. „Ich vermisse dich, Violet. Ich wünschte, du wärst hier, um zu sehen, wie ich es tue."

Ich wollte nach unten gehen, um zu sehen, wie Sergej mit dem Karussell vorankam, doch zuerst hatte ich noch eine letzte Sache zu erledigen.

Ich schickte Treys Vertragsentwurf per Mail an Adele und setzte Bram in den Verteiler.

Er antwortete sofort mit: *Abendessen nach der Arbeit?*

Ich: *Wer kocht?*

Bram: *Das Thai-Restaurant an der Ecke?*

Ich: *Gehen wir aus?*

Bram: *Entweder das oder wir essen im Bett.*

Die letzte Antwort lenkte mich für den Rest des Tages ziemlich ab. Der Mann wusste, wie man einer Frau unter die Haut ging.

KAPITEL ACHTUNDZWANZIG

Johanna
November 1891, Bussum, Niederlande

Wenn das Leben ein tosender Fluss war, war Freundschaft das Rettungsfloß. Allein wäre ich ertrunken, untergegangen. Doch als ich mein Land fast aufgegeben hatte, fanden mich neue Freunde. Ich blieb in Bussum. Ich wollte das Versprechen von Amerika noch einmal angehen, wenn mein kleiner Sohn älter war.

Es musste mehr geben, was ich tun konnte, wo ich war, etwas, an das ich noch nicht gedacht hatte. Und ich würde es finden.

„Ich weiß nicht, wie du das alles schaffst, Jo", sagte Jan Veth, Annas Ehemann. „Aber wirklich gut gemacht."

„Hört, hört." Die kleine Gruppe niederländischer Intellektueller, die mein Wohnzimmer und die angrenzende Küche füllten, hob ihre Gläser – Jan, Anna, Piet, Max, Antoon, Jozef, Frederik und Seb.

„Als ich die Führung der Villa Helma übernommen habe, befürchtete ich, ich würde eine Hausarbeitsmaschine werden." Ich unterbrach ein nervöses Lachen. „Ich dachte, ich würde nie wieder Zeit haben, zu lesen oder an etwas anderes als Haushalt zu denken. Ich glaube nicht, dass ich mehr als zweimal in mein Tagebuch geschrieben habe."

Ich stand auf und sah nach dem ziemlich ehrgeizigen Abendessen, das ich vorbereitete. Ich wollte, dass meine Gäste mich mochten und als eine der ihren akzeptierten, trotz meiner schwachen Verbindung zu ihrer Welt. Ich hatte kein Talent, nichts von der Art, was sie besaßen. Ich fühlte mich wie ein Eindringling in ihrem Kreis. „Doch dann hatte ich eine Offenbarung."

Seb zog seine Pfeife aus dem Mund. „Und die war?"

„Wenn ich eine Maschine werden sollte, würde ich die effizienteste Maschine werden, die ich sein kann. Die Hausarbeit ist doppelt so schnell erledigt, wenn ich sie mir wie einen Tanz vorstelle. Erinnerst du dich an die Tänze in der Schule?", fragte ich Anna, die ihre neugeborene Tochter Alida zum ersten Mal bei der Nachbarin gelassen hatte, damit sie mit ihrem Mann mitkommen konnte.

„Tänze in der Schule?" Ein Krachen oben ließ Anna an die Decke blicken. Saskia war mit Wil dort und spielte mit den Kätzchen im Flur. „Himmel, das scheint Jahrhunderte her zu sein. Waren wir jemals so dumme Hühner? Woran ich mich erinnere, ist, dass diese Tänze viel mehr Spaß gemacht haben als jede Hausarbeit, die ich je erledigen musste. Ich verstehe nicht, wie du eine Verbindung zwischen den beiden herstellen kannst."

Ich bewegte mich, um es zu demonstrieren. „Rühr die Suppe um. Ein, zwei, drei Schritte zum Geschirrtuch, damit ich den Apfelkuchen aus dem Ofen holen kann. Drehung. Eins, zwei, drei, vier." Ich bückte mich, um einen Klumpen Kohle aufzuheben, der aus dem Eimer gefallen war und den ich versehentlich mitten in die Küche gestoßen hatte. „Wasch' mir die Hände. Sehe nach der Suppe. Braucht Salz. Zurück zum Tisch. Eins, zwei, drei."

Zwischen den Sätzen summte ich leise eine Melodie. „Ich habe gelernt, alles zur Hand zu haben. Die Arbeit, die mich früher den ganzen Tag gekostet hat, erlaubt mir jetzt abends mehrere freie Stunden."

„Dürfen wir hoffen, dass du sie mit Ausruhen verbringst?", fragte Jan.

„Ich möchte dich wissen lassen, dass ich *Utamaro* von Edmond de

Goncourt gelesen habe." Mir hat die Biografie sehr gut gefallen. „Theo hatte eine kleine Sammlung von Drucken. Vincent hat sie kopiert, um verschiedene Techniken zu lernen."

„Der größte japanische Künstler neben Hokusai", nickte Jan.

„Ich habe auch ein neues Buch von Oscar Browning gelesen, *Life of George Eliot.*" Die eigentlich eine Frau gewesen war, Mary Ann Evans. Doch während das Lesen über die brillante Übersetzerin, Dichterin, Journalistin und Romanautorin meine Seele nährte, hatte ich das Bedürfnis nach eigener intellektueller Arbeit.

Ich nahm meine Schatzkiste vom Schrank. „Ich sortiere immer noch Vincents Briefe, aber ich habe auch angefangen, sie zu übersetzen." Ich zeigte Jan die Arbeit der vergangenen Nacht. „Ein brandneues Unterfangen."

Er überflog die erste Seite und reichte sie Max, der die Hand danach ausstreckte.

„Für wen?", fragte Max.

„Einer von Theos Onkeln hat mir die Möglichkeit gegeben, Kurzgeschichten aus dem Französischen ins Holländische zu übersetzen. Er hat Verbindungen zu *De Kroniek.* Die erste Charge habe ich schon verschickt."

„Hast du nicht gesagt, dass du mal in Utrecht Englisch unterrichtet hast? Du solltest Texte aus dem Englischen übersetzen." Max blickte von der Seite auf. „Ein Freund hat mir die Sommerausgaben vom *The Strand Magazine* geschickt. Ich mag eine merkwürdige Geschichte über einen Burschen namens Sherlock Holmes, geschrieben von Arthur Conan Doyle. Kein literarisches Meisterwerk, aber auf seine Art amüsant."

„Ich übersetze gerne alles, was *De Kroniek* von mir möchte."

Max gab meine Übersetzung an Antoon weiter. „Sehr gut geschrieben."

Während Jozef und Frederik über Antoons Schulter lasen, zog Piet, ein am Hungertuch nagender Schriftsteller, ein kleines Buch aus seiner Tasche.

„Sieh dir an, was ich aus England mitgebracht habe." Er schwenkte das Buch mit ungezügelter Begeisterung. „H. Ford Hueffers *The Shifting of the Fire.*" Und dann stürzte er sich in solch energisches Lob, dass seine Wangen rot wurden. Und er sprach ausführlich darüber.

Meine Augen wurden glasig. „Ich mag die schottische Autorin Mrs. Oliphant sehr."

„Oh, sentimentales Gelaber." Das war der Konsens der Männer.

„Sie ist schreibwütig", sagte Piet abfällig über sie. „Wie viele Romane hat sie jetzt? Achtzig? Hundert?"

„Ihr Mann war Künstler."

Dabei horchten die Künstler im Raum auf.

„Oliphant?" Seb kniff die Augen zusammen und versuchte, den Namen einzuordnen. Meine Übersetzung war inzwischen bei ihm angekommen, und er gab mir die Seiten mit einem anerkennenden Nicken zurück.

„Glasmaler, aber trotzdem", warf Anna ein. Sie hatte die Bücher zuerst gelesen und sie mir dann geliehen. „Und Mrs. Oliphant, was für eine Frau! Hat sechs Kinder zur Welt gebracht und drei früh verloren." Tränen traten in ihre Augen. Die Geburt ihrer eigenen Tochter war vor zwei Monaten schwierig gewesen, und ich wusste, wie knochentief ihre Angst gewesen war, dass die Nacht in einer Tragödie enden würde.

„Als ihr Mann an Schwindsucht erkrankt ist", griff ich die Geschichte auf, „ist sie des Klimas wegen mit ihm nach Italien gezogen. Und dort starb er und ließ sie ohne Mittel zurück, um nach Hause zurückzukehren. Doch sie hat es geschafft."

„Sie hat so viele Romane geschrieben, um ihre Familie zu ernähren." Anna funkelte Piet an. „Und selbst jetzt, nachdem sie zwei weitere Kinder verloren hat, schreibt sie weiter, weil sie immer noch ihren einzigen verbliebenen Sohn und auch ihren bankrotten Bruder und seine Familie unterstützt. Jetzt sag mir nochmal, dass Frauen das schwächere Geschlecht sind."

Endlich verstummten die Männer.

Ich konnte kaum über die Enge in meiner Brust hinweg sprechen. „Der Gedanke, dass eine Mutter so viele Kinder verlieren könnte, ist unerträglich."

Ich wollte nach oben rennen und nach Wil sehen.

Piet stand auf und klappte sein Buch auf. „Ich muss den Damen zugestehen." Er nickte Anna und mir zu. „Eure Mrs. Oliphant ist eine bewundernswerte Frau. Wir müssen jedoch auch die Qualität der Arbeit berücksichtigen und nicht nur die Quantität. Wenn ich darf …" Er begann zu lesen. „Draußen riss der wütende Wind die wenigen Blätter herunter, die noch an den Bäumen geblieben waren, streifte die Nordseite des Parks und schlug gelegentlich wie eine feste Masse gegen die Wände und Fenster des Hauses oder tobte mit aufbrausendem Kreischen um die Schornsteine herum."

Er ließ das Buch mit einem dramatischen Schauder sinken. „Könnt ihr die Kälte nicht spüren?"

Ich tauschte einen Blick mit Anna aus, meine Gedanken immer noch halb bei der unglücklichen, aber überaus bewundernswerten Mrs. Oliphant.

Piet nahm das Buch wieder. „*Die Luft war erfüllt von einem gewaltigen Rascheln –*"

Und, nun ja, da habe ich gekreischt – ganz wie der Wind im Buch –, weil jemand die Tür aufgestoßen hatte und eine schneebedeckte Kreatur erschien.

„Janus!" Wil stürmte die Treppe hinunter und stürzte sich auf ihn, umarmte sein Bein und himmelte mit kindlicher Verehrung den Mann an, der für ihn ein Riese war.

Janus strich über Wils Haar, dann nahm er, als er die Gesellschaft sah, seinen nassen Hut vom Kopf, grüßte verlegen und fügte hinzu: „Ich dachte, ich würde den Walnussbaum zu Brennholz hacken, den der Wind gestern im Vorgarten umgeworfen hat."

„Danke, Janus."

Eine Bö blies Schnee vom Dach herein, und er ging wieder hinaus und schloss die Tür hinter sich.

Wil starrte auf die geschlossene Haustür, so verlassen wie ein Kind nur sein konnte, dann trottete er wieder die Treppe hinauf.

Piet las: „*Draußen war die Luft grau von der Dämmerung und dunstig gelb hoch oben um die Straßenlaternen herum.*" Er seufzte. „*Die Luft war grau von der Dämmerung.*" Er ließ seinen Blick umherschweifen und forderte uns heraus, seinem nächsten Wort zu widersprechen. „Brillant."

Ich stand auf, um den Topf vom Herd zu heben. „Essen ist fertig."

Das Essen lenkte Piet endlich von seinem Roman ab.

„Weißt du, welches Buch ich gerne lesen würde?", fragte Anna, als ich die Suppe servierte. „Die Briefe von Marie Bashkirtseff und Gustave Flaubert wurden veröffentlicht. Was für eine tragische Liebesgeschichte."

Marie Bashkirtseff war eine ukrainische Künstlerin, die nach Paris gezogen war. Sie war gestorben, bevor ich dorthin gezogen war, doch ich hatte von Theos Freunden von ihr gehört.

„Zu jung gestorben." Piet nickte. „Wie alt war sie, fünfundzwanzig?"

Düstere Stille legte sich wieder über uns.

Dann, zwischen zwei Löffeln, sprang Seb auf. „Armand Guillaumin!"

Ich drückte eine Hand auf mein Herz. „Was ist mit ihm?"

Er war Vincents Freund gewesen. Theo hatte einige seiner Bilder verkauft.

„Er hat in der französischen Staatslotterie hunderttausend Francs gewonnen. Ich habe einen Brief von ihm bekommen." Neid mischte sich in Sebs Aufregung. „Er gibt seine Anstellung auf, um sich ganz seiner Kunst zu widmen."

Das Gespräch wandte sich wieder der Malerei zu.

Ich genoss das Treffen von ganzem Herzen und hoffte, dass es das Erste von vielen sein würde, ein mehr als guter Ersatz für Theos Künstlerkreis in Paris. Vielleicht sogar noch besser, denn das waren alles *meine* Freunde – oder im Begriff, meine Freunde zu werden – sogar der manchmal anmaßende Piet. Er hatte ein Herz aus Gold und unterstützte seine verwitwete Schwester mit dem bisschen Geld, das er mit seinen Gedichten verdiente.

„Ist Gauguin aus Polynesien zurück?", fragte Jan Veth bei einem Stück Apfelkuchen und sah mich an.

„Ich habe unsere Korrespondenz nicht geführt."

Das Abendessen verlief gut, doch ich wurde von den Sägegeräuschen draußen abgelenkt. Janus hatte meine Entscheidung akzeptiert, aber er war immer noch mindestens einmal pro Woche in der Villa. Janus war derjenige, der reparierte, was im Haus kaputtging, derjenige, der mir half, die Bilder für den Versand zu verpacken, derjenige, der kleine Tiere für Wil schnitzte. Jedes Mal, wenn er durch die Tür kam, lief Wil zu ihm, wie er zu seinem eigenen Vater hätte rennen sollen – ein stechender Schmerz in meinem Herzen.

„Ich habe gehört, er macht der ältesten Tochter des Hutmachers den Hof", sagte Anna leise neben mir.

Wenn dem so war, freute ich mich für ihn.

Seb ging zu einer Kiste in der Ecke. „Und was ist das?"

„Ein Gemälde von Vincent. *Die Weizenfelder von Auvers*. Ich schicke es nach Amsterdam. Ich bin mir sicher, dass er jemanden finden wird, der seine Sache vertritt."

Jan, der für mich wie ein zweiter Bruder geworden war, tätschelte meinen Arm. „Du bist dieser Jemand, Jo. Niemandem wird er jemals halb so wichtig sein wie dir. Niemand kennt ihn besser. Niemand hat mehr Leidenschaft für seine Kunst."

„Ich brauche einen Agenten mit Schlagkraft im Geschäft, der Vincent vertritt. Ich bekomme nicht einmal einen Termin bei den Museumskuratoren. Was sind meine Qualifikationen? Ich habe keine. Ich bin eine Witwe aus Bussum, die Pensionsgäste aufnimmt. Ich bin eine unbedeutende Frau ohne relevante Fähigkeiten. Ich kann nicht Vincents Agent sein."

„Denk an deine Mrs. Oliphant, die ihre vielen Bücher schreibt und tut, was sie tun muss."

„Sie ist eine außergewöhnliche Frau. Ich nicht."

„Außergewöhnliche Menschen werden es, weil es die Notwendigkeit erfordert", fügte Piet, der Dichter, hinzu.

Vielleicht hatte er recht. Ich würde alles für Wil tun. Wenn ich neben der Pension und dem Übersetzen noch eine dritte Arbeit annehmen müsste, um ihn zu ernähren, würde ich das tun. Wenn ich auf meinen Knien kriechen müsste, um Wils Erbe zu sichern, würde ich nicht zögern. Und wenn ich sagte, ich würde alles tun, bedeutete das nicht, dass ich bereit wäre, mich zu der Art von Frau zu machen, die bei dieser Aufgabe erfolgreich sein könnte?

„Gut", platzte ich heraus. „Ich werde Vincent selbst vertreten."

Acht Augenpaare schossen zu mir.

Anna war die Erste, die sprach. „Wenn du reisen musst, passe ich gerne für dich auf Wil auf." Sie legte ihre Hand auf meine und drückte.

„Ich habe versucht, dich zum Aufgeben zu bringen. Ich wollte dir die undankbare Arbeit und Enttäuschung ersparen, aber ich habe mich geirrt. Von jetzt an sollst du nur noch Unterstützung von mir haben."

Seb, der die Autoren vertrat, fragte: „Und was ist deine Strategie?"

Die Frage brachte sofort alle meine Zweifel zurück. Ich starrte ihn an, bereits verloren.

Er trank seinen Wein aus und stellte sein Glas ab. „In meiner Arbeit lasse ich einen Autor entweder bei den kleineren Verlagen anfangen, verbuche ein paar frühe Erfolge und setze das in größere Verträge bei größeren Verlagen um oder gehe direkt an die Spitze. Denn sobald der Top-Verlag Interesse an einem Autor zeigt, ist sein Name sofort etabliert. Und oft bietet der zweitgrößte Verlag einen noch lukrativeren Vertrag an, um seinem Hauptkonkurrenten den Sieg abzujagen und den potenziellen nächsten Bestseller für sich zu haben."

„Vincent hat es beim Salon versucht", sagte Max.

Seb deutete auf *Die Ernte*. „Seine Arbeit ist sicherlich gut genug für die besten Veranstaltungen."

„Natürlich", Jan warf mir einen beruhigenden Blick zu, „es ist nichts falsch daran, klein anzufangen und ein Standbein zu finden. Du könntest in einigen der Galerien hier üben."

Dankbarkeit erfüllte mich. Ich hatte Niederlagen hinnehmen müssen, aber ich hatte die Hoffnung nicht verloren. Ich war geprüft worden, aber ich war auch gesegnet worden. „Ich denke …" Ich holte tief Luft, mein Herz schlug zu schnell. „Ich werde einen Vorstellungs-brief an das Rijksmuseum in Amsterdam schreiben. Und sie dann besuchen. Vincent verdient das Beste."

„Wenn du Hilfe mit dem Brief brauchst", bot Piet an und schob seinen leeren Teller von sich, „ich kann hier und da eine poetische Formulierung beisteuern."

Meine Augen brannten. „Ich fürchte, ich werde viel Hilfe brauchen."

Draußen begann es zu dämmern, also stand ich auf, um die Lampen anzuzünden. Ich zündete alles an, was ich hatte, bis das Haus so hell war, dass es aussah, als würde in meiner Küche ein neues Zeit-alter anbrechen.

Ich musste die Worte noch einmal sagen. „Ich werde Vincents

Agentin sein." Eine unerhörte Kühnheit von einer Frau. „Ich kann es kaum erwarten zu sehen, wie die Torwächter der Kunstwelt darauf reagieren werden."

Anna hob ihr Glas. „Lasst uns auf die bevorstehenden Schlachten anstoßen."

KAPITEL NEUNUNDZWANZIG

Emsley

„Es tut mir leid", sagte Bram am Telefon, als er unsere Pläne für das Abendessen absagte.

Ich konnte mich nicht wirklich beklagen, nachdem ich gerade von Johanna und den Schwierigkeiten gelesen hatte, mit denen sie konfrontiert war. Sie hatte ihre Reise nach New York verschoben. Aber sie hatte schließlich den Ozean überquert. Ich habe es sicherheitshalber gegoogelt. Ich konnte es kaum erwarten, darüber zu lesen.

Bram sagte: „Ich bin mit meinem Großvater in der Notaufnahme. Als er bei Violets Beerdigung auf die Knie gefallen ist, hat er sich die Kniescheiben verletzt. Natürlich hat er es niemandem erzählt, bis er zu starke Schmerzen hatte, um weiter so zu tun, als ginge es ihm gut."

„Wie schlimm ist es?"

„Der Arzt hat Flüssigkeit aus beiden Knien geholt. Wenigstens ist nichts gebrochen."

Ich war ein schrecklicher Mensch, weil Brams Stimme nicht ohne Wirkung blieb, als wir über eine medizinische Notsituation sprachen. Und es war falsch, an ihn zu denken, nachdem wir aufgelegt hatten, doch das elektrische Summen, das durch meinen Körper vibrierte, wollte nicht aufhören. Ich verbrachte die halbe Nacht damit, mich hin und her zu wälzen.

Und in der nächsten Nacht und in der nächsten Woche.

Bram musste mit den Erben eines internationalen Mandanten, der Immobilien in mehreren Bundesstaaten besaß, nach Boston fliegen. Er rief jeden Tag an. Wir redeten stundenlang. Ich lenkte mich davon ab, dass ich ihn vermisste, indem ich am Aufbau des New Yorker Büros von Ludington's arbeitete. Ich kontaktierte meine Kunden und informierte sie über den Standortwechsel, sprach über neue Möglichkeiten, die die Stadt mit sich brachte, und versicherte ihnen, dass wir weiterhin mit ihren Unterstützern aus Hollywood zusammenarbeiten würden. Die meisten Stars waren sowieso an beiden Küsten zu Hause.

Am Samstag bin ich im Morgengrauen aus dem Bett gekrochen. Ich wollte vor Strenas Auftritt im MoMA an diesem Nachmittag einen guten Teil des Hausputzes erledigen.

Ich trank Kaffee, aß Reste von gestern, kümmerte mich um Lai Fa und schleppte mich dann wieder nach oben, um Violets Büro zusammenzupacken. Gegen Mittag war ich fast fertig, alles in Kisten, bis auf die Bilder an den Wänden. Dafür musste ich Luftpolsterfolie besorgen. Ich wollte keines der Stücke beschädigen.

Das schreckliche kleine Gemälde, das ich in der blauen Schachtel mit den alten Briefen und dem grünen Tagebuch gefunden hatte, war jedoch eine andere Sache.

Ich zeigte es Lai Fa. „Denkst du, es könnte helfen, den Schmutz zu entfernen?"

Piep.

Die ersten drei Suchergebnisse schlugen „milde Seifenlauge" vor. Als ich das Gemälde in die Küche trug, folgte Lai Fa mir.

Ich nahm die Flasche Sunlight Spülmittel.

Piep?

„Wenn man damit Tiere von Ölverschmutzung befreien kann, ist es mild genug. Sie benutzen es bei Seevögeln."

Das schien sie zu beruhigen.

Ich begann, es in einer Ecke zu säubern. Die Tagesdecke unter dem schlafenden Baby sah viel besser aus. Ermutigt durch die Fortschritte, wusch ich vorsichtig den restlichen Schmutz weg.

Der arme Junge sah immer noch so blass und steif aus wie ein Auktionspaddel. Der Künstler hatte nicht viel Technik. Ich stellte das Gemälde zum Trocknen neben das Waschbecken, als es an der Tür klingelte.

„Wahrscheinlich Bram."

Wir flogen zur Tür, Lai Fa buchstäblich, und standen Trey von Angesicht zu Angesicht gegenüber.

Seine Lippen waren entschlossen zusammengepresst, als er an mir vorbei spähte. „Bist du allein?"

„Wenn es ums Geschäft geht, musst du mit meinem Anwalt sprechen."

Sein Blick schoss zu mir. „Willst du, dass ich Diya verlasse?"

Die Frage überraschte mich so sehr, dass ich einen Schritt zurück machte, was er als Einladung auffasste.

Er ging an mir vorbei, und als er sah, dass sonst niemand da war, drehte er sich um. „Ich brauche dich."

Vor ein paar Wochen wäre ich auf diesen Satz und den verzweifelten Ton, mit dem er ihn vortrug, reingefallen. Doch seit Violets Tod hatte ich mich verändert. Ich war nicht gerade eine Kriegerin, die nackt auf ihrem Pferd in die Schlacht ritt, doch ich war über die Frau hinausgewachsen, die ich gewesen war, als ich L.A. verlassen hatte.

„Wofür brauchst du mich?"

„Schau, Diya und ich … es tut mir leid."

Ich schüttelte die Hand ab, die er auf meinen Arm legte. „Nein."

Er senkte seinen Kopf und nahm wieder diese Haltung ein, mit er über Leute überragte. „Wann bist du so ein Miststück geworden? Früher bist du ein nettes Mädchen gewesen."

„Früher habe ich dir vertraut." Ich warf ihm ein zuckersüßes Lächeln zu. „Dann ist mir einiges klar geworden."

„Du bist nachtragend. Du schuldest mir noch eine Chance."

„Ich schulde dir überhaupt nichts. Raus aus meinem Haus!"

„Du trauerst immer noch. Du denkst nicht klar. Lass mich erklären."

„Ich schwöre, wenn du nicht in den nächsten dreißig Sekunden hier raus bist ..."

Er öffnete die Tür, blieb aber auf der Schwelle stehen. „Du könntest mich heiraten. Dann würden uns beide Büros von Ludington's zusammen gehören. Wir könnten ein Drittes in Seattle eröffnen. Erweitern. Ich habe das Gefühl, mit dir könnte ich was aufbauen. Ich spreche von einem Haufen Geld."

Mein Handy klingelte. Für den Moment ignorierte ich es. Ich wusste vielleicht noch nicht, wie sich meine Zukunft entwickeln würde, aber eines wusste ich: Trey würde mich nicht kaufen. Ich legte eine Hand an seine Brust und schob ihn aus dem Haus. „Verschwinde!"

Ich schloss die Tür und verriegelte sie. *Bamm.* Hintern versohlt und mit rotem Arsch davongerannt, wie Sergej sagen würde. Ich schwelgte noch ein paar Sekunden in dem Moment, bevor ich den Anruf annahm.

Strena sagte: „Vivian hat die Grippe. Du musst als ihr Ersatz einspringen."

Die Zahnräder ratterten in meinem Gehirn, als es die Spur wechselte. „Ich kann mich nicht nackt vor Leuten ausziehen."

„Es ist nicht nackt. Es ist Kunst."

Ich dachte an Violets Excalibur. Die Frau auf dem Gemälde lebte nicht in ihrer Komfortzone. Sie war stark und leidenschaftlich. Sie wartete nicht darauf, dass ihr etwas passierte. Sie ritt hocherhobenen Hauptes in die Schlacht.

Hatte ich nicht immer so sein wollen wie Violet? Bevor die für den gesunden Menschenverstand verantwortlichen Gehirnzellen protestieren konnten, platzte ich heraus: „Also gut."

Jo Bonger und ich taten, was wir für richtig hielten.

„Danke. Du musst duschen und dich rasieren", fuhr Strena eilig fort. „Alles. Und keine Bodylotion, sonst klebt die Zuckermischung nicht. Komm, sobald du kannst. Und trink nichts. Die Performance kann nicht für Toilettenpausen unterbrochen werden. Ich setze deinen Namen auf die Liste am Personaleingang."

Klick.

Moment. Was? Moment!

Ich warf Lai Fa einen verzweifelten Blick zu. „Ist es zu früh, um zu bereuen, dass ich Ja gesagt habe?"

Denn ich bereute es. Wirklich. Aufrichtig. Sofort. Was hatte ich mir dabei gedacht? Ich konnte das nicht tun.

Ich rief Strena zurück, doch die Leitung war besetzt. Zwei Minuten später rief ich sie noch einmal aus der Küche an, nachdem ich Lai Fa auf einem alten Porzellanteller Hühnerfutter serviert hatte. Mein Anruf wurde direkt an ihre Mailbox weitergeleitet.

„Sie ist wahrscheinlich damit beschäftigt, die Performance vorzubereiten." Oder vielleicht war ihr Akku leer. Ich hinterließ keine Nachricht.

„Ich muss rüber zu ihr. Ich will nicht, dass Strena auf mich wartet, denn wenn ich nicht auftauche, ist es zu spät, jemand anderen anzurufen."

Ich war verschwitzt und schmutzig vom Putzen, also rannte ich nach oben, um zu duschen. Ein Blick in den Spiegel über dem Waschbecken beruhigte mich. Auf keinen Fall würde Strena mich in ihrer Performance wollen. Die Tränensäcke unter meinen Augen waren so groß, dass sie die Handgepäckgrenzen der meisten Fluggesellschaften überschritten.

Ich rasierte mich und benutzte keine Lotion, falls meine Teilnahme irgendwie zu einer Frage von Leben und Tod wurde oder sie mir ein Beruhigungsmittel dafür anbot. Ich verzichtete auf meine zweite Tasse Kaffee.

Auf dem Weg zum Museum im Uber – wobei ich Lai Fa frei im Haus herumlaufen ließ – fühlte ich mich ziemlich sicher. Strena würde einen Blick auf mich werfen und mich ins Publikum schicken. Sie war eine Künstlerin. Ästhetik musste ihr wichtig sein.

„Strena hat heute eine Performance", sagte der Fahrer, als er an der endlosen Schlange von Menschen vorbeifuhr, die vor dem Museum warteten.

„Sie kennen Strena?"

„Sie ist eine Berühmtheit." Er hielt an. „Was glauben Sie, warum halb New York hier ist?"

Ich ging wie betäubt zur Hintertür.

„Name?", fragte eine Studentin in einem NYU-T-Shirt, die mit einem Klemmbrett bewaffnet war.

„Emsley Wilson."

Sie hakte meinen Namen ab. „Oh, du bist eins der Models. Glaubst du, Strena wird den Helfern danach Autogramme geben?"

„Ich weiß es ehrlich gesagt nicht. Ich bin nur ein Ersatz in letzter Sekunde."

Ein anderes Mädchen, im selben T-Shirt, führte mich hinein und tänzelte den Flur entlang. „Du hast so ein Glück, dass du mit ihr arbeitest."

Wir eilten schmale Flure entlang und erreichten eine Tür, an der ein Ausdruck mit STRENA und dem Datum darauf klebte.

„Viel Glück!" Das Mädchen eilte mit einem manischen Winken davon.

Ich hätte ihr fast gesagt, dass sie auf mich warten soll. Ich wollte nur eine Minute dort sein, um Strena zu sagen, dass ich bei der Performance nicht mitmachen konnte. *Das bin nicht ich. Es tut mir leid. Ich bin nicht Violet.*

Ich öffnete die Tür.

Erklären. Entschuldigen. Fliehen.

Das war der Plan. Außer, dass ich Strena nirgendwo sah.

Monique, in einem roten Seidenkimono, flatterte herüber. „Komm. Make-up. Du bist spät dran." Sie zog mich zu einem Kleiderständer. „Zieh dich aus." Und dann deutete sie auf eine Kiste mit weißen Kimonos neben dem Regal. „Beeil' dich."

„Ich denke nicht –"

„Keine Zeit zum Denken. Du musst es machen. Sonst ist niemand da."

Jemand rief ihren Namen von der anderen Seite des Raumes. Sie drückte ermutigend meine Hand und flatterte davon.

Ich holte tief Luft. Dann nochmal. Beim dritten Mal akzeptierte ich, dass ich keinen Rückzieher machen konnte, ohne Strenas großen Abend zu vermasseln. Ich verankerte Violets Gemälde, *Excalibur*, fest in meinem Kopf.

„Könnten Sie mir bitte die Umkleide zeigen?", fragte ich die nächste Person, die vorbeieilte.

„Das *ist* die Umkleide. Sind Sie okay?"

Nein. Nicht okay. Nicht einmal annähernd.

Ich kehrte den anderen den Rücken zu. *Besser.* Ich zog schnell einen Kimono an, bevor ich vollkommen in Panik geriet. Ich hatte meinen Gürtel kaum zugebunden, als Strena durch eine Doppeltür im hinteren Teil gebraust kam. Sie betrachtete die Models eins nach dem anderen und nickte.

Dann schoss ihr Blick zu mir. „Make-up!"

Eine Frau in ihren Vierzigern tauchte aus dem Nichts auf, schwarze Yogahose, eng anliegendes schwarzes T-Shirt, rasierter Kopf. „Tiana." Sie schob einen Bürostuhl in meine Richtung. „Setz dich."

„Ich hatte keine gute Nacht", sagte ich zu Strena. „Ich bin sicher, du willst nicht –"

„Das ist nur die Nervosität vor der Show. Jeder hat sie. Hast du daran gedacht, keine Bodylotion zu verwenden?"

„Was ist mit meinem Gesicht?"

„Ich verstecke nie die Gesichter der Models. Die Welt hat das lange genug getan und die Körper von Frauen betont, als ob unsere Gesichter austauschbar wären."

Die Maskenbildnerin tupfte eine kühlende Creme unter meine Augen, die prickelte. „Hämorrhoidensalbe", sagte sie. „Lässt die Schwellung verschwinden."

Strena tätschelte mir die Schulter. „Du bist perfekt."

Ich war verwirrt. „Wir haben nie geübt."

„Alles, was du tun musst, ist stillzustehen. Die anderen Models werden ihre Choreographie machen. Versuch nicht, sie zu kopieren. Ich werde mich anpassen."

„Aber –"

Sie schritt davon. „Der Countdown läuft, Leute!"

Tiana hielt drei hautfarbene Dreiecke hoch. Sie fing sofort an, Klebstoff auf das Erste aus einer Flasche zu drücken, die sie aus ihrer Tasche zog.

Ich ging zu ihr zurück. „Was ist mit den Bikinis?"

„Die sind für die Proben." Ihr Lächeln war nichts als Geduld. „Das ist hier ist die Performance. Lass uns anfangen. Brüste zuerst."

Sie war so sachlich, dass ich nicht wusste, wie ich protestieren sollte.

Violet hätte das, ohne mit der Wimper zu zucken, getan. Ich öffnete den Kimono zuerst auf der rechten Seite, dann auf der linken. Tiana drückte die Abdeckungen fest.

„Bleib bitte ein paar Sekunden so stehen. Das trocknet schnell." Sie zog den Kimono über die Dreiecke, damit ich meine Arme nicht bewegen musste.

„Danke."

„Musst du aufs Klo?"

„Nein, ich war vorhin."

„Okay. Beine breit."

Wäre ich vom Schlaf- und Kaffeemangel nicht so benommen gewesen, hätte ich wahrscheinlich die Flucht ergriffen. Im Moment schien ich immer einen Schritt hinterher zu sein. Als ich ernsthafte Einwände hätte artikulieren können, war meine letzte Abdeckung angebracht.

Wer war diese Person, die jemandem erlaubte, das mit ihr zu machen?

Lange bevor ich diese Frage beantworten konnte, sagte Tiana: „Okay. Los! Los! Los!"

Vorsichtig folgte ich den anderen an derselben Doppeltür vorbei, durch die Strena zuvor gekommen war. Ich kam kaum zum Atmen. Ich wurde von einem Hurricane weggefegt. Strena machte ihrem Namen alle Ehre.

Der große Raum war wie ein Amphitheater aufgebaut, etwa tausend leere Sitzplätze in konzentrischen Kreisen, eine kleine runde Bühne auf Rädern in der Mitte. In der Mitte der Bühne stand ein metallener Vulkan, an dessen Seite geschmolzener Zucker in ein Becken lief und dann irgendwie wieder hochgepumpt wurde, damit er zirkulieren konnte. Strenas Zauberstab ruhte am Rand des Kraters.

Sie klatschte in die Hände. „Models, nehmt eure Plätze ein."

Zwölf Frauen, ich eingeschlossen, betraten die Bühne. Strena stellte uns in willkürlichen Abständen um den Vulkan herum auf und achtete darauf, genug Platz zwischen uns zu lassen, damit sie vorbeigehen konnte, wenn sie ihre Arbeit verrichtete. Einige von uns positionierte sie mit Blick nach außen, einige nach innen. Ich stand vor dem Vulkan, was mir gefiel. Ich fühlte mich etwas wohler, jemandem, der ein paar Meter von mir entfernt saß, meinen nackten Rücken zu präsentieren, als ihm meine Vorderseite zu zeigen.

„Zieht euch aus, wenn ihr bereit seid. Wir müssen die Beleuchtung und die Kameras kalibrieren."

Alle anderen Models ließen ihre Roben fallen, weiße Blütenblätter, die von Mandelbäumen fielen.

Strena rief Anweisungen, und die Scheinwerfer gingen an. Ich schielte auf die weltberühmte Kunstfotografin, die auf der Bühne eine Handvoll Kameras auf Stativen ausrichtete. *Würde sie …*

„Jordan Kane ist hier", flüsterte ich Strena zu, als sie auf mich zukam.

„Sie macht eine Serie von Fotos der Show. Zieh bitte deinen Kimono aus."

Niemand sonst hatte Aufhebens gemacht. Ich ließ die Seide von meinen Schultern gleiten und zu meinen Füßen fließen. Da. Jetzt würde Strena sehen, was für einen großen Fehler sie gemacht hatte.

Sie tippte mir in die Kniekehle. „Einen Fuß nach vorn. Ich möchte ein Bewegungsgefühl. Arme locker, aber zielstrebig. Kopf hoch."

„Was ist, wenn ich es nicht *kann*?"

„Was ist, wenn *ich* es nicht kann?" Sie ging zum nächsten Model über und rief mir zu: „Königinnen denken solche Gedanken nicht."

Eine Stunde verging, bis Strena mit unseren Posen zufrieden war und Jordan Kane mit ihrer Kameraplatzierung.

„Bleib auf der Bühne", sagte Strena zu mir, als ich meinen Kimono wieder anzog. „Ich möchte, dass du dich an die Bewegung gewöhnst. Die anderen haben Übung."

Sie gab ein Zeichen, und die Bühne glitt auf die Doppeltür zu, die offen gelassen worden war. Das Ding bewegte sich auf Schienen. Es rollte reibungslos aus dem Auditorium zurück in den Vorbereitungsraum.

Die Türen schlossen sich hinter uns.

„Also gut, Leute." Strena schickte eine kurze SMS. „Unser Publikum wird in Kürze Platz nehmen. Models, ihr habt eine halbe Stunde Zeit, um euch zu bewegen und eure Muskeln zu dehnen. Ich schlage vor, ihr nutzt die Gelegenheit."

Ich wollte mit ihr reden, doch Jordan Kane ging zu ihr, um etwas mit ihr zu besprechen, und ich fühlte mich zu eingeschüchtert, um sie zu stören.

Die halbe Stunde fühlte sich an wie eine halbe Sekunde. Dann wurden wir angewiesen, uns auszuziehen, auf die Bühne zurückzukehren und unsere Plätze einzunehmen.

Strena kam vorbei, um mir vom Boden aus beruhigend zuzunicken. Dann wurde der Vorbereitungsraum dunkel.

Der Lärm des Publikums auf der anderen Seite der Türen wurde lauter und lauter, und ein schrecklicher, schrecklicher Gedanke verknotete mir den Magen.

„Sag mir, dass Bram nicht hier ist", flüsterte ich.

„Mit seinem Großvater und seinem Cousin Sergej. Ich habe ihnen Tickets geschickt."

„Wenn ich sehen könnte, würde ich weglaufen."

„Was denkst du, warum ich neben dir stehe?"

Die Türen öffneten sich, und die Bühne glitt in der Dunkelheit vorwärts, langsam, sanft. Gott sei Dank, sonst wäre ich vielleicht auf mein Gesicht gefallen.

Nach ein paar Sekunden hielten wir an.

Vollkommene Stille, aber ich konnte spüren, wie die Leute im Raum die Luft anhielten. Ich war nur einen Zentimeter vom Hyperventilieren entfernt.

Musik begann, eine einfache Melodie, Flöte und Trommeln. Oben dämmerte ein Licht wie ein Sonnenaufgang. Die Leute im Publikum keuchten.

Als Strena wie eine Königin hereinkam, brach tosender Applaus los, Männer und Frauen riefen ihren Namen. Sie trat auf die Bühne, verbeugte sich anmutig, und dann begann sie.

Weil ich dem Vulkan und ihr gegenüberstand, konnte ich das meiste von dem sehen, was sie tat, und ich verstand es schließlich. Mit der Musik und den Lichtern, der Art und Weise, wie sie sich vor dem Publikum bewegte, das zusah, war ihre Darbietung mehr als Performance-Kunst. Sie war eine Schamanin, eine Schöpfergöttin. Sie verwandelte uns.

Sie arbeitete ein paar Minuten an einem Model, dann am nächsten, dann am nächsten, ein Tanz, der unsere weiblichen Körper durch die Metamorphose führte. Sie erschuf etwas Außergewöhnliches, kein Spektakel, sondern ein allumfassendes Erlebnis. Sie veränderte nicht nur ihre Models. Sie verwandelte den ganzen Raum, ihr Publikum.

Die Lichter schalteten um, und Muster erschienen, wuchsen, bewegten sich. Sie erzählte eine Geschichte, von der ersten Mutter bis hin zur ersten Frau im Weltraum, die ich war, mit Sternbildern, die auf meinem Körper leuchteten. Und doch war sie die Sonne, um die wir uns alle drehten und deren Glanz wir widerspiegelten.

Nach Violets Tod stammte ein Teil meiner Verzweiflung daher, dass ich dachte, sie sei für die Welt verloren, dass ich nie wieder eine Künstlerin wie sie in meinem Leben sehen würde.

Jetzt verstand ich, dass Violet ein leuchtendes Glied in einer Kette außergewöhnlicher, bewundernswerter Frauen gewesen war. Und es würde noch mehr geben, mit Strena an der Spitze. Violet war nicht fort. Ihr Geist war mit mir im Raum.

Ich blinzelte heftig und versuchte, nicht zu weinen, doch ich bemerkte, dass einige Leute im Raum schluchzten.

Die neunzigminütige Performance verging viel zu schnell und zu langsam, außerhalb der Zeit, wie ein Traum.

Die Musik erreichte ein Crescendo, hohe Töne flogen zur Decke, ein Schwarm aufsteigender Vögel. Das Flügelflattern kam vom tosenden Applaus des Publikums.

Einen Moment lang hielt alles inne, die Planeten drehten sich nicht mehr. Dann erstarb die Musik, und es wurde dunkel.

Ich hielt mein Gleichgewicht, als die Bühne herausrollte und sich die Türen hinter uns schlossen. Im Vorbereitungsraum ging das Licht an. Ich fühlte mich emotional ausgelaugt, doch gleichzeitig summte mein Körper vor einer wilden Energie, neu erschaffen.

Ich sah mich nach Strena um, doch sie war immer noch da draußen. Mehr Applaus. Die Leute riefen ihren Namen.

Als ihre Assistenten mit Tabletts auftauchten, um den Zucker abzuschälen, flog ich immer noch nahe der Decke.

„Möchtest du sehen, wie du aussiehst, bevor ich dir das abnehme?", fragte Tiana.

„Ja, bitte."

Sie zog ein Tablet aus ihrer Tasche und schaltete die Kamera ein. Ich starrte auf den Bildschirm. „Wow."

Was ich für einen Kometen gehalten hatte, der in der Mitte meines Körpers von meiner Kehle bis unter meinen Bauchnabel lief, sah sehr nach einem Schwert aus. „Excalibur."

Und als ob das nicht genug gewesen wäre … Ich berührte mit einem Finger das schwungvolle V über meinem Herzen. *Violet.*

Während ich gegen die Tränen ankämpfte, legte Tiana das Tablet weg und fing an, Planeten von meinem Bauch zu schälen, wobei sie darauf achtete, sie nicht zu zerbrechen. „War es so beängstigend, wie du geglaubt hast?"

„Es war transformativ. Werden die aufbewahrt?"

„Sie werden gegessen." Tiana lachte. „Für den Preis, den diese Gäste bezahlt haben, wird ihnen ein Gourmet-Menü serviert. Sie sind jetzt auf dem Weg in den Speisesaal. Das Dessert ist Bio-Kokos-Eiscreme mit dem zerbröckelten Zuckerwerk aus der Performance."

„Wessen Idee war das?" Die extravagante Note wäre mir in einer Million Jahren nicht eingefallen.

Tiana warf mir einen *Was denkst du, wer es war?*-Blick zu. „Es symbolisiert den unkontrollierten Verbrauch unserer Ressourcen durch die Menschheit, bis nichts mehr übrigbleibt." Sie blickte zur Doppeltür hinüber. „Da kommt sie."

Strena kam strahlend herein und trug einen Arm voller Blumen, die sie an ihre Mitarbeiter verteilte. „Ein großes Danke an alle. Der Erfolg der Performance gehört euch genauso wie mir. Ohne euch hätte ich es nicht geschafft. Ihr wart alle brillant."

Natürlich klatschten wir, halb blind, als hätten wir zu lange in die Sonne gestarrt.

„Geht's dir gut?" Sie sah mich prüfend an.

„Danke, dass du mir erlaubt hast, ein Teil davon zu sein. Es ist …" Meine Kehle brannte. „Ich fühle mich wie neugeboren."

„Danke, dass du mir vertraut hast."

Ein langer Moment verging zwischen uns, bevor ich an meinem Körper hinabblickte. Der Zucker war entfernt worden, und plötzlich wurde ich mir wieder meiner Nacktheit bewusst. „Gibt's hier irgendwo eine Dusche?"

„Meine einzige Bitte, die das Museum nicht erfüllen konnte. Aber es gibt viele Feuchttücher."

Ich konnte die anderen Models sehen, die sie bereits benutzten.

„Ich glaube nicht, dass ich mich damit wohlfühle, noch länger nackt zu sein. Darf ich mir einen Kimono nehmen?"

Sie hob die Seide vom Boden auf, wo ich sie vor der Aufführung fallen gelassen hatte. „Nur zu, er gehört dir."

Ich wickelte den Kimono um mich. Wenn ich meine Bluse darüber zog, würde ich aussehen, als würde ich ein Hemd über einem Wickelkleid tragen. „Danke nochmal. Ich werde dich vermissen, wenn das Haus verkauft ist und wir ausziehen müssen."

Sie neigte den Kopf. „Du könntest Violets Hypothek übernehmen."

„Ich und welcher millionenschwere Freund?" Ich sah sie an. „Was würdest du davon halten, das Studio im obersten Stock langfristig zu mieten?"

„Ich werde als Nächstes größere Arbeiten machen. Ich habe schon ein Lager gemietet."

So viel zu dieser Idee.

„Ich hätte nichts dagegen, die beiden Galeriegeschosse zu mieten", sagte sie dann. „Ich hasse es, wenn eine Galerie schließt. Vor allem die von Violet. Ich bin Miteigentümerin eines Hauses in Harlem, aber es wäre schön, ein Standbein im Village zu etablieren. Lass uns später darüber reden. Jetzt soll ich ein paar Interviews geben." Sie ging. „Der Rest des Teams geht essen. Ich bin sicher, du wärst mehr als willkommen. Warum gehst du nicht mit ihnen?"

„Ich muss nach Hause und duschen." Alle waren großartig, aber ich war nicht Teil des Teams. Ich war nur in letzter Sekunde eingesprungen. Ich wollte mich nicht aufdrängen. Und ich wollte keinen Lärm und keine Menschenmassen. Ich wollte Zeit, um zu verarbeiten, was gerade passiert war, dass ich etwas getan hatte, was ich in einer Million Jahren nicht für möglich gehalten hätte.

„Ich gehe mit dir raus." Strena half mir mit meiner Bluse. „Die Presse ist im Foyer. Ich bin schneller, wenn ich um das Gebäude herumgehe, als mich innen durchzukämpfen."

Eine Minute später gingen wir den Flur entlang.

„Ich habe die Briefe gelesen, die du mir gegeben hast", sagte sie.

„Sie scheinen Korrekturen zu sein. Als ob Clara über Jos Leben spricht und Jo ihr sagt, nein, das ist später passiert oder früher, oder nein, das habe ich nicht gesagt. Ergibt das einen Sinn?"

„Als hätte Clara Jos Biografie geschrieben?"

„Ja, genau."

Ein Stück des Rätsels gelöst. Ich hatte Strena von dem kleinen grünen Buch erzählt, als ich ihr die Briefe gegeben hatte. „Sagen die Briefe, was die Verbindung zwischen Jo und Clara ist?"

„Jo bezeichnet Vincent und Theo in den Briefen als *deinen Onkel Vincent und deinen Onkel Theo*."

„Das ist so hilfreich. Danke. Ich kann kaum erwarten, es Bram zu sagen."

„Was läuft da zwischen euch beiden?"

„Ich weiß nicht. Ich mag ihn. Zu sehr, zu schnell."

„Glaub' das nicht. Es ist wie beim Betrachten von Kunst. Wenn du es weißt, weißt du es. Jemand spricht entweder dein Herz an oder er tut es nicht."

„Und wenn er es tut?"

„Wie Kunst nimmst du ihn mit nach Hause und behältst ihn. Alles andere ist Zeitverschwendung."

Vielleicht hatte sie recht. „Er hört mir zu. Er interessiert sich. Er hat Ideen. Er hilft mir, aber er drängt nicht. Es ist alles meine Entscheidung. Er –"

Wir erreichten die Tür und stürmten hinaus.

Bram war da. „Herzlichen Glückwunsch zur Show, Strena." Dann warf er mir ein hoffnungsvolles Lächeln zu. „Kann ich dich nach Hause fahren, Emsley?"

Er trug einen noch schickeren Anzug als sonst, schlank geschnitten, ohne Krawatte, den obersten Knopf seines Hemdes offen.

Strena hob eine Augenbraue. Doch anstatt Brams Frage zu kommentieren, sagte sie: „Danke, Emsley."

Und dann eilte sie davon, während ich unbeholfen vor Bram stand und mir schmerzlich bewusst war, dass ich keine Unterwäsche trug.

KAPITEL DREISSIG

Johanna

Dezember 1891, Amsterdam, Niederlande

Was habe ich mir nur dabei gedacht, Amsterdamer Straßenkinder einzustellen und Vincents Vermächtnis ihren Händen zu überlassen?

„Lass das nicht fallen!" Ich sprang zurück und wäre fast über den Saum meines Kleides gestolpert. Ich hatte keine Zeit, mich darüber zu freuen, nicht gefallen zu sein, denn ich musste die Kiste stabilisieren, die die Jungen hinter mir trugen. Ich musste Vincents Kunst heil an ihren Bestimmungsort bringen.

Der Jüngere, ungefähr zwölf Jahre alt, schwankte, drohte rückwärts zu fallen und in den Verkehr zu stürzen. Die abgetretenen Sohlen seiner Stiefel rutschten vom Bordstein. Ich packte ihn an der Schulter und fing ihn auf.

Ich bemerkte Rußflecken auf seinem Mantel. Er musste früher am Tag Kohle transportiert haben.

„Vorsicht."

Er warf mir sein Zahnlückenlächeln zu, und dann marschierten er und sein Bruder weiter, durch die Menge der Frauen und Männer, die spazieren gingen, während ich ihnen folgte und mich bemühte, wieder zu Atem zu kommen.

Wenn ich das Gewicht hätte heben können, hätte ich die Kiste selbst getragen. „Passt auf! Der Inhalt ist unersetzlich."

Der Duft von brennendem Holz und gerösteten Kastanien wehte von einem Händler die Straße hinauf. Weihnachtsschmuck zierte die Schaufenster und erinnerte mich an die Zeit, als ich Dries in Paris besucht und meine ersten langen Gespräche mit Theo geführt hatte, das Weihnachten, das er vorgeschlagen hatte.

Beobachtete er mich von oben? Wenn ja, hoffte ich, dass er sah, dass ich mein Bestes tat, mein Versprechen zu erfüllen. Ich hoffte, er konnte unseren kleinen Sohn sehen, der im Haus meiner Eltern unter der Obhut meiner Mutter und meiner Schwestern ein Nickerchen machte. Ich hatte ihn für die Woche mit in die Stadt genommen.

Wolken bedeckten den Himmel, die Sonne schaffte es nicht durchzubrechen, um die Luft zu wärmen. Ich nahm das nicht als Omen. Es war Winter in Holland. Doch ich fröstelte, als wir das weiße neoklassizistische Gebäude von *Arti et Amicitiae* am Rokin erreichten.

„Passt bitte auf, wo ihr hintretet", bat ich die Jungs, als wir die Stufen hinaufgingen.

Arti, die niederländische Künstlergesellschaft, war zehn Jahre vor meiner Geburt gegründet worden und bot Künstlern im Land die aufrichtigste und weitreichendste Unterstützung. Es war auch der letzte Ort, an dem ich noch nicht um Hilfe gebeten hatte.

Ich wusste von Annas Mann Jan, dass Arti sowohl Mitglieder als auch Nichtmitglieder ausstellte. Ich hatte sogar ein Empfehlungsschreiben von Jan in meiner Handtasche und ein weiteres von Richard Roland Holst, den Jan überzeugt hatte, mich zumindest so weit zu unterstützen.

Schweigend wiederholte ich meine gut vorbereitete Argumentation, während ich nervös, aber unerschrocken Stufe für Stufe erklomm. *Sein Heimatland muss ihn unterstützen … Seine Arbeit wird unserem Land Ruhm bringen …*

„*Goedemorgen*." Ein Gentleman ging an mir vorbei und öffnete uns die Tür.

Er war einen Kopf größer und mindestens zehn Jahre älter als ich, sein Lächeln freundlich, seine Augen neugierig. Er erinnerte mich an meinen Theo. Oder vielleicht sah ich Theo einfach überall, weil ich seinen Geist bei mir brauchte.

Ich dankte dem Mann für seine Freundlichkeit. *„Dankuwel."*

„Madam." Er vollführte eine perfekte Verbeugung, ließ mich dann am Empfang zurück und ging den Flur entlang, wo er hinter der ersten Tür auf der linken Seite verschwand.

Ich bin hier. Die Gemälde sind hier. Wir werden gesehen. Atme. Sprich.

„Goedemorgen."

„Und wonach suchen Sie?", erkundigte sich der Portier, ein viel älterer Mann mit einem sauber gestutzten weißen Schnurrbart, nach einem kurzen Austausch höflicher Begrüßungen.

„Ich würde gerne mit dem Verantwortlichen sprechen. Ich bin hier, um eine Ausstellung aufzubauen. Ich bin Vincent van Goghs Agentin."

Der Portier starrte mich erschrocken an, als hätte ich gesagt, ich sei gekommen, um ihre Galerie auszurauben. „Damen sind keine Agenten, Madam."

„Und doch bin ich hier. Und ich bin eine Frau."

Er gaffte mich an, da er eindeutig nicht mit solch unverhohlenem Widerstand gerechnet hatte.

„Ich bin Johanna van Gogh", sagte ich mit makelloser Höflichkeit. „Können Sie bitte dem Verantwortlichen mitteilen, dass ich hier bin, um ihn zu sehen?"

„Unmöglich." Er sah mich an, als wäre ich Hannibal vor den Toren Roms. „Das ist nicht möglich, Madam."

Er schien ziemlich sicher zu sein.

Ich war jedoch ziemlich entschlossen.

Ich war *nicht* so weit gekommen, um mich in Reichweite meines Ziels wegscheuchen zu lassen. Ich öffnete den Mund, um das lange Argument vorzubringen, das ich vorbereitet hatte. Doch dann überlegte ich es mir anders. Ich würde keine Zeit mehr damit verschwenden, Hindernisse davon zu überzeugen, mir aus dem Weg zu gehen. Von nun an würde ich durch sie hindurch stürmen.

„Wie Sie meinen. Dann werde ich den Mann selbst finden." Ich marschierte den Flur hinunter und blickte nur zurück, um die Jungen meiner dreiköpfigen Invasionsarmee zu ermahnen. „Beeilt euch!"

Der Gentleman, der mir die Tür aufgehalten hatte, schien Manieren zu haben. Vielleicht würde er helfen. Ich ging direkt auf die Tür zu, hinter der er verschwunden war.

Der Portier kam hinter seinem Tisch hervor. „Madam! Madam!"

Wenn er mir vorwerfen wollte, dass ich eine Frau war, würde ich sagen, dass er ein Mann war. Ich riss meinen Hut vom Kopf und warf ihn hinter mich.

Die Höflichkeit verlangte, dass er stehenblieb, um ihn aufzuheben. „Sie haben Ihren Hut verloren, Madam!"

Er hob ihn auf und stürmte weiter. Zu spät. Meine Hand lag schon auf der Türklinke.

Ich klopfte kurz, wartete aber nicht auf eine Antwort. Ich öffnete die Tür und winkte die Jungs vor mir hindurch. „Schnell. Hier hinein."

Sobald wir drinnen waren, schloss ich die Tür und drehte den Schlüssel im Schloss um.

Der Portier hämmerte hinter mir gegen das Holz. „Mijnheer De Jong!"

Der Raum, in den ich eingedrungen war, hatte ein Fenster an der gegenüberliegenden Wand, einen Kamin mit Sesseln zu meiner Linken und den jetzt vertrauten Mann an seinem Schreibtisch zu meiner Rechten.

„Keine Sorge, Hendrik!", rief er. „Alles ist gut."

Und während ich noch nach einer Erklärung für meine dreisten Taten suchte, stand er auf.

Die Jungs zogen sich hinter mich zurück und bereuten es wahrscheinlich, sich bei einer Verrückten verdingt zu haben. Ich hatte selbst Bedenken, doch ich schüttelte sie ab. Mitten im Kampf änderte man seine Meinung nicht.

„Verzeihen Sie die Störung." *Bin ich wirklich in das Büro eines Fremden eingedrungen?* Darüber konnte ich später nachdenken. Gerade musste ich den Moment retten. „Ich bin Johanna van Gogh, und ich brauche Ihre Hilfe."

„Freut mich, Sie kennenzulernen, Mevrouw Van Gogh. Daan de Jong, zu Ihren Diensten. Ich würde Ihnen gerne auf jede erdenkliche Weise behilflich sein, Madam."

„Können Sie mich bitte zu demjenigen begleiten, der für die Ausstellungsplanung zuständig ist?"

Ein verspieltes Lächeln trat in seine Augen. „Ich hoffe, Sie haben keine beeindruckendere Persönlichkeit erwartet, denn ich muss Ihnen leider sagen, dass Sie mit ihm sprechen."

Oh, atme, um Himmels willen. Ich musste aussehen, als hätte ich die Situation im Griff, nicht eingeschüchtert. Dass De Jong mir nicht mit der Polizei gedroht hatte, half jedoch.

„Ich vertrete den kürzlich verstorbenen Künstler Vincent van Gogh."

„Ich habe von ihm gehört." De Jong ging zu der Kiste, die die Jungen abgestellt hatten. „Aber ich hatte nie das Vergnügen, seine Arbeit zu sehen."

„Die Welt auch nicht. Ich bin hier, um Abhilfe zu schaffen." Ich war selbst überrascht, wie selbstbewusst ich klang. „Bitte legt die Kiste auf die Seite", wies ich die Jungen an.

Sie gehorchten, und ich öffnete die cleveren Riegel, die Janus konstruiert hatte, damit ich kein Werkzeug mitbringen musste. Sobald ich den Deckel abgenommen hatte, wickelte ich die erste Leinwand aus und nahm sie heraus.

Vor den Fenstern draußen war der Himmel grau und trist, doch plötzlich füllte sich der Raum mit Sonnenlicht. Anstelle der kleinen Drucke und Gemälde, die ich in der Vergangenheit herumgeschickt hatte, hatte ich dieses Mal größere Werke mitgebracht. So schnell ich konnte, packte ich die Kiste aus und lehnte die drei Leinwände an den Schreibtisch des Mannes.

„Ah. Ich verstehe." Mijnheer de Jongs Blick verweilte auf den kräftigen Blau- und Gelbtönen der Sternennacht. „Und welches Dorf ist das?"

„Ein Dorf, das der Fantasie des Künstlers entsprungen ist. In gewisser Weise." Vincent hatte den Himmel von seinem Fenster in der Anstalt in Saint-Rémy gemalt. Dort war kein Dorf gewesen. Er hatte Saint-Rémy, auf der anderen Seite des Gebäudes, aus der Erinnerung hinzugefügt. „Ist der Kontrast nicht wunderschön? Der Himmel in Bewegung, wirbelnd vor den Geheimnissen des Universums, während das Dorf friedlich schlummert."

Ich hatte weder technisches Wissen über Kunst, noch konnte ich Vincents Fähigkeiten als Expertin analysieren. Das Beste, was ich tun konnte, war, die Gefühle zu beschreiben, die das Gemälde in mir weckte.

„Ich habe mich oft gefragt, ob die Dualität Vincents turbulente Gedanken und dunkle Vorstellungen repräsentiert, die den Raum mit dem inneren Frieden teilen, den er so verzweifelt finden wollte. Auf der Leinwand sind die beiden im Gleichgewicht und existieren in Harmonie."

Ich erwartete halb, dass de Jong mir sagen würde, dass ich Unsinn redete, doch er nickte. „Millet hat auch eine Sternennacht. Haben Sie sie gesehen?"

„Ich hatte das Privileg nicht."

„Ich habe sie gesehen, als sie über Goupil verkauft worden ist. Ich glaube, das Stück ist bei dem schottischen Schriftsteller George Craik gelandet, und es ist immer noch in seiner Familie. Millets Version ist gedämpfter, fast monochromatisch. Diese hier ist absolut brillant."

Er ging weiter zu den *Mandelblüten*.

Ich war da, um den Mann zu bekehren, also musste ich etwas sagen. „Jedes Mal, wenn ich die erwachenden Äste sehe, egal, wie schlimm die Situation ist, bringt mich die Stimmung des Gemäldes dazu, optimistisch in die Zukunft zu blicken. Die aufblühenden Knospen symbolisieren neues Leben, neue Hoffnung, eine Wiedergeburt des Baumes." Ich räusperte mich. „Vincent hat selbst auf eine Wiedergeburt gehofft. In Arles hat er eine neue Art zu malen gefunden." Er hatte darüber geschrieben, wie anders das Licht in Südfrankreich sei, wie großartig und perfekt für seine Kunst. „Wenn er nur mehr Zeit gehabt hätte, hätte er …"

„Hätten wir mehr davon haben können."

„Ja." Oh, dem Himmel sei Dank, der Mann verstand mich. Luft strömte in meine Lungen. Ich war unsicher vor Erleichterung.

De Jong machte sich daran, die *Sonnenblumen* zu untersuchen.

„Vincent hat diese Blumen mehr als einmal gemalt", fuhr ich fort. „Zwei der Gemälde befinden sich im Besitz des Künstlers Paul Gauguin. Er hat sie so sehr geliebt, dass Vincent sie ihm geschenkt hat."

„Warum eine Pflanze aus Amerika und keine unserer heimischen Blumen?"

„Er wollte ein neues Motiv?", improvisierte ich. „Die Blumen sind über das Meer gekommen, um auf dem Kontinent zu gedeihen und zu erblühen. Wie Vincent hoffte, dass seine Kunst in Frankreich blühen würde. Diese starken Wurzeln und dicken Stiele haben eine Stärke an sich."

De Jong trat näher an die Leinwand heran. „Er hat nur Gelbtöne verwendet."

„Und doch fehlt es dem Bild an nichts. Es ist ganz. Es ist fast so, als würde der Künstler sagen: *Hoffnung ist alles, was du brauchst.*" Das sagte ich aus der tiefsten Tiefe meines Herzens.

„Denken Sie, bei dem Bild geht es um Hoffnung?"

„Gelb ist die Farbe der Sonne. Wir überleben die Kälte und die Dunkelheit der Nacht in der Hoffnung, dass die Sonne am Morgen aufgeht."

„Meine Güte, Sie haben nicht erwähnt, dass Sie eine Poetin sind." Der Mann warf mir einen neugierigen Blick zu, der schnell anerkennend wurde.

Ich entspannte mich. „Vincent sagte, dass sich die Sonnenblumen dankbar der Sonne zuwenden." Selbstvertrauen blühte in meiner Brust auf und entfaltete sich wie die goldenen Blütenblätter auf der Leinwand. „Ich habe noch mehr Arbeiten von ihm."

De Jong ließ seinen Blick von einem Gemälde zum nächsten und dann zu einem weiteren schweifen. „Mijnheer Van Gogh hatte einen ausgeprägten Stil, das muss man ihm lassen."

Ich preschte voran, solange ich mutig genug war, es zu tun. „Ich bin hier, um Sie zu bitten, ihn mit einer Ausstellung zu sponsern."

De Jong lächelte. „Ich kann nicht sagen, dass ich alles sehe, was Sie in den Gemälden sehen, Mevrouw Van Gogh, aber ich sehe die Wirkung, die sie auf Sie haben, die Leidenschaft und Loyalität, die sie inspirieren. Sogar Liebe. Und wer bin ich, zu sagen, dass sie nicht dieselbe Wirkung auf unser Publikum haben werden? Die Bilder sind auf jeden Fall wert, Mijnheer van Gogh eine Chance zu geben."

Ich biss mir auf die Wange, um nicht zu weinen. Nach all dieser Zeit … *Hast du das gehört, Theo, mein Liebster?*

„Interesse kann man natürlich nicht garantieren", warnte de Jong.

„Ich verstehe. Eine Chance ist alles, worum ich bitte. Ich bin überzeugt, wenn wir die Werke vor ein Publikum bringen, werden die Stücke für sich sprechen."

„Sie sind eine entschlossene Frau."

Und was sollte ich dazu sagen? „Wenn man eine innere Stimme hört, die sagt, dass man etwas nicht tun kann, sollte man es auf jeden Fall tun, um diese Stimme zum Schweigen zu bringen."

„Weise Worte."

„Vincent van Gogh hat sie gesprochen."

De Jong deutete auf die beiden Sessel am Kamin zu unserer Linken. „Warum setzen Sie sich nicht, Madam, und erzählen mir von ihm?"

KAPITEL EINUNDDREISSIG

Emsley

Ich stand mit Bram auf dem Bürgersteig vor dem MoMA und presste meine Schenkel zusammen. Ich hätte meinen kleinen roten Auktionshammer für einen Oma-Slip hergegeben.

Vor allem, als Bram Sr. und Sergej auf uns zukamen.

„Mach dir keine Sorgen, Liebes", sagte Bram Sr., der das Unbehagen in meinem Gesicht las. „Ich habe nichts gesehen. Jedes Mal, wenn Strena an dir gearbeitet hat, habe ich meine Brille abgenommen."

„Ich nicht", bemerkte Sergej mit einem begeisterten Grinsen.

„Hör auf, deinen Cousin zu provozieren." Bram Sr. tippte mit seinem Stock gegen Sergejs Schienbein. „Meine Knie tun weh. Lass uns nach Hause gehen."

„Geht's dir gut?", fragte ich den älteren Bram. „Solltest du überhaupt herumlaufen?"

„Ich gehe das Auto holen." Sergej ging um uns herum und zwinkerte mir zu: „Tolle Performance. Ich hoffe, du machst das wieder."

„Ich gehe mein Auto auch holen." Bram ging hinter ihm her und knuffte ihm die Schulter, sodass ich mit seinem Großvater allein auf dem Gehsteig zurückblieb.

Ich wollte die wenigen Minuten nutzen, die wir allein waren. „Was Senator Wertheim angeht …"

„Schrecklicher Unfall bei der Beerdigung."

Ich senkte meine Stimme. „Wir wissen beide, dass es keiner war."

„Ja. Nun, gut möglich. Was ich angefangen habe, hast du zu Ende gebracht." Er lächelte zufrieden. „Wie hast du herausgefunden, dass er es war?"

„Silvesterparty bei den Vanderbilts. Ich habe zurückgerechnet und dann im Internet nach alten Fotos gesucht."

„Ich bin beeindruckt. Daran arbeite ich seit Jahrzehnten. Ich wusste, wer auf der Party war, hatte eine kurze Liste von Verdächtigen. Ich habe sie immer wieder zu Violet gebracht, um zu sehen, auf wen sie reagiert. Ich habe beobachtet, wen sie gemieden hat. Leider habe ich zuerst den Falschen verdächtigt." Er schwieg einen Moment, als ein Krankenwagen vorbeifuhr. „Du kennst ihn nicht, damals ein aufstrebender Sänger. Irgendwann ist sein Stern verpufft. Er ist bei einer Soiree bei Violet aufgetaucht, und Violet hat geschaudert und sich schnell von ihm zurückgezogen."

„Hast du ihn konfrontiert?"

„Habe ihn mit einem Buttermesser verletzt."

Ich lachte geschockt auf. „Also waren die Gerüchte über die Messerstechereien ihrem Haus wahr."

„Du findest es lustig." Bram Seniors Miene wurde düster. „Aber er musste genäht werden. Violet hat schließlich sein Porträt malen müssen, damit er keine Anzeige erstattet. Sie hat nur geschaudert, weil er betrunken von einer Party gekommen ist und nach Alkohol gestunken hat."

„Ich habe Wertheim einen Besuch abgestattet", platzte ich heraus.

„Hast du ihn getötet?"

„Nein!" Ich lachte wieder, weil er nicht im Geringsten entsetzt aussah. „Ich habe ihm gesagt, dass ich weiß, was er getan hat, und dass ich ihn für Abschaum halte."

„Ich wünschte, du hättest mich mitgenommen." Jetzt sah er enttäuscht aus.

„Es war ein spontanes Abenteuer. Wie hast du herausgefunden, dass er es war?"

„Er stand auf meiner Liste. Und dann, bei der Beerdigung, habe ich ihn gefragt, woher er Violet kennt. Er hat gesagt, dass er ihr den Hof gemacht hat, als sie jung waren."

„Wer nicht?"

„Er hat gesagt, er hätte noch ihren Umhang von einer Party, auf der sie bei den Vanderbilts waren. Hat ihn all die Jahre behalten, wegen der guten Erinnerungen, die damit verbunden sind. Er hat Annäherungsversuche gemacht, nachdem seine Frau gestorben war, doch Violet hat seine Anrufe ignoriert."

„Was für eine Überraschung," sagte ich bissig.

„Ich glaube, er hat sich im Laufe der Jahre eingeredet, dass sie zu schüchtern war und einen kleinen Schubs gebraucht hat. Dass Mädchen damals *nein* gesagt haben, damit sie nicht als leicht zu haben galten. So haben das damals viele Leute verharmlost …"

Sergej hielt am Straßenrand an.

Ich unterdrückte meine mörderischen Impulse, öffnete die Beifahrertür für Bram Sr. und hielt mich dann am Türrahmen fest, als er einstieg. „Ich wollte dich noch was fragen. Weißt du etwas über eine Schachtel mit alten Briefen und einem grünen Büchlein, die Violet gehörten?"

„Die, die sie in dieser blauen Kiste aufbewahrt hat? Sie hat sie unter einer losen Fensterbank gefunden, als sie einige der alten Fenster ersetzen musste, die der Hausschwamm porös gemacht hat."

Sergej beobachtete uns neugierig, stellte aber keine Fragen. Stattdessen sagte er: „Ich habe übrigens gerade ein Angebot für das Karussell bekommen. Neunhundertfünfzig."

Meine Lunge explodierte. „Tausend?"

„Ich lasse ihn warten. Es gibt noch einen Interessenten. Ich wollte nur, dass du es weißt."

„Danke, Sergej." Ich hätte ihn küssen können.

„Eine schlechte Nachricht. Du bist jetzt offiziell meine Kundin, also kann ich dich nicht von Bram weg verführen."

Dann waren sie weg, und Bram hielt an.

„Welche Verschwörung hast du mit meinem Großvater ausge-
heckt?", fragte er, als ich ins Auto stieg und meine Gedanken kreisten.

„Nichts, nur alte Geschichten über meine Großmutter." Vielleicht
würde ich es ihm eines Tages erzählen, aber nicht sofort.

„Weil ihr ausgesehen habt, als würdet ihr den nächsten Mordver-
such planen."

„Das war eine einmalige Sache."

„Als Verfechter von Recht und Gesetz bin ich froh, das zu hören."
Er ordnete sich geschickt in den Verkehr ein. „Aber wenn ihr glaubt,
dass jemand ein grausames Ende verdient hat, dann vertraue ich euch
und bin bereit zu helfen."

„Ich würde dich in nichts Illegales verwickeln. Gutaussehende
Männer haben es im Gefängnis nicht leicht."

„Wo du recht hast. Also gut. Ich halte mich aus dem Ärger raus,
damit ich eure Kaution stellen kann."

Seine Worte erinnerten mich so sehr an meine Großmutter, dass
sich mein Herz zusammenzog.

Der Verkehr war unmöglich, Touristen überall. Ich zog den Kimono
über meine Schenkel, während Bram sich darauf konzentrierte, keine
Fußgänger zu überfahren, die darauf bestanden, vor sein Auto zu
laufen, und einen erschreckenden Mangel an Überlebensinstinkt
demonstrierten.

„Sollen wir zum Abendessen beim Thai vorbeischauen?", fragte er,
als wir an einer roten Ampel anhielten.

Ich konnte mir nicht vorstellen, aus dem Auto auszusteigen. „Ich
brauche eine Dusche. Ich habe Reste im Kühlschrank. Wenn Pizza von
gestern okay für dich ist."

„Perfekt." Er schien sich genauso darauf zu freuen, nach Hause zu
kommen wie ich.

Die Erwähnung von thailändischem Essen weckte natürlich Erinne-
rungen an unsere stornierten Pläne der Woche zuvor. Eine unbeholfene
Stille folgte, als wir weiterfuhren. Ich fragte mich, ob er immer noch im
Bett essen wollte.

Ich schaltete das Radio ein.

Die beiden Moderatoren einer Show sprachen über Strenas Performance. Ich wechselte schnell den Sender.

„Willst du die Kritiken nicht hören?"

„Was ist, wenn sie sagen, es war großartig, abgesehen von dem einen Model, das aussah wie ein Knödel?"

„Knödel?"

„Der Spitzname, den mir mein Vater gegeben hat. In der Highschool wollte ich mit einem Toaster baden gehen, doch seitdem habe ich die Wahrheit akzeptiert. Ich passe grob in die Kategorie Knödel. Kein riesiger chinesischer Suppenknödel, aber definitiv ein paar Nummern größer als Gnocchi. Menschen, die ihr halbes Leben auf dem Bürostuhl und die andere Hälfte auf Champagnerempfängen verbringen, haben in der Regel keinen Sportlerkörper." Die Worte sprudelten nur so aus mir heraus.

„Als die Lichter angegangen sind und ich dich gesehen habe, hätte ich mich fast verschluckt", sagte Bram. „Fast so schlimm, wie als du mir am Morgen nach unserem Kennenlernen die Tür im T-Shirt ohne BH geöffnet hast."

Ich schlug mir die Hände vors Gesicht. „Du hast das bemerkt?"

„Bin ich ein Mann?"

Ich drehte mich zum Seitenfenster um und überlegte, aus dem fahrenden Auto zu springen. „Ich hatte gehofft, dass du das nicht mitbekommen hast."

„Ich habe es ziemlich gut überspielt." Er stieß ein ersticktes Lachen aus. „Zumindest war das Übung für heute. Es erfordert Geschick, wie ein Kunstkenner auszusehen, wenn einem der Sinn eher nach …"

Ich wartete darauf, dass er zu Ende sprach. Als er aus irgendeinem seltsamen, selbstmörderischen Grund nur den Kopf schüttelte, fragte ich: „Wie nah habt ihr an der Bühne gesessen?"

„Zehn Meter vielleicht? Näher hätte ich nicht überlebt." Bram navigierte durch den Verkehr und schwieg einige Augenblicke, bevor er fragte: „Wirst du es wieder tun?"

„Nein", sagte ich reflexartig und dachte dann darüber nach. „Mein ganzes Leben lang wollte ich wie Violet sein, frei und wild, aber irgendwie bin ich jetzt mehr wie meine Mutter. Praktisch, methodisch, peinlich genau bis ins kleinste Detail."

„Alles gute Eigenschaften für einen Unternehmer."

„Ich will mehr riskieren."

„Du willst weglaufen, um beim Karneval in Rio mitzumachen?"

„Das ist das andere Extrem. Ich denke, Balance ist wichtig."

„Das ist also ein klares Nein zu einer weiteren Nacktperformance?"

Angesichts seiner übertriebenen Enttäuschung musste ich lächeln. Ein langgezogenes *Neiiiiin* lag mir auf der Zunge, doch mein Telefon pingte mit einer SMS. „Meine Mutter. Sie will wissen, ob ich schon mit dem Haus fertig bin."

Ich schrieb zurück: *Fast.* Dann fügte ich hinzu: *Weißt du, wem Violets Haus vor ihrem Vater gehört hat?*

Seinem Vater. Albert. Wieso fragst du?

Ich recherchiere was. Und vor ihm?

Niemandem. Er hat das Haus für seine Frau bauen lassen.

„Alles okay?", fragte Bram.

Ich nickte geistesabwesend, meine Gedanken bei den Geheimnissen der Vergangenheit. Und dort blieben Sie für den Rest der Fahrt.

Dann waren wir vor dem Haus. Bram ging mit mir hinein, und ich war wieder sehr in der Gegenwart. Hier und jetzt war vollkommen okay für mich.

Er hob Lai Fa auf und kraulte sie am Kopf. „Tu, was du tun musst. Ich gehe die Pizza aufwärmen." Doch anstatt wegzugehen, berührte er meinen Hals. „Du hast da …"

„Was?"

„Irgendwas klebt hier." Er zupfte einen fast durchsichtigen Wirbel kristallisierten Zuckers von meiner Haut. Anstatt ihn jedoch in den Müll zu werfen, legte er ihn sich auf die Zunge. „Süß."

Und einfach so konnte ich nicht mehr atmen.

Lai Fa flatterte davon, um eine Ameise zu jagen.

„Ist da, woher das kam, noch mehr?", fragte Bram leise. „Darf ich nachsehen?"

„Gib dein Gebot ab."

„Alles."

„Zum Ersten. Zum Zweiten. Du hast es."

„Dafür muss ich dich ausziehen." Er sagte es, als wäre es ein Disclaimer. Wie juristisch.

„Hier im Foyer?"

„Ich kann dir den Zucker hier genauso gut vom Leib lecken wie anderswo. Warum das Schlafzimmer klebrig machen?"

„Solide Argumente. Ich kann mir deine Wirkung auf eine Jury gut vorstellen." Ich ließ ihn meine Bluse aufknöpfen.

Überraschung.

Der Sex war unglaublich.

Und gemeinsam in Violets riesiger Löwentatzen-Badewanne zu duschen, war auch alles andere als unangenehm. Ich hatte das noch nie zuvor mit jemandem gemacht. Ich konnte den Reiz sehen.

Wir aßen die aufgewärmte Pizza in der kleinen Küchenzeile im Erdgeschoss, ich in einem von Violets alten Hollywood-Seidenbademänteln, Bram in seiner Hose und seinem Hemd. Aufgeknöpft. Ohne Unterhemd.

Weil wir in einem großzügigen Universum leben, das immer weiter gibt.

Lai Fa gesellte sich zu uns, pickte die Krümel zu unseren Füßen auf, ein strahlender Moment. Bram sah mich immer wieder an, ein Lächeln umspielte seine Lippen. „Sergej hat gesagt, dass es Interesse am Karussell gibt. Du könntest mit Trey neu verhandeln. Ihn ausbezahlen und Ludington's behalten. An beiden Küsten."

„Ich möchte nicht mein halbes Leben zwischen New York und L.A. hin- und herpendeln müssen. Ich glaube, ich werde das Haus behalten. Wenn ich die Hypothek übernehmen kann."

Als die Worte meinen Mund verließen, brandete eine Welle des Glücks durch mich hindurch.

So fühlt es sich an, wenn man die richtige Entscheidung trifft.

Bram beugte sich über den kleinen Tisch und küsste mich. „Du siehst besonders schön aus, wenn du gerade dabei bist, die Welt zu erobern."

Seine Worte trafen mich direkt ins Herz. Sie erinnerten mich an Johanna Bonger, die auch so einige Schlachten geschlagen hatte. Ich schob meinen leeren Teller beiseite und zog meinen Laptop heran.

Unter dem Tisch streichelte Bram mir über den Oberschenkel. „Wenn du jetzt arbeiten willst, habe ich nicht genug getan, um deinen

Verstand durcheinanderzuschütteln. Und das würde bedeuten, dass ich dich direkt nach oben ins Bett bringen muss."

Meine Finger stolperten und stolperten erneut, als sie über die Tastatur tanzten. „Ich will kurz Johanna Bonger googeln. Strena hat die Briefe übersetzt. Clara hat Jos Biographie geschrieben. Dein Großvater hat mir erzählt, dass Violet die Briefe unter einem Fensterbrett versteckt gefunden hat. Clara muss eine Verbindung zu diesem Haus haben. Richtig?"

Bram schob seinen Barhocker neben meinen, damit er den Bildschirm sehen konnte, dann ließ er seine Hand wieder zwischen meine Beine sinken. Wenn wir jemals zusammenleben würden, würden wir definitiv getrennte Homeoffices brauchen.

Ich scrollte, abgelenkt genug, um fast den gesuchten Link zu verpassen. „Jo kam 1914 nach New York. Nachdem sie Vincent in den Niederlanden bekannt gemacht hatte, hat sie ihn in Belgien, Frankreich und England berühmt gemacht. Dann auf dem ganzen Kontinent. Und dann kam sie hierher und hat dasselbe getan."

Brams Finger hielten inne. „Glaubst du, sie hat in diesem Haus gewohnt?"

„Vielleicht?" Ich las weiter. „Auf der Website steht, dass eine ihrer Nichten sie auf ihrer Reise begleitet hat. Clara Bakker." Ich scrollte. „Johanna kehrte 1919 nach Hause zurück, aber die Nichte wird nicht mehr erwähnt."

Ich nahm mein Handy und schrieb meiner Mutter eine SMS.

Kennst du den Mädchennamen deiner Urgroßmutter? Derer, die hier gelebt hat?

Du brauchst das mitten in der Nacht?

Ja.

Es war 19:00 Uhr. Ich wartete, während die Sekunden verstrichen, dann tauchte ihre Antwort auf dem Bildschirm auf und raubte mir den Atem.

Clara Bakker. Sie ist aus den Niederlanden eingewandert.

Ich zeigte Bram den Bildschirm.

„Glaubst du", sagte er, „dass Violet die ganze Zeit gewusst hat, dass ihre Großmutter die Nichte von Johanna van Gogh-Bonger war?"

„Warum sollte sie das geheim halten?" Aber dann wurde es mir klar. „Ich habe mir alte Zeitungsausschnitte über Violet durchgelesen, die Strena mir gegeben hat, Artikel mit den Titeln *‚Erbin des Kaufhausimperiums versucht sich als Künstlerin'*, *‚Warhols neuste Affäre ist selbst Künstlerin'* und andere. Die meiste Zeit ihres Lebens wurde Violet durch die Männer in ihrem Leben definiert. Wenn das herausgekommen wäre", ich deutete auf den Bildschirm, „hätte es für den Rest ihres Lebens geheißen: *‚Van Goghs Urgroßnichte versucht sich als Malerin.'*"

„Ich wusste nicht, dass Violet die Erbin eines Kaufhausimperiums ist."

„Mein Ururgroßvater hat in der Weltwirtschaftskrise fast alles verloren. Ich glaube, das Haus war das Einzige, das Violet am Ende geerbt hat."

„Ich bin froh, sonst wären die Briefe und das Tagebuch für die Familie verloren gegangen. Wenn Clara Bakker Violets Großmutter war, dann macht dich das zu …" Brams Hand glitt höher auf meinem Oberschenkel.

„Johanna Bongers Ur-Ur-Ur-Großnichte? Tut mir leid. Ich weiß nicht, wie viele Urs." Ich konnte mit dem Gedanken nicht umgehen, also warf ich ihm ein verschmitztes Lächeln zu. „Eine Zeit lang hatte ich gehofft, ich wäre ein Nachkomme von Vincents heimlichem außerehelichen Kind. Aber ich denke, es ist besser so, wie es ist. Ich bin mit einigen wirklich erstaunlichen Frauen verwandt."

Bram zog mich auf seinen Schoß und schob meine Beine um seine Taille. Ich schlang die Arme um seinen Hals.

„Emsley Wilson." Er küsste mich. „Du *bist* eine erstaunliche Frau."

KAPITEL ZWEIUNDDREISSIG

Johanna

Januar 1892, Amsterdam, Niederlande

„War mein Papa ein böser Mann?", fragte Wil, als wir beide allein in dem sonst leeren Zugabteil saßen.

Ich war so nervös, dass ich nicht sofort antwortete. Ich war abgelenkt von Sorgen über Vincents erste offizielle Ausstellung, dem Ziel unserer Fahrt. *Lieber Gott, lass ihn gut bei den Betrachtern ankommen.*

„Mama!"

Mein Atem stockte angesichts des verkniffenen Ausdrucks auf Wils kleinem Gesicht. „Nein, mein Süßer. Dein Papa war ein großartiger Mann."

„Hat ihn jemand weggeholt?"

„Nein, mein Schatz. Er ist krank geworden und gestorben. Er ist im Himmel."

„Wie Mevrouw Ballot?"

Meine Mieterin Mevrouw Ballot war zu Beginn des Winters krank geworden. Nach Neujahr war sie ins Krankenhaus gegangen und gestorben. Wil und ich vermissten sie, doch wir hatten alle ihre Katzen adoptiert.

„Ja."

„Können wir ihnen Briefe schicken?"

Mein Sohn hatte beobachtet, wie ich so vielen Leuten schrieb, dass ich mich fragte, ob er eines Tages sagen würde: Alles, woran ich mich von meiner Mutter erinnere, ist, dass sie immer Briefe geschrieben hat. „Nicht in den Himmel, nein. Tut mir leid."

Er blickte auf den Bahnsteig hinaus, von wo die Polizei kurz zuvor einen Betrunkenen weggebracht hatte. Er dachte so angestrengt über meine Worte nach, seine kleine Stirn war gerunzelt.

„Warum zeichnest du nicht etwas für mich?" Ich reichte ihm ein Blatt Papier und einen kurzen Bleistift aus meiner Tasche.

Auf mehr Unterhaltung hoffend warf er einen letzten Blick auf den Bahnsteig, dann begann er, verschnörkelte Formen und andere Kritzeleien zu zeichnen, wobei die Hälfte der Linien über das Papier hinausging.

„Dein Onkel Vincent hat das Zeichnen geliebt. Und malen auch."

„Hat Papa auch gemalt?"

„Nein, mein Schatz. Dein Papa hat Gemälde verkauft."

„Ich verkaufe mein Bild!" Wil strahlte vor Stolz, seine leuchtend blauen Augen leuchteten, als er mir die Kritzelei entgegenschob.

„Gut." Ich grub in meiner Tasche nach einem Keks. „Ich kaufe es dir mit einem Keks ab."

„Ich will zwei!"

Er tat selten etwas, ohne zu verhandeln, vom abendlichen Zubettgehen bis zum morgendlichen Waschen des Gesichts. Da die Fähigkeit im Leben nützlich war, schalt ich ihn nicht dafür.

Er kostete seinen Keks und hielt ihn mir sofort entgegen. „Mama auch."

„Danke, Liebling." Ich tat, als biss ich hinein, kaute und küsste dann seinen Kopf.

„War Großvater ein Maler?"

„Der Vater deines Vaters war Pastor", erklärte ich, als der Zug pfiff. Endlich fuhren wir los. „Er hat die Menschen über Gott belehrt."

„Das habe ich vergessen. Entschuldigung, Mama."

„Schon gut." Wir führten dieses Gespräch nicht zum ersten und wahrscheinlich nicht zum letzten Mal.

Viele seiner kleinen Freunde hatten Verwandte in der Nähe, Großeltern, Tanten und Onkel in derselben Straße oder manchmal sogar im selben Haus. Sie hatten jeden Tag Cousins zum Spielen. Da Wil das nicht hatte, tat ich das Nächstbeste und sorgte dafür, dass er zumindest etwas über die Familie seines Vaters erfuhr. Meine Mutter sorgte bei unseren Besuchen dafür, dass Wil von meiner hörte.

„Erinnerst du dich, was ich dir über deinen Großonkel erzählt habe?"

„Er ist zur See gefahren."

„Er war Admiral in der Marine."

„Was sonst?" Er liebte dieses Spiel.

Die Begeisterung auf seinem süßen Gesicht brachte mich zum Lächeln. „Einer deiner Urgroßväter war Buchbinder des Königs."

„Ist er in den Palast gegangen?" Er strahlte, sein Mund mit Keksen vollgestopft, Krümel fielen auf seinen Schoß.

„Was habe ich über das Reden mit vollem Mund gesagt?"

Er presste die Lippen aufeinander und kaute mit großer Anstrengung.

„Gut gemacht." Ich streckte die Hand aus, um sein Haar zu zerzausen. „Ja. Er ist andauernd im Palast gewesen."

Nicht, dass ich das genau gewusst hätte. Willem Carbentus war der Vater meiner Schwiegermutter, und ich hatte ihn nie getroffen. Alles, was ich über ihn wusste, war, dass er die erste Verfassung unseres Landes gebunden hatte, wovon Theos Mutter mir stolz erzählt hatte, und ich hatte es Wil seitdem viele Male erzählt. Ich war entschlossen, meinen Sohn niemals die Schattenseiten seiner Vorfahren spüren zu lassen, sondern ihm die Erinnerung an eine Reihe großer Männer zu schenken, die ihn inspirieren sollten.

„Du hast seinen Namen", sagte ich ihm. „Willem."

„Aber ihr habt mich nach meinem Onkel benannt. Vincent Willem van Gogh."

„Das auch."

Er straffte seine Schultern. „Werde ich den König treffen?"

„Wir haben jetzt eine Königin, Liebes. Die junge Königin Wilhelmina mit ihrer Mutter Königin Emma als Regentin, erinnerst du dich? Nur großen Männern wird die Ehre zuteil, die Königin zu treffen. Wenn du sie treffen willst, musst du ein großer Mann werden."

„Wenn ich in den Palast gehe, nehme ich dich auch mit, Mama", sagte er voller Zuversicht.

„Danke, Wil." Er hatte das großzügige Herz seines Vaters geerbt. *Sonst bitte nichts*, flehte ich Gott im Stillen an. *Lass bitte die Ähnlichkeiten mit diesem guten Herzen enden.*

Anna kam in das Abteil, gerade als sich der Zug in Bewegung setzte, und stützte sich auf ihren Sitz. Sie und ihr Mann Jan waren beim Einsteigen in den Zug einem Freund begegnet. Sie hatten draußen auf dem Gang angehalten, um sich zu unterhalten, während wir auf die Abfahrt gewartet hatten. Meine Freunde kamen mit uns, um mich bei Vincents Ausstellung bei *Arti* zu unterstützen.

„Was für ein guter Junge", sagte Anna zu Wil, als sie sich neben ihn setzte. Sie hatte ihre Töchter zu Hause bei ihrer Mutter gelassen.

Wil war zu sehr mit seinem Gekritzel beschäftigt, um zu antworten.

Anna lächelte mich an. „Nervös?"

„Ich könnte ohnmächtig werden."

„Es werden viele feine Gentlemen da sein, um dich zu angeln, da bin ich mir sicher."

„Ich bin nicht auf der Jagd nach einem Ehemann." Ich lachte verzweifelt. „Ich habe all diese Monate in Bussum verbracht, habe ihn betrauert und versucht, Theo durch andere Männer zu ersetzen."

Ich hielt inne, als mir bewusst wurde, wie sich das anhörte. „Ich meine in dem Sinne, dass ich die ganze Zeit damit verbracht habe, jemanden zu finden, der Vincent vertritt. Und jetzt habe ich beschlossen, Vincents Vermächtnis selbst weiterzuführen."

Anna nickte.

„Und ich habe Theos Rolle in der Familie übernommen und war sowohl Mutter als auch Vater für Wil. Anstelle von Theo bin ich diejenige, die meinem Sohn sein Erbe beibringt. Und ich habe Theos Einkommen durch Einkommen aus der Villa ersetzt. Siehst du, ich habe Theo schon in vielerlei Hinsicht ersetzt. Ich kann den Gedanken nicht ertragen, ihn in jeder Hinsicht zu ersetzen."

„Tut mir leid. Ich mache mir Sorgen, dass, wenn du dich in der

Villa nicht vollständig eingelebt hast, wenn du nichts hast, was dich an Bussum bindet, du vielleicht gehen wirst. Ich wünsche mir ganz selbstsüchtig, dass ihr bleibt."

„Ich *bin* in Bussum zu Hause. Und recht zufrieden. Ich denke gerne, dass Theo mich vom Himmel aus beobachtet. Er wird immer Teil meines Lebens sein. Und Vincent auch. Man kann die beiden nicht voneinander trennen. Sie gehören zusammen. Schon immer. Sie sind ein Teil von mir. Ich werde nicht ruhen, bis alle Vincents Namen kennen. Ich möchte ihn in die Welt hinaustragen."

Anna lächelte.

„Ich bin besessen. Oh, du kannst es ruhig sagen."

„Du bist passioniert."

„Eines Tages, wenn von unserem Land die Rede sein wird, werden die Leute zuerst an Vincent denken. Männer und Frauen werden hierherkommen, um seine Gemälde zu sehen. Er bekommt sein eigenes Museum. Die Kinder meiner Kinder werden es erleben."

„Also sein eigenes Museum? Mit nichts als seiner eigenen Kunst? Aber Museen stellen Hunderte von Künstlern aus."

Gewöhnliche Museen. Aber nicht das, von dem ich träumte.

Ich dachte an Vincents Ausstellung in unserer Pariser Wohnung. Keiner von uns war dort gewesen. Vincent war kurz zuvor gestorben. Theo war eingesperrt gewesen und hatte getobt, Monate vor seinem eigenen Tod, und ich war bei ihm gewesen und hatte ihn besucht, wann immer sie mich ließen. Die Ausstellung in unserer Wohnung war nur von Vincents engsten Freunden besucht worden.

„Ein Museum nur für ihn, in Amsterdam, mit Besuchern aus Amerika, die vor den Türen Schlange stehen", sagte ich zu Anna. „Das werden sie für Vincent tun."

„Wenn du das sagst, Jo, glaube ich es. Und wenn es solch ein Museum gibt", sagte sie und streckte die Hand aus, um meine Hand zu drücken, „würde ich voraussagen, dass du es sein wirst, der wir es zu verdanken haben. Sie werden Bücher über dich schreiben, Johanna van Gogh-Bonger."

Solch ein Unsinn. Aber bevor ich protestieren konnte, kam Jan herein und setzte sich neben sie, und Annas Aufmerksamkeit richtete sich auf ihren Mann.

„Worüber habt ihr beide die ganze Zeit gesprochen?"

„Pigmente."

Anna warf ihm einen nachsichtigen Blick zu, also erzählte er ausführlich von dem Gespräch mit seinem Künstlerfreund. Und dann beschrieb er genauso ausführlich die größten Werke seines Freundes und die Nuancen seiner Technik und brachte den kleinen Wil damit zum Einschlafen. Als Jan fertig war, fuhr der Zug in Amsterdam ein.

Ich wurde erneut nervös, als wir ausstiegen. „Was, wenn niemand kommt?"

„Dries!" Jan winkte neben mir und eilte los.

Der Anblick meines lieben Bruders, der auf dem belebten Bahnsteig auf uns zukam, beruhigte meine Nerven ein wenig.

Als er bei uns ankam, nahm er mir meinen immer noch schlafenden Sohn ab. „Ich habe eine Kutsche, die vor dem Bahnhof auf uns wartet."

Wir hasteten gemeinsam durch die Menge. Überall um uns herum umarmten sich Leute, Mütter riefen nach ihren Kindern, Träger drängten sich zwischen Gruppen hindurch, beladen mit Gepäck. Dampflokomotiven pfiffen. Ich versuchte nicht, über die Kakophonie des Lärms hinweg mit Dries zu sprechen.

„Du hast es geschafft, Jo", sagte er, als wir uns in unserer Kutsche niedergelassen hatten. „Du musst aufgeregt sein."

„Starr vor Angst. Aber auch wenn der heutige Tag ein völliger Fehlschlag ist, werde ich trotzdem weitermachen. Das habe ich gelernt", sagte ich. „Ablehnungen bringen mich nicht um. Spott bringt mich nicht um. Meine Gefühle könnten verletzt werden, es könnte mir peinlich sein, ich werde mir vielleicht wünschen, dass sich der Boden unter meinen Füßen auftut, und andere mögen mir dasselbe wünschen, aber ich werde es überleben. Ich werde es weiter versuchen. Ich werde in Dankbarkeit leben, mein Gesicht dem Licht zugewandt."

Er drückte meine Hand. „Dann brauchst du dich auch vor nichts zu fürchten, oder?"

Vielleicht doch, aber ich hielt den Atem an, als wir um die letzte Ecke bogen.

Ich starrte die Männer und Frauen an, die vor der Tür warteten, eine richtige Menschenmenge. „Sind alle wegen Vincent hier?"

„Seine Ausstellung ist die einzige heute." Dries grinste.

Dann hielten die Pferde an, und Wil wachte auf. Ich nahm seine Hand und führte das benommene Kind zum Ende der Schlange.

Bevor ich mich von der Überraschung erholen konnte, kam Daan de Jong herausgerannt, um uns zu begrüßen. „Mevrouw Van Gogh! Oh, Madam, Sie sind hier. Wunderbar! Haben Sie die Schlange gesehen? Ich habe einen befreundeten Journalisten hereingelassen, als wir vor zwei Tagen die Werke aufgehängt haben, und er hat in der gestrigen Zeitung darüber geschrieben. Sehen Sie nur!"

Er führte uns an der wartenden Menschenmenge vorbei in die Ausstellung selbst, und es war, als wären meine Worte, die ich im Zug zu Anna gesagt hatte, zum Leben erwacht.

Meine Freundin und ich sahen uns mit Tränen in den Augen an.

„Ein großer Erfolg, Madam." De Jong breitete seine Arme aus. „Alle Kritiker nennen Vincent van Gogh brillant."

Du musst heller malen, hatte Theo Vincent am Anfang in seinen Briefen ermahnt. *Mehr Farbe.* Und Vincent, mit all dieser Dunkelheit in sich, begann die Reise von den schlammigen Brauntönen der *Kartoffelesser* zu den immer noch braunen Häusern im Hintergrund, aber bunten Tulpen der *Tulpenfelder*, dann zum strahlenden Licht und der Freude seiner *Sonnenblumen* – pure Farbe, pures Licht.

Dieses Licht strahlte von all den Gemälden, die die Wände zierten.

Wir gingen herum wie in einem Traum, Wils Hand fest in meiner. Als die Leute hörten, dass ich zur Familie gehörte, kamen sie herüber, um mir zu gratulieren.

Einige waren Künstler, die ich kannte, darunter Holst. Wie gut es sich anfühlte, sie Vincent loben zu hören, diejenigen, die ihn in der Vergangenheit einen talentfreien Stümper genannt hatten.

„Ein Triumph", krähte Dries. Er deutete auf eine kleine Gruppe am Ende des Raumes. „Mehr Zeitungsleute. Sie werden in jeder Zeitung über die Ausstellung berichten."

Ein großer, sehr ernster Gentleman unterbrach uns. „Mevrouw van Gogh. Darf ich Sie bitten, eine Ausstellung später in diesem Jahr in Pulchri zu besprechen?"

Und so ging es weiter und weiter. Bevor der Tag sich dem Ende zuneigte, hatte ich zehn Gemälde in der Buffa-Galerie in Amsterdam platziert und zwanzig bei Oldenzeel in Rotterdam.

Nie hatte ich mir Enrique Gaspars Zeitmaschine mehr gewünscht. Ich wollte zurückreisen zu Vincent und Theo und sie in die Gegenwart bringen. Doch so sehr ich es mir auch wünschte, ich konnte ihnen diesen Moment nicht schenken.

Doch als ich meinen Sohn hochhob und mich langsam mitten im Raum umdrehte, um Will die Gemälde zu zeigen und die Menge, die sie bewunderte, spürte ich Theo und seinen Bruder an meiner Seite.

Ich drückte meinen kleinen Sohn fester an mich. „Siehst du, Wil? Das ist dein Onkel Vincent."

Und dann, als niemand hinsah, flüsterte ich in Richtung Zimmerdecke. „Ich liebe dich, mein Liebster. Du kannst jetzt in Frieden ruhen."

EPILOG

Emsley

Am ersten Jahrestag von Violets Tod fuhren Strena, Bram, sein Großvater und ich zum Friedhof. Mein Vater und meine Mutter würden am Wochenende aus Hartford herunterkommen und Violet dann besuchen. Nachdem Mama mir am Telefon gesagt hatte, dass sie kommen würden, hatte ich sie gefragt, ob sie noch wissen wolle, wer ihr Vater sei – wenn es möglich wäre, das herauszufinden.

Sie sagte mir, sie müsse darüber nachdenken.

Als ich versuchte herauszufinden, was ich sagen würde, wenn ihre endgültige Antwort ja wäre, hielt ein Taxi an, und Diya sprang mit einem großen Blumenstrauß heraus. Sie arbeitete für ein Start-up im Silicon Valley, das die Fast-Food-Industrie revolutionierte. Ich hatte den Kontakt zu ihr gehalten. Das Leben war zu kurz, um Groll zu hegen. Sie war zu einem Meeting in New York, und als sie mich vor einer Stunde angerufen und zum Kaffee eingeladen hatte, hatte ich ihr gesagt, wohin ich unterwegs war. Sie fragte, ob sie mitkommen könne.

Trey hatte Ludington's in L.A. in ein politisches Meinungsforschungsunternehmen umgewandelt und es dann nach sich selbst umbenannt. Ludington's New York war jetzt das einzige Ludington's, und so gefiel es mir.

Ich war über Trey hinweg. Ich hatte alles, was ich wollte.

Bram Sr. trat vor uns und legte einen Strauß roter Rosen auf das Grab. „Senator Wertheim ist an einem Herzinfarkt gestorben. Ich dachte mir, du würdest es gerne wissen. Er hat nicht genug gelitten. Ich würde sagen, tritt ihm in den Arsch, wenn du ihm über den Weg läufst, meine liebe Violet, aber ich weiß, dass ihr an verschiedene Orte gegangen seid."

Strena ließ den Korken des Veuve Clicquot, den sie mitgebracht hatte, knallen, reichte die Flasche herum und goss den restlichen Champagner auf das Grab. „Ich habe *The Gallery Velar* wiedereröffnet. Die Vernissage diese Woche hat alle Rekorde gebrochen. Jedes Kunstwerk ist verkauft. Sie haben sogar in der *Times* über uns geschrieben." Sie schüttelte die letzten Tropfen aus der Flasche. „Außerdem weiß ich, dass ich versprochen habe, auf deine Enkelin aufzupassen, aber sie ist ziemlich clever. Das Mädchen kann auf sich selbst aufpassen. Sie hatte den Verstand, sich auf einen anständigen Kerl einzulassen, der mir nur gelegentlich auf die Nerven geht."

Bram deutete eine Verbeugung an, und als Strena zurücktrat, trat er an ihrer Stelle vor. Er legte seinen eigenen Rosenstrauß nieder und dann eine Hand auf den Grabstein. „Erinnerst du dich, wie du gesagt hast, du würdest mich mit deiner Enkelin verkuppeln? Und wie ich gesagt habe, mir ginge es auch so gut? Ich habe mich geirrt, und du hattest recht. Ich weiß, dass Frauen das gerne hören."

Als er sich zurückzog, holte ich eine Schneekugel aus meiner Tasche mit einem perfekten Miniaturkarussell darin. Ich schüttelte sie und stellte sie dann auf Violets Grabstein.

„Ludington's ist ein Erfolg", sagte ich zu ihr. „Wir machen den großen Auktionshäusern Konkurrenz. Und ich hatte meine erste Benefiz-Auktion." Ich zog einen Scheck über hunderttausend Dollar aus meiner Gesäßtasche. „Für die Schlaganfallforschung. Ich werde ihn heute übergeben, wollte ihn dir aber zuerst zeigen. Weitere werden folgen." Ich steckte den Scheck weg und holte tief Luft. „Was deine

Freunde angeht ... Mrs. Yang und Louis haben sich beide so weit erholt, dass sie das Zentrum verlassen haben. Sie haben sich über die Trauer, dich verloren zu haben, angefreundet und werden nächsten Monat in Miami heiraten. Mrs. Yang hat Lai Fa mitgenommen. Sie ist ein glückliches Huhn, auf dem besten Weg, zum Instagram-Star zu werden. Oh, und gleich, nachdem sie das Zentrum verlassen hatten, sind sie nach Vegas gegangen, und Louis hat ein großes Pokerspiel gewonnen. Ich sage es nur ungern, aber ich bin mir ziemlich sicher, dass er die ganze Zeit, wenn du beim Kartenspielen gewonnen hast, dich hat gewinnen lassen."

Ich schluckte einen dicken Kloß Trauer herunter. „Ich lebe gern im Village. Das Haus ist wunderbar. Ich habe es umdekoriert. Ich hoffe, du hast nichts dagegen." *Okay.* „Und jetzt flipp nicht aus. Ich habe dein Atelier oben in ein Violet Velar Museum umgewandelt. Jeden Samstag und Sonntag geöffnet. Ich habe ein Sicherheitssystem und eine professionelle Temperatur- und Feuchtigkeitskontrolle installiert. Einige deiner alten Studenten wechseln sich freiwillig ab. Ich habe ungefähr zwei Dutzend deiner Gemälde von deinen leidenschaftlichsten Sammlern ausgeliehen, und in der Mitte des Raums hat Strena eine 3D-Installation aus Zeitungsausschnitten und Fotografien gemacht."

Ich hob die Schneekugel auf, schüttelte sie erneut, und diesmal zog ich auch die Spieluhr darin auf. Wurlitzermusik klimperte über ihr Grab. „Du bist eine Touristenattraktion. Wenn es dich stört, kannst du gerne kommen und spuken."

Strena umarmte mich. „Ich denke, es würde ihr gefallen, eine Touristenattraktion zu sein. Ich muss gehen. Ich treffe eine neue Künstlerin in der Galerie. Ich denke, sie passt gut zur nächsten Gruppenausstellung."

„Wenn du sie magst, bin ich sicher, dass sie großartig ist."

Strena verabschiedete sich und ging, Stil und Anmut pur mit ihren Stöckelschuhen.

Diya legte ihre Blumen neben die anderen und trat dann zu mir zurück. „Das mit Trey tut mir leid, Em. Ich habe mich am Telefon entschuldigt, aber ich möchte es nochmal persönlich tun. Ich war so dumm. Ich war so lange in ihn verliebt, und meine Gefühle haben mich geblendet."

Wir gingen ein paar Schritte vom Grab weg. „Was meinst du mit *so lange*?"

„Erinnerst du dich, wie ich in der Graduiertenschule mit Christopher ausgegangen bin und er uns seinen Mitbewohner Trey vorgestellt hat? Nach zehn Minuten wusste ich, dass ich mir den Falschen ausgesucht hatte."

„Warum hast du nichts gesagt?"

„Trey hatte nur Augen für dich. Und wenn ich Christopher so abserviert hätte, hätte Trey mich sowieso für eine blöde Kuh gehalten. Er hat dich um ein Date gebeten, und du hast immer wieder nein gesagt. Ich dachte, vielleicht könnte ich nach ein paar Wochen mit Christopher Schluss machen. Aber dann, an dem Abend, als ich mit Christopher über die Trennung sprechen wollte, hast du nachgegeben und Ja gesagt."

„Du hättest es mir sagen können."

„Ich wollte nicht, dass du allein bist. Ich dachte, du hättest jemand Großartigen verdient."

„Aber du hast mit Christopher Schluss gemacht."

„Es war nicht fair, ihn an der Nase herumzuführen."

„Du warst die letzten sechs Jahre heimlich in Trey verliebt? Ich hatte keine Ahnung. Das tut mir wirklich leid. Ich habe mich die ganze Zeit zu sehr auf das Geschäft konzentriert."

„Weißt du, ein bisschen *Zeit weg vom Geschäft* kann gesund sein."

„Bram und ich lernen zusammen, wie wichtig eine Work-Life-Balance ist."

Er brauchte sie genauso sehr wie ich, wenn man bedachte, wie viele Stunden er in der Kanzlei arbeitete. Doch wir versuchten, uns so oft wie möglich zu sehen, wobei es natürlich half, dass wir zusammenlebten. Wir hatten jedoch getrennte Homeoffices.

„Wie auch immer." Diyas Mund wirkte plötzlich angespannt. „Ich glaube nicht, dass Trey mich jemals wirklich geliebt hat."

„Er hat dich nicht verdient."

„Dich auch nicht. Ich bin froh, dass du mit Bram zusammen bist. Er sieht dich an, als hättest du die American Bar Association gegründet."

Ich lachte.

Ihr Gesichtsausdruck wurde weicher. „Ich würde dich gern wiedersehen, wenn ich das nächste Mal nach New York komme. Und ich möchte, dass du mich besuchen kommst, wenn du in Kalifornien bist."

„Lass uns das tun." Ich umarmte sie. Ich hatte sie vermisst. Ich war dankbar, sie wieder als Freundin zu haben.

Nachdem sie sich verabschiedet hatte, kam Bram zu mir. „Worüber habt ihr gesprochen?"

„Wir haben reinen Tisch gemacht."

Bram Sr. flüsterte Violets Grabstein etwas zu.

„Sollen wir auch gehen?", fragte ich ihn. „Wie geht's deinem Knie?"

Er hatte sich längst von seinem Sturz bei Violets Beerdigung erholt, hatte sich aber in der Woche zuvor unter mysteriösen Umständen erneut am linken Knie verletzt.

„So gut wie neu." Er beugte sein Bein. „Wir können so lange bleiben, wie du möchtest. Na ja, in Grenzen. Ich habe eine Verabredung zum Mittagessen."

Bram und ich tauschten einen Blick aus.

„Jemand Neues?", fragte ich.

„Dasselbe Mädchen wie beim letzten Mal." Sein Lächeln war pure männliche Zufriedenheit. „Es geht voran."

Ich fragte mich, ob das etwas mit seiner Knieverletzung zu tun hatte. Wenn ja, wollte ich es nicht wissen.

Sergejs BMW rollte hinter uns über den Schotter und hielt an, um an der Stelle zu parken, von der gerade Diyas Taxi weggefahren war.

Er trug ein eingewickeltes Paket unter dem Arm, zusätzlich zu einem dicken großen Umschlag, den er mir reichte. „Entschuldige meine Verspätung."

„Was ist das?"

„Johanna Bongers Briefe an ihre Nichte. Authentifiziert. *Bamm!*"

„Ich halte einen historischen Schatz in der Hand?"

„Krieg' noch keinen Herzinfarkt. Da ist mehr." Sergejs Finger zitterten vor Aufregung, als er die Schnur um das Paket löste.

Ich hatte Sergej noch nie zuvor nervös gesehen. Das machte wiederum *mich* nervös. „Was ist es?"

Ich kannte das kleine Gemälde, das er herausholte, das schlecht gemalte Baby auf der blauen Tagesdecke. Das Gemälde war zu hässlich, um es aufzuhängen, also hatte ich es Sergej gegeben, damit er überprüfte, ob es was wert war, allein wegen seines Alters.

„Es ist ein Original von Vincent van Gogh", flüsterte er. „Ein alter Kumpel bei Christie's hat es zertifiziert. Sie würden es gerne als Höhepunkt ihrer Herbstauktion haben."

Mein Herz blieb stehen.

Bram nahm meine Hand und warf seinem Cousin einen argwöhnischen Blick zu, als vermutete er einen Trick von Sergej, um mich wegzulocken. „Bist du sicher? Es sieht nicht nach einem Meisterwerk aus. Ich dachte immer, das arme Kind sieht tot aus."

Ein totes Kind. Mein Herz setzte erneut aus. „Ich weiß, wer das ist." Und ich wollte weinen. „Vincents älterer Bruder, der tot zur Welt gekommen ist. Vincent wurde nach ihm benannt. Jo spricht in einem ihrer Briefe über ihn."

„Das Baby *soll* tot aussehen?" Bram musterte das Bild. „Es sieht jetzt ein bisschen besser aus, nachdem das Bild gereinigt worden ist."

Mein Kopf war in einem Paralleluniversum, als ich sagte: „Ich habe es mit Sunlight gewaschen."

Sergej starrte mich an. „Du meinst metaphorisch? Du hast das Gemälde in den Central Park gebracht und es der aufgehenden Sonne entgegengehalten, um den Tag zu weihen, wie ein spirituelles Erlebnis?"

Ich hob eine Hand vor mein Gesicht und sprach durch meine Finger. „Geschirrspülmittel. In der Küchenspüle."

„Um Himmels willen", keuchte er geschockt.

Ich hatte nichts hinzuzufügen, nicht einmal, als Bram mich tröstend umarmte und sich große Mühe gab, das Entsetzen auf seinem Gesicht zu verbergen.

„Also", sagte Bram Sr. vorsichtig, „Violet hatte ein Original van Gogh und hat nie etwas davon gesagt?"

Ihr letztes Geschenk an mich, ihr letztes Geheimnis, dachte ich, als ein sanfter Wind um mich herumwehte, fast wie eine Umarmung.

Während Sergej brummte: „Wer überrascht ist, möge die Hand heben."

. . .

ENDE

ANMERKUNG DER AUTORIN

Das ist das Buch, das mich fast bankrott gemacht hat.

Vor zwei Jahren habe ich eine Kunstdoku gesehen, in der Johanna Bonger kurz erwähnt wurde, und ich wusste, dass ich über sie schreiben wollte. Es gab nur ein Problem. Ich schreibe Genreliteratur (unter dem Pseudonym Dana Marton): Fantasy, Romantik, Spannungsliteratur. Ich schreibe keine historischen Romane. Ich schreibe keine Frauenliteratur. Ich schreibe keine Geschichten, die auf wahren Begebenheiten beruhen.

Ich habe mich trotzdem in die Arbeit gestürzt und mich auf zwei Zeitschienen festgelegt. Ich fand Jos Geschichte so traurig, dass sie ein unbeschwerteres Gegengewicht in Form einer modernen Heldin brauchte. Da Emsley Auktionatorin ist, musste ich ein wenig dafür recherchieren, doch der Aufwand verblasst im Vergleich zu den Recherchen, die ich über Johanna anstellen musste. Vor allem, weil ihre Nachkommen ihre Tagebücher unter Verschluss halten und niemandem Zugang gewähren, nicht einmal Historikern oder Kunstwissenschaftlern. Also machte ich mich daran, aus einer Vielzahl von Quellen akribisch Geschichten aus ihrem Leben zu sammeln, eine Anekdote hier, eine Geschichte dort. Ich durchforstete Hunderte von Briefen zwischen Vincent und Theo nach Erwähnungen von ihr. Ältere

Bücher waren meine besten Quellen, doch die waren oft vergriffen, nicht im E-Book-Format erhältlich und wurden jeweils im Bereich von über hundert Dollar angeboten. (Ich bin mir ziemlich sicher, dass ich derzeit die beste Van-Gogh-Bibliothek an der Ostküste habe.)

Die Geschichte, die ich mir ausgedacht habe, hat mir geholfen, eine wunderbare Agentin zu finden und die Geschichte zwanzig Verlagen vorzustellen. Alle wollten das Manuskript. Ich sage nicht, dass ich mir einen Bieterkrieg vorgestellt habe (das tat ich), doch ich war voller Hoffnung.

Dann kam die erste Absage. Dann die zweite. Dann die dritte. Dann die neunzehnte. Der letzte Verleger hat weit über ein Jahr lang darüber nachgedacht. Ich war überzeugt, dass ich schlecht geschrieben hatte, dass ich nicht schreiben konnte. Dass ich nicht wieder schreiben *sollte*.

Mir ging das Geld aus. (Ich bin auf einen regelmäßigen Veröffentlichungszeitplan angewiesen.) Ich begann, online nach Jobs zu suchen. Nach fast zwanzig Jahren als Vollzeitschriftstellerin hatte ich zum ersten Mal ernsthaft darüber nachgedacht, das Schreiben an den Nagel zu hängen. Doch Jo flüsterte mir immer wieder aus der Vergangenheit zu: *Du kannst es schaffen. Mach es einfach selbst.*

Sie hat nie aufgehört.

Wie könnte ich? War es nicht der Zweck der Übung gewesen, mehr über diese unbezwingbare Frau zu erfahren und sie anderen vorzustellen?

Ich schickte meiner Agentin eine E-Mail und zog das Manuskript zurück. Die Geschichte gehörte wieder mir, ihr Schicksal lag in meinen Händen. Doch ich konnte das nicht allein machen. Ich bat meine Leser auf Facebook, mir ihre Meinung zu dem Projekt zu sagen. Mehrere Engel erklärten sich freiwillig bereit, die Geschichte anzulesen, und ermutigten mich, weiterzumachen. Ohne sie würden Sie dieses Buch jetzt nicht in Ihren Händen halten.

Und nun sind wir hier. Sie haben das Buch gelesen. Ich hoffe, es hat Ihnen gefallen. Ich hoffe, Johanna inspiriert Sie genauso, wie sie mich inspiriert hat. Wenn Sie sich ihretwegen auf ein neues Abenteuer einlassen oder bei einem alten bleiben, lassen Sie es mich bitte wissen. Ich würde gern Ihren Erfolg mit Ihnen feiern.

Und wenn Sie eine Rolle dabei spielen möchten, Johannas Geschichte bekannt zu machen, würden Sie bitte online eine Rezension hinterlassen? Würden Sie dieses Buch Ihren Freunden empfehlen? Ich würde mich freuen, wenn mehr Leser etwas über Johanna erfahren und sich an ihren Namen erinnern. Ich denke, sie hat uns viel beizubringen, auch in der heutigen Zeit. Worte können nicht ausdrücken, wie sehr ich Ihre Hilfe zu schätzen weiß!

Danke, dass Sie Johannas Geschichte, DAS GEHEIME LEBEN DER SONNENBLUMEN eine Chance geben!

In unendlicher Dankbarkeit,
Marta Molnar
Autorin
www.martamolnar.com

P.S.: Ungefähr einen Monat, nachdem ich das Buch fertig geschrieben hatte, während ich immer noch von all meinen Recherchen geschielt habe und pleite von den Investitionen in meine eigene Van-Gogh-Bibliothek war, haben Jos Nachkommen beschlossen, ihre Tagebücher der Öffentlichkeit zugänglich zu machen und sie alle online zu stellen. Sie sind kostenlos in englischer Sprache zugänglich. In einem leicht zu durchsuchenden Format.